Annaliese Avery

Nachtsilber
Die Gabe der Drachen

ANNALIESE AVERY

NACHTSILBER

DIE GABE DER DRACHEN

Aus dem Englischen übersetzt
von Ulrike Köbele

Band 2

Loewe

ISBN 978-3-7432-1326-5
1. Auflage 2024
erschienen unter dem Originaltitel *A Doomfire Secret*.
The original edition is published and licensed by
Scholastic Children's Books, a division of Scholastic Limited.

Aus dem Englischen übersetzt von Ulrike Köbele
Umschlag- und Innenillustrationen: Tobias Goldschalt
Umschlaggestaltung: Michael Dietrich
Druck und Bindung:
GGP Media GmbH, Karl-Marx-Straße 24, D-07381 Pößneck

www.loewe-verlag.de

Für Jason,
der mit mir das Verstreichen der Zeit
und das Erleben von Unendlichkeit in einem Moment geteilt hat.

Quam bene vivas refert non quam diu.
Entscheidend ist, wie gut du lebst, nicht, wie lange.
Seneca der Jüngere

INHALT

Die Sprache der Trauer

Die Trauer sprach zu Paisley Fitzwilliam. Sie rief tief aus ihrem Inneren nach ihr, während sie Odelia und den anderen durch die knisternd kalten Straßen Lower Londons vorauslief. Im Schutz der Schatten kamen sie zügig voran.

»Geht es dir gut, Paisley?«, erkundigte sich Corbett.

Odelia schnalzte hörbar mit der Zunge. »Natürlich nicht. Glaubst du, dir würde es gut gehen, wenn soeben deine Mutter gestorben und dein Bruder von drachenreitenden Krigaren in die eisigen Nördlichen Gefilde entführt worden wäre?«

»Nein, wahrscheinlich nicht«, räumte Corbett mit gedämpfter Stimme ein. »Aber das sagt man halt so, oder? ›*Geht es dir gut?*‹, nicht ›*Möchtest du über deinen Schmerz und Verlust reden?*‹«

Paisley wandte sich schweigend ab und blickte zu Hal hinüber. Odelia hielt ihn mit einer Hand am Oberarm fest und führte ihn dicht neben sich her durch die Stadt. Er steckte noch immer in seiner Krigare-Uniform: eine dunkle Drachenlederhose mit Schuppenmuster und eine Soldatentunika. Wenn man auf einem Drachen durch die Lüfte glitt, konnte es schnell kalt werden und das Leder schützte sowohl vor den Elementen als auch vor feindlichen Waffen. Es gab nicht viel, das Drachenhaut durchdringen konnte.

Hal lächelte traurig. Sein verbliebenes Auge glänzte im Licht der Morgensonne, während die feuerrote Narbe, die von seinem Scheitel unter der Augenklappe hindurch bis zu seinem Kinn reichte, sich in der Kälte zusammenzuziehen schien. »Wenn wir in den Nördlichen Gefilden einen geliebten Menschen verlieren, feiern wir sein Leben. Wir erinnern uns daran, wie er war, und erzählen von seinen Taten – denselben Taten, die in seinen Krigare-Malen festgehalten sind.« Er deutete auf die eisblauen Tätowierungen, die von seinem Hals bis zu seinen rasierten Schläfen hinaufreichten. Das straßenköterblonde Haar oben auf seinem Kopf war lang und auf ähnliche Weise geflochten wie bei den älteren Drachenmeisterinnen, die Paisley im Drachengewölbe von Kensington Above gesehen hatte.

Paisley trat auf ihn zu. »Du hast mir nicht zu sagen, wie ich trauern soll. Mein Bruder ist nicht hier, weil er von deinen Leuten verschleppt worden ist! Ich lasse nicht zu, dass er zu einem weiteren blauen Mal auf dem Körper von irgendwem wird. Du, Hal Nordmann, wirst mir helfen, meinen Bruder zurückzuholen – ich bin mir sicher, dass ich ihn gegen dich eintauschen kann. Aber solltest du irgendetwas tun, das meine Chancen, Dax wiederzubekommen, gefährdet, nehmen wir dich nicht mit in den Norden. Wenn du meine Trauer auf irgendeine Weise noch schlimmer machst, lassen wir dich hier und du kannst zusehen, wie du mit den Männern des Königs klarkommst.«

Hal lächelte nicht mehr. Er setzte eine entschlossene, beinahe feierliche Miene auf und sah Paisley an.

»Klingt vernünftig. Würde ich an deiner Stelle auch so handhaben.«

Paisley kehrte ihm und den anderen den Rücken zu und schloss die Augen. Ihr Kopf füllte sich mit Bildern aus der vergangenen Nacht: der Kampf im Greenwich-Observatorium, der Apparat ihrer Mutter, das Experiment. Die Dunkle Drachenhüterin und wie sie Paisley mitten ins Herz gestochen hatte.

Sie erinnerte sich daran, wie es sich auf der anderen Seite des Schleiers angefühlt hatte – abgeschnitten vom Rest der Welt und unendlich. Sie dachte daran, wie sie ihrem Vater begegnet war und er sie zurückgeschickt hatte. Wie sie es mit der Dunklen Drachenhüterin aufgenommen hatte, nur um miterleben zu müssen, wie ihre Mutter starb und Dax entführt wurde. Wie sie begreifen musste, dass Onkel Hector sie alle hintergangen hatte.

Sie sah ihre Mutter wieder vor sich, leblos zwischen all dem Schutt, die Augen für immer geschlossen, doch sie fühlte nichts dabei, noch nicht. Es kam ihr vor, als sei das alles einer anderen Paisley passiert: vielleicht der Paisley, die sie war, bevor sie hinter den Schleier getreten war. Diese Distanz hatte etwas Tröstliches und sie fürchtete sich davor, was geschehen würde, wenn sie anfing, ihren Verlust zu spüren.

Die bitterkalten Straßen Lower Londons schienen sie von allen Seiten zu bedrängen. Ihre Mutter war tot, Dax war fort und sie fühlte sich leer. Als ob die dunklen Schwaden des Schleiers in ihr Inneres gelangt wären und einen Teil von ihr mitgenommen hätten, so wie sie es mit dem Arm der Dunklen Drachenhüterin getan hatten. Zurückgeblieben war nur ein klebriges Häuflein Nichts.

»Paisley?« Corbett berührte sie an der Schulter.

Aufgebracht drehte sie sich zu ihm um. »Es geht mir nicht gut, Corbett. Ich meine, ist das nicht offensichtlich? Meine Mutter …« Sie holte bebend Luft und atmete langsam aus. In der eisigen Morgenluft sah es aus, als würde Drachenrauch aus ihrem Mund strömen. »Aber Dax braucht mich und ich brauche ihn.« Sie hörte, wie ihre Stimme dabei brach, und hustete, um den Kloß in ihrem Hals loszuwerden. »Also konzentriere ich mich jetzt einzig und allein darauf, Dax wiederzufinden.«

Sie warf Hal einen finsteren Blick zu. Alle Welt wusste, dass die Menschen aus den Nördlichen Gefilden ungebildete Barbaren waren, denen nicht zu trauen war. Die Geschichte war voll von Beispielen ihres verräterischen Verhaltens gegenüber dem Reich Albion und dem Obersten Gestalter. Und nun hatten sie Dax in ihren Fängen.

Paisley spürte, wie es in ihr brodelte, während ihr Blick nach oben wanderte. Das schwebende Viertel Kensington

Above glitzerte über ihnen am klaren blauen Winterhimmel wie eine riesige Schneekugel. Seit sie es verlassen hatten, war so viel geschehen. Wie wäre ihr Lebensweg verlaufen, wenn Dax und sie nie das Drachengewölbe aufgesucht, sich nie in den Kopf gesetzt hätten, ihre Mutter zu retten? Wäre ihre Mutter dann noch am Leben? Wäre Dax trotzdem entführt worden? Paisley seufzte. Man konnte seinem Schicksal nicht entkommen. Was auch immer sie getan hätte: Früher oder später hätten die Rädchen des Himmelsmechanismus sie hierher an diesen Punkt gebracht.

»Wo sollen wir jetzt hin?«, fragte Odelia. Sie wirkte angespannt und lockerte den Griff, mit dem sie den Krigaren festhielt, nicht. Paisley sah erst ihn, dann sie an und erkannte, dass die Straßen von Lower London für beide gleichermaßen unsicher waren.

»Es ist nicht weit bis nach Hause«, sagte sie.

»Hältst du das wirklich für klug?«, wandte Odelia ein. »Die Dunkle Drachenhüterin könnte versuchen, dich dort aufzuspüren.«

»Mag sein. Aber etwas anderes fällt mir gerade nicht ein. Außerdem sollten wir lieber nicht hier draußen rumlaufen, wo uns die Männer des Königs jederzeit entdecken könnten …«

»Ich finde, Paisley hat recht.« Corbett blickte von ihr zu Hal und Odelia. »Und wir können uns ja erst mal vergewissern, ob die Luft rein ist, bevor wir reingehen.«

»Und sobald wir in Sicherheit sind, können wir uns einen

Plan überlegen, wie wir Dax und dich wieder zusammenbringen«, ergänzte Odelia.

Paisley schenkte Corbett und Odelia ein kleines Lächeln. Sie wusste, dass in ihr ein riesiges Loch klaffte, das ihre Mutter dort hinterlassen hatte, wenngleich sie es im Moment nicht spürte. Doch sie wusste auch, dass die beiden für sie da sein würden, wenn sie drohte, darin zu versinken.

Sie hielt Abstand zu Hal, während sie ihren Weg fortsetzten. Dabei ließ Paisley ihn nicht aus den Augen, um sicherzugehen, dass er sie nicht alle in Gefahr brachte.

»Wonach guckst du?«, fragte sie Corbett, als sie bemerkte, wie er zum Himmel hinaufsah. Er trug den Mantel, den Roach nach dem Kampf im Observatorium zurückgelassen hatte und der an seinem schmächtigen Körper übergroß und klobig wirkte. Der Kragen war hochgeschlagen und Corbetts Gesicht himmelwärts gewandt, während er mit den Händen die zahlreichen Taschen durchwühlte, bis er ein kleines Fernglas hervorzauberte und es sich vor die Augen hielt.

»Was ist?«, fragte Paisley.

Corbett hob den Arm und zeigte nach oben. »Siehst du den Stern da?« Paisley nickte. »Tja, das ist aber kein Stern!«

»Ist das der Wolstenholme-Komet?« Paisley spürte ein schmerzhaftes Ziehen im Brustkorb, als sie an den Kometen dachte, den der Apparat ihrer Mutter gerade näher an die Erde herangelenkt hatte.

»Nein, auch kein Komet. Es ist ein Planet und der sollte dort nicht sein.«

»Was? Wie ist das möglich? Wo sollte er denn normalerweise sein?«

Aber Corbett antwortete nicht. Er war so ins Fernglas vertieft, dass er nicht mitbekam, wie Odelia vor ihm an einer Kreuzung abrupt stehen blieb. Sie drehte sich behände zur Seite, bevor er mit ihr zusammenprallen konnte. Dabei ließ sie Hal los. Corbett hatte allerdings so viel Schwung drauf, dass er nicht mehr rechtzeitig vor dem Bordstein abbremsen konnte und ins Straucheln geriet. Um sich abzufangen, streckte er die Arme aus, doch er fiel nicht. Hal hatte ihn am Mantel gepackt und hielt ihn über der Fahrbahn in der Schwebe. Paisley drehte zeitgleich mit Corbett den Kopf, nur um festzustellen, dass ein Omnibus geradewegs auf ihn zukam. Corbett stieß einen Schrei aus und sie sprang vor, um ihm zu helfen, aber Hal hatte alles unter Kontrolle. Blitzschnell zog er Corbett rückwärts und brachte ihn vor dem herannahenden Fahrzeug in Sicherheit. Im nächsten Moment brauste der Omnibus wie ein verschwommener Farbklecks an ihnen vorbei.

»Das war knapp!«, keuchte Paisley und legte Corbett eine Hand auf den Arm. Mit klopfendem Herzen sah sie dem davonfahrenden Omnibus hinterher. »Geht es euch gut?«, fragte sie Corbett und Odelia. Wenn einem von beiden etwas passiert wäre, wäre sie jetzt in noch viel größeren Schwierigkeiten. Sie brauchte sie. Und nicht nur, um Dax zurückzubekommen, wurde ihr gerade klar.

»Du hast mich gerettet!« Corbett starrte Hal ungläubig an.

»Ja, vielen Dank, Krigare«, sagte Odelia. Sie nickte Hal anerkennend zu und drehte sich dann sofort wieder zur anderen Straßenseite um.

Nun erkannte Paisley auch, was Odelia hatte stocken lassen: Zwei Yardwächter in ihren schwarz-roten Uniformen waren auf ihre kleine Gruppe aufmerksam geworden. Sie hatten Hal ins Visier genommen, dessen eisblaue Krigare-Male und Drachenlederkleidung ihn auf den morgendlich ruhigen Straßen zu einem gut erkennbaren Ziel werden ließen.

Odelia stellte sich vor ihn, schüttelte sich den Umhang von den Schultern und griff nach ihren Krummschwertern.

»Im Namen des Königs, bleibt, wo ihr seid!«, riefen die Yardwächter.

»Lauft!«, schrie Odelia. Die vier machten kehrt und rannten in die Richtung davon, aus der sie gekommen waren. Ihre Füße trommelten über das Pflaster von Lower London, während die Yardwächter hinter ihnen in ihre Trillerpfeifen bliesen, um Verstärkung herbeizurufen.

Im Nu hatte Odelia die anderen überholt und setzte sich an die Spitze der Gruppe, um sie aus der Gefahrenzone zu lotsen. Paisley war nicht überrascht, Corbett dicht hinter der Drachenmeisterin zu finden. Die Angst machte ihm offensichtlich Beine. Paisley blieb hinter Hal, um sicherzustellen, dass er nicht auf die Idee kam, die Gelegenheit zu nutzen und die Flucht zu ergreifen. So leicht würde sie ihn nicht davonkommen lassen.

Sie warf einen schnellen Blick zurück: Die Yardwächter waren ihnen immer noch auf den Fersen. Unterdessen hielt

Odelia geradewegs auf eine überdachte Markthalle zu, in der die Händler gerade ihre Waren aufbauten.

Paisleys Umhängetasche schleuderte herum und traf einen Passanten, der sie erbost anschrie. Paisley packte die Tasche und presste sie an sich. Sie merkte, wie stark und wendig sich ihr Körper anfühlte, fast wie neu. Nein, besser als neu. Die schmerzenden Wunden der vergangenen Nacht waren nur noch eine entfernte Erinnerung, und wenn sie gewollt hätte, hätte sie Odelia wahrscheinlich mühelos einholen und sogar abhängen können.

Sie blickte sich erneut um und stellte fest, dass der Mann, den sie mit ihrer Tasche erwischt hatte, den Yardwächtern vor die Füße gestolpert war und sie aufhielt.

»Haltet die jungen Leute dort auf! Es sind Krigaren!«, brüllte einer der Yardwächter.

Die Marktleute stürmten herbei und Paisley erkannte, dass Hal und sie von Odelia und Corbett getrennt worden waren, die bereits auf den Ausgang am anderen Ende der Halle zurannten. Sie wurden von einem Mann mit Baguette und einem in einer Fleischerschürze gejagt.

Hal blieb stehen und sah sich um. Paisley zog ihn mit sich, zwischen zwei Marktständen hindurch, um der Gruppe vor ihnen auszuweichen. Sie hatte es auf den kleineren Seitenausgang abgesehen. Hal folgte dicht hinter ihr. Paisley hüpfte auf einen Wagen und drehte sich um, um Hal zu helfen. Er sprang zu ihr hoch und sie liefen am angrenzenden Marktstand vorbei, bevor sie auf der anderen Seite wieder runtersprangen.

Paisley nahm einen seltsamen Anstieg von Elektrika-Spannung in der Luft wahr, als würden sich die Angst und Beklemmung in ihr ausdehnen, während Hal und sie auf die offene Seitentür zusprinteten. Als sie nur noch wenige Meter entfernt waren, glitt die Tür plötzlich zu und sie saßen in der Falle. Paisley sah Hal an. Sein Atem ging schnell und sein blonder Zopf flog hin und her, während er sich umblickte, das eine unversehrte Auge lauernd zusammengekniffen. Er ging leicht in die Hocke und breitete die Arme aus, um sich für den bevorstehenden Kampf zu wappnen. Dann richtete er sich auf, seine Gesichtszüge erschlafften und sein Auge weitete sich.

Paisley wirbelte herum. Zwischen ihnen beiden und den Leuten, die hinter ihnen her waren, klaffte ein tiefschwarzer Riss. Es war ein Stück des Schleiers, das hoch und bedrohlich emporragte und sämtliches Licht in sich aufsaugte.

Paisley wich zurück. Sie spürte die Tür in ihrem Rücken und Hal an ihrer Seite.

»Sieht aus wie die Dinger im Observatorium. Glaubst du, es ist uns gefolgt?«, fragte Hal.

Paisley beobachtete das Geschehen ungläubig. »Weiß ich nicht. Ich meine, kann sein. Bis gestern habe ich so etwas noch nie gesehen. Ich glaube, das könnte der Schleier sein – nicht der ganze natürlich, sondern einzelne Stücke, kleine Tröpfchen, die irgendwie in unserer Welt gelandet sind … oder so.«

Paisley erinnerte sich, dass sie die Stimme ihres Vaters in einer der finsteren Wolken gehört hatte, als diese im Observatorium auf Onkel Hector zugeglitten war. Die Stimme ihres

Vaters, der vor vier Jahren gestorben war und den sie gesehen hatte, als sie hinter den Schleier getreten war.

Unwillkürlich hob sie die Hand an die Brust und tastete nach der Stelle, wo sie die Klinge der Dunklen Drachenhüterin durchbohrt hatte.

Sie sah die Furcht in den Gesichtern der Menschen auf der anderen Seite des schwarzen Risses, als dieser weiter anwuchs und sich in zwei Stücke teilte. Etwas darin übte einen unwiderstehlichen Sog auf sie aus.

Sie begriff, dass sie in irgendeiner Form damit verbunden war. Wie genau, war ihr nicht ganz klar und vielleicht konnte sie es auch gar nicht verstehen. Aber sie wusste, dass es stimmte, so wie sie wusste, dass Wasser nass war und Liebe manchmal schmerzte. Ihre Augen wurden groß, als eine der Wolken auf die Menge zuschoss. Die Leute stoben auseinander und gingen hinter den Marktständen in Deckung, während sich der andere Teil des Risses in Paisleys Richtung wandte. Paisley stand vollkommen still da, als die Wolke aus scheinbar unendlicher Schwärze geschmeidig und unaufhaltsam auf sie zuglitt.

Dann stürzte sich Hal auf sie und stieß sie zu Boden. Der Schleier schwebte dicht über ihren Kopf hinweg. Paisley konnte ein leises Summen wie von einer Elektrika-Lampe hören. Mit einer Mischung aus Faszination und Entsetzen sah sie, wie der Riss auf die Tür hinter ihnen traf und alles, was er berührte, verschlang. Es knackte und knisterte wie Elektrika-Funken, als die Materie auseinandergerissen und in die finstere Schwärze gesogen wurde. Dann verschwand das Summen und mit ihm der Riss. Zurück blieb ein großes Loch in der Holztür. Die Ränder waren glatt und ebenmäßig, als wäre diese Lücke in der Welt schon immer da gewesen.

Sofort war Hal wieder auf den Beinen und zog Paisley durch das Loch. Sie erstarrte und beobachtete voller Grauen, wie der andere Riss weiter anwuchs und sich leise vorwärtsschob. Die Leute auf dem Markt, Händler und Einkaufende gleichermaßen, rannten panisch davon, während der Riss alles verschluckte, was ihm in die Quere kam, bis er sich schließlich genauso schnell auflöste, wie er erschienen war.

Außerhalb des Marktes herrschte das reinste Chaos. Menschen flohen rufend und schreiend vom Ort des Geschehens.

»Komm, wir müssen hier weg! Hier werden bald noch mehr von euren Yardwächtern auftauchen.« Hal zerrte Paisley eine angrenzende Straße entlang, dann noch eine und noch eine. Schließlich duckten sie sich in eine schmale Seitengasse, um wieder zu Atem zu kommen. Paisley stützte keuchend die Hände auf die Knie, wodurch ihr die feuerroten Locken ins Gesicht fielen.

»Diese Dinger, was glaubst du, was sie sind? Portale in den Schleier?«, fragte Hal. Seine Augenbraue rutschte über der Augenklappe in die Höhe.

»Ja … nein, keine Portale … Ich glaube nicht, dass man sie betreten sollte; du hast ja gesehen, was mit der Tür passiert ist. Mein Gefühl sagt mir, dass da nichts Gutes drinsteckt«, antwortete Paisley. »Wenn meine Mutter noch hier wäre, würde sie jetzt irgendwelche Experimente durchführen, um rauszufinden, woraus sie bestehen und wie sie funktionieren.« Paisley griff sich erneut ans Herz, als sie daran dachte, welchen Sog der Riss auf sie ausgeübt hatte und wie verbunden sie sich ihm gefühlt hatte.

In dem Moment schwebte Odelia mit Corbett in den Armen vom Himmel herab. Paisley war erleichtert, die beiden sicher und wohlbehalten zu sehen.

Odelia setzte Corbett ab und er trat verlegen beiseite, während sie ihre prachtvollen Drachenschwingen anlegte und wieder unter ihrem Umhang verbarg.

»Hier.« Sie warf Hal ein großes moosgrünes Tuch zu. Er nahm es und wickelte es sich wie eine Kapuze um den Kopf, sodass seine Krigare-Male darunter verschwanden. Das Tuch reichte ihm bis zu den Knien und verbarg damit auch den Großteil seiner Drachenleder-Uniform. »Was ist passiert? Warum sind alle aus der Markthalle geflüchtet?«, erkundigte sich Odelia.

Paisley sah Hal an und schüttelte den Kopf. »Die Schleierstücke, die aus dem Observatorium ... sie waren hier.«

Odelia bedachte Paisley mit einem ernsten Blick. »Merkwürdig«, sagte sie. »Die Yardwächter sind gerade abgelenkt. Wir sollten die Gelegenheit nutzen.«

Paisley übernahm wieder die Führung, doch diesmal hielt sie sich an die abgelegeneren Straßen und verwinkelten Gassen. So huschten sie von Schatten zu Schatten zu ihr nach Hause.

Obwohl die Wege menschenleer waren, blickte Paisley sich

in einem fort um – nicht wegen der Yardwächter, sondern um rechtzeitig gewarnt zu sein, falls irgendwo weitere schwarze Risse auftauchten. Sie dachte daran, wie verbunden sie sich ihnen gefühlt hatte, und schauderte bei der Erinnerung, wie sie alles auslöschten, was sie berührten. Restlos, spurlos, so als wäre dort nie etwas gewesen. Zurück blieb das gleiche klaffende Loch in der Welt, das ihre Mutter hinterlassen hatte.

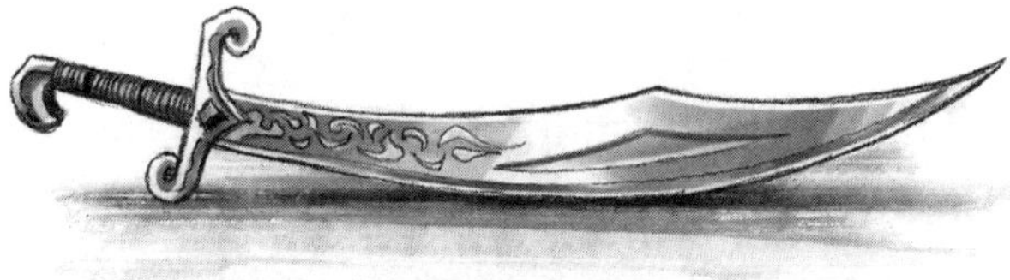

Endlich zu Hause

Die Tür war offen, als Paisley die Vortreppe zu ihrem Haus hinaufstieg.

»Hallo … Mrs Keen?«, rief sie, während sie die Tür weiter aufschob. »Dax?« Die Stille, die ihr entgegenschlug, beantwortete ihre hoffnungsvolle Frage. Sie kam sich albern vor.

Odelia streckte eine Hand aus und hielt sie zurück. Dann zog sie eines ihrer Krummschwerter und gab es Corbett.

»Bewach den Krigaren«, sagte sie, während sie nach dem anderen Schwert griff und über die Türschwelle trat.

»Moment, warum brauche ich ein Schwert?«, fragte Corbett.

»Wie willst du ihn sonst aufhalten, wenn er zu fliehen versucht? Mit deiner überragenden Kampfkunst?«

Unbeholfen richtete Corbett das Schwert auf Hal.

Der grinste schief und hob die Hände. »Das ist wirklich nicht nötig. Ich kann eh nirgendwohin und überraschenderweise fühle ich mich bei euch sicherer als irgendwo da draußen. Dort könnte ich jederzeit von den Yardwächtern erwischt werden.« Er warf Paisley einen eindringlichen Blick zu.

Paisley ignorierte ihn und folgte Odelia ins Haus. Hal blieb dicht hinter ihr. Corbett bildete die Nachhut, wobei er das Schwert auf den Rücken des Krigaren gerichtet hielt.

Odelia durchstreifte die Räume im Erdgeschoss und nickte Paisley zu, um zu signalisieren, dass die Luft rein war. Dann setzte sie ihre Überprüfung im ersten Stock fort.

Währenddessen ging Paisley in die Bibliothek. Das letzte Mal war sie mit Dax hier drin gewesen: Er hatte die Karten des Königreichs Albion vor sich auf dem Tisch ausgebreitet und die der Nördlichen Gefilde und der Östlichen Reiche drum herum platziert. Nun war der Tisch leer.

Die Tür zum Arbeitszimmer ihrer Mutter war angelehnt und Paisley stockte der Atem, als sie sah, wie sich darin etwas bewegte. Mit schnellen Schritten durchquerte sie die Bibliothek und riss die Tür auf. Im Zimmer war niemand, aber ein Fenster stand offen und eine eisige Brise ließ die Vorhänge flattern.

Paisley eilte zum Fenster und sah hinaus. Im Garten war der Schnee aufgewühlt und sie kämpfte gegen den Impuls an, hinauszuspringen und die Person aufzuspüren, die die Spuren hinterlassen hatte. Stattdessen knallte sie das Fenster zu und schaute sich im Zimmer um.

»Was ist los?« Corbett stand im Türrahmen. Hal hatte die Schwelle überschritten und betrachtete das Arbeitszimmer interessiert.

»Jemand war hier«, sagte sie und ließ den Blick über die Regale schweifen, um festzustellen, ob sich der Eindringling daran zu schaffen gemacht hatte.

Das Zimmer ihrer Mutter war so sauber und ordentlich, wie sie es zurückgelassen hatte, bevor sie von der Dunklen Drachenhüterin entführt worden war. Paisley ging auf eins der Regale zu und strich bedächtig mit den Fingern über die Buchrücken. Sie schloss für einen Moment die Augen, als der Schmerz des Verlustes wie eine Welle über sie hinwegrollte.

Corbett nahm den Raum ebenfalls in Augenschein. Als Lehrling ihrer Mutter war ihm das Zimmer so vertraut, dass er jede noch so kleine Veränderung sofort bemerken würde. Hal fing an herumzugehen und sah sich neugierig um. Als er Violettas Schreibtisch erreichte, hob er ein kleines, in Drachenleder gebundenes Büchlein auf.

»Das Tagebuch meiner Mutter«, sagte Paisley mit leichtem Zittern in der Stimme und streckte die Hand danach aus. Er hielt es ihr hin, zog es jedoch schnell wieder weg, als sie danach greifen wollte.

Paisley war nicht zu Scherzen aufgelegt. »Gib her«, verlangte sie.

»Entschuldige, war nur Spaß. Das hätte ich nicht tun sollen«, antwortete Hal und legte ihr das Büchlein in die Hand.

Paisley drehte es um und strich mit den Fingern über die samtig weichen Schuppen des Drachenleders.

»Aber hatte deine Mutter ihr Tagebuch nicht dabei, als sie von der Dunklen Drachenhüterin entführt wurde? Wie kann es dann sein, dass es jetzt hier ist?«, fragte Corbett. Paisley stürmte zurück zum Fenster, riss es auf und lehnte sich hinaus.

»Roach!«, brüllte sie. Die Welt blieb still. Zweifelsohne war er längst verschwunden. Mit Tränen in den Augen schlug sie das Fenster wieder zu. *Wie konnte er es nur wagen, hierherzukommen?* Sie drückte das Büchlein an sich. Das Haus fühlte sich nicht länger wie ein Zuhause an: Wie totes Nachtsilber hatte es seine ganze Wärme verloren.

Odelia kam herein und stellte sich neben Corbett. »Alles sauber«, verkündete sie.

»Es war aber jemand hier.« Paisley wedelte mit dem Tagebuch. Sie schlug es auf und landete auf einer Seite, die nicht nur mit der eleganten Handschrift ihrer Mutter bedeckt war, sondern auch eine Bleistiftzeichnung enthielt. Sie zeigte den Herzstein, der sich im Inneren der Nachtsilberuhr verborgen hatte.

Zwischen den Seiten steckte ein fester weißer Umschlag mit dem Siegel der Mechanisten. Als Paisley ihn umdrehte, stellte sie zu ihrer Überraschung fest, dass auf der Vorderseite ihr Name in altkeltischer Schrift stand.

Ihr Mund wurde trocken.

»Was ist?«, fragte Odelia.

Paisleys Herz raste. Sie brach das Siegel, zog den Brief heraus und fing an, vorzulesen:

Paisley Fitzwilliam,

uns ist zur Kenntnis gekommen, dass der Oberste Gestalter beschlossen hat, dir ein zweites Mal deine Sterne zuzuweisen. Deine Wiedergeburt hat einen neuen Lebenspfad erschaffen und neue Sterne werden deinen Weg bestimmen. Dies ist höchst ungewöhnlich und hat sich nach unserem Wissen noch nie zuvor ereignet. Die Absichten des Obersten Gestalters sind jedoch stets wahrhaftig und klar, so wie es auch dein Lebensweg ist; möge er dich den Sternen gemäss leiten.

Uns Mechanisten kommt die Aufgabe zu, dafür Sorge zu tragen, dass die Sterne jedem seinen vom Schicksal bestimmten Weg weisen. Weder richten noch urteilen wir, doch wir bieten jedem, der darum bittet, Erleuchtung.

Bitte suche die nächstgelegene Mechanistenkapelle auf, sobald es dir möglich ist, um deine neuen Sterne zu erhalten. Wie es in den Heiligen Schriften der Blaupausen steht: »Alle Lebenswege führen zum Ziel und alle Sterne weisen den Weg.«

Unbeschwerte Wenden,
Astrom Fe Stern

Paisleys Gedanken kreisten wie die Bahnen des Himmelsmechanismus umeinander. Fast vierzehn Wenden hatte sie ohne leitende Sterne gelebt, ohne Schicksal, auf das sie zustrebte, ohne festgelegten Pfad, dem es zu folgen galt. Sie war sternenlos, ohne bestimmten Lebensweg durch die Welt gegangen. Wie sehr hatte sie sich danach gesehnt, ihre Sterne zu bekommen und so zu sein wie alle anderen.

Vor ein paar Tagen hatte es schließlich einen flüchtigen Moment gegeben, in dem dieser Traum in Erfüllung zu gehen schien. Der Oberste Gestalter hatte ihr endlich ihre Sterne verliehen. Sie hatte sich wie ein vollwertiger Teil des Königreichs gefühlt.

Doch dann hatten ihr die Sterne so viel genommen und ihr im Gegenzug nichts als Ärger eingebracht. Was, wenn ihre neuen Sterne etwas Ähnliches für sie bereithielten? Sie war sich nicht sicher, ob sie noch mehr ertragen konnte.

»Ein zweiter Satz Sterne! Das habe ich ja noch nie gehört«, sagte Corbett.

»Du kanntest aber auch noch niemanden, der länger gelebt hat als von den Sternen vorgesehen. Wer ist denn schon hinter den Schleier getreten und wieder zurückgekehrt?«, entgegnete Odelia mit hochgezogener Augenbraue.

Paisley fühlte sich, als wäre ein Beben durch ihren Lebensweg gegangen. Von dem Moment an, in dem sie ihre Hand in die Schematika gelegt hatte, um sich – wie alle Untertanen des Königs – ihr Schicksal tätowieren zu lassen, war ihre Welt ins Schleudern geraten. *Deine Sterne sagen, dass du scheitern wirst. Paisley Fitzwilliam, noch vor dem Ablauf deiner vierzehnten Wende wird dein Rädchen zum Stehen kommen. Dein Weg wird enden und du wirst sterben.* Das hatten ihre Sterne verkündet und sie hatten recht behalten.

Die Dunkle Drachenhüterin hatte sie erstochen und sie war gestorben. Doch dann war sie zurückgekehrt.

Paisley wurde ganz heiß. Sie versuchte, nicht an ihre Verbindung zum Schleier zu denken oder daran, dass ihre ersten Sterne ihr überhaupt erst den Weg dorthin gewiesen hatten. Während sie das Pergament zusammenfaltete und die Kante glatt strich, fragte sie sich, ob sie auch gestorben und zurückgekehrt wäre, wenn sie ihre Sterne nie erhalten hätte. Sie steckte den Brief in den Umschlag. Die kleine Kupferscheibe darin schien ihr zuzuzwinkern. In ihr kochte eine plötzliche Wut über ihre neuen Sterne hoch. Es fühlte sich an, als würden sie sie verspotten mit diesem Schicksal, über das sie keine Kontrolle hatte, über das sie nicht mitbestimmen durfte und das sie am Ende womöglich genauso ins Unglück führen würde wie ihre ersten Sterne. Sie dachte an das letzte Mal, als sie ihre Mutter gesehen hatte, und knüllte das Schreiben zusammen.

»Du wirst dir doch deine zweiten Sterne holen, oder?« Corbett sah sie mit großen Augen an.

Paisley zögerte einen Moment. »Nein, das werde ich nicht. Was hat es mir beim ersten Mal gebracht?«, fragte sie, wütend auf ihre Sterne und auf den Obersten Gestalter, der sie ihr mitgegeben hatte. »Meine letzten Sterne haben prophezeit, dass ich sterben würde, und, na ja … wir wissen alle, wie das ausgegangen ist. Ich bin fast mein ganzes Leben bestens ohne meine Sterne ausgekommen und das werde ich jetzt garantiert auch.«

Hal stieß ein leises *Ha* aus und lehnte sich gegen das Bücherregal. Paisley warf ihm einen bohrenden Blick zu.

»So leben wir auch in den Nördlichen Gefilden«, erklärte er. »Ohne Sterne, die uns leiten, ohne Mechanisten, die uns darlegen, wie unser Lebensweg aussieht. Wir schmieden unser eigenes Schicksal durch die Entscheidungen, die wir treffen, so wie unsere Vorfahren in der Zeit vor dem Mechanismus.«

Paisley trat unbehaglich von einem Bein aufs andere. Ihr war nicht in den Sinn gekommen, dass es zwischen ihrem Entschluss, auf ihre Sterne zu verzichten, und der Lebensweise der Barbaren im Norden Parallelen geben könnte. Den Großteil ihres Lebens hatte sie sich irgendwie richtungslos gefühlt. Die Vorstellung, keinen klaren Pfad zu haben, an dem sie sich orientieren konnte, verstärkte diese Empfindung noch, selbst nach allem, was passiert war. Sie konnte das einfach nicht noch einmal durchstehen.

»Möchtest du denn nicht wissen, was auf deinem Weg auf dich wartet?«, fragte Corbett.

Paisley schüttelte den Kopf, doch Odelia warf ein: »Deine Sterne könnten wichtige Informationen enthalten. Sie könnten uns einen Einblick geben, was uns bevorsteht, wie wir Dax zurückbekommen oder wie wir die Dunkle Drachenhüterin besiegen können.«

Paisley drückte den Brief noch einmal und fühlte die harte Kupferscheibe in ihrer Handfläche. Vielleicht hatte Odelia recht. Aber was, wenn ihre Sterne wieder nur Unheil verhießen? Wenn sie prophezeiten, dass sie Dax nie wiedersehen würde? Dieses Wissen könnte sie nicht ertragen.

»*Aye*, oder irgendwelche Informationen über den Kometen

und was mit dem Himmelsmechanismus geschieht«, sagte Corbett, machte dann auf dem Absatz kehrt und marschierte aus dem Arbeitszimmer zurück in die Bibliothek. Im Vorbeigehen gab er Odelia ihr Schwert zurück. Die anderen folgten ihm rasch. Er strebte geradewegs auf ein Regal zu und zog einen Band aus der Sammlung mit astrologischen Aufzeichnungen heraus. Krachend ließ er den Wälzer auf den Tisch fallen und fing an, darin zu blättern, bis er eine Doppelseite voller Zahlen und mathematischer Berechnungen gefunden hatte. Er strich die Seiten glatt. »Ich brauche was zum Schreiben«, sagte er und begann, in der Tasche von Roachs Mantel zu wühlen. Er förderte jedoch nur ein Metalldöschen, ein Stück Bindfaden und das Photogramm eines kleinen Mädchens mit lockigen Haaren und breitem Lächeln zutage. Dann steckte er alles wieder zurück und wandte sich an Paisley: »Hast du ein Blatt Papier und einen Stift?«

Sie besorgte ihm beides und er fing augenblicklich an, eine Abfolge von Zahlen aus dem Buch abzuschreiben und mehrere komplizierte Gleichungen aufzustellen.

»Geht es um den Planeten, den du vorhin gesehen hast? Du meintest, er sollte nicht an dieser Stelle sein.« Paisley blickte über seine Schulter und betrachtete die aufgeschlagene Seite mit den fein säuberlich aufgelisteten Koordinaten. Jede von ihnen stand für die Position eines Himmelskörpers an einem bestimmten Tag und zu einer bestimmten Uhrzeit. Corbett sah auf und Paisley konnte an seinem Gesichtsausdruck ablesen, dass etwas nicht stimmte. »Ich muss mit jemandem darüber reden. Ich brauche mehr Daten darüber, was dort draußen im Mechanismus vorgeht.«

»Was glaubst du denn, was dort vorgeht?« Odelia verschränkte die Arme vor der Brust.

Corbett holte tief Luft. »Um ganz ehrlich zu sein, ich weiß es nicht.« Er deutete mit einem Kopfnicken auf Paisley und lächelte betrübt. »Deine Mutter hätte es sicher erkannt, aber ich bin noch in der Ausbildung und fange gerade erst an, die Abläufe im Inneren des Mechanismus zu verstehen.«

»Aber du glaubst, dass etwas mit dem Mechanismus nicht stimmt?«, hakte Odelia nach.

»*Aye*. Heute früh habe ich einen der wandernden Planeten gesehen, der sich auf der völlig falschen Bahn bewegte – das bestätigen auch meine Berechnungen. Ich hoffe inständig, dass ich mich irre. Allerdings glaube ich, dass wir mehr als nur den Wolstenholme-Kometen in Bewegung versetzt haben, als die Dunkle Drachenhüterin uns gezwungen hat, ihn in unsere Richtung zu lenken. Ich habe dafür nämlich die Koordinaten der vorangegangenen Nacht verwendet. Professorin Fitzwilliam hat den Apparat entwickelt, um den Kometen von seiner Umlaufbahn auf eine andere zu ziehen. Ich dachte, wenn ich die veralteten Koordinaten nutze und den Apparat nicht direkt auf den Kometen richte, sondern auf den Punkt, an dem er eine Nacht zuvor war, würde die Wirkung einfach verpuffen. Aber dabei habe ich eines nicht bedacht: Der Apparat wurde von zwei Stücken des Herzsteins angetrieben, nicht bloß von einem. Ihre vereinte Energie ist … gewaltig und die

Auswirkungen sind deutlich größer, als zu erwarten war. Ich fürchte, statt bloß den Kometen zu versetzen, haben wir irgendwie den Himmelsmechanismus verändert.«

Hal stieß einen lang gezogenen Pfiff aus. »Eure Mechanisten werden begeistert sein!«, sagte er mit einem verschlagenen Grinsen.

»Was bedeutet das?«, fragte Paisley. »Haben … haben wir den Mechanismus zerstört?« Ihre Augen waren riesig und ihr Gesicht kreidebleich.

»Um Himmels willen, ich hoffe nicht«, sagte Corbett mit hörbarer Angst in der Stimme. »Aber irgendwas haben wir definitiv verändert. In den Blaupausen steht, dass der Oberste Gestalter den Himmelsmechanismus erschaffen hat, um uns alle zu schützen. Er brachte Ordnung in das Chaos, das zuvor herrschte.«

Hal schnaubte und lehnte sich mit verschränkten Armen gegen den großen Bibliothekstisch. »Es war kein Chaos. Unsere Leute, die Leute aus den Nördlichen Gefilden, halten die Geschichten aus der Vergangenheit lebendig. Wir wissen, wie viel freier die Welt, das Universum, ja, alle Universen damals waren. Bevor der Oberste Gestalter seinen Himmelsmechanismus erschuf und versuchte, uns alle in ein von den Sternen vorherbestimmtes Schicksal zu zwingen. Der Himmel war bereits in Bewegung, nur eben anders. Es war eher ein Auf und Ab wie zwischen Ebbe und Flut, eine Art Tanz und wir tanzten alle mit.«

Corbett schüttelte den Kopf. »Wie kannst du so etwas sagen!

All unsere historischen Überlieferungen beweisen, dass das Chaos für niemanden gut war. Himmelsphysiker haben nachgewiesen, dass der chaotische Kosmos vor allem zerstörerisch wirkte, und prämechanische Historiker können das anhand detaillierter Aufzeichnungen belegen. Der Himmelsmechanismus hat Ordnung geschaffen und nachdem König George die Großen Drachen vertrieben hatte, konnte sich jeder Lebensweg auf seinem vorherbestimmten Pfad entwickeln. Sollten wir den Mechanismus tatsächlich beschädigt haben, könnten die Lebenswege aller unterbrochen werden und das Chaos zurückkehren.«

»Gut«, sagten Hal und Odelia wie aus einem Mund und wechselten daraufhin einen Blick.

Paisley musterte Hal mit zusammengekniffenen Augen, dann sah sie Odelia überrascht an. Schließlich wandte sie sich wieder an Corbett. »Was sollen wir jetzt tun? Wie können wir ihn reparieren?«, fragte sie.

Corbett rieb sich die Stirn. »Erst mal müssen wir rauskriegen, womit wir es überhaupt zu tun haben. Die Himmelsphysiker in Greenwich Overhead dürften alle nötigen Informationen haben und hoffentlich auch das Wissen, wie man den Himmelsmechanismus reparieren kann. Dafür müssen sie erfahren, dass die Dunkle Drachenhüterin den Apparat deiner Mutter gestohlen und uns gezwungen hat, das Experiment mit einer deutlich stärkeren Energiequelle zu wiederholen. Selbst wenn sie von sich aus merken, dass etwas nicht stimmt, werden sie wohl kaum verstehen, warum, wenn wir es ihnen nicht sagen. Und wenn sie nicht wissen, wie es dazu gekommen ist, können sie es wahrscheinlich auch nicht wieder in Ordnung bringen.« Corbett rückte seine Brille zurecht und sah Paisley an. »Und selbst wenn sie es wissen, gibt es keine Garantie, dass sie es hinbekommen.«

Paisley schluckte. Ihre Kehle war ganz trocken: Der Gedanke, sie könnten den Lauf des Universums verändert haben, war *Furcht einflößend*.

»Wir haben keine Zeit, nach Greenwich Overhead zu gehen«, sagte Odelia. »Wir müssen erst mal hier weg. Die Yardwächter sind mit Sicherheit hinter dem Krigaren her.« Mit einem Kopfnicken deutete sie auf Hal. »Die Dunkle Drachenhüterin hat es auf uns alle abgesehen und wir müssen schnellstens zum Herrscher der Drachen – er muss um jeden Preis beschützt werden. Ich würde mich mindestens genauso sehr freuen, den Mechanismus versagen zu sehen, wie der Krigare, aber es steht geschrieben, dass alles, was geschieht, dem Pfad der *Unbekannten Entwicklung* folgen muss, der seinerzeit von der Mächtigen Drachenmutter Anu in die unsichtbaren Bahnen des Mechanismus geschmiedet wurde. Und Dax wird seine Rolle dabei spielen. Unsere oberste Priorität ist es, zu ihm zu gelangen, nicht, den Himmelsmechanismus zu reparieren!«

»Dax ist der Herrscher der Drachen?!« Hal zog die Braue über seiner Augenklappe hoch.

Paisley ignorierte ihn. »Odelia hat recht. Dax zurückzubekommen, ist das Wichtigste. Wir dürfen keine Zeit verschwenden.«

Corbett schlug das Buch zu. »Wir brauchen doch sowieso erst mal Vorräte und einen Plan, bevor wir in den Norden aufbrechen können, um Dax zu holen, oder?« Paisley nickte. »Prima. In der Zeit kann ich nach Greenwich Overhead fahren und mit den Himmelsphysikern sprechen. Von King Star Station fährt stündlich ein Maglektrika-Zug dorthin. Den nehme ich immer, wenn ich nach Hause zu meiner Familie fahre. Wir können den Fünf-Uhr-Zug nach Inverness nehmen, dann sind wir am späten Abend bei meinen Eltern und können dort noch etwas essen. Dadurch sind wir Dax auch schon ein Stück näher. Bis dahin treffe ich mich mit den Himmelsphysikern in Greenwich Overhead, während ihr Vorräte organisiert und euch ein bisschen ausruht.« Er sah Odelia an und warf dann einen vielsagenden Blick auf Paisley. Die beiden waren offensichtlich besorgt um sie.

Paisley schaute auf die Uhr an der Wand. Es war noch immer früh am Morgen und somit viel Zeit bis zur Abfahrt des Zuges. Zeit, in der sie längst auf der Suche nach ihrem Bruder sein könnte. Unter der Uhr hing ein Photogramm ihres Vaters, das kurz vor seinem Tod entstanden war. Es zeigte ihn in seiner vollen ritterlichen Aufmachung. Links am Revers prangte ein einzelner Nachtsilberstern, der ihn als einen der Ritter von Albion kennzeichnete: der Erste Ritter seines Ordens und einer der dreizehn Berater des Königs. Auf dem Photogramm sah Edmund Fitzwilliam genauso aus wie bei seiner Begegnung mit Paisley hinter dem Schleier. Sie dachte daran, was er immer gesagt hatte, bevor er mit seinen Rittern zu einer Expedition aufgebrochen war: »Vorbereitung ist der Schlüssel zum Erfolg. Wer sich nicht richtig vorbereitet, bleibt besser gleich zu Hause.«

»In Ordnung, Corbett. Du gehst nach Greenwich Overhead und sprichst mit den Himmelsphysikern. Wir besorgen die nötige Ausrüstung und Verpflegung für unsere Reise in den Norden und treffen uns dann pünktlich zur Abfahrt des Zuges am Bahnhof.«

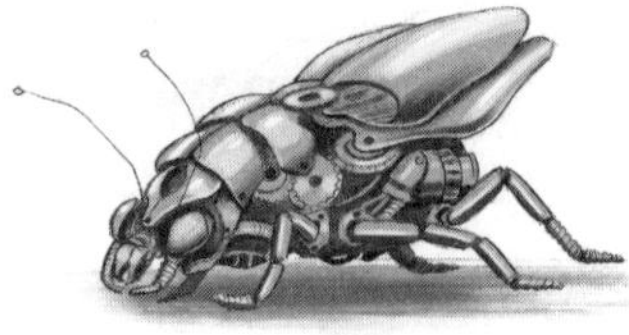

Ein dunkler Streif am Horizont

Roach war aus dem Fenster von Violettas Arbeitszimmer gesprungen, als er gehört hatte, wie Paisley in die Bibliothek gekommen war. Durch die halb offene Tür hatte er dabei noch einen kurzen Blick auf sie, Corbett Grubbins und Hal Nordmann erhascht.

Während er zur Vorderseite des Hauses schlich, dachte er daran, wie er den Krigaren zum ersten Mal gesehen hatte. Damals war er in den Nördlichen Gefilden unterwegs gewesen, um das Seelenfeuer zu stehlen. Der riesige Feuerdiamant hatte die gesamte Gegend mit seiner Elektrika-Energie versorgt.

Dabei war das Seelenfeuer nicht wirklich ein Feuerdiamant: Tatsächlich handelte es sich um ein Viertel des Herzsteins, der einer Legende zufolge einmal das Herz der Großen Drachenmutter Anu gewesen war. Von ihr stammten alle Drachen ab und sie hatte mit ihrem Atem die unsichtbaren Bahnen des Himmelsmechanismus nach den Anweisungen des Obersten Gestalters geschmiedet.

Roach hatte keine Ahnung, wie viel Wahrheit in diesen Mythen steckte, aber er wusste, dass zumindest ein Teil stimmen musste, denn sonst gäbe es die Dunkle Drachenhüterin nicht. Sie war Tausende Jahre alt und früher eine der vier Seelenschwestern gewesen. Sie hatten die Aufgabe, den Herzstein zu beschützen, der die Essenz der Seele der Großen Drachenmutter Anu enthielt. Nachdem sie versucht hatte, ihre Schwestern zu hintergehen und den Herzstein in ihren alleinigen Besitz zu bringen, war er in vier Teile zerbrochen und über die ganze Welt verteilt worden. Seitdem war sie auf der Suche danach. Die Dunkle Drachenhüterin war es gewesen, die Roach den Auftrag erteilt hatte, das Seelenfeuer aus den Nördlichen Gefilden zu stehlen, wo er zum ersten Mal auf den Krigaren Hal Nordmann getroffen war.

Roach war sich sicher, dass zwischen ihnen beiden noch eine Rechnung zu begleichen war. Zu dem Zeitpunkt, als Roach das Seelenfeuer entwendet hatte, hatte der Krigare sein Auge zwar bereits verloren, aber noch nicht seinen Drachen. Hal war der Anführer der Krigaren gewesen, als Roach ihm das Seelenfeuer, das unter seiner Bewachung stand, gestohlen hatte. Dann hatte eine Wendung im Mechanismus der Dunklen Drachenhüterin ein zweites Stück des Herzsteins beschert, das sich bis dahin im Besitz von Violetta Fitzwilliam befunden hatte.

Als Roach die Vorderseite des Hauses erreichte, hörte er, wie Paisley seinen Namen rief. Kurz hielt er inne und stellte sich vor, wie ihre feuerroten Locken dabei tanzten.

Er schüttelte den Kopf und ging davon. Paisley musste das Tagebuch ihrer Mutter gefunden haben und darin die Kupferscheibe, die der Meister der Sterne auf Geheiß der Dunklen Drachenhüterin angefertigt hatte.

Anfangs hatte dieser sich noch gesträubt. Neue Sterne zu erhalten, sei höchst ungewöhnlich, hatte der alte Mechanist beharrt. Doch am Ende hatte die Dunkle Drachenhüterin wie immer ihren Willen durchgesetzt.

Roach rückte den Kragen seines eleganten Mantels zurecht, dessen Stoff im Nacken unangenehm kratzte. Dann holte er eine kleine Dose aus der Tasche und öffnete sie. Darin befanden sich ein Schwarm schlummernder Raderlaken und ein kleines Elektrika-Display, auf dem ein einzelner unbewegter Punkt zu erkennen war.

Am Ende der Straße blieb Roach stehen und nahm das gegenüberliegende Haus ins Visier, während er die Dose in der Hand hielt und seinen Auftrag aussandte. Er hatte festgestellt, dass die Raderlaken besser reagierten, wenn er einen klaren Kopf hatte und sich ganz auf das konzentrierte, was er von ihnen wollte. Er malte sich aus, wie er sich fühlen würde, wenn die Raderlaken seinen Befehl ausgeführt hatten. Nach wenigen Augenblicken löste sich ein kleiner, leuchtender Punkt von dem einen unbewegten Punkt auf dem Display und entfernte sich. Roach wusste, dass der ruhende Punkt zu seinen anderen Raderlaken gehörte. Sie befanden sich tief in den Taschen seines zweiten Mantels, den Corbett Grubbins nun trug. Der wandernde Punkt hatte sich unterdessen noch mal geteilt; beide zeigten die Position der Raderlaken an, die soeben zum Leben erwacht waren.

Er hörte das leise Surren ihrer elektrikabetriebenen Flügel, bevor er die Raderlaken mit ihrer Beute sah: das Photogramm seiner Schwester Clara.

Roach wartete, bis sie in der Dose gelandet waren, dann nahm er das Photogramm, strich sanft darüber und verstaute es in seiner Innentasche. Inzwischen waren auf dem Display vier Punkte zu sehen. Jeder davon stand für eine Raderlake, der er einen Auftrag gegeben hatte. Von nun an würden sie alles tun, um bei Paisley, Odelia, Hal und Corbett zu bleiben. Roach beobachtete die Punkte noch einen Moment, dann klappte er die Dose zu und machte sich auf den Weg.

Er hatte einen Termin und der König war niemand, den man warten ließ.

* * *

Im Haus zeigte Paisley Hal und Corbett unterdessen die Garderobe ihres Vaters. Odelia drückte Corbett wieder ihr Krummschwert in die Hand.

»Tu dem Krigaren weh, wenn er zu fliehen versucht«, sagte sie.

Corbett hantierte unbeholfen damit herum, bevor er es schließlich in die ungefähre Richtung des Krigaren streckte. Paisley sah, wie Hal das Schwert musterte und dann mit einem belustigten Lächeln den Kopf schüttelte. Doch er hob brav die Hände und ließ sich von Corbett mit der Waffe in den angrenzenden Raum führen. Paisley nahm Odelia mit in ihr eigenes Zimmer.

»Du bist ein bisschen größer als ich«, überlegte sie. »Vielleicht finden wir in Mums Kleiderschrank eher was für dich?«

Odelia hatte das Zimmer bereits durchquert und die Türen von Paisleys Schrank aufgerissen. Nun durchstöberte sie den Inhalt, indem sie Kleider und Röcke rausholte und sich prüfend vor den Körper hielt.

»Ich glaube, das sollte passen«, sagte sie und hob einen grauen Rock hoch, der bei Paisley bis zu den Stiefeln reichte, bei Odelia aber nur knapp über die Knie ging.

Paisley förderte eine dazu passende rosafarbene Seidenbluse zutage, stockte jedoch, als Odelia den Mantel abnahm und ihre Schwingen ausbreitete.

»Halt sie an den Schultern hoch«, wies Odelia sie an, während sie ihr Schwert zog. Sie fuhr damit zweimal präzise durch die Luft und im nächsten Moment klafften in der Rückseite der Bluse zwei senkrechte Schnitte.

Paisley half Odelia, die Bluse anzuziehen und dabei vor allem ihre Flügel durch die Löcher zu bugsieren. Dann begab sie sich auf die Suche nach frischer Kleidung für sich selbst.

»Odelia«, sagte Paisley, als sie ein wenig verlegen anfing, ihre eigene Bluse aufzuknöpfen. Getrocknetes Blut löste sich von ihrer Haut und rieselte zu Boden. Der ehemals hellrote Fleck hatte einen dunklen, gedämpften Braunton angenommen. Paisleys Hände zitterten, als sie sie ausstreckte, um die rostfarbenen Flecken darauf zu betrachten.

Odelia trat näher. »Hast du Angst vor dem, was du vielleicht gleich zu sehen bekommst?«

Durch den Stoff konnte Paisley die Wunde spüren, die der Dolch der Dunklen Drachenhüterin dort hinterlassen hatte. Sie legte die Hände auf ihr Herz – es war keine offene Wunde mehr, aber verheilt war sie auch noch nicht. Ebenso wenig wie der klaffende Riss in ihrem Rücken, den ihr die Kralle der Drachenmeisterin zugefügt hatte, mit der sie im Natural History Museum gekämpft hatte. Wenn sie die Schulterblätter zusammenzog, konnte sie dort etwas fühlen. Etwas, das den Riss füllte und tief in sie hineinreichte, genau wie bei der Wunde in ihrem Herzen.

»Ich … ich glaube, als ich … als ich hinter den Schleier getreten bin, ist irgendwas mit mir passiert.« Paisley erinnerte sich an die Begegnung mit ihrem Vater. Er hatte die Hand nach dem Licht ausgestreckt, etwas davon genommen und es durch die Wunde in ihrer Brust und in sie hineingeleitet.

»Und ich glaube, ich habe einen Teil vom Schleier mit hierhergebracht, als ich zurückgekommen bin. Ich kann es in mir spüren. Und … die Risse, die sich auf dem Markt gebildet haben, waren genau wie die im Observatorium, aber diesmal habe ich mehr davon mitbekommen. Obwohl ich Angst hatte, konnte ich fühlen, dass sie irgendwie mit mir verbunden waren.« Mit Tränen in den Augen sah Paisley Odelia erwartungsvoll an.

Odelia kam auf sie zu und umarmte sie, hüllte sie zusätzlich mit ihren Flügeln ein und hielt sie ganz fest.

»Ich weiß noch, wie es war, als meine Drachengabe zum ersten Mal erwacht ist. Ich war sechs, hatte schreckliche Angst und war vollkommen allein damit. Es gab niemanden, dem ich mich anvertrauen konnte. Meine Familie glaubte mit fanatischem Eifer an den König und die Vision des Obersten Gestalters. Aber du bist nicht allein, Paisley. Du hast mich und Corbett und bald auch wieder Dax. Was auch immer das ist, wir stehen das gemeinsam durch.« Odelia drückte ihr einen Kuss auf den Scheitel und ließ sie los.

Paisley wischte sich die Tränen aus dem Gesicht. Odelia hatte recht, sie war nicht allein. Sie schenkte ihr ein verheultes Lächeln und spürte, wie ihr vor lauter Liebe und Zuneigung ganz warm ums Herz wurde. Dank Odelia fühlte sie sich mutiger, als sie selbst es jemals für möglich gehalten hätte.

Paisley streifte ihre Bluse ab und drehte sich so, dass sie ihren Rücken im Spiegel betrachten konnte. Eine schwarze Narbe durchzog ihre Haut, so als hätte die Essenz des Schleiers die Wunde verschlossen. Sie sah beinahe flüssig aus – unvorstellbar schwarz, aber mit einem sanften Schimmer – und schien sich in ihr zu bewegen. Bei dem Anblick wurde es Paisley ganz flau im Magen.

Odelia streckte einen Finger nach der Narbe aus.

Paisley zuckte zurück. »Warte.« Sie nahm ihre Haarbürste vom Frisiertisch. »Versuch es erst mal hiermit. Nicht dass das Gleiche passiert wie mit den Rissen aus dem Schleier.«

Odelia nahm die Bürste und strich mit dem Griff behutsam über die harte, zerfurchte Narbe. Dann streckte sie erneut den

Finger aus und berührte sie. Ein sanfter Schimmer glitt über die Oberfläche, als würde ein Windhauch einen tiefen dunklen See streifen. Paisley konnte spüren, wie sich die Bewegung in ihrem Inneren fortsetzte. Es war nicht unangenehm, aber doch so seltsam und ungewohnt, dass sie sich irgendwie unwohl dabei fühlte.

Schnell fischte sie ein frisches Kleid aus dem Schrank und zog es an.

»So etwas habe ich noch nie gesehen oder auch nur davon gehört.« In Odelias Stimme schwang ein ehrfürchtiges Staunen mit.

Paisley ging es damit ganz anders. Sie fürchtete sich vor dem Schleier in ihr und davor, wozu er imstande war.

»Ach, das ist bestimmt gar nichts. Außerdem haben wir gerade ganz andere Sorgen«, sagte sie schroff, während sie den Gürtel ihres Kleides schloss. »Wir müssen unsere Reise in den Norden vorbereiten. Wir müssen uns darauf konzentrieren, Dax zurückzubekommen. All das hier« – sie deutete auf sich – »kann warten.«

Odelia nickte, wirkte allerdings nicht besonders überzeugt.

»Wie denken die Menschen im Norden über die Drachengabe?«, fragte Paisley. »Alles, was ich weiß, ist, dass sie Barbaren ohne bestimmten Lebensweg sind, die ihre Sterne und den Obersten Gestalter ablehnen.«

Odelia musterte sie einen Moment nachdenklich. »Hast du Angst, dass sie Dax' Drachenbein entdecken?«, fragte sie nüchtern. »Zwischen uns Drachenmeisterinnen und den Menschen in den Nördlichen Gefilden herrscht schon immer eine Art angespannter Waffenstillstand – wir bekämpfen einander nicht, sind aber auch keine Verbündeten. Dort werden Menschen mit Drachengabe zwar nicht wie hier im Königreich verfolgt, aber so richtig vertraut man ihnen auch nicht. Ohne die Drachenmutter Anu wäre der Oberste Gestalter schließlich nie in der Lage gewesen, den Himmelsmechanismus zu erschaffen – und darum betrachten sie Anu als die Ursache all ihrer Probleme. Und diese Abneigung übertragen sie auf uns Drachenmeisterinnen, denn wir sind die Töchter von Anu. Wir wandeln geduldig auf den Pfaden des Himmelsmechanismus, bis endlich die *Unbekannte Entwicklung* eintritt.«

Paisley konnte nicht nachvollziehen, was die Menschen in den Nördlichen Gefilden gegen den Himmelsmechanismus hatten. Sie war sich jedoch sicher, dass sie Dax für ihre Zwecke benutzen würden, wenn sie herausfanden, dass er der Junge mit der Drachengabe war. Selbst dort oben im Norden mussten sie von der Prophezeiung wissen. Laut dieser würde der Junge mit der Drachengabe die Großen Drachen auf die Erde zurückbringen. Und diese besaßen die Macht, die Bahnen des Himmelsmechanismus nach Belieben zu erschaffen und zu zerstören – und damit alles, was das Schicksal der Welt bestimmte. Sollten die Nordmannen also von Dax' Drachengabe erfahren, würden sie ihn nicht etwa töten. Ganz im Gegenteil: Sie würden ihn benutzen, um das Ende all dessen herbeizuführen, was der Oberste Gestalter erschaffen hatte. Und irgendwie fand Paisley diesen Gedanken seltsam beruhigend.

Drachenrührei

Paisley folgte ihrer Nase und ihrem knurrenden Magen nach unten in die Küche.

»Mrs Keen«, rief sie beim Eintreten.

Anstelle der fröhlichen Haushälterin fand sie Hal allein am Herd vor.

»Wo ist Corbett?«, fragte Paisley.

Hal drehte sich lächelnd zu ihr um. Er trug eine Schürze und legte Würstchen in eine Pfanne. Nebenbei mischte er in einer großen Schüssel Rührei an.

»Der ist gerade gegangen. Ich hab ihm noch was zu essen gemacht. Er meinte, er müsse los und ich solle dir das hier geben.« Hal griff in die Schürzentasche und zog einen kleinen Brief hervor. »Ach, und das hier ist für die Drachenmeisterin.« Mit einem demonstrativen Zwinkern überreichte er ihr Odelias Krummschwert.

»Er hat dich allein gelassen«, stellte sie fest, wobei sie Hal misstrauisch beäugte.

»Na ja, ihm ist wohl klar geworden, dass ich nirgendwo anders hinkann und mir bewusst ist, dass das hier der sicherste Ort für mich ist. Damit hat er ja auch irgendwie recht.«

Paisley starrte ihn bloß an, als er anfing, die kleinen Gläschen in Mrs Keens Gewürzregal eines nach dem anderen zu öffnen und daran zu schnuppern.

Dann brach sie das Siegel an Corbetts Brief und las:

Paisley,

ich weiß, wie du über deine Sterne denkst, und wenn jemand einen guten Grund hat, seinen vom Obersten Gestalter vorbestimmten Lebensweg anzuzweifeln, dann du. Trotzdem frage ich mich, ob Odelia nicht recht hat. Das hat sie meistens – aber verrate ihr bloß nicht, dass ich das gesagt habe!

In deinen Sternen könnte etwas stehen, das uns hilft. Wenn es stimmt, was ich befürchte, und wir wirklich den Himmelsmechanismus verändert haben, werden wir jede Hilfe brauchen, die wir kriegen können.

Bis nachher am Bahnhof,
Corbett

Paisley faltete den Zettel zusammen und steckte ihn ein. Dann nahm sie ihre Umhängetasche von der Schulter und setzte sie mit einem lauten Plonk auf dem Tisch ab.

Zur nächsten Mechanistenkapelle war es nicht weit. Und vielleicht lagen Corbett und Odelia ja richtig: Paisleys zweite

Sterne konnten ihnen einen Einblick in die Zukunft geben. Es war durchaus möglich, dass sie diesmal heller ausfallen würden … aber vielleicht auch nicht. Genauso gut konnten sie so unheilvoll sein wie ihre ersten und ihnen noch mehr Sorgen bereiten. Mit dem Finger strich sie über die Tätowierung an ihrem Handgelenk, den seltsamen Halbkreis aus Sternen, die Prophezeiung für ihren nahen Tod.

Verstohlen blickte sie zu Hal hinüber, dessen eisblaue Male für die Taten standen, die er vollbracht hatte, und keine Sterne waren, die seine Zukunft bestimmten. Sie fragte sich, ob das nicht die bessere Art zu leben war. Wenn man das leuchtende Zeugnis dessen, was man erreicht hatte, auf seiner Haut trug und nicht das Versprechen, was die Zukunft bereithielt.

Sie schob den Gedanken, sich ihre zweiten Sterne zu holen, beiseite und steckte den Zettel in die Tasche ihres Kleides. Mit dem Einladungsschreiben der Mechanisten und der Kupferscheibe wog sie jetzt nur noch schwerer.

Odelia kam mit den Armen voller Waffen in die Küche. »Die habe ich gefunden«, verkündete sie und überreichte Paisley ein Schwert und einen kleinen Dolch.

»Kriege ich auch welche?«, fragte Hal.

»Nur, wenn du vorhast, damit Würstchen zu schneiden«, antwortete Paisley.

Odelia kramte weitere Gegenstände aus ihren Taschen: eine Schere, eine Haarbürste und einen Tiegel mit Make-up, die Paisley vom Schminktisch ihrer Mutter erkannte. Paisley widerstand dem Drang, sie ihr wegzunehmen und dorthin zurückzubringen, wo sie hingehörten. Wo ihre Mutter hingehörte.

»Damit können wir Hal besser tarnen«, erklärte Odelia, während sie sich umdrehte und die Dinge am anderen Ende des Tisches aufbaute.

»Ich trage doch schon diese befremdliche Kleidung, die Corbett mir rausgesucht hat. Was brauche ich denn noch?« Hal nahm Mrs Keens Schürze ab und zerrte am Kragen seines weißen Hemdes, wodurch die grüne Krawatte unter seiner marineblauen Weste verrutschte. Dazu trug er eine graue Hose mit passendem Jackett und dunkle Schuhe. Über der Stuhllehne neben ihm hing ein ebenfalls marineblauer Mantel.

»Zuallererst müssen wir deine Krigare-Male verdecken. Odelia zog einen Stuhl heran und bedeutete Hal, Platz zu nehmen.

»Ich habe die Gerüchte nie geglaubt, dass Drachenmeisterinnen ihre Gefangenen foltern, aber nun wird mir klar, dass sie wahr sind«, protestierte er, während er sich setzte und zu Odelia umdrehte. »Wenn du meine Male verdeckst, weiß niemand mehr, was für ein Mensch ich bin.«

»Ich dachte, in den Nördlichen Gefilden macht man sich durch seine Taten einen Namen. Dann wirst du uns wohl zeigen müssen, wer du bist.« Odelia zog die Augenbrauen hoch. »Jetzt gerade zeigst du mir, dass du starrköpfig und weinerlich bist.«

Paisley entfuhr ein leises *Ha* und Hal verschränkte die Arme vor der Brust. »Es ist mehr als das.« Mit einem Kopfnicken deutete er auf Odelia, die vor ihm aufragte. »Ihr Drachenmeisterinnen rasiert euch die Köpfe, solange ihr in der Ausbildung seid. Ihr dürft euch die Haare erst wachsen lassen und im Stil einer Kriegerin flechten, wenn ihr euch dieses Privileg verdient habt. Euch die Zöpfe abzuschneiden oder die Haare wachsen zu lassen, bevor ihr eure Fähigkeiten unter Beweis gestellt habt, wäre undenkbar.«

»Das ist was anderes.« Odelia fixierte Hal mit stählernem Blick.

»Wieso sollte das etwas anderes sein?!«

»Weil wir in Gefahrensituationen bereit sind, uns anzupassen.« Sie deutete auf die Perücke auf dem Tisch. »Wenn nötig, lösen meine Schwestern ihre Zöpfe und kleiden sich nach der Mode des Königreichs. Schlimmstenfalls schneiden sie sich sogar die Haare ab.« Paisley sah, wie Odelia bei dem Gedanken schmerzlich das Gesicht verzog. »Das alles tun wir nicht, weil wir unsere Art zu leben nicht wertschätzen, sondern weil wir versuchen, sie zu bewahren. Deine Krigare-Male zu verdecken, rettet dir das Leben. Dadurch mag sich dein Äußeres für eine Weile ändern, aber im Inneren bleibst du, wer du bist«, erklärte Odelia Hal.

»Na schön, dann verdeck meine Male eben«, sagte er resigniert. »Aber du schneidest mir auf keinen Fall die Haare ab!«

Odelia fing an, Make-up auf die eisblauen Tattoos an Hals Nacken und bis hinauf zu seinem Haaransatz aufzutragen.

»Ich glaube, du musst dir keine Sorgen machen, dass du den Leuten nicht zeigen kannst, was *für ein Mensch* du bist. Alle wissen, dass die Bewohner der Nördlichen Gefilde Rebellen ohne bestimmten Lebensweg sind, deren Ziel es ist, den Obersten Gestalter und den Mechanismus zu vernichten. Dass sie, wenn sie einen vorherbestimmten Weg kreuzen, ihn eher behindern, als zu versuchen, ihn zu verstehen. Ich glaube, das werden wir auf deinem Weg schon bald sehen, egal ob mit oder ohne Krigare-Male.« Paisley gab sich keine Mühe, ihre Abneigung zu verbergen.

»Ja, es stimmt, wir können es kaum erwarten, dass der Oberste Gestalter und der Himmelsmechanismus verschwinden. Das bestreiten wir nicht«, antwortete Hal.

Odelia hielt mit dem Abdecken der Male inne und warf Paisley einen Blick zu. »Es glauben auch alle, dass Drachenmeisterinnen sternenlos, gierig, selbstsüchtig und eine Bedrohung für das Königreich sind. Denkst du auch so über mich?«

»Nein, natürlich nicht!«, widersprach Paisley.

»Warum denkst du dann so über Hal, wenn du nicht daran glaubst, was im Königreich über mich gesagt wird?«, fragte Odelia, die beim Überdecken von Hals Krigare-Malen nun etwas behutsamer vorging.

»Aber … du hast ihn doch die ganze Zeit bewacht! Du hast Corbett dein Schwert gegeben und uns befohlen, ihn nicht aus den Augen zu lassen. Wozu das alles, wenn du der Meinung bist, dass er keine Gefahr darstellt? Seine Leute haben Dax entführt!«

»Das habe ich getan, weil wir ihn brauchen. Er kann uns helfen, Dax zurückzuholen, und das hat absolute Priorität.

Aber nur, weil ich ihn bewache, heißt das nicht, dass ich ihn für schlecht oder seine Anliegen für falsch halte. Ich respektiere ihn als Krieger, ich teile bloß seine Motive nicht. Das Königreich hat dich glauben lassen, dass die Nördlichen Gefilde und alle, die dort leben, schlecht sind, auch Hal. Aber wenn es eines gibt, was ich im Lauf meiner fast sechzehn Wenden gelernt habe, dann dass jeder Lebensweg mehr als nur eine Seite hat.«

»Willst du damit sagen, dass wir ihm vertrauen sollen?«

»Ich will damit sagen, dass du ihm nicht so leichtfertig *nicht* trauen solltest. Er hat weder versucht, uns anzugreifen, noch zu fliehen. Auf dem Markt war er uns eine Hilfe und jetzt macht er sich schon wieder außerordentlich nützlich, indem er für uns kocht.«

Paisley schüttelte den Kopf. »Aber seine Schwester hat meinen Bruder entführt! Und wenn er das Seelenfeuer besser beschützt hätte, wäre all das hier niemals passiert. Ich traue ihm nicht, weil … weil ich Angst um Dax habe und …«

»… du jemanden brauchst, auf den du wütend sein kannst?«, ergänzte Hal.

Paisley senkte den Blick auf ihre Umhängetasche. Sie spürte, wie ihr Tränen in die Augen stiegen, war aber fest entschlossen, sie zurückzuhalten.

Sie ging zum Herd und wendete die Würstchen in der Pfanne, die langsam knusprig braun wurden.

»Dein Bruder ist in guten Händen«, versuchte Hal, sie zu trösten.

Paisley knallte den Kochlöffel hin und wirbelte zu Hal herum.

»Du verstehst das nicht! Ich sollte auf ihn aufpassen! Er ist noch so klein und jetzt ist er ganz auf sich gestellt. Bestimmt hat er eine Riesenangst. Ich bin für ihn verantwortlich. Ich bin die Einzige, die er auf der ganzen Welt noch hat, und er ist alles, was ich noch habe. Unser Vater ist schon lange tot, Onkel Hector hat uns verraten und unsere Mutter …« Paisley fing an zu weinen. »… unsere Mutter ist gerade … gestorben!« Odelia unterbrach ihren Versuch, Hal weniger wie einen Krigaren aussehen zu lassen, und eilte zu Paisley. Behutsam führte sie sie zum nächsten Stuhl und half ihr, sich zu setzen.

»Es gibt nichts, was Hal oder ich sagen könnten, um das wieder in Ordnung zu bringen. Aber wir können dich auf deinem weiteren Weg begleiten und dir mit unseren Schwertern zur Seite stehen. Ich persönlich kann es kaum erwarten, die Machenschaften der Dunklen Drachenhüterin zu durchkreuzen.«

»Geht mir genauso«, pflichtete Hal ihr bei. »Die Dunkle Drachenhüterin hat Roach geschickt, damit er das Seelenfeuer stiehlt, das ich bewachen sollte. Dafür werde ich mich rächen. Wir ›Barbaren‹ sind nicht so unzivilisiert, wie du glaubst. Wir sind ein ehrenvolles Volk und für deinen Bruder besteht keinerlei Gefahr. Sobald wir das Land meines Vaters erreichen, werde ich seine Freilassung veranlassen.«

»Und wenn Dax wieder bei uns ist, spüren wir die Dunkle Drachenhüterin auf und kümmern uns um sie«, ergänzte Odelia.

Paisley schüttelte den Kopf. »Ich habe meiner Mutter versprochen, dass ich den Herzstein beschütze und ihn von der Dunklen Drachenhüterin fernhalte. Und dass ich die anderen Teile finde, um sie in Sicherheit zu bringen.«

»Dann machen wir eben erst das und nehmen danach Rache«, erwiderte Hal lächelnd.

Augenblicklich fühlte Paisley sich besser. Vielleicht hatte sie diesen scheinbar immer gut gelaunten Krigaren vorschnell verurteilt. Sie dachte daran, wie er Corbett von der Straße gezogen hatte, bevor ihn der Omnibus überfahren konnte. Wie er ihr durch die Markthalle gefolgt war, obwohl er problemlos hätte fliehen können. Und wie er sie gerettet hatte, als sie vor Angst wie gelähmt vor dem Riss aus dem Schleier stand.

Paisley sah von Odelia zu Hal. Nun war sie nicht mehr nur traurig, sondern schämte sich obendrein auch noch.

»Eins nach dem anderen«, mahnte Odelia. »Jetzt mache ich erst mal Hals Tarnung fertig, dann kann er weiter für uns kochen. Wir beide überlegen uns derweil, was wir für die Reise einpacken sollten. Ich habe in der Waffenkammer deines Vaters ein paar ausgezeichnete Schlagringe entdeckt – die kommen auf jeden Fall mit. Und du solltest diese Wurfsterne mitnehmen.«

Odelia reichte ihr die Metallsterne und Paisley wog sie nachdenklich in der Hand. Es war ein gutes Gefühl, einen Plan zu haben.

»Auf dem Dachboden liegen vier große Segeltuch-Rucksäcke aus der Zeit, als Vater meinte, unbedingt mit uns campen gehen zu müssen«, sagte Paisley. »Die können wir für Ausrüstung und Proviant benutzen.«

Sie zog ihre Umhängetasche heran und fing an, sie auszupacken. Odelia versuchte währenddessen, Hal zu überreden, sich die Haare schneiden zu lassen.

»Deine Zöpfe sind zu auffällig«, argumentierte Odelia. »Willst du sie oder dein Leben behalten?«

»Beides«, antwortete Hal.

»Du kannst sie in deine Tasche stecken, dann hast du sie immer bei dir«, schlug Odelia vor.

Hal schüttelte den Kopf. »Nein.«

Odelia seufzte. »Du bist stur und töricht.«

»Und du direkt und gnadenlos«, entgegnete er.

Paisley lächelte verstohlen und warf Odelia einen Blick zu. Dabei fragte sie sich, ob die Drachenmeisterin das nicht sogar als Kompliment auffasste.

»Wie wäre es, wenn wir sie aufflechten und ausbürsten? Wir könnten deine Haare so frisieren, dass sie kürzer wirken. Manche Ritter tragen ihre Haare auch lang, zwar nicht so lang wie du, aber … Und sie flechten sie auch nicht«, meinte Paisley.

Hal schwieg einen Moment. »Sobald ich zurück in den Nördlichen Gefilden bin, flechte ich sie mir wieder und wasche die ganze Schminke ab.«

»Ja«, sagte Odelia, »und ich breite meine Flügel aus und nehme die Perücke ab.«

»Hm, damit solltest du lieber vorsichtig sein. Die Drachenmeisterinnen sind in den Nördlichen Gefilden nicht allzu beliebt.«

Odelia sah ihn an und zog eine Augenbraue hoch. Der Anflug eines Lächelns umspielte ihre Lippen.

»Okay, ich hab's kapiert.« Hal griff nach einem seiner Zöpfe und fing an, ihn zu lösen. Odelia half ihm, das komplizierte Geflecht zu entwirren, dann machte sie sich daran, seine Haare glatt zu bürsten und sie mehr dem Stil des Königreichs anzupassen.

Paisley ließ die Gegenstände aus ihrer Umhängetasche auf dem Tisch liegen und ging zum Herd, um die Würstchen noch mal zu wenden. Sie waren fast gar, also nahm sie sie vom Feuer. Als sie sich umdrehte, starrte Hal das Drachenei aus ihrer Tasche unverhohlen an.

»Wo hast du das her?«, fragte er im selben ehrfürchtigen Tonfall wie Doc Langley, als dieser das Ei zum ersten Mal zu Gesicht bekommen hatte.

»Es war im Drachengewölbe meiner Familie oben in Kensington Above. Mein Bruder hat es gefunden. Wir glauben, es hat unserer Mutter gehört, auch wenn ich vermute, dass unser Vater derjenige war, der es entdeckt hat – als er jung war, hat er Drachenkunde studiert. Eigentlich war es mit Nachtsilber umhüllt.« Paisley stockte. »Und es hat auch viel stärker geglänzt.« Sie nahm das Ei hoch, um es sich genauer anzusehen.

»Hoppla!« Sie ließ es beinahe fallen. »Ich glaube, darin hat sich gerade etwas bewegt!«, rief sie mit großen Augen.

Odelia hatte aufgehört, Hal die Haare zu bürsten. Er stand auf und ging um den Tisch herum zu Paisley, ohne das Ei aus den Augen zu lassen. »Darf ich?«, fragte er und streckte die Hände aus.

Paisley zögerte, gab es ihm dann aber doch. Er pfiff anerkennend durch die Zähne.

»Wir haben es Doc Langley gezeigt, einem Experten für Drachenkunde. Er denkt, es könnte sich um das Ei eines Großen Drachen handeln!«

Hal nickte. »Ich glaube, damit hat er recht! So ein Ei habe ich noch nie zuvor gesehen! Woher hattet ihr das Drachenfeuer, um es zu erhitzen?«

»Wie bitte?«, fragte Paisley verdutzt. Sie sah Odelia an, die auch nur mit den Schultern zucken konnte.

»Dieses Ei war dem Feueratem eines Drachen ausgesetzt«, sagte Hal.

Paisley dachte an die Ereignisse im Observatorium zurück. »Vielleicht war es einer von euren Drachen aus dem Norden, als sie gegen die Dunkle Drachenhüterin gekämpft haben?«

Hal schüttelte den Kopf. »Unwahrscheinlich. Um die Übergangsphase einzuleiten, braucht es eine gleichmäßig anhaltende Flamme.«

»Lorena!« Odelias Lippen kräuselten sich vor Abscheu, als sie den Namen der übergelaufenen Drachenmeisterin aussprach. »Sie hat mit ihrem Atem die Uhr deiner Mutter erhitzt, damit die Dunkle Drachenhüterin sie zerstören konnte! Währenddessen war auch alles drum herum ihrem

Flammenstrahl ausgesetzt. Ich erinnere mich, dass deine Umhängetasche nicht weit weg lag, und …« Odelia sah Paisley an.

»Das Ei!«, sagten sie wie aus einem Mund.

»Ja natürlich, es muss aus dem Nachtsilbergefäß gerutscht sein, als es in meiner Tasche war.« Paisley betrachtete das blaurote Ei. Hal hielt es ausgestreckt vor sich hin. Paisley und Odelia beugten sich vor, um es genauer unter die Lupe zu nehmen. Die Elektrika-Lampe über dem Küchentisch tauchte es in ein sanftes bernsteinfarbenes Licht. Hal und Paisley zuckten zusammen, als das Ei in seiner Hand plötzlich wackelte. Odelia zog eine Augenbraue hoch.

»Was machen wir jetzt damit?«, fragte Paisley.

»Nichts. Wir können nichts machen. Der Reifungsprozess hat bereits begonnen und in ein paar Wochen wird daraus ein Drache schlüpfen.«

»Ein paar Wochen?!«, entfuhr es Paisley.

»Na ja, sofern die Reifung bei den Großen Drachen ähnlich lange dauert wie bei den Drachen im Norden. Es kann aber auch schneller oder langsamer gehen.«

»Doc meinte, über die Großen Drachen sei nicht viel bekannt. Seit König George sie hinter den Schleier verbannt hat, wurde nie wieder einer gesehen«, sagte Odelia.

»Wir sollten etwas anfertigen, womit wir es abwechselnd tragen können«, schlug Hal vor.

»Das dürfte zu viel Aufmerksamkeit erregen«, wandte Paisley ein. »Wir können es fürs Erste einfach weiter in meiner

Tasche lassen.« Sie hielt Hal ihre Umhängetasche hin und er legte das Ei widerstrebend hinein.

Als sie sich wieder setzte, spürte Paisley das Gewicht des Eis und der Verantwortung, die es mit sich brachte. Ein Großer Drache würde sie erst recht in Gefahr bringen und sie machte sich Sorgen, was noch alles vor ihr lag.

Hal trat an den Herd, schob die Würstchen zurück aufs Feuer und stellte die bereitstehende Kasserolle dazu. Er ließ Butter darin schmelzen und gab dann die Rühreimasse hinein.

Paisley fragte sich, ob es nicht irgendwie falsch war, Rührei zu essen, während sie die Umhängetasche mit dem Drachenei auf dem Schoß hielt … aber sie war viel zu hungrig, um darauf zu verzichten.

Der König

Roach zerrte an seinem Kragen, als er auf Lord Hector zuging. Doch es lag nicht nur an dem engen Hemd und dem lauten Klacken seiner Schuhe auf dem marmornen Palastboden, dass er sich unbehaglich fühlte.

Zusammen mit Lord Hector hatte er dem Palast schon mehrere Besuche abgestattet, immer auf Geheiß der Dunklen Drachenhüterin. Beim ersten Mal war er überrascht gewesen, dass Hector offenbar keine Einladung benötigte: Er wurde auf der Stelle eingelassen und eifrig hofiert.

Doch heute lag irgendetwas in der Luft. Die Ritter wirkten wachsam und angespannt. Ihre Hände ruhten auf den Griffen ihrer Nachtsilberschwerter, sie hatten die Kampfrüstungen angelegt und an ihren Helmen fehlten die üblichen Federbüsche und Zierelemente. Sie sahen zweckmäßig aus – bereit, jeden Moment in den Kampf zu ziehen.

Hector warf Roach einen Blick zu. »Hast du es dabei?«, fragte er.

Roach griff in seine Manteltasche und holte eine kleine Holzkiste heraus, die er an Hector weiterreichte.

»Ohne wird er uns nicht empfangen«, erklärte Hector. »Hast du sie gesehen? Paisley?«

»Ja. Kurz.« Roach wandte sich dem Gemälde vor ihnen zu. Es zeigte einen der ersten Könige mit einer Lanze in der Hand und in glänzender Nachtsilberrüstung.

Hector drehte sich zu Roach um. »Wie wirkte sie auf dich?«, fragte er.

Entschlossen, wütend, verängstigt. Aufgebracht, weil du sie verraten hast, während sie dir vertraut hat, während sie geglaubt hat, du wärst der Einzige, den sie noch hat, der Einzige, der sie sicher durch den Mechanismus führen kann, wollte Roach erwidern. Stattdessen zuckte er bloß mit den Schultern. »Den Umständen entsprechend«, sagte er nur.

Hector wandte sich ebenfalls dem Gemälde zu.

In dem Moment kam ein großer, dünner Mann durch die Doppeltür in den Empfangssaal. Er trug die grün-schwarze Livree der Bediensteten des Königs und verneigte sich zackig.

»Seine Hoheit erwarten Euch im Thronsaal, Lord Hector.« Der Haushofmeister trat beiseite und hielt ihnen die Tür auf.

Roach spürte ein unangenehmes Kribbeln im Nacken und zögerte. Er spürte, dass etwas ihn auf seinem Lebensweg erwartete, konnte es jedoch noch nicht ganz einordnen.

Auf der anderen Seite der Tür veränderte sich die Atmosphäre. Die Opulenz war immer noch da, aber die Helligkeit des Empfangssaals wich dunkleren, satteren Farben.

War eben noch alles in sanften Elfenbeintönen gehalten, dominierten nun tiefes Blau und Grün. An den Wänden prunkten weiterhin goldgerahmte Gemälde der Könige vergangener Zeiten und edler Ritter in Nachtsilberrüstungen, hocherhoben auf ihren Pferden. Die Stimmung war jedoch ernsthafter und ihre Motive gaben Roach ein ungutes Gefühl. Eines zeigte einen frühen König, der mit erhobener Lanze vor seiner am Boden liegenden Beute aufragte. Aber anstelle eines Drachen handelte es sich um eine Frau, eine Drachenmeisterin, deren Flügel ihn an Odelia erinnerten. Anders als die Drachenmeisterinnen, denen Roach begegnet war, wirkte sie nicht stark und furchtlos, sondern ängstlich und zerbrechlich. Ihre Flügel hingen ebenso in Fetzen wie ihre Kleidung.

Roach wandte den Blick ab.

Am Ende des Korridors befand sich eine weitere riesige Doppeltür, die mit Sternen und den goldenen Bahnen des Mechanismus verziert war. Der Haushofmeister öffnete beide Türflügel und blieb dann an der Seite stehen.

Dahinter war es sogar noch dunkler. Das gedämpfte Licht der Wintersonne fiel kraftlos durch die Buntglasfenster und tanzte nur matt auf dem glänzenden Boden des Thronsaals.

Roachs Blick wanderte die Schatten der Säulen entlang, auf denen die bemalte Decke ruhte. Als er hochsah, entfaltete sich vor seinen Augen eine Geschichte. Es war dieselbe Geschichte, die sich auch durch sämtliche Gemälde, Wandteppiche, Statuen und Fresken im Palast zog: König George, der vom Obersten Gestalter auserwählt wurde. Dem seine Sterne vorherbestimmten, Großes zu vollbringen, Herrscher über das Königreich zu werden, die Großen Drachen zu vernichten und Bewahrer all dessen zu sein, wofür der Himmelsmechanismus stand.

Roach zog seinen Mantel zurecht und ballte die Fäuste, während sie auf den Thron zugingen.

Dieser Thron war ganz anders als der der Dunklen Drachenhüterin. Ihrer war aus Nachtsilber und den Zähnen eines Großen Drachen errichtet worden, wodurch er etwas Düsteres, aber Mächtiges ausstrahlte – wie das klaffende Maul eines Drachen. Der Thron des Königs war den goldenen Wirbeln und Bögen des Himmelsmechanismus nachempfunden. Wandernde Sterne umkreisten, von einem unsichtbaren Räderwerk angetrieben, den oberen Teil des Throns und in der Mitte, über den Windungen und Wendungen des Schicksals, schwebte der Königsstern.

Roach zog verwundert die Augenbraue hoch. Ihm war nicht ganz klar, was den Königsstern in der Luft hielt. Elektrika-Magnetismus, vermutete er.

Der dunkle, mysteriöse Königsstern. Die Bewohner des Königreichs wussten alle, was es damit auf sich hatte. Wenn ein Kind seine Sterne bekam, hielten seine Eltern den Atem an – manche hoffnungsvoll, andere angsterfüllt. Denn wer mit dem Königsstern gezeichnet wurde, war dazu bestimmt, der nächste Herrscher Albions zu werden.

Der zukünftige Herrscher wurde dann sofort seiner Familie entrissen und in die Obhut des Palastes gegeben, wo er in

Reichtum und Überfluss aufwuchs. Er wurde in den Feinheiten von Politik und Kriegskunst, Wirtschaft und Gesellschaft unterrichtet. Somit lernte er schon von Kindesbeinen an, was er brauchte, um einmal Albion und alle dazugehörigen Reiche zu regieren. Ihm wurde der Titel des Aufstrebenden Königs verliehen. Von diesem Moment an lag es in der Verantwortung des amtierenden Königs, den Aufstrebenden König auf seine zukünftige Rolle vorzubereiten.

Roach wusste, dass der amtierende König seine Sterne erhalten hatte, als er erst ein paar Tage alt war. Er war in Ohio, Amerika, auf die Welt gekommen. Doch die Mechanisten hatten ihn bereits nach Albion verschifft, bevor seinen Eltern klar werden konnte, zu welchem Schicksal ihr Sohn bestimmt war. Die meisten hatten den Obersten Gestalter dafür gepriesen, dass er jemanden aus den amerikanischen Gebieten zum neuen Herrscher erkoren hatte. Der junge Aufstrebende König hatte geholfen, die drohende Rebellion und einen Wunsch nach Unabhängigkeit vom Königreich Albion im Keim zu ersticken. Doch der Traum von einem eigenständigen Amerika war damit noch lange nicht gestorben. Denn nun, da der König seit fast hundertzwanzig Jahren auf dem Thron saß, fragte Roach sich, ob er sich wohl Gedanken über das Raunen machte, das von der anderen Seite des Atlantiks herüberwehte. Es erschien noch um einiges bedrohlicher als die Tentakel der Kraken, die der gewaltige Ozean beheimatete.

Der König war ein gebrechlicher alter Mann, der sich irgendwo auf seinem Lebensweg verloren hatte und nun zusammengesunken auf seinem Thron kauerte. Seine Haut war aschfahl und hing wie Spinnweben von seinem knochigen Leib. Die violetten Adern in seinen Händen traten deutlich hervor und seine ehemals schwarzen Locken waren schlohweißen Zotteln gewichen. Seine kastanienbraunen Augen erinnerten an Schlammpfützen und schienen hinter dem Schleier nach Dingen zu suchen, die er ohne Zweifel schon bald finden würde.

So nah war Roach dem König noch nie gekommen. Normalerweise wartete er im Vorzimmer, während Hector den Geschäften der Dunklen Drachenhüterin nachging.

Der hüstelte jetzt dezent und wartete, bis das Echo das Ohr des Königs erreicht hatte.

»Ach, Ihr seid es, nicht wahr? Also hat sie es mir endlich geschickt, Lord Hector.«

Roach folgte mit einem Schritt Abstand, als sie auf den Thron zugingen. Die wandernden Sterne kreisten wie Fliegen unablässig über dem Kopf des Königs.

Hector verbeugte sich tief und Roach tat es ihm gleich. »Meine Herrin richtet ihre Grüße aus.«

Der König erhob sich ungelenk und schlurfte über den dünnen blutroten Teppich, der zum Thron führte. »Und ist sie mit mir zufrieden? Ich habe meine Männer versammelt, wie sie es verlangt hat. Sie erwarten ihren Befehl.« Er blickte zu einer Tür links von ihm und zeigte mit zitterndem Arm darauf. Roach rümpfte die Nase, als ihm ein strenger Altmännergeruch entgegenschlug.

»Sie ist äußerst zufrieden und übersendet ein Zeichen ihrer Dankbarkeit, zusammen mit weiteren Anweisungen.« Hector griff in die Innentasche seines Mantels und holte die kleine Holzkiste hervor.

Der König stürzte sich darauf, doch Hector hielt die Kiste außer Reichweite. »Habe ich Euer Wort, dass Ihr tut, worum sie Euch bittet?«

Der König hatte nur Augen für die Kiste. Er streckte die Hände danach aus. »Jaja, ich tue alles, was sie will, jetzt gebt schon her.« Weiße Spucketröpfchen flogen von seinen Lippen.

Hector lächelte verschlagen, als er dem König die Kiste hinhielt. Der schnappte sie sich, wobei er sie vor lauter Gier beinahe fallen ließ.

Mit Grausen beobachtete Roach, wie der König mit fahrigen Fingern am Verschluss zerrte und eine kleine Phiole herausfischte. Achtlos warf er die Kiste mitsamt dem Brief beiseite und hielt die Phiole mit der roten Flüssigkeit ins Licht.

Roach kannte den lauernden Gesichtsausdruck des Königs nur zu gut. Er hatte ihn schon unzählige Male vor den Schlafmohnhäusern gesehen und ein-, zweimal auch bei seiner eigenen Mutter, wenn er es nicht rechtzeitig geschafft hatte, sie von einem Besuch in den Schlafmohnhäusern abzuhalten. Auch das war eine Folge von Claras Verschwinden.

Der König riss den silbernen Stopfen von der Phiole und ließ ihn auf den Marmorboden fallen. Gierig trank er die tiefrote Flüssigkeit in einem Zug leer. Mit seliger Miene leckte er sich die Lippen und schloss seufzend die Augen.

Roach wusste, was die Phiole enthielt. Es war das Gleiche wie in der Phiole in seiner Tasche: das Blut der Dunklen Drachenhüterin. Das Blut derer, die eine Drachengabe besaßen, hatte besondere Eigenschaften, worüber jedoch nur hinter vorgehaltener Hand getuschelt wurde. Genau wie über die Experimente, die die Yardwächter an jeder Person mit einer Drachengabe durchführten, die sie zu fassen bekamen.

Roach musste an Clara denken und biss die Zähne zusammen.

Plötzlich krümmte sich der König zusammen und ging mit einem verzweifelten Ächzen zu Boden.

Hector sprang zurück, während Roach auf den König zueilte.

»Was ist mit ihm? Hast du ihn vergiftet?«, rief Roach. Er hockte sich hin und streckte die Hand nach dem König aus, der unkontrolliert zu zucken begonnen hatte. Seine herrschaftlichen Gewänder schlangen sich um seinen Körper und bedeckten ihn schließlich von Kopf bis Fuß.

»Ganz im Gegenteil! Der König hat das Geschenk der Dunklen Drachenhüterin schon oft erhalten und mit jedem Mal fällt seine Reaktion darauf heftiger aus. Mach ihm Platz und lass ihm kurz Zeit, er beruhigt sich gleich wieder«, antwortete Hector.

Roach zog die ausgestreckte Hand zurück, blieb jedoch in der Hocke. »Das ist also schon mal passiert?«

»Ja.« Hector verdrehte die Augen, als würde ihn das alles anöden. »In letzter Zeit immer häufiger.«

Der König hörte auf zu zucken und rührte sich nicht mehr.

Roach blickte sich Hilfe suchend im Thronsaal um, doch Hector legte ihm eine Hand auf die Schulter.

»Gib ihm einen Moment«, sagte er.

Ein, zwei beklommene Atemzüge später regte sich der König von Albion wieder. Er seufzte, wobei seine Stimme deutlich tiefer klang als zuvor. Auch seine Bewegungen wirkten anmutiger und geschmeidiger. Mit dem Gesicht nach unten gerichtet stützte er sich auf Hände und Knie. Dabei glitt ihm der Stoff vom Kopf, wodurch Roach einen Blick auf seine Haare erhaschte, die nun wieder fest geringelt und tiefschwarz waren. Der König stand geschmeidig auf und drehte sich um. Vor ihnen stand ein Mann, der weniger als halb so alt aussah wie noch vor wenigen Augenblicken: Sein Gesicht war straff und markant, seine Augen waren dunkler und schärfer und seiner glänzenden schwarzen Haut haftete ein warmer, lebendiger Schimmer an.

Nun ähnelte er auch wieder dem König, den Roach von Briefmarken, Münzen und Photogrammen kannte. Roach staunte, wie schnell er sein junges Äußeres zurückerlangt hatte und wie vergänglich es zugleich war. Und plötzlich begriff er: Der lange Lebensweg des Königs hatte nichts mit seinen Sternen zu tun, sondern lag einzig an der Dunklen Drachenhüterin und ihrem Blut! Roach kramte in seiner Erinnerung. Im Geschichtsunterricht hatte er gelernt, dass die frühen Nachfolger König Georges nicht annähernd so lange gelebt hatten wie die der jüngeren Vergangenheit. Es wurde allgemein akzeptiert, dass die ersten Könige, vor allem jene, die gegen Drachen, Rebellionen und Länder außerhalb des Königreichs gekämpft hatten, kürzere Lebenswege hatten, weil der Oberste Gestalter für sie ein Schicksal voller Gefahren und heldenhafter Taten vorgesehen hatte. Doch nun, da er darüber nachdachte, wurde Roach klar, dass die Dunkle Drachenhüterin trotz ihres kindlichen Aussehens älter war als alle Könige zusammen. Hatte sie die späteren Könige mit ihrem Blut am Leben gehalten? Sie manipuliert, indem sie ihnen längere Lebenswege versprochen hatte? Hatte sie dafür gesorgt, dass sich ihre Rädchen weiterdrehten, bis der Königsstern an den nächsten Aufstrebenden König gegangen war? Roach schüttelte den Kopf und versuchte, sich zu erinnern, wann genau das mit den längeren Lebenswegen der Könige begonnen hatte. Hatte der Oberste Gestalter geplant, dass die Dunkle Drachenhüterin so in den Mechanismus eingriff, oder war sie ganz allein dafür verantwortlich?

»Richtet ihr aus, dass sie mich nicht noch mal so lange warten lassen soll. Mein wahres Alter holt mich in letzter Zeit immer deutlich schneller wieder ein«, sagte der König zu Hector. Seine zurückgekehrte Jugend ließ ihn selbstbewusster auftreten als noch vor wenigen Minuten.

»Bei allem Respekt, Eure Hoheit, aber es liegt nicht in Eurer Macht, der Dunklen Drachenhüterin Befehle zu erteilen.«

Kurz war im verjüngten Gesicht des Königs ein Anflug seines alten, gebrechlichen Selbst zu erahnen. Offensichtlich wusste er, dass er nicht mehr als eine Schachfigur in den

Händen der Dunklen Drachenhüterin war, genau wie Roach und Hector.

Der König bückte sich und hob die Holzkiste auf, um den Brief darin zu lesen. Sein Gesichtsausdruck verhärtete sich, während seine Augen über das Blatt wanderten.

Was auch immer die Dunkle Drachenhüterin von ihm wollte: Es gefiel dem König kein bisschen.

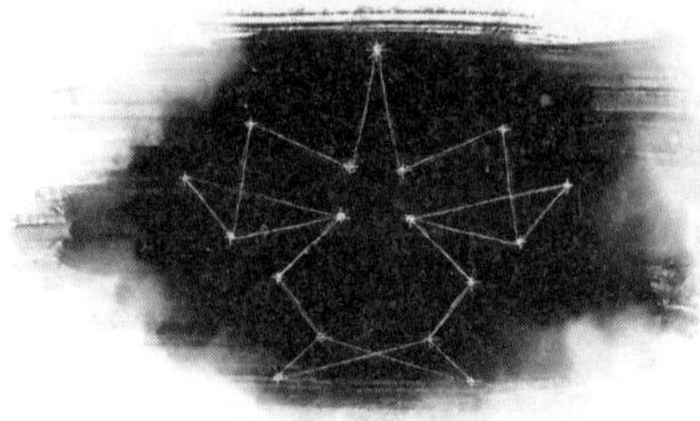

Der runde Saal

Der frisch verjüngte König führte sie aus dem Saal, während die Sterne am Thron unbeirrt ihre Bahnen zogen, als hätte sich nichts verändert. Die Bediensteten grüßten ihn höflich und ohne die geringste Regung zu zeigen. Der Haushofmeister verbeugte sich tief. Nur ein kurzes Zucken seiner Augen in Hectors Richtung verriet Roach, dass er die Veränderung bemerkt hatte.

»Alle Ritter haben sich Euren Anweisungen gemäß versammelt. Sie erwarten Eure Befehle, Eure Hoheit«, verkündete der Haushofmeister, während er ihnen voranging.

»Das will ich hoffen. Wir wurden durch Angelegenheiten, die den Mechanismus betreffen, aufgehalten. Das verstehen jedoch nur jene, die den Königsstern tragen«, erwiderte der König mit tiefer, befehlsgewohnter Stimme.

Roach hatte den Eindruck, dass der König diese *Angelegenheiten, die den Mechanismus betrafen,* regelmäßig als Ausrede benutzte, wenn er jemanden warten ließ. Als Herrscher über das Königreich Albion konnte er auch davon ausgehen, dass alle gehorsam auf ihn warten würden – mit Ausnahme der Dunklen Drachenhüterin.

Roach und Hector blieben hinter dem König stehen, als der Haushofmeister eine weitere große Doppeltür öffnete.

Dahinter erblickte Roach einen vollkommen runden Saal. Er hatte schon davon gehört. Dieser Raum war der Stoff unzähliger Legenden. Im runden Saal des Königs waren viele ruhmreiche Drachentöter-Expeditionen geplant worden. Von diesem Saal aus wurde das Königreich regiert. Hier wurde der Wille des Obersten Gestalters ausgeführt.

Der Palast war einst auf der Höhle des Großen Drachen Broga errichtet worden, den König George der Dritte besiegt hatte. Direkt über dem früheren Höhleneingang befand sich der runde Saal. In jenen Zeiten wurden Drachen oft noch mit dem altkeltischen Wort *Wyrm* bezeichnet und so hatte der Raum den Namen Wyrm-Saal bekommen.

Unter dem Palast erstreckten sich bis heute die zahlreichen Tunnel der riesigen Drachenhöhle. Roach wusste, dass er nur hinabsteigen und ihnen folgen müsste, um in den Thronsaal der Dunklen Drachenhüterin zu gelangen, der einst die Hauptkammer von Brogas Zuhause gewesen war.

Doch der Eingang zu den Tunneln war seit Langem verschlossen und durch das große runde Mosaik verdeckt, das den Boden des Wyrm-Saals zierte. Die in Metall eingefassten bunten Glassteine zeigten den Kampf zwischen König George dem Dritten und Broga.

Auf dem Mosaik in der Mitte des Raumes stand ein ebenso runder großer Tisch. Das polierte dunkle Holz glänzte im hellen Licht der Elektrika-Leuchten.

An dem Tisch fanden vierzehn Personen Platz. Tiefe Rillen, die vom Mittelpunkt ausgingen wie die Arme eines Zahnrads, unterteilten die Tischplatte in gleich große Bereiche. In jeder dieser Rillen lag ein Schwert, das jeweils dem Ritter gehörte, der auf dem davorstehenden imposanten Holzstuhl saß. Bis auf eine Ausnahme kamen und gingen die Ritter im Lauf der Jahre, doch die Stühle blieben immer dieselben. Über jedem prangte das Zeichen des Ordens, dem der jeweilige Ritter vorstand. Manche dieser Zeichen waren aus Holz geschnitzt, andere in Messing, Gold, Nachtsilber oder Kupfer gegossen.

Die Ritter des Königs erhoben sich, als ihr Gebieter eintrat. Roach entging nicht, dass einige beim Anblick des Königs überrascht die Augenbrauen hochzogen.

Jedes Kind im Königreich kannte die Namen, Posten und Titel dieser Männer. Nach dem König waren sie die mächtigsten Personen in Albion. Roach wusste schon gar nicht mehr, wie oft er als Kind mit seinen Freunden Ritter gespielt hatte.

Roach hatte sich dabei immer für den Ersten Ritter des Ordens des Heldenmuts entschieden. Damals war das Sir Richard Dench gewesen, doch wer der junge Mann war, der nun auf dem Stuhl unter dem Kupferherz saß, wusste Roach nicht. Er hatte aufgehört, Ritter zu spielen, als Clara auf die Welt gekommen war. Die Sterne der Ritter leuchteten oft besonders hell, dafür jedoch umso kürzer.

Neben dem neuen Ritter des Heldenmuts saß ein weiterer junger Mann, der höchstens ein, zwei Jahre älter sein konnte als Roach selbst. Über seinem Stuhl hing ein Kompass aus Messing und Stahl. Früher hatte Paisleys Vater dort gesessen, als er der Erste Ritter des Entdeckerordens war.

Insgesamt gab es dreizehn Ritterorden, die allesamt an dieser Tafel vertreten waren. Sie alle besaßen ein Mitspracherecht, wenn es um wichtige Angelegenheiten ging, die das Königreich betrafen.

Zwei Stühle an der Tafel waren leer. Einer war mit einem nachtsilbernen Königsstern gekennzeichnet und dort nahm der König nun Platz. Er zog sein opulent verziertes Schwert aus dem Gürtel und legte es vor sich in die Rille. Der andere leere Stuhl stand ihm direkt gegenüber.

In der Rille dort lagen die Einzelteile eines zerbrochenen Nachtsilberschwerts und auf dem staubigen, mit Spinnweben überzogenen Stuhl ruhten die sterblichen Überreste von Sir Jacob Pew, dem ersten und einzigen Ritter des Schleiers.

Aus dem Geschichtsunterricht wusste Roach, dass König George der Erste höchstpersönlich Sir Jacob Pew getötet hatte, nachdem dieser zum Vertreter seines Ordens ernannt worden war. Anschließend war sein Leichnam auf dem Stuhl platziert worden. Es war Sir Jacobs Schicksal, dem König auf der anderen Seite des Schleiers bis in alle Ewigkeit zu dienen. Sein Orden setzte sich aus sämtlichen Rittern zusammen, die je im Kampf für das Reich gefallen waren. Wer als Ritter im Namen des Königs starb, war dazu bestimmt, hinter dem Schleier weiter zu dienen. Es hieß, dass sie halfen, dort die Ordnung zu bewahren und die Großen Drachen daran zu hindern, in den Himmelsmechanismus zurückzukehren.

Auf den restlichen Stühlen saßen Männer verschiedensten Alters: Manche, wie der Ritter des Heldenmuts, waren nur wenig älter als Roach, doch die meisten waren ungefähr in Hectors Alter. Einige waren alt genug, um Lord Hectors Vater zu sein, und ein paar hätten sogar sein Großvater sein können.

Roach ließ den Blick weiter über die Gesichter der Ritter schweifen, während er Hector zu einer Reihe leerer Stühle folgte, die die gesamte Wand des runden Saals säumte und nur von der großen Doppeltür unterbrochen wurde. Diese Plätze gehörten den Leibwächtern und Knappen der Ritter. Einige von ihnen hielten Papier und Stift bereit, um mitzuschreiben.

Auf eine Geste des Königs hin nahmen alle unter leisem Murmeln wieder Platz. Einer der Ritter drehte sich auf dem Stuhl um und warf dem Jungen neben Roach einen strengen Blick zu. Der Junge mochte vielleicht zwölf sein. Er raschelte nervös mit Stift und Papier, als würden seine Sterne auf ihrer Bahn erzittern.

Roach erkannte den Ritter: Es war Erzarchitekt Harman, der Ritter des Himmelsmechanismus, dessen Stuhl unter den goldenen Bahnen des Universums stand.

Roach verabscheute die Mechanisten fast so sehr wie die Yardwächter. Während er so dasaß und Erzarchitekt Harmans Hinterkopf betrachtete, malte er sich aus, wie befriedigend es wäre, die goldenen Schlaufen zu benutzen, um den Mechanisten daran aufzuhängen wie an einem Galgen.

Erzarchitekt Harman ergriff als Erster das Wort. »Wir hoffen, Ihr seid wohlauf, Eure Hoheit. Es kursieren Gerüchte, laut denen es schlecht um Eure Gesundheit steht.«

In seiner Stimme lag ein Hauch von Provokation. Roach war sich sicher, dass dies dem König nicht entgangen war, denn dieser antwortete mit einem bedrohlichen Lächeln: »Es kursieren ständig Gerüchte über meine Sterne und meinen Lebensweg, aber wie Ihr seht, erstrahlen beide in gewohnter Helligkeit und um meine Gesundheit ist es bestens bestellt. Ihr und Eure Mechanisten werdet Euch also nicht gleich auf die Suche nach einem neuen Träger des Königssterns machen müssen. Gewiss liegt das Königreich bei mir noch viele Wenden in guten Händen.« Seine Stimme schallte tief und volltönend durch den Saal und die Ritter vor ihm nickten und lachten gutmütig.

Roach bemerkte den Blick des Königs, als Harman antwortete: »Natürlich. Ich bin sicher, der Oberste Gestalter hat Euren Königsstern mit der nötigen Kraft und Beständigkeit versehen, als er ihn Euch zugewiesen hat. Ein solches Glück hatten nicht alle Eure Vorgänger.«

»Wie uns zu Ohren gekommen ist«, wandte sich der König an die restlichen Ritter, »gab es in der vergangenen Nacht einen Angriff auf mein Reich.« Er legte eine kurze Pause ein. »Die Nördlichen Gefilde haben ihre Krigaren nach Albion gesandt, nach London, direkt vor meine Tür. Letzte Nacht wurden unser Himmel und unsere Küste von diesen Barbaren und ihren Drachen beschmutzt.«

Ein alter Mann, über dessen Stuhl eine Sonne hing, ergriff das Wort. »Eure Hoheit, wir vom Orden der Erleuchtung haben davon keine Kenntnis erhalten. Sollte dies stimmen …«

»Zweifelt Ihr etwa an meinen Worten?«, fragte der König.

»Nein, mein Gebieter, ich meine nur …« Der alte Ritter hielt inne, drehte sich um und gab einem seiner Knappen einen Wink. Ein muskulöser, bärtiger Mann mittleren Alters stand auf und hockte sich neben ihn. Die beiden unterhielten sich flüsternd, dann verneigte sich der Knappe vor dem König und eilte aus dem Saal.

Der König fuhr fort: »Wir Ihr alle wisst, sind die Nördlichen Gefilde zunehmend unverfrorener geworden, seit das Seelenfeuer verschwunden ist. Fälschlicherweise glauben sie, wir hätten es gestohlen.«

Roach verlagerte unbehaglich das Gewicht.

»Bisher hat sie der Gedanke an unsere mächtigen Ritter ferngehalten. Nun aber gibt es Anlass zu der Annahme, dass die Nördlichen Gefilde mehr als nur unsere Grenzen verletzt haben. Mir liegen Informationen vor, laut denen sie für den Tod einer Bürgerin meines Reichs verantwortlich sind. Noch dazu handelt es sich dabei um die Witwe eines gefallenen Ritters: Professorin Violetta Fitzwilliam. Auf ihrer Flucht haben die Krigaren den Sohn der Professorin und ihren Kollegen Dr. Langley als Geiseln genommen. Doch bevor sie die Professorin getötet haben, haben sie sie noch gezwungen, ein Experiment mit dem Wolstenholme-Kometen durchzuführen, das uns alle in Gefahr bringt. Sir Hugh, wie denkt Ihr und Eure Wissenschaftler darüber?«

Roach lauschte ungläubig, wie der König die von der Dunklen Drachenhüterin verdrehten Fakten vortrug, die Hector ihm übergeben hatte. Nicht zum ersten Mal schoss ihm durch den Kopf, welche Ironie es war, dass der König Anweisungen von einer Person erhielt, durch deren Adern Drachenblut strömte. Wie sein Vorgänger war er doch eigentlich vom Schicksal dazu bestimmt, das Königreich gegen die Drachen zu verteidigen.

Sir Hugh räusperte sich. »Eure Hoheit, Professorin Fitzwilliam ist vor einigen Tagen bei einem Unfall in Greenwich Above ums Leben gekommen. Sie kann unmöglich …«

»Wurde letzte Nacht die Bahn des Kometen verändert?« Der König starrte Sir Hugh durchdringend an.

»Ja, doch, auf ziemlich spektakuläre Weise sogar – genau genommen, wollte ich darüber gern mit Euch …«

»Und hat Professorin Fitzwilliam den Kurs dieses Kometen nicht zuvor schon einmal verändert?«

»Das hat sie, Majestät, aber …«

»Und ist dazu sonst noch jemand in der Lage?«

»Nein, nicht dass ich wüsste, Eure Hoheit.«

Der König lächelte zufrieden, während Sir Hugh nicht recht zu wissen schien, wie ihm geschah.

»Dann gehen wir doch erst einmal davon aus, dass meine Informationen korrekt sind. Das bedeutet, dass die Krigaren unsere Abwehr überwunden, Bürger unseres Reiches angegriffen und den Kometen versetzt haben. Zu welchem Zweck?«

Sir Hugh räusperte sich erneut.

»Sir Hugh?« Der König erteilte ihm mit einem kurzen Wink das Wort.

»Wie ich bereits sagte, haben wir letzte Nacht eine auffällige Bewegung des Kometen verzeichnet. Unsere besten Mathematiker haben die Zahlen mehrfach überprüft und danach sieht es aus, als würde der Komet geradewegs auf uns zukommen. Nicht nur auf die Erde, sondern direkt auf Albion. Es besteht die Möglichkeit, dass seine Bahn an uns vorbeiführt. Wir hoffen alle, dass der Oberste Gestalter es so eingerichtet hat, aber zurzeit ist die Wahrscheinlichkeit höher, dass er uns trifft. Das ist jedoch nicht alles, was wir festgestellt haben. Es gibt noch weitere Veränderungen am Himmelsmechanismus, die etwa zur selben Zeit aufgetreten sein müssen und die mich zutiefst beunruhigen.« Sir Hugh zitterte leicht, als er das sagte, und Roach spürte, wie seine Angst auf den gesamten Saal überschwappte. Mit Ausnahme des Königs.

»Verstehe«, sagte der König. Ein harter Zug trat in sein Gesicht, als er den Wissenschaftler ansah. »Offenbar will uns der Oberste Gestalter auf die Probe stellen. Es wäre nicht das erste Mal, dass unsere Fähigkeit, unserem Lebensweg zu folgen, herausgefordert wird. Wir bleiben standhaft. Wir kommen nicht von unseren Bahnen ab!«

In dem Moment kehrte der bärtige Knappe aus dem Orden

der Erleuchtung zurück. Er eilte schnurstracks auf den alten Ritter zu und begann, ihm etwas ins Ohr zu flüstern.

»Erzähl es uns allen, Kerl!«, blaffte der König.

Der Knappe richtete sich auf, schluckte und deutete eine kurze Verbeugung an. »Eure Hoheit, die Krigaren wurden letzte Nacht in London gesichtet. In Greenwich, um genau zu sein. Erst beim alten Observatorium und heute früh dann auf einem benachbarten Markt. Es scheint, dass die Krigaren den Apparat im Anschluss zerstört haben, und … und es gab Hinweise, dass die Drachenmeisterinnen ebenfalls involviert waren.«

Der König fuhr hoch und schlug mit der Faust auf die Tafel. »Die Krigaren sind mit den Drachenmeisterinnen im Bund? Oh, diese Frauen haben sich schon viel zu lange über die Gesetze und Vorschriften des Königreichs hinweggesetzt. Wen wundert es da, dass sie sich unseren Feinden anschließen? Doch damit ist jetzt genug. Wir werden dieses Verhalten der Nördlichen Gefilde und ihrer Verbündeten, den Drachenmeisterinnen, nicht dulden.«

Seine Stimme wurde nun noch eindringlicher. »Getreue Ritter, meine ehrenwerten Gefolgsleute, in Euren Sternen steht geschrieben, dass Ihr dazu auserkoren seid, mir zu dienen und unser großartiges Königreich zu schützen. Die Zeit ist gekommen, Euer Schicksal zu erfüllen! Macht Euch bereit, in den Krieg zu ziehen.«

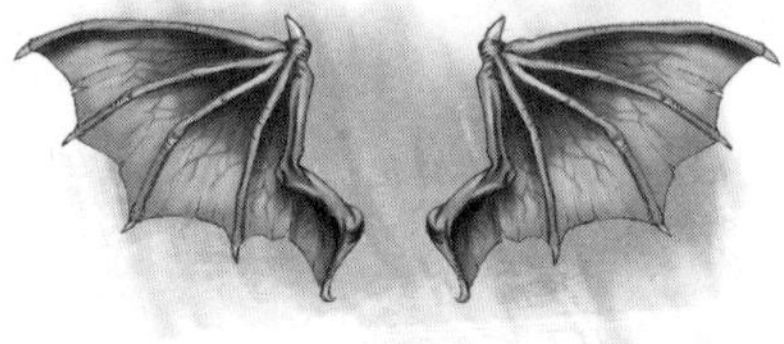

Das Versprechen des Königs

Die kleine Kupferscheibe lag schwer in Paisleys Manteltasche, als sie die anderen zur King Star Station führte. Der Weg, der vor ihr lag, war dunkel und unheilvoll: Irgendwo vor ihr war Dax, doch es schien nahezu unmöglich, zu ihm zu gelangen.

Die Heiligen Schriften besagten, dass man seinen Weg immer nur Schritt für Schritt gehen konnte. Man setzte einen Fuß vor den anderen und vertraute darauf, wohin einen der Oberste Gestalter führte. Doch Paisley war sich nicht sicher, ob sie dem Obersten Gestalter vertrauen konnte. Von dem Moment an, da sie ihre Sterne erhalten hatte, war ihr Weg voller Schmerz und Enttäuschung gewesen. Sie befürchtete, dass ihre zweiten Sterne Ähnliches für sie bereithielten.

»Wo lang?«, fragte Hal, während er seinen Rucksack von einer Schulter auf die andere wuchtete. Paisley schüttelte die Gedanken ab, besann sich auf ihre Umgebung und schaute umher.

»Hier entlang.« Sie zeigte die Richtung an und lief weiter.

Die Straßen wurden immer voller. Paisley klemmte sich ihre Umhängetasche unter den Arm, um das Ei darin zu beschützen. Doch mit dem Rucksack blieb sie im Vorbeigehen vermehrt an Passanten hängen. Sie musste sich regelmäßig umdrehen, um sich zu vergewissern, dass Odelia und Hal noch bei ihr waren, während die Menschenmenge um sie herum immer dichter wurde.

»Was machen all diese Leute hier?«, fragte Odelia. »Ist das für euch normal, sich so in Gruppen zu versammeln? Lower London ist wirklich seltsam.«

Paisley zuckte mit den Schultern. »Keine Ahnung, was hier los ist.« Sie reckte den Kopf und versuchte zu erkennen, was solche Anziehung auf die Menschen ausübte.

Die Menge schwoll an und ab und ehe sie wusste, wie ihr geschah, steckte Paisley darin fest. Statt zum Bahnhof zu gehen, wurde sie von den Leuten mitgerissen. Sie kämpfte gegen den Strom, doch für jeden Schritt in die richtige Richtung lief sie drei oder vier in die entgegengesetzte.

Als sie sich umguckte, konnte sie Odelia und Hal nirgends mehr erkennen. Paisley stockte der Atem. Sie bahnte sich einen Weg zum nächstgelegenen Gebäude und stieg die Treppe hinauf, um mehr sehen zu können. Während sie den Blick über die Menschenmassen schweifen ließ, fragte sie sich, ob Hal die Gelegenheit genutzt hatte, um unbemerkt zu fliehen. Wie sollte sie ohne ihn zu Dax kommen? Mit wachsender Verzweiflung hielt sie nach ihm Ausschau, aber letzten Endes war Hal derjenige, der sie fand.

»Wo ist Odelia?«, fragte Paisley.

Hal begann ebenfalls, in der Menge zu suchen. »Da drüben!« Er zeigte auf einen Punkt mitten in der Menge, wo Odelia sich durch das Gedränge zwängte. Sie lief jedoch nicht auf Paisley und Hal zu, sondern folgte der Richtung, die alle anderen eingeschlagen hatten. Paisley blieb fast das Herz stehen, als sie begriff, wohin sie wollten.

»Der Galgen!« Sie stieß Hal den Ellbogen in die Seite und zeigte auf das Podest in der Ferne. Dort stand, umgeben von johlenden Menschen, ein Galgen.

»Was passiert da?«, fragte Hal.

Paisley schauderte. Ihre Handflächen waren feucht und ihr Atem ging stoßweise. »Jemand mit Drachengabe. Die Männer des Königs …« Paisley konnte den Satz nicht zu Ende bringen. Sie sah die leere Schlinge und alles, woran sie denken konnte, war Dax mit seinem Drachenbein.

»Wir müssen zu Odelia! Wenn sie entdeckt wird, hängen sie sie gleich mit!« Paisley stürmte die Treppe hinunter und versuchte, sich so schnell wie möglich durch die Menge zu drängeln. Hal folgte ihr dicht auf den Fersen, bis sie es tatsächlich schafften, Odelia einzuholen.

»Odelia!« Paisley packte die Drachenmeisterin am Arm, doch Odelia zog ihn weg und funkelte Paisley erbost an. In ihrem Blick lag etwas Finsteres und Bedrohliches. Mit einem Kloß im Hals fragte sich Paisley, was die Drachenmeisterin wohl vorhatte, während diese sich unbeirrt einen Weg in die vorderste Reihe bahnte.

»Odelia, bitte!« Paisley versuchte, mit ihr mitzuhalten. Plötzlich brach die Menge in lauten Jubel aus. In der Mauer hinter dem Podest, die die Straßen Londons vom Gefängnis trennte, war eine Tür aufgegangen. Paisley spürte einen Stich in der Magengrube, als sie sah, wie zwei Frauen auf das Podest geführt wurden.

»Marea!«, entfuhr es Odelia, als sie die jüngere der Frauen erkannte. Beide waren in dünne weiße Gewänder gehüllt, deren Anblick Paisley frösteln ließ.

Die ältere der beiden Frauen stolperte, als sie mit gefesselten Händen und Füßen versuchte, die Stufen zum Galgen zu erklimmen. Marea hielt an und half ihr auf, während die Yardwächter sie unbarmherzig vorwärtsstießen. Die Menge johlte.

Paisley schnürte es die Kehle zu. Sie hatte Mühe, zu atmen, während sich ihre Ohren mit wütenden Beschimpfungen füllten.

»Tötet die Drachen!«

»Hängt sie auf!«

»Schneidet ihnen den Lebensweg ab und löscht ihre widernatürlichen Sterne!«

»Bitte, Odelia, ich will das nicht sehen!«, flehte Paisley. Sie griff erneut nach Odelias Arm.

»Ich kann hier nicht weg«, flüsterte Odelia ihr ins Ohr.

»Du kannst sie nicht retten!«, zischte Paisley. »Hier sind viel zu viele Leute!«

»Das weiß ich selber!«, fauchte Odelia. »Aber das sind meine

Schwestern: Ich muss Zeugnis ablegen, wenn ihre Sterne erlöschen.«

Paisley schaute zum Galgen, wo die jüngere Frau, Marea, erhobenen Hauptes vor der Menge stand. Ihre Drachengabe war nicht zu erkennen. Paisley konnte jedoch deutlich die tannennadelgrünen Schuppen sehen, die das Gesicht der älteren Frau zur Hälfte bedeckten und über ihren Hals bis unter das dünne weiße Baumwollgewand reichten. Sie wanderten den linken Arm der Frau hinab bis zu ihrer gefesselten Hand mit klauenartigen Fingern.

Die grünen Schuppen erinnerten Paisley an Dax. Mühsam schluckte sie ihre aufsteigenden Tränen runter.

»Odelia, wenn sie dich enttarnen, werden sie dich auch hängen«, wisperte Paisley ängstlich, während um sie herum weiter gedrängelt, gehöhnt und gespottet wurde.

»Paisley hat recht«, pflichtete Hal ihr bei. »Damit wäre deinen Schwestern auch nicht geholfen. Außerdem bringst du mich, Paisley und euren Drachenherrscher allein durch deine Anwesenheit hier in Gefahr.«

Paisley konnte sehen, wie Odelia mit sich rang, ohne dabei Marea aus den Augen zu lassen. Plötzlich entdeckte diese Odelia in der Menge. Die beiden wechselten einen Blick und nickten einander kaum merklich zu. Odelias Gesichtszüge wurden weicher. Sie fing an zu weinen und sagte mit leiser Stimme: »Möge Anu deine Sterne für immer leuchten lassen, Schwester.«

Dann wandte sie sich ab. Hal nahm Odelia und Paisley bei

den Händen und führte sie vom Galgen weg, während sich die Menschen in ihrer Nähe begierig in die frei gewordene Lücke zwängten.

Paisley hörte weiter die dumpfen Rufe und Schreie, doch sie blickte stur geradeaus und folgte Hal, der ihre Hand fest umklammert hielt. Auf seiner anderen Seite lief Odelia mit tränenüberströmtem Gesicht.

Als sie sich schließlich aus der Menge lösten und in die Straße zur King Star Station bogen, ertönte hinter ihnen ein gewaltiges Jubeln, das sämtliche andere Geräusche übertönte. Die drei blieben wie angewurzelt stehen.

Paisley konnte kaum atmen. Sie hatte die freie Hand zur Faust geballt und wischte sich damit die Tränen weg. Das da oben hätte Dax sein können. Oder Odelia. Und was wäre ihr Verbrechen gewesen? Dass sie anders waren? Dass sie einfach nur waren, wer sie nun mal waren? Wie konnte sie oder irgendwer sonst so etwas zulassen? Sie bereute zutiefst, dass sie nicht wenigstens versucht hatte, die beiden Drachenmeisterinnen zu retten. Dass sie nicht so lange gekämpft hatte, bis die beiden frei waren. Aber wohin hätte das geführt? Was hätte es Odelia und Hal eingebracht?

Während hinter ihnen der Jubel anhielt und Hal sie weiter zum Bahnhof führte, schwor sich Paisley bei allen Sternen: Wenn sie den Mechanismus tatsächlich kaputt gemacht hatte, würde sie beim Reparieren alles daransetzen, dass so etwas nie wieder passierte.

King Star Station

Immer noch zitternd stand Paisley neben Hal auf dem Bahnsteig. Sie starrte den Zug vor ihnen auf dem Gleis an und blinzelte mehrmals, um sich wieder in der Normalität zurechtzufinden. Wie konnte es sein, dass die Menschen hier ihrem gewohnten Tagesablauf nachgingen, während nur ein paar Straßen weiter … Sie holte tief Luft und ballte die Fäuste.

Über dem Bahnsteig hing eine große Uhr neben einer Anzeigetafel, die verkündete, dass dies der Sechs-Uhr-Zug nach Inverness war. Sie waren eine Stunde zu spät zum vereinbarten Treffpunkt gekommen und Paisley suchte den Bahnhof nach Corbett ab, obwohl sie wusste, dass er nicht da war.

»So einen Zug habe ich noch nie gesehen«, sagte Hal. Dadurch wurde Paisley klar, dass sie den Zug zwar angeschaut, aber noch gar nicht richtig wahrgenommen hatte. Sie ließ den Blick über die olivgrüne Farbe, die schnittigen Linien und sanften Schwünge gleiten, die solide und imposant vor ihr aufragten. Anders als gewöhnliche Züge hatte dieser keine

Räder, sondern schwebte dank Elektrika-Magnetismus über den Schienen.

»Diese Art von Maglektrika-Zug nennt sich Laithwaite. Die Dinger sind unfassbar schnell«, antwortete Paisley, froh, sich mit etwas so Banalem und Alltäglichem ablenken zu können. »In Amerika gibt es jede Menge davon, aber diese Strecke ist die einzige in Albion. Meine Mutter hat mir erzählt, dass es Pläne gibt, eine Verbindung durchs Meer nach Franzien zu bauen.« Beim Gedanken an ihre Mutter versagte Paisley beinahe die Stimme.

»Was glaubst du, wie es sich anfühlt, damit zu reisen?« Hal ging auf die Waggons zu. Der Laithwaite brummte leise vor sich hin, während er auf seine Abfahrt wartete.

»Das finden wir gleich raus. Komm, Odelia sollte schon drinnen sein«, antwortete Paisley. Sie glich die Nummer auf dem Waggon mit der auf ihrer Fahrkarte ab und öffnete Hal die Tür.

Das Innere des Waggons war prunkvoll eingerichtet und erinnerte Paisley an die eleganten Hotels und Restaurants des fliegenden Viertels Kensington Above. Odelia saß bereits auf ihrem Platz. Paisley hatte beschlossen, dass es besser war, wenn sie getrennt einstiegen. Außerdem hatte Odelia so auch einen Moment für sich, den sie sicher gut gebrauchen konnte. Als sie zu ihr stießen, war die Drachenmeisterin so ruhig und beherrscht wie immer, aber um sie herum lag noch eine gewisse Anspannung in der Luft.

Mit einem erleichterten Seufzer ließ sich Hal auf den

weichen grünen Polstersitz gegenüber von Odelia plumpsen. Paisley schaute sich um. Die Wände des Abteils waren mit dunklem Holz verkleidet und das sanfte Elektrika-Licht erinnerte sie an die Bibliothek von Onkel Hectors Club.

»Alles gesichert«, sagte Odelia, ohne den Bahnsteig draußen vor dem Fenster aus den Augen zu lassen. »Ich bin den Zug abgegangen und habe nirgends Hinweise auf die Yardwächter gefunden.«

Paisley nahm ihren Rucksack ab und verstaute ihn in der Gepäckablage, bevor sie sich zu Odelia setzte. Sie streifte die Umhängetasche ab, sah schnell nach dem Drachenei und stellte die Tasche dann bequem neben sich.

»Und kein Zeichen von Corbett?«, fragte sie. »Bist du sicher, dass er den früheren Zug genommen hat?«

Odelia seufzte leise. »Ja. Wir haben ihm gesagt, dass wir drinsitzen würden, und er hatte wahrscheinlich nicht die Zeit, vor der Abfahrt den ganzen Zug nach uns abzusuchen. Sonst hätte er mit Sicherheit auf dem Bahnsteig auf uns gewartet. Du weißt, das hätte er.« Paisley nickte. Corbett wäre niemals ohne sie abgefahren, wenn er gewusst hätte, dass sie sich verspäteten.

»Bestimmt wartet er in Inverness auf uns«, fuhr Odelia fort. Paisley konnte sich schon vorstellen, wie er dort in Roachs übergroßem Mantel auf einer Bank saß und andauernd auf die Uhr schaute.

Draußen auf dem Bahnsteig ertönte ein schriller Pfiff und der Zug erzitterte unter dem Zuknallen der Türen. Das Brummen wurde ein bisschen lauter und Paisley verspürte ein aufgeregtes Kribbeln, als der Zug sich etwas hob. Dann glitt er langsam los.

Sie warf Hal einen Blick zu und sah ihn so breit grinsen, dass sich seine Narbe kräuselte. »Wow, was für ein merkwürdiges Gefühl«, sagte er, als die Welt schneller und schneller am Fenster vorbeiflog, während der Zug geräuschlos und ohne das geringste Rütteln Fahrt aufnahm. Es schien beinahe, als würden sie stillstehen und die Welt draußen an ihnen vorbeiziehen.

So ähnlich hatte es sich auch hinter dem Schleier angefühlt, schoss es Paisley plötzlich durch den Kopf. Die anfängliche Aufregung verwandelte sich in Furcht, als sie unvermittelt einen kleinen Elektrika-Stoß verspürte … und im nächsten Moment tauchte mitten im Waggon ein kleiner, dunkler Riss aus dem Schleier auf. Odelia ergriff ihre Hand.

»Ist schon gut, Paisley«, sagte Odelia mit sanfter, ruhiger Stimme. »Du brauchst keine Angst zu haben. Wir sind auf dem Weg nach Norden zu Corbett und dann reisen wir weiter, um Dax zu holen.«

»Dax«, wiederholte Paisley, ohne den Blick von dem Riss abwenden zu können.

»Genau. Dax. Ich möchte, dass du die Augen schließt und an etwas Schönes denkst. Eine Erinnerung, in der nur ihr beide vorkommt, Dax und du.«

Paisley kniff die Augen zu, schob den Gedanken an den Riss weg und rief sich stattdessen ins Gedächtnis, wie sie und

Dax am Tag der kleinen Wenden zusammen das Modell des Sonnensystems aufgebaut hatten.

Sie spürte, wie sich Odelias Griff lockerte, und als sie kurz darauf die Augen wieder aufschlug, war der Riss verschwunden.

»Wie … woher wusstest du, dass das funktionieren würde?«, fragte Paisley Odelia.

»Ich wusste es nicht. Mir ist nur eingefallen, dass du erzählt hast, du hättest Angst gehabt, als die Risse in der Markthalle erschienen sind. Deswegen dachte ich, vielleicht hilft es ja, wenn du dich auf ein anderes Gefühl konzentrierst.«

»Sieht aus, als hätte es gewirkt«, meinte Hal. Er war ein bisschen blasser als vorher und auf seinem Sitz ganz nach hinten gerutscht. »Du kannst diese Risse also erzeugen?«, fragte er Paisley.

»Ich habe keine Ahnung, wie oder warum, aber ja, es scheint so.«

Eine Weile saßen sie da und schwiegen. Schließlich stand Hal auf. »Wer hat alles Hunger?«

»Ich gehe«, sagte Paisley. »Wenn dich jemand sieht, könnte auffallen, dass du ein Krigare bist.« Sie machte Anstalten, sich zu erheben, doch Hal hob die Hand und entgegnete mit perfektem neukeltischem Akzent: »Keine Sorge, meine liebe Paisley. Ich bin ein Krigare und wir zeichnen uns durch vielfältige Talente aus.«

Odelia fischte ein paar Münzen aus ihrem Geldbeutel und gab sie ihm. »Im Übrigen ist das eine gute Gelegenheit,

Odelias Schminkfähigkeiten auf die Probe zu stellen«, ergänzte er mit seinem gewohnten Akzent, bevor er das Abteil verließ, um sich auf die Suche nach etwas Essbarem zu begeben.

Paisley sah Odelia an. »Vertraust du ihm?«

Odelia nickte. »Wir sind mit hoher Geschwindigkeit unterwegs, ich glaube nicht, dass er da versuchen wird zu fliehen. Außerdem habe ich ihm nur wenig Geld gegeben und er hat hier weder Freunde noch Verbündete – außer uns natürlich. Er wird zurückkommen.«

»Also ist er jetzt schon unser Freund?«, fragte Paisley.

Sie dachte darüber nach. Er war auf dem Markt bei ihr geblieben, hatte ihnen geholfen, sich für die Reise vorzubereiten, und ihnen Informationen über das Drachenei gegeben. Und vorhin in der Menschenmenge, als Odelia und sie vor Entsetzen wie gelähmt gewesen waren, hatte er sie vom Galgen und der damit einhergehenden Gefahr weggezogen.

»Ob er mein Freund ist, habe ich noch nicht entschieden, aber ich weiß, dass er nicht mein Feind ist«, antwortete Odelia.

Bald darauf kehrte Hal mit drei frisch gebackenen Pasteten und drei Tassen heißer Schokolade zurück. Nachdem er sie verteilt hatte, zog er die Abendausgabe des *Königlichen Boten* unter dem Arm hervor und legte sie Paisley auf den Schoß.

FEINDE DES KÖNIGREICHS lautete die Schlagzeile und darunter waren Phantomzeichnungen der Verdächtigen abgedruckt, die Paisley, Odelia, Corbett und Hal – vor seiner Verwandlung – auffällig ähnlich sahen.

Paisley fiel fast der Becher mit der heißen Schokolade aus der Hand, als sie nach der Zeitung griff und vorzulesen begann:

»Wie der *Königliche Bote* erfahren hat, wurde das Herz unseres Königreichs vergangene Nacht von einer kleinen Gruppe aus Krigaren und Drachenmeisterinnen angegriffen. Der Vorfall ereignete sich am Rand der Hauptstadt und beendete mindestens zwei Lebenswege. Unseren Informationen zufolge gibt es Hinweise darauf, dass die Angreifer möglicherweise Größeres geplant hatten und es sogar auf den König selbst abgesehen haben könnten. Ihre vorgezeichneten Wege wiesen sie jedoch in eine andere Richtung. Zudem scheint es höchst unwahrscheinlich, dass der Oberste Gestalter eine solche Tat zugelassen hätte, solange kein neuer Königsstern zugewiesen wurde.

Erzarchitekt Harman äußerte sich dazu: ›Wie uns allen hinreichend bekannt ist, trotzen sowohl die Krigaren als auch die Drachenmeisterinnen dem Mechanismus und weigern sich, ihren Sternen zu folgen. Sie würden nicht zögern, Albion, den König und den Obersten Gestalter anzugreifen, sobald sich ihnen die Gelegenheit bietet.‹

Die Yardwächter haben Fahndungsbilder von vier Verdächtigen veröffentlicht, bei denen es sich ersten Vermutungen nach um zwei Drachenmeisterinnen und zwei Krigaren handeln soll. Diese Personen sind derzeit noch auf freiem Fuß. Sollten Sie ihnen begegnen, benachrichtigen Sie umgehend die Sicherheitsbehörden. Sie sind wahrscheinlich bewaffnet und ohne zugewiesenen Lebensweg.«

Paisley ließ die Zeitung sinken, damit die anderen die Fahndungsbilder sehen konnten.

»Die haben meine Krigare-Male komplett falsch wiedergegeben!« Hal stach mit dem Finger auf die Zeitung ein. Paisley konnte seine Tätowierungen unter dem Make-up zwar nicht sehen, war sich aber sicher, dass er recht hatte. »Woher soll irgendwer wissen, wer ich bin?«, beklagte er sich.

Paisley schmunzelte. »Wir wollen doch gar nicht, dass irgendwer weiß, wer du bist. Oder genauer gesagt: wer wir sind.«

»Ich glaube, die Bilder sind uns ähnlich genug, dass wir auf der Hut sein sollten.« Odelia stand auf und zog die Rollos an der Abteiltür zu, sodass vom Gang niemand hineinschauen konnte.

»Was ist mit Corbett?«, fragte Paisley besorgt.

Odelia warf einen Blick auf ihre Uhr. »Sein Zug wird in wenigen Stunden in Inverness eintreffen. Bei seiner Familie ist er erst mal in Sicherheit und wir werden auch bald da sein. Außerdem handelt es sich um die Abendausgabe des *Boten*, die kann im früheren Zug also noch niemand gesehen haben.«

Paisley hoffte, dass Odelia sich nicht irrte.

Hal nahm Paisley die Zeitung ab und fing an, die Tattoos auf dem Bild mit einem Bleistift zu korrigieren.

»Du hast gesagt, was einen Krigaren ausmacht, sind seine Taten. Sie sind es, die der Welt seine wahre Persönlichkeit zeigen«, wandte sich Paisley an ihn.

Hal blickte von seiner Zeichnung auf und nickte. »Das stimmt.«

»Warum ärgerst du dich dann so über dieses Bild?«

Hal zuckte mit den Schultern. »Es ist mir eben wichtig. Im

Norden sind unsere Male Teil unseres Vermächtnisses, unserer Traditionen. Sie sind Teil dessen, wer wir sind – als Gemeinschaft und jeder oder jede für sich. Diese Male hier zeigen nicht mich. Ich möchte nicht, dass man mich missversteht oder verurteilt, weil diese Zeichnung ein falsches Bild von mir vermittelt.«

Paisley rutschte unbehaglich auf ihrem Sitz herum. Sie hatte Hal missverstanden, sie hatte ihn verurteilt. »Hal, jeder, der auch nur ein bisschen Zeit mit dir verbringt, sieht, dass du ein guter Mensch bist. Dass du versuchst, unter allen Umständen das Richtige zu tun.«

»Du findest, ich bin ein guter Mensch?« Hal legte den Kopf schief und musterte Paisley mit seinem einen Auge.

»Ja, das finde ich.«

Zwischen Paisley und dem Krigaren entwickelte sich eine Art schweigendes Einvernehmen. Aus Gegnern wurden langsam fast so etwas wie Freunde.

»Erzähl mir von deinen Malen«, bat Paisley und deutete auf eines der Tattoos auf der Zeichnung. Hal begann zu erklären, für welche Aspekte seines Lebens die eisblauen Linien und Symbole standen. Während er sprach, nippte Paisley genüsslich an ihrem Kakao und aß eine Pastete. Anschließend erzählte sie auch ein bisschen über sich.

Odelia trug nur wenig zu der Unterhaltung bei. Sie las den Rest der Zeitung und nach einer Weile spürte Paisley, dass sie neben ihr eingenickt war.

Hal war der Nächste, der einschlief, aber Paisley hatte

keinen Zweifel daran, dass Odelia und er augenblicklich kampfbereit sein würden, falls es Probleme geben sollte. Es tat gut zu wissen, dass die beiden an ihrer Seite waren, während sie Dax, und damit auch Corbett, immer näher kamen. Und so döste schließlich auch Paisley ein.

In den dunklen Tiefen Londons

Roach zerrte seinen Gefangenen durch die dunklen Abwasserkanäle unter Lower London. Der Kontrast zu den opulenten Räumlichkeiten des Königspalasts, durch die er noch wenige Stunden zuvor gestreift war, hätte kaum größer sein können.

Lord Hector war gerade dabei gewesen, dem König und seinen Ersten Rittern bei der Planung ihrer Kriegsstrategie zu helfen, als die Dose in Roachs Manteltasche leise vibriert hatte. Beim Blick hinein hatte Roach festgestellt, dass sich die Raderlake in Corbett Grubbins' Tasche in Bewegung gesetzt hatte. Er hatte keinen Moment gezögert und sich auf den Weg gemacht.

»Das hier wäre deutlich leichter, wenn du einfach kooperieren würdest«, sagte Roach, während er an dem Seil zog, mit dem Corbetts Hände gefesselt waren. Der junge Lehrling stolperte durch die Dunkelheit und rutschte immer wieder auf dem feuchten Untergrund aus. Trotzdem versuchte er weiterhin stur, Roach zu entkommen. »Hör zu, ich hab dir doch gesagt, dass sie dich *sehen* will. Sie hat einen Job für dich. Es ist in deinem eigenen Interesse, mitzuspielen, statt hier so ein Theater zu veranstalten, klar?«

Corbett fing an, um sich zu schlagen, und riss erneut am Seil. Roach wirbelte herum, zog ihm die Kapuze vom Kopf und leuchtete ihm mit seiner Elektrika-Taschenlampe ins Gesicht.

Vom Licht geblendet blinzelte Corbett. Seine Brille steckte in seiner Tasche und er hatte einen Knebel im Mund.

»Ernsthaft, du solltest dich lieber nicht mit ihr anlegen. Oder mit mir, wenn wir schon dabei sind.«

Trotz des Knebels begann Corbett, laut zu schreien.

»Spar dir das, hier unten kann dich niemand hören.« Roach hielt die Taschenlampe so, dass Corbett den Tunnel sehen konnte. »Niemand wird kommen, um dich zu retten. Deine Freunde sitzen alle im Zug nach Norden. Das weiß sie. Sie weiß jede Menge, hauptsächlich, weil ich es ihr erzählt habe. Sie weiß von deinem älteren Bruder Norris und dass seine Sterne ihm einen Lebensweg als Alcheschmied zugewiesen haben, sodass er eines Tages die Schmiede eurer Familie in Ord übernehmen wird. Und auch, dass er sehr wahrscheinlich seine geliebte Effie heiraten wird, sofern die Mechanisten zu dem Schluss kommen, dass die Wege der beiden zueinanderpassen. Wäre doch schade, wenn ihre Sterne aus der Bahn gerieten …« Roachs Stimme hallte durch den Tunnel.

Er sah an Corbetts Gesichtsausdruck, dass diesem nicht in

den Sinn gekommen war, Roach könnte etwas über seine Familie wissen. Es war leicht, stark zu bleiben, wenn nur man selbst bedroht wurde. Doch wenn man dadurch diejenigen in Gefahr brachte, die man liebte, war die Situation auf einmal eine ganz andere.

Roach lief weiter und Corbett folgte ihm gehorsam durch die Tunnel, die sich tiefer und tiefer unter dem Herzen der Stadt hindurchschlängelten. Schließlich erreichten sie den Unterschlupf der Dunklen Drachenhüterin, das frühere Zuhause des mächtigen Großen Drachen Broga.

Die Dunkle Drachenhüterin saß auf ihrem Nachtsilberthron. In das schwarze Metall waren die weißen Zähne eines Großen Drachen eingearbeitet, der durch die Hand König Georges des Dritten gestorben war. Sie blitzten scharf und bedrohlich auf, als das Licht der Elektrika-Taschenlampe darauf fiel.

Roach beobachtete, wie Corbetts Blick durch den achteckigen Raum huschte und über die komplizierten Muster an den Wänden glitt. Insgeheim fragte er sich, ob Corbett die Symbole, die sich darin verbargen, wohl entziffern konnte. Immerhin war Corbett Student der Himmelsphysik und wusste bedeutend mehr, als Roach jemals lernen konnte.

»Bring ihn zu mir!«, rief die Dunkle Drachenhüterin, als sie Roach erblickte.

Roach packte Corbett am Oberarm und manövrierte ihn auf das achteckige Podest in der Mitte des Raumes zu, auf dem der Thron stand. Auf ihm saß ein kleines Mädchen, das ganz im Widerspruch zu seinem niedlichen Gesicht gebieterisch auf sie beide hinabblickte. Die Dunkle Drachenhüterin wirkte geradezu winzig, ihre schwarzen Drachenlederstiefel reichten nicht mal bis zum Boden. Ihr Haar war so dunkel wie das Nachtsilber des Throns, ihre Haut so weiß wie die Drachenzähne. Sie schenkte Roach und Corbett ein zuckersüßes, unschuldiges Lächeln, als sie auf sie zugingen. Doch Roach wusste, dass das kleine Mädchen, das wie eine harmlose Neun- oder Zehnjährige aussah, in Wahrheit älter war als die Drachenzähne, auf denen es saß.

»Hör mir zu«, raunte er. »Ich rate dir, sie auf keinen Fall zu verärgern. Tu, was sie von dir verlangt, dann verschont sie dich vielleicht.«

Corbett drehte sich mit großen Augen zu Roach um. Er schob die gefesselten Hände in seine Tasche und zog seine Brille heraus. Roach nahm sie ihm ab, säuberte sie gekonnt an seinem Mantel und setzte sie Corbett auf die Nase. Das rechte Glas hatte einen Sprung, der auf den Moment zurückzuführen war, als Roach Corbett am Aerodock in der Nähe der King Star Station abgefangen hatte.

Roach hielt vor der Dunklen Drachenhüterin an, eine Stufe unterhalb ihres Throns. Corbett stand aufrecht und trotzig da, ohne das bezaubernde kleine Mädchen vor ihm aus den Augen zu lassen, während Roach ihm den Knebel aus dem Mund nahm.

»Corbett Grubbins«, sagte die Dunkle Drachenhüterin mit freundlicher, unbekümmerter Stimme. Sie lächelte und rutschte vom Thron. Zu den hohen schwarzen Drachenlederstiefeln trug sie eine Hose und eine Jacke, die man genauso gut an den Männern des Königs hätte sehen können. Um ihre Schultern hing ein schwarzer Umhang mit blutrotem Innenfutter, das auf die Farben ihrer Uniform abgestimmt war.

Die Dunkle Drachenhüterin trat an den Rand des Podests und baute sich vor Corbett auf. Sie waren jetzt genau auf Augenhöhe.

»Du bist wahrlich bemerkenswert«, sagte sie mit einem Lächeln, das eine gewisse Ehrfurcht vor dem jungen Lehrling ausdrückte. »Der Apparat, den du für Violetta Fitzwilliam angefertigt hast, ist eines der handwerklich besten Stücke, die ich je gesehen habe.«

Roach beobachtete, wie sich Corbetts Miene veränderte und seine Furcht und Sorge unter dem Lob der Dunklen Drachenhüterin dahinschmolzen.

»Ich bin schon sehr, sehr lange am Leben. Ich war bereits auf dieser Welt, als der Königsstern des ersten Königs noch gar nicht existierte. Ich habe gesehen, wie die allerersten Alcheschmiede nach den Geheimnissen der ungesehenen Metalle gesucht haben, jenen kostbaren metallischen Elementen, aus denen der Oberste Gestalter mit Anus Hilfe die Bahnen des Mechanismus erschaffen hat. Ich habe gesehen, wie die Alcheschmiede ihre Lehren von Schüler zu Schüler weitergegeben haben, und ich war dabei, als das Nachtsilber entdeckt wurde. Ich war Zeugin, wie der erste König seine Lanze geschmiedet und mit ihr Ealdordóm getötet hat, den ersten Großen

Drachen, der sein Leben lassen musste. Doch in all meinen Wenden bin ich noch nie jemandem begegnet, der im Umgang mit Nachtsilber so geschickt ist wie du.«

Ein kurzes Lächeln huschte über Corbetts Lippen, bevor er sich wieder im Griff hatte. Seine Wangen waren bei der ganzen Schmeichelei rot angelaufen. Die Dunkle Drachenhüterin fuhr fort, ihren Zauber zu wirken.

»Und du bist nicht nur ein begnadeter Alcheschmied, du lässt dich auch noch zum Himmelsphysiker ausbilden!« Die Dunkle Drachenhüterin sah Corbett mit großen, staunenden Augen an. »Ich wette, es gibt kaum etwas, das du nicht kannst oder weißt.«

Corbett lächelte. Jetzt hatte sie ihn.

»Bestimmt kannst du einfach alles aus Nachtsilber erschaffen.«

»Na ja, *alles* vielleicht nicht.«

»Du hast den Apparat hergestellt und der war wirklich kompliziert«, sagte die Dunkle Drachenhüterin.

Corbett nickte.

»Glaubst du, du könntest auch etwas für mich herstellen?«, fragte sie lieb und unschuldig. Ihre kindliche Begeisterung vermittelte ihm ein trügerisches Gefühl von Sicherheit und Überlegenheit. Roach hatte schon oft erlebt, wie sie diesen Trick anwendete. Er selbst war auch ein-, zweimal darauf reingefallen.

»Was soll ich denn herstellen?«, fragte Corbett.

»Einen Arm«, antwortete die Dunkle Drachenhüterin. Ihre

Unterlippe begann, ganz leicht zu zittern, und ihre Augen füllten sich mit Tränen, als sie den Umhang beiseitezog und ihm den Ärmel ihrer Tunika zeigte. Der Stoff war hochgeschlagen und um ihren Armstumpf gefaltet, sodass er eine knappe Handbreit unter ihrer Schulter endete.

»Tut es weh?«, erkundigte sich Corbett.

Die Dunkle Drachenhüterin schüttelte den Kopf. »Anfangs ja, aber jetzt nicht mehr. Ich habe schon öfter Körperteile verloren. Finger, einmal eine ganze Hand und sogar ein Bein. Sie alle sind innerhalb von ein paar Stunden nachgewachsen. Das ist meine Drachengabe, musst du wissen: Sie hält mich jung und heil und bei Verstand. Doch als der Schleier mir meinen Arm genommen hat, war es anders. Er will einfach nicht nachwachsen. Du bist so begabt und klug. Du schaffst es bestimmt, mir einen Arm aus Nachtsilber zu bauen. Einen, der stark und mächtig ist, so wie der, den ich verloren habe. Könntest du das für mich tun? Könntest du mir einen Arm bauen?«

»Ja, ich glaube, das könnte ich«, sagte Corbett mit einem wehmütigen Blick.

»Und wirst du es auch tun?«, fragte sie.

»*Aye*, natürlich.«

Roach war nicht sicher, ob es an seiner Warnung lag, dass Corbett so schnell zustimmte, oder ob die Dunkle Drachenhüterin ihn einfach besonders geschickt um den Finger gewickelt hatte.

»Gut.« Die Dunkle Drachenhüterin lächelte freundlich. »Ich möchte dir etwas schenken«, sagte sie. Ihre Tränen waren schon wieder getrocknet. »Es ist etwas ganz Besonderes, das nur wenigen Menschen vorbehalten ist. Es hat die Macht, die Fähigkeiten und das Wesen desjenigen zu verstärken, dem ich es anvertraue.«

Roach verlagerte unbehaglich das Gewicht. Er ahnte, was jetzt kam, und fragte sich, ob er Corbett beiseiteschubsen oder ihn zumindest warnen sollte. Doch damit würde er den Zorn der Dunklen Drachenhüterin auf sich ziehen und er brauchte sie auf seiner Seite. Für ihn hing alles davon ab, dass sie erfolgreich war und siegte. Wenn es ihr gelang, den Schleier niederzureißen, würden die Großen Drachen zurückkehren – und mit ihnen die Toten. Clara. Und Corbett war Teil dieses Plans. Roach rückte einen kleinen Schritt von ihm ab.

»Du, Corbett Grubbins, bist intelligent und talentiert. Durch mein Geschenk wird dein Geist schärfer, dein Intellekt größer, dein Können noch umfassender. Durch mein Geschenk werden wir für immer miteinander verbunden sein, du und ich. Würde dir das gefallen?«, fuhr die Dunkle Drachenhüterin fort.

Was auch immer die Ursache war, Roach war sich sicher, dass Corbett nicht klar denken konnte. Corbett nickte und öffnete den Mund, um der Dunklen Drachenhüterin zu antworten. Doch ehe er ein Wort sagen konnte, hatte sie ihre kräftigen kleinen Finger um seinen Unterkiefer geschlossen und zog ihn zu sich nach unten. Sie zögerte einen Moment.

»Das war leichter, bevor deine Freundin mir meinen Arm geraubt hat. Aber keine Sorge, auch ich bin schlau und geschickt.« Mit ihren kleinen weißen Zähnen biss sie sich so fest auf die Unterlippe, dass Blut daraus hervorquoll. Sie ließ die dunkelroten Tropfen von ihren Lippen in Corbetts offenen Mund perlen.

Corbett begann zu würgen und versuchte, zurückzuweichen und das Blut auszuspucken, doch Roach packte ihn an den Oberarmen und hielt ihn fest.

Die Unterlippe der Dunklen Drachenhüterin heilte in Sekunden. Das Blut versiegte und die Haut war so weich und rosig wie zuvor. Die Dunkle Drachenhüterin drückte Corbetts Kiefer nach oben, sodass er keine andere Wahl hatte, als das Blut zu schlucken. »Du wirst mir noch dankbar sein«, flüsterte sie ihm ins Ohr. »Mein Blut wird dein Denkvermögen schärfen und deinen Körper stärken. Eine Zeit lang wirst du voller Energie sein und dich so lebendig wie nie zuvor fühlen. Du wirst schneller und länger arbeiten können, sodass du einen Arm für mich erschaffen kannst, der meiner würdig ist. Das ist mein Geschenk an dich – dies und die Verbindung, die wir nun dank meines Blutes teilen.«

Sie ließ Corbetts Kinn los und er spuckte ihr ins Gesicht. Roach war stolz auf ihn.

Während sich die Dunkle Drachenhüterin mit ihrem Umhang den Speichel aus dem Gesicht wischte, sah sie Corbett unverwandt in die Augen. »Roach, bring ihn in meine Schmiede. Gib ihm alles, was er braucht, um mir einen Arm herzustellen und die Arbeit meines letzten Alcheschmieds zu vollenden.«

Corbett taumelte leicht, als Roach ihn hinausführte.

»Keine Sorge. Der erste Rausch lässt bald wieder nach … gewöhn dich bloß nicht zu sehr daran. Vergiss nicht, woher es kommt; vergiss nicht, wer sie ist.«

Roach drehte den Kopf und warf einen Blick zurück auf das kleine Mädchen, das wieder auf seinem Thron saß.

Kupferich und Verrat

Roach rümpfte die Nase, als er die Tür zur Schmiede aufstieß und Corbett hineinführte. Die Luft war muffig und abgestanden. Roach ging durch den Raum und öffnete die Fenster, die einen Blick auf die Dächer Londons freigaben. Sie hatten die Abwasserkanäle durch eine Tür verlassen, hinter der eine enge Wendeltreppe in die Schmiede hochführte. Roach hatte den benebelten Corbett regelrecht hochzerren müssen, denn der stand immer noch unter dem Einfluss des blutigen Geschenks der Dunklen Drachenhüterin und konnte sich kaum auf den Beinen halten.

So war es am Anfang immer. Doch Roach hatte bemerkt, dass die anfängliche Reaktion auf das Blut immer heftiger ausfiel, je öfter man das Geschenk bereits empfangen hatte – genau wie beim König. Dafür setzte die stärkende Wirkung deutlich schneller ein, hielt aber auch nicht annähernd so lange an.

Corbett fing an, sich in der Schmiede umzusehen. Während

er auf wackligen Beinen umherstakste, schüttelte er mehrfach den Kopf, um wieder einigermaßen klar zu werden. Roach lehnte sich am anderen Ende des Raumes gegen die Tür, die zur Vorratskammer führte.

In der Mitte schwelte das Schmiedefeuer – schwach und kalt. Die verbrauchten Kohlen lagen grau und leblos auf dem Boden des Ofens, alles Helle und Warme an ihnen war längst aufgezehrt. Roach wusste, wie sich das anfühlte: Auch in ihm war alles, was einmal hell und warm gewesen war, lange erloschen. Er straffte die Schultern, drehte sich um und verschwand in der Kammer.

Die Wände hier waren von Regalen voller Materialien gesäumt: große Stücke Rohmetall, Fläschchen mit allen möglichen Pulvern und Flüssigkeiten mit handbeschrifteten roten Warnhinweisen.

Corbett folgte ihm und nahm eines der Regale in Augenschein. Sein Blick glitt über die vielen Flaschen, Schachteln und Tiegel mit alchemistischen Substanzen.

»Was ist das alles?«, fragte Corbett. »Ich meine, ich weiß, was das ist, aber warum bin ich hier?« Er hielt sich den Kopf. »Ich bin ein bisschen verwirrt.«

»Das legt sich bald und dann geht es dir wieder gut – besser als gut! Du bist hier, weil du ein Alcheschmied bist und sie möchte, dass du ihr einen Arm baust, um den zu ersetzen, den Paisley ihr genommen hat. Und …« Roach wühlte in seinen Taschen. »Ein paar von denen.« Er zog eine fest zusammengerollte Blaupause heraus.

Mit der Blaupause ging er zu einer nahe gelegenen Werkbank und strich die Pläne für einen metallenen Drachen von der Größe eines ausgewachsenen Adlers glatt. »Sie hat schon eine ganze Kolonie davon. Den Großteil hat dein Vorgänger bereits fertiggestellt. Das da war die letzte Schar.« Mit einer Kopfbewegung deutete er auf ein Regalbrett, auf dem acht mechanische Drachen in unterschiedlichen Stadien der Vollendung standen. Corbett ging darauf zu.

»Da drüben sollte es genügend Bauteile geben. Und falls was fehlt, findest du dort alles, was du für die Produktion brauchst. Du musst natürlich erst das Nachtsilber und das Kupferich anfertigen – ach ja, dafür brauchst du das hier.« Roach schob die Hand in seine Manteltasche und holte eine kleine gläserne Phiole heraus, die mit einer dicken tiefroten Flüssigkeit gefüllt war.

»Ist das ihres?« Corbett leckte sich die Lippen.

Roach nickte und hielt ihm die Phiole hin. »Komm nicht auf falsche Gedanken! Das reicht genau für ihren Arm und den Rest der mechanischen Drachen.«

Behutsam nahm Corbett die Phiole entgegen und verstaute sie umgehend in dem Regal mit den anderen alchemistischen Elementen.

»Wer hat die hier gebaut?«, fragte Corbett, während er bewundernd über einen der mechanischen Drachen strich.

»Ihr letzter Alcheschmied.«

»Und was ist Kupferich?« Corbett drehte sich wieder zu Roach um.

Roach musterte ihn einen Moment ausdruckslos und stieß dann ein überraschtes *Hmpf* aus. Er zog die Augenbrauen hoch und sagte: »Ich dachte, als Mann der Wissenschaft weißt du alles darüber.«

Er bedeutete Corbett, ihm zu folgen, und ging zum hinteren Ende der Kammer, wo eine kleine Holztreppe zu einem Zwischengeschoss unter dem Dach hinaufführte. Auf einer Seite befand sich eine schmale Pritsche mit dünnen Decken und schmutzigen Laken. Auf der anderen stand ein langer Schreibtisch, auf dem sich ein Berg aus Papieren und Büchern auftürmte.

Roach drückte auf einen Schalter, woraufhin Elektrika-Licht den Schreibtisch flutete, während die Pritsche weiterhin im Dunkeln lag. Corbett fing an, ein Blatt Papier nach dem anderen ans Licht zu halten und gründlich zu studieren. Darunter entdeckte er auch die Blaupausen für die Raderlaken. Die Pläne waren unglaublich detailliert und in den Farben ihrer jeweiligen Bestandteile ausgemalt: Silber, Messing, Nachtsilberschwarz und …

»… Kupferich«, murmelte Corbett und fuhr mit dem Finger über das Papier, das die Umrisse einer Raderlake sowie ein kupferfarbenes Drahtgeflecht in ihrem Inneren zeigte. »Ich habe das Metall in deinen Raderlaken auf Paisleys Dach gesehen, wusste aber nicht, was es war – und ehrlich gesagt, weiß ich das immer noch nicht.«

Roach trat zu Corbett an den Schreibtisch und zog eine Schublade auf. Darin lag zwischen Stiften, Farbtuben, Pinseln und Papier ein in Drachenleder gebundenes Tagebuch, das dem von Violetta ähnelte. In der rechten Ecke waren zwei Initialen aus Nachtsilber in das Leder geprägt worden: RH.

Corbett strich über die kalten Metallbuchstaben.

»Steht alles dadrin«, sagte Roach, während er die an die Wand gepinnten Bilder und Schriftstücke überflog. »Und irgendwo hier sollte ein Artikel hängen, den er für eine Zeitschrift in Amerika geschrieben hat. Darin erklärt er alles genau. So hat sie ihn auch gefunden.« Roach blickte zu der Pritsche und dem Bündel aus Decken hinüber.

»Wen ihn?«

»Den Alcheschmied. Russell Hertzsprung.«

»Russell Hertzsprung!« Corbett schnaubte belustigt. »Du meinst, der Mysteriöse Alcheschmied von Maine?«

Roach hob eine Augenbraue. »Er war vielleicht ein bisschen schräg, aber manchmal denke ich, er war der klarste Kopf im ganzen Mechanismus. Ah, hier ist er ja …« Roach zupfte ein Blatt Papier von der Wand. Zurück blieb ein sauberes cremeweißes Rechteck, wo das Papier bis eben gehangen hatte.

Praktische Anwendungen der Verwebung des innersten Selbst mit aus phytolaugenden Pilzen extrahierten Kupferich-Partikeln, las Roach vor, bevor er den Artikel an Corbett weiterreichte. Der blinzelte mehrmals.

»Ganz schön viele komplizierte Wörter, ich weiß.« Roach lächelte. »Russell hat mir erzählt, dass er als junger Mann nach Amerika ausgewandert und dort bis an die äußersten Ränder des Königreichs gereist ist. Und sogar darüber hinaus – bis zu einer kleinen Gruppe von Vulkaninseln. Dort ist er auf eine Ansammlung von magmatischem Gestein gestoßen – Kupfersulfat oder so –, das, zu winzigen Brocken zerbröselt, überall herumlag. Das war für Kupfer eher ungewöhnlich. Russell hatte den Verdacht, dass der Vulkan entlang einer Schicht aus Feuerstein entstanden ist und sich etwas davon mit dem Kupfer vermischt hat oder so. Ich glaube, er nannte es Verpaarung?« Roach runzelte die Stirn.

»Die Partikel waren so klein, dass man sie nur durch ein Elektrika-Mikroskop erkennen konnte, aber an der Stelle wuchsen ganz besondere Pilze. Giftpilze, die Russell noch nie zuvor in seinem Leben gesehen hatte.« Roach bückte sich und öffnete ein Schränkchen, aus dem er eine Metallkiste herauszog.

In der Kiste befanden sich kleine getrocknete Pilze, die grau und schrumpelig aussahen. Roach nahm einen heraus und hielt ihn oben am Hut zwischen Daumen und Zeigefinger.

»Als er einen der Pilze pflückte und umdrehte, entdeckte er das hier.« Roach drehte den Pilz um. Die Lamellen an der Unterseite waren aus Kupfer, das im Elektrika-Licht glänzte. Corbett stockte der Atem. Er streckte einen Finger danach aus.

»Vorsicht, die Lamellen sind äußerst empfindlich und brechen leicht ab. Und das hier ist der letzte Rest seines Vorrats. Na, jedenfalls meinte Russell, dass der Feuerstein zusammen mit irgendetwas, was bei der Phytolaugung passiert – das ist der Prozess, bei dem der Pilz das Metall aus dem Erdboden zieht –, das Kupfer reichhaltiger gemacht hat. Außerdem hat es ihm Eigenschaften verliehen, die normales Kupfer nicht besitzt.«

Corbett, der nebenher den Artikel überflog, sah auf und nickte. Er wirkte nicht mehr ganz so benebelt und Roach erkannte, dass das Geschenk der Dunklen Drachenhüterin langsam seine Wirkung entfaltete.

»Russell hat dann dasselbe Verfahren wie zur Herstellung von Nachtsilber angewandt, nur halt nicht mit Silber, sondern mit dem vulkanischen Pilzkupfer. Durch die Vermählung – du weißt, das Vermengen mit menschlichem Blut – ist ein neues Metall entstanden, Kupferich. Er glaubte sogar, es könnte sich dabei um eines der ungesehenen Metalle des Mechanismus handeln, aus denen die Bahnen des Universums bestehen. Die Bahnen, auf denen sich alles bewegt: die Planeten, die Sterne, wir. Natürlich wurde er dafür ausgelacht, doch er lag gar nicht so falsch. Kupferich ähnelt Nachtsilber tatsächlich in gewisser Weise, auch wenn die beiden Metalle so unterschiedlich sind wie Tag und Nacht. Während Nachtsilber außerordentlich stabil ist und die Kraft der Person in sich trägt, mit der es vermählt ist, ist Kupferich … wie hat er es genannt? Nachgiebig.«

»*Aye*, hier steht, dass durch die Vermählung von Kupfer ein schwaches Metall erzeugt wird, das leicht zu verarbeiten ist, aber auch schnell bricht. Gleichzeitig erlaubt die Vermählung ein deutlich engeres Zusammenspiel mit der verknüpften Person. Es lässt sich so stark beeinflussen, dass man es als symbiotisches Element betrachten kann.« Corbett blickte mit großen Augen von dem Artikel auf. »Die theoretischen Wissenschaftler aus Greenwich Overhead versuchen seit Jahrzehnten, etwas Vergleichbares zu entwickeln – dabei hat es der Mysteriöse Alcheschmied längst geschafft!« Corbett schnappte sich die Zeichnungen der Raderlake und hielt sie hoch. »Ich habe mich die ganze Zeit gefragt, wie die Raderlaken funktionieren. Es schien fast so, als könnten sie eigenständig denken!«

»Nein, das können sie nicht. Das waren meine Gedanken. Dadurch, dass sie mit mir verbunden sind, verstehen sie meine *Intention*.« Roach holte die Dose aus seiner Tasche und öffnete sie. Sie war leer.

Corbett erschrak, als er plötzlich etwas auf sich herumkrabbeln fühlte. Er blickte an sich hinab und stellte fest, dass die Raderlaken aus den Taschen seines Mantels – der in Wahrheit ja immer noch Roachs Mantel war – krochen und zu Roach flogen. Sie landeten in der Dose, klappten die Flügel ein und rührten sich nicht mehr.

»Wie?«, fragte Corbett.

Roach zuckte mit den Schultern. »Ich denke einfach daran, was ich von ihnen möchte. Wobei: Denken trifft es vielleicht nicht ganz. Ich stelle es mir vor. Ich stelle mir vor, was sie tun sollen und wie sie es tun, und dann machen sie genau das. Russell hat mal versucht, es mir zu erklären. Gedanken haben wohl auch irgendwie Energie oder so, wie eine Art Echo durch Raum und Zeit, und wir sind einfach nicht weit genug entwickelt, um etwas davon mitzubekommen … Das steht bestimmt alles da drin.« Er zeigte auf das Tagebuch, wobei sein Blick für einen Moment an den Nachtsilberbuchstaben hängen blieb.

»Wo ist er jetzt? Russell Hertzsprung?«

Roach richtete sich auf, straffte die Schultern und schniefte. »Tot. Vor etwa einem Monat. Ich habe ihn gefunden, als ich nach ihm schauen wollte. Er war ziemlich alt – es ging ihm schon eine Weile nicht besonders gut. Sie hat versprochen, ihm ihr Blut zu geben und ihn freizulassen, sobald er eine Kopie von Violettas Apparat gebaut hat. Dazu ist es aber nicht mehr gekommen. Das ist der Grund, weshalb wir uns Violetta und ihren Apparat holen mussten.«

»Und jetzt soll ich hierbleiben und seinen Platz einnehmen? Um der Dunklen Drachenhüterin einen Arm und eine Armee von mechanischen Drachenspionen zu bauen?«

»Na ja, nicht wirklich Spione. Nicht so wie dieser hier.« Roach hielt einen anderen mechanischen Drachen hoch, der deutlich kleiner war als die, die er Corbett vorhin gezeigt hatte. »Und auch eher einen Schwarm und keine Armee. Russell hatte die Entwürfe schon ausgearbeitet, du musst sie nur noch fertigstellen. Was den Arm angeht – ach, na ja, du bist clever genug, dir fällt schon was ein.«

Corbetts Augen fingen an zu leuchten und er strahlte über das ganze Gesicht. Er griff nach einem Kupferich-Pilz. »Ich könnte die hier benutzen!«, sagte er lächelnd.

Roach nickte. Das Geschenk der Dunklen Drachenhüterin schien nun seine volle Wirkung entfaltet zu haben. Er drehte sich um und ließ Corbett allein. An der Tür schaute er noch einmal hoch und sah, dass Corbett in Russells Tagebuch blätterte.

»Ein Rat noch, Corbett. Du solltest bei dem Arm lieber nicht schludern. Sie merkt es, wenn du nicht dein absolut Bestes gibst. Sie wird ihren Zorn dann nicht etwa an dir auslassen – nicht mal an Paisley oder Odelia. Sie wird sich deine Mum und deinen Dad vorknöpfen, deinen Bruder Norris und die Familienschmiede in Ord. Das willst du nicht, glaub mir.«

Ihre Blicke trafen sich und Roach wusste, dass Corbett ihn verstanden hatte.

In dem Moment spürte Roach ein leichtes Vibrieren in seiner Manteltasche. Er öffnete die Dose mit dem Raderlaken-Radar und stellte fest, dass sich die drei Punkte, die für Paisley, Odelia und Hal standen, nicht mehr bewegten. Er runzelte die Stirn.

»Ich komme morgen wieder«, versicherte er Corbett. »Hier unten gibt es Essen, Trinken und alles, was du für die Arbeit brauchst. Wenn ich du wäre, würde ich so schnell wie möglich loslegen. Die Dunkle Drachenhüterin mag es nicht, wenn man sie warten lässt.«

Er schloss die Tür hinter sich. Während er die Treppe hinablief, musste er an Russell denken. Daran, wie oft die Dunkle Drachenhüterin versprochen hatte, ihn freizulassen, und wie er Roach gebeten hatte, ihm zu helfen.

Roach holte einen Brief aus der Tasche, den er heimlich aus dem Tagebuch gezogen hatte, bevor er es an Corbett weitergereicht hatte. Der Brief war an Russells Sohn und Enkelin adressiert. Roach bewahrte einen ganzen Packen davon unter dem losen Dielenbrett unter seinem Bett auf. Jedes Mal, wenn er einen mitgenommen hatte, hatte er versprochen, ihn zur Post zu bringen. Er hatte jedes Mal gelogen.

Nun, da Russell hinter den Schleier getreten war, fragte Roach sich, ob der alte Mann wohl von seinem Verrat wusste.

Ein unvorhergesehener Halt

Paisley wurde von einem sanften Stups wach. Verschlafen sah sie in die Nacht hinaus, deren Schwärze den Zug umhüllte, während er auf einem Kissen aus Elektrika-Magnetismus nordwärts glitt. Selbst die dicke weiße Schneeschicht, die das winterliche Albion bedeckte, war in der Düsternis nicht auszumachen. Das Elektrika-Licht im Abteil war aus, was Paisley das Gefühl gab, als wäre die Dunkelheit von draußen ins Innere des Zuges gesickert, während sie geschlummert hatte. Neben ihr schlief Odelia in kerzengerader Haltung, so reglos und still wie die Sterne hoch oben am unergründlichen Himmel. Ihr gegenüber saß Hal zusammengesunken und mit verschränkten Armen. Sein Kinn war fast bis auf seine Brust gesackt und seine leisen, tiefen Atemzüge erfüllten das Abteil.

Wieder spürte Paisley einen Stups. Gedankenverloren streckte sie die Hand aus. Halb rechnete sie damit, ihre Mutter zu ertasten, die sie wie so oft sachte wach rüttelte. Das tat sie immer, wenn es draußen winterlich kalt und im Bett viel zu warm und gemütlich war, um aufzustehen. Doch alles, was sie vorfand, war ihre Umhängetasche.

Plötzlich war sie hellwach. Während sie noch an ihre Mutter dachte, zog sie die Tasche auf den Schoß und griff nach dem Drachenei darin. Es fühlte sich deutlich größer an als gestern zu Hause. Paisley kramte in der Tasche nach der Nachtsilberfassung, in der es gelegen hatte. Sie nahm das Ei in die eine und die Fassung in die andere Hand: Das Ei war inzwischen nahezu doppelt so groß.

Paisey hielt sich das Ei an die Wange und spürte, wie warm es war. Sie schloss die Augen. Es war ein schönes, beruhigendes Gefühl, fast wie die sanften Streicheleinheiten ihrer Mutter, mit denen sie sie immer geweckt hatte.

Aus dem Ei kam ein leises Klopfen. Paisley zuckte erschrocken zurück und ließ dabei die Nachtsilberfassung fallen, die scheppernd auf dem Boden aufschlug.

Im Nu waren Hal und Odelia auf den Beinen, Odelia mit gezogenen Schwertern und Hal mit erhobenen Fäusten.

»Entschuldigt, das war nur ich«, sagte Paisley. Odelia schaltete die Elektrika-Lampe im Abteil an und alle drei blinzelten, geblendet vom hellen Licht.

»Das Ei ist gewachsen!«, berichtete Paisley. »Und ich kann eindeutig fühlen, wie sich darin etwas bewegt. Heute Morgen konnte man es nur erahnen, aber jetzt ist ein richtiges Klopfen!«

»Nicht bloß ›etwas‹ – ein Drache«, erwiderte Hal, während er die Hand auf das Ei legte.

»Ein Drache«, wiederholte Paisley. Langsam dämmerte ihr, dass sich in dem Ei etwas Reales und Besonderes verbarg, etwas, das auf ähnliche Weise auf sie angewiesen war wie Dax.

Einen Moment verharrten sie vollkommen still. Dann lachte Hal auf und begann zu strahlen, als sich der Drache im Inneren des Eis bewegte.

»Odelia, fühl mal.« Er nahm Odelias Hand und legte sie ebenfalls auf das Ei.

Odelia setzte zum Protest an, doch bevor sie die Hand wieder wegnehmen konnte, rührte sich der Drache erneut. Ein so seltenes wie flüchtiges Lächeln huschte über ihr Gesicht und Hals Mundwinkel zogen sich noch weiter nach oben. Paisley sah, wie sich die Blicke der beiden trafen und ein bisschen länger als normal aufeinander ruhen blieben.

Paisley schaute von Odelia zu Hal und wieder zurück.

»Was?« Odelia zog die Augenbrauen hoch.

»Ach nichts«, erwiderte Paisley mit einem Schmunzeln, das jedoch sofort erlosch, als sie spürte, wie ein leichtes Zittern durch den Zug ging. »Moment mal, werden wir etwa langsamer?« In dem kleinen Abteil klang ihre Stimme auf einmal viel zu laut. »Vielleicht halten wir am nächsten Bahnhof?«, ergänzte sie leiser.

Odelia schüttelte den Kopf und schaltete das Licht aus. »Der Zug sollte ohne Zwischenhalt zum Wall und weiter fahren.« Schnell richtete sie ihre Perücke, legte ihren Umhang an und ging zum Fenster.

Paisley folgte ihrem Beispiel. Sie schlüpfte in ihren Mantel, hängte sich die Tasche um und bettete das Ei sorgfältig hinein. Hal holte derweil die Rucksäcke von der Gepäckablage.

Wenig später kam der Zug mit einem sanften Ruck zum Stehen. Vor ihnen lag ein kleiner Dorfbahnhof. Der Zug war zu lang für den Bahnsteig, sodass ihr Waggon ein wenig außerhalb irgendwo im Nirgendwo stand. Paisley konnte die Gebäude einer Mälzerei ausmachen und dahinter die verstreuten Häuser und Katen des Dorfs.

Odelias Gesicht spiegelte sich im Glas, als sie sich an die Scheibe presste und die Umgebung bis zum Bahnhof absuchte, der fünf oder sechs Waggons weiter vor ihnen lag.

»Die Männer des Königs!«

»Ritter?«, fragte Hal mit einem Anflug von Aufregung in der Stimme.

»Jepp.«

»Ritter?! Bist du sicher?« Paisley drückte ebenfalls ihr Gesicht an die Scheibe.

»Ganz sicher. Zweimal dürft ihr raten, hinter wem sie her sind«, sagte Odelia.

»Noch können wir ihnen entwischen.« Paisley schnappte sich ihren langen Schal, wickelte ihn sich um und knotete ihn gründlich fest. Ihre Gedanken rasten. Sie durften auf keinen Fall gefasst werden. Ihr Blick wanderte zu Odelia und Hal, während sie das Gewicht des Dracheneis in ihrer Tasche spürte. Es stand weit mehr auf dem Spiel als nur Dax' Rettung.

Paisley zog den Riemen ihrer Tasche fester, um das Ei dicht und damit sicher an ihrem Körper zu haben. »In Ordnung. Sobald alle Ritter im Zug sind, öffnen wir das Fenster, hangeln uns nach unten und rennen zu dem kleinen Gebäude da.« Sie zeigte auf einen Lagerschuppen, der im Schatten der Mälzereigebäude stand. »Odelia, sag Bescheid, wenn sie an Bord sind.«

Paisleys Herz raste. Sie versuchte, langsam und kontrolliert zu atmen, doch dabei wurde sie sich der Elektrika-Spannung bewusst, die plötzlich in der Luft lag. Verstohlen sah sie sich im Abteil um, ob irgendwo Anzeichen auf ein Stück vom Schleier zu erkennen waren.

»Drei sind eingestiegen, einer ist auf dem Bahnsteig zurückgeblieben, um den Zug zu bewachen.«

»Verstehe. Damit scheidet das Fenster schon mal aus. Mir nach.« Paisley drehte sich um, öffnete die Abteiltür und warf einen Blick in den Gang, der an den anderen geschlossenen Abteilen im Waggon entlangführte. Sie schlüpfte hinaus und rannte zum Ende des Zuges, das weiter vom Bahnhof weg war. Durch die Fenster am Gang konnte sie die Landschaft auf der anderen Seite des Zuges sehen. Größtenteils handelte es sich um offenes Acker- und Weideland, doch ein paar Waggons weiter gab es einige Bäume, die nicht allzu weit von den Gleisen entfernt standen und aussahen, als gehörten sie zu einem kleinen Wäldchen.

Paisley setzte ihren Weg durch den Zug fort. Hal und Odelia folgten ihr auf leisen Sohlen, bis sie zum Gepäckwagen kamen. Mit angehaltenem Atem öffnete Paisley die Tür, wobei sie inständig hoffte, dass dahinter kein Schaffner wartete. Bis auf die Koffer und Kisten war der Wagen jedoch leer.

»Hier.« Paisley zog die große Schiebetür an der Seite des Waggons auf, die zum Verladen der Gepäckstücke benutzt wurde. Ein erdig-süßer Duft aus der Mälzerei hing in der kalten Nachtluft. Paisley setzte sich auf den Boden des Zuges und ließ die Beine über die Kante hängen. Kurz fragte sie sich, wie sie nun wohl zu Dax in den Norden gelangen sollte. Aber eigentlich wusste sie: Wenn es sein musste, würde sie den Weg bis zum Wall und darüber hinaus auch zu Fuß gehen.

Sie rutschte aus dem Gepäckwagen und versank bis über die Knie im Schnee. Zögernd sah sie sich um. Es würde mühselig werden, im tiefen Schnee voranzukommen, und die Ritter konnten problemlos ihren Spuren folgen. Es war gut möglich, dass sie sie bereits aus dem Zugfenster entdecken würden, während sie sich über die weite weiße Fläche kämpften.

»Warte!«, raunte Odelia ihr zu. Sie nahm ihren Umhang ab und gab ihn zusammen mit ihrem Rucksack an Hal weiter. »Ich bin gleich wieder da«, sagte sie zu ihm, dann beugte sie sich vor, schnappte sich Paisley, breitete die Flügel aus und erhob sich mit ihr in die Luft.

Ehe Paisley richtig registrieren konnte, dass sie flog, setzte Odelia sie bereits am Rand des Waldstücks ab. Dann machte die Drachenmeisterin kehrt, um Hal zu holen. Sie glitt blitzschnell durch die Luft, damit niemand aus dem Zug sie sehen konnte.

Paisley zog sich hinter die erste Baumreihe zurück, von wo aus sie den gesamten Zug im Blick hatte. Die Männer des

Königs durchstöberten in voller Rüstung und mit gezogenen Schwertern ein Abteil nach dem anderen. Mittlerweile waren sie nur noch zwei Waggons von dem Gepäckwagen entfernt, aus dem sie gerade entkommen war. Odelia und Hal waren noch immer dort und in einen hitzigen Austausch vertieft, als die Männer des Königs den nächsten Waggon betraten.

Die Elektrika-Spannung um Paisley herum wurde stärker und als sie sich umschaute, entdeckte sie hinter sich die ersten Ausläufer eines kleinen Risses. Sie versuchte, ihn zu ignorieren, und wandte sich wieder dem Zug zu. Mit geballten Fäusten wippte sie nervös auf und ab. Sie konnte Odelia nicht auch noch verlieren.

Paisley legte die Hände wie einen Trichter an den Mund und stieß ein leises *Hu-huu* aus. Odelia sah zu ihr rüber und Paisley zeigte auf den benachbarten Waggon. Odelia lauschte kurz, dann schnappte sie sich Hal und zerrte ihn aus dem Zug.

Die Schiebetür fiel mit einem ohrenbetäubenden Krachen zu. Paisley ließ sich auf den Boden fallen, wobei sie geistesgegenwärtig die Umhängetasche nach vorne zog, um sie nicht unter sich zu begraben. Sie landete in einem verschneiten Laubhaufen, hinter einem Wall aus Schnee, der sie vor möglichen Blicken schützte. Blieb nur zu hoffen, dass der Riss aus dem Schleier, der irgendwo über ihr schwebte, nicht zu groß oder auffällig war.

Als sie vorsichtig aus ihrem Versteck lugte, sah sie, dass Odelia und Hal oben auf dem Zug standen. Die Männer des Königs waren direkt unter ihnen im Gepäckwagen. Sie hatten die Schiebetür geöffnet und betrachteten ratlos die Spuren, die Paisley im Schnee hinterlassen hatte, und die unberührte weiße Fläche dahinter.

Paisley zog den Kopf ein und hielt den Atem an.

»Sie müssen noch im Zug sein. Sucht weiter«, befahl einer der Männer. Seine Stimme schallte durch die stille Nacht, gefolgt vom erneuten Knallen der Schiebetür.

Wenig später hörte Paisley leise Flügelschläge über den Baumwipfeln. Sie schaute hoch, rappelte sich auf und folgte Odelias Silhouette, die hinter den kahlen Ästen am Himmel entlangglitt. Zu ihrer Erleichterung hatte sich der Riss aufgelöst, auch wenn das Knistern der Elektrika-Energie immer noch in der Luft hing und durch ihren Körper strömte. Plötzlich fiel ihr etwas auf und sie blieb wie angewurzelt stehen. Jedes Mal, wenn sie einen dieser Risse erzeugte, wurde die Verbindung zu ihnen stärker. Sie nahm die Risse deutlicher wahr und auch die Wirkung, die sie auf sie ausübten. Paisley schluckte, unterdrückte mühsam ihre Gedanken und Ängste und lief weiter in die Richtung, in die Odelia geflogen war.

Wenig später tat sich mitten im Wald eine kleine Lichtung auf. Dort fand Paisley Odelia, die sich von Hal gerade ihren Umhang zurückgeben ließ.

»Du bist wirklich stark«, sagte er zu ihr. Paisley lächelte, als sie die Bewunderung in seiner Stimme bemerkte.

Odelia band ihren Umhang fest und nahm dem Krigaren ihren Rucksack ab, antwortete aber nicht.

»Das war knapp«, meinte Paisley, als sie zu ihnen stieß.

»Na ja, Hal wollte unbedingt bleiben und sich opfern, damit wir entkommen.« Odelia zog missbilligend eine Augenbraue hoch.

»Ich war eben ein Gentleman«, erwiderte er.

»Töricht warst du«, entgegnete sie. »Krieger teilen sich nicht auf, wenn ihre Zahlen gering und ihre Aussichten auf Erfolg noch geringer sind.«

»Oh.« Paisley hatte noch gar nicht darüber nachgedacht, wie ihre Erfolgschancen aussahen. Für sie war Scheitern keine Option. Sie musste Dax zurückbekommen.

»Verstehst du denn nicht? Ich hätte sie auf eine falsche Fährte locken können. Ich hätte behaupten können, ihr wärt auf dem Weg nach Amerika oder so!«

»Ja klar, wir fahren nach Amerika. In einem Zug nach Norden. Weißt du, was du damit erreicht hättest? Dass sie dich aufhängen, mehr nicht!«

Paisley musste an den Galgen denken und schauderte. »Lasst uns gehen. Weiter nach Norden.« Sie zeigte zum Himmel. »Wir folgen dem Nordstern, bis wir aus dem Wald raus sind, dann schauen wir, wo wir sind, und überlegen uns, wie wir weitermachen.«

Sie schlugen ein zügiges Tempo an. Im Wald war der Schnee nicht so tief, zwischen den dichten Bäumen hatten sich kaum mehr als ein paar versprengte Flocken angesammelt.

Hal war auffallend schweigsam. Paisley wusste nicht, ob er verärgert war oder nicht. Jedes Mal, wenn sie zu ihm hinüberschaute, wirkte er angespannt und wachsam. Hätte Odelia

Corbett so zurechtgewiesen, würde er jetzt beleidigt hinter ihnen herstapfen, Zweige abbrechen und das Laub aufwirbeln. Dadurch hätte er Odelia erst recht gegen sich aufgebracht.

In der Stille des Waldes merkte Paisley, wie sehr sie Corbett vermisste. Sie hoffte, dass er wohlbehalten auf dem Weg zu seiner Familie war und dass sie ihn und dann auch Dax bald wiedersehen würden.

SICHER WIE EIN LAGERHAUS

Paisley rückte ihre Drachenledertasche zurecht, während sie Odelia durch die Außenbezirke von York folgte. Sie waren nun schon fast einen ganzen Tag zu Fuß unterwegs. Nur wenige Male hatten sie eine Pause eingelegt, um sich etwas auszuruhen oder eine Kleinigkeit aus ihren Vorräten zu essen. Die meiste Zeit hatten sie sich an abgelegenere Straßen und Wege gehalten, doch irgendwann waren die Abstände zwischen den Dörfern geringer, die Besiedelung dichter und die Straßen kürzer und zahlreicher geworden. Langsam näherten sie sich dem geheimen Unterschlupf der Drachenmeisterinnen in York, von dem Odelia ihnen erzählt hatte. Vor ihnen erwachten die Elektrika-Lampen strahlend hell zum Leben, während um sie herum die kalte, stille Nacht anbrach.

»Die Dunkelheit bietet uns etwas Schutz«, sagte Odelia, als sie sich in die Stadt schlichen. Paisley schaute nach Osten und erblickte den Kometen ihrer Mutter. Er war klein, aber klar umrissen, und zog einen langen Schweif hinter sich her.

Paisley hielt ihre Tasche in beiden Armen, denn das Gewicht des Dracheneis zog ziemlich am Tragegurt und ihr taten schon der Nacken und die Schultern weh. Ihren Armen ging es allerdings auch nicht viel besser. Während sie die Tasche umklammerte, konnte sie das Ei darin spüren. Es war größer als noch im Zug und hin und wieder war darin ein leises Klopfen zu vernehmen, wenn sich der Drache umdrehte oder streckte. Bei jeder Bewegung zog sich Paisley der Magen zusammen und ihr Herz begann zu rasen. Sie trug einen Großen Drachen mit sich herum, eines der Wesen, die vor Tausenden von Jahren zum letzten Mal gesehen worden waren.

»Ich glaube, es ist schon wieder gewachsen!«, sagte Paisley zu Odelia, als sie an einer Kreuzung anhielten und die Drachenmeisterin sich aufmerksam in alle Richtungen umschaute.

»Sie«, korrigierte Hal. »Sie ist gewachsen oder meinetwegen auch er, aber auf keinen Fall es. Der Drache in deinem Ei ist ein denkendes Wesen, kein lebloser Gegenstand.«

»Wieso glaubst du, dass sie gewachsen ist?«, fragte Odelia. Mit zusammengekniffenen Augen entzifferte sie ein Straßenschild, das nach links zeigte, um ihm dann zu folgen.

Paisley deutete auf ihre Tasche. »Weil sie wirklich schwer ist. Und man sieht auch, dass das Ei größer ist.«

»Ich kann sie eine Weile übernehmen, wenn du möchtest«, bot Hal an.

Sie rückte die Tasche in ihren Armen zurecht. »Schon gut, ich passe auf sie auf.«

Hal nickte und Paisley fühlte sich mies. Sie wusste, dass er nur versuchte zu helfen, aber er war nun mal ein Krigare. Wer sagte ihr, dass er sich das Drachenei nicht schnappen und damit in die Nördlichen Gefilde durchbrennen würde? Sie hatte ein schlechtes Gewissen, weil sie so dachte – Hal hatte immerhin bewiesen, dass er ihr Verbündeter war –, doch letztlich hatte sie die Verantwortung für den Drachen.

»Was fressen Drachen eigentlich?«, fragte sie ihn.

Hal lief neben ihr her. »Im Sommer vor allem Gras. Sie grasen unheimlich gern. Dazu Früchte und Samen, sie mögen aber auch Nüsse und Heu. Meine Sterk-Natt hatte eine Schwäche für Steckrüben, auch wenn sie damit nicht gerade für Begeisterung gesorgt hat.« Er wedelte grinsend mit seiner Hand vor der Nase und lachte leise auf, als Paisley begriff, was er damit meinte.

»Oh, verstehe. Dann achte ich wohl besser darauf, meinem Drachen keine Steckrüben zu geben.«

Sie folgten Odelia wie ein doppelter Schatten durch die Straßen von York. In der Ferne konnte Paisley die Spitzen der Mechanistenkathedrale ausmachen und wurde sich auf einmal wieder der Kupferscheibe in ihrer Manteltasche bewusst. Das Gewicht lastete fast so schwer auf ihr wie das des Dracheneis.

»Wie kann ich sie beschützen? Und wie trainiere ich sie?«, platzte Paisley heraus, während sie erst an ihre Sterne und dann wieder an das Ei dachte.

»Mit dem Training kann ich dir helfen – nur, wenn du das

möchtest, natürlich«, sagte Hal. »Und was das Beschützen angeht, tun wir, was wir können. Hoffen wir, dass sie erst schlüpft, wenn wir in den Nördlichen Gefilden sind.«

Paisley drehte sich der Magen um, als sie sich vorstellte, was passieren würde, wenn der Drache in Albion auf die Welt kam. Bei dem Gedanken, was der König und seine Ritter mit der Kleinen anstellen würden, drückte sie ihre Tasche noch etwas fester an sich.

»Ist es noch weit?«, fragte sie Odelia.

»Ich hoffe nicht«, antwortete diese, während sie mit festen Schritten auf eine Brücke zuging, die das zugefrorene Flüsschen Ouse überquerte. Paisley beobachtete, wie sich Odelias Schatten im Licht der vielen Elektrika-Lampen auf der Brücke veränderte und dann verschwand, als sie sie zu einem dunklen Pfad am Fluss hinabführte. Die Lichter tanzten über das Eis, sodass Paisley eine Vielzahl von sich kringelnden und kreuzenden Linien darauf erkennen konnte. Mit einem Lächeln dachte sie daran, wie Dax und sie noch vor wenigen Tagen auf der gefrorenen Themse Schlittschuh gelaufen waren. Als sie nach Hause gekommen waren, hatte dort schon die Einladung auf sie gewartet, die sie aufgefordert hatte, sich ihre Sterne abzuholen. Onkel Hector war mit ihnen auf dem Eis gewesen. Wut loderte in ihr hoch wie Flammen an einem trockenen Holzscheit und ihr wurde ganz heiß, als sie an all das dachte, was seither geschehen war. Sie sah Onkel Hectors Lächeln vor sich und hörte Dax' übermütiges Kichern. Jetzt hasste sie sich dafür, dass sie diesen Augenblick nicht richtig zu schätzen gewusst hatte. Und noch mehr hasste sie sich dafür, dass sie Onkel Hector vertraut hatte. Dass sie geglaubt hatte, er würde immer für sie da sein, so wie in dem Moment, als sie hingefallen war und er ihr aufgeholfen hatte. Sie hatte sich bei ihm so sicher und geborgen gefühlt.

Die Tränen gefroren auf ihrer Wange, bevor sie sie wegwischen konnte.

Vor ihnen auf dem dunklen Pfad tauchte ein riesiges, eindrucksvolles Gebäude auf, das bis ans Wasser reichte. An einer Wand hing ein großes Metallschild mit der Aufschrift *Lagerhaus der Bruderschaft*.

Odelia schritt zur Seitentür und klopfte zweimal, hielt kurz inne und klopfte drei weitere Male. Das Ganze wiederholte sie zweimal, dann trat sie zurück und wartete.

Paisley trat unruhig von einem Bein aufs andere und verlagerte das Gewicht der Tasche in ihren Armen, während sie nervös zurückblickte. Die Elektrika-Lichter der Brücke leuchteten in der Ferne, wodurch die Dunkelheit, die das gewaltige Lagerhaus einzuhüllen schien, noch undurchdringlicher wirkte. Es ragte fünf Stockwerke hoch vor ihnen auf. Das Dach war mit Zinnen verziert und an dem Ende, das der Brücke am nächsten war, ragte ein Turm auf, wodurch das Ganze eher an ein kleines Schloss erinnerte als an ein Lagerhaus. Paisley ließ den Blick über die großen Fenster schweifen, die in die dicken Mauern des imposanten Gebäudes eingesetzt waren, doch dahinter war alles dunkel und still.

Sie streckte ihren Rücken und verlagerte das Gewicht des

Eis erneut. Sie spielte gerade mit dem Gedanken, Hals Angebot doch anzunehmen, als sie das Türschloss klicken hörte und dann die Tür vorsichtig geöffnet wurde. In der Türöffnung zeichnete sich die dunkle Silhouette eines großen Mannes ab, die von dem warmen goldenen Licht dahinter angestrahlt wurde.

»Sei gegrüßt, Bruder.« Odelia streckte einen Arm aus, hielt ihn sich vor die Brust, als wolle sie einen Schlag abwehren. Dann zog sie den Ärmel hoch, um dem Mann den goldenen Reif an ihrem Handgelenk zu zeigen.

»Sei gegrüßt, Schwester.« Seine Stimme war tief und rau. Er ahmte Odelias Geste nach und hielt ihr seinen eigenen Armreif entgegen. Als er damit Odelias Reif berührte, ertönte ein harmonisches Klingeln, das Paisley durch Mark und Bein ging. Es war zwar nur leise zu hören, aber es fühlte sich an, als würden sämtliche Atome in ihr vibrieren und zum Klingen gebracht.

Der Mann gab die Tür frei und Odelia trat ein. Paisley und Hal folgten ihr in die kleine Diele. Ein Stück weiter gab es eine zweite Tür, die in die eigentliche Lagerhalle führte. Das Licht hier war weniger hell, doch Paisley konnte dicht an dicht stehende Fässer und Kisten erkennen, die turmhoch aufeinandergestapelt waren.

»Willkommen. Ich bin Rufus, Hüter dieses Hauses. Wir sind heute Nacht schon recht voll, aber ich bin mir sicher, wir finden noch ein Plätzchen für dich und … deine Freunde, Schwester. Ich glaube, wir kennen uns noch nicht.«

»Nein, ich bin zum ersten Mal in York«, antwortete Odelia, bevor sie sich, Paisley und Hal vorstellte. Rufus führte sie durch eine große Lagerhalle, die an eine Verladerampe grenzte. Von dort ging es eine hölzerne Treppe hinauf, an weiteren Kisten und anderen Waren vorbei, bis zu einer verborgenen Tür in der Wand.

Paisley spürte ein nervöses Kribbeln im Nacken, als Bruder Rufus auf ein verstecktes Scharnier drückte. Die Wand glitt beiseite und im Dämmerlicht dahinter kam eine schmale Treppe zum Vorschein, deren Anblick Paisley an die Geheimgänge zu Hause erinnerte. Sie warf Odelia einen Blick zu, die einmal kurz nickte und dann gewohnt selbstsicher die Treppe hinaufstieg.

»Was ist das hier?«, fragte Paisley mit gedämpfter Stimme, als sie ihr folgte.

»Eigentlich ein ganz normales Warenlager«, antwortete Odelia, »wie so viele andere entlang des Flussufers. Aber dieses hier ist zusätzlich ein geheimer Unterschlupf für Drachenmeisterinnen. Wir haben viele solcher Häuser überall in ganz Albion. Hauptsächlich in größeren Städten, aber einige auch in ländlicheren Regionen an der Küste, wo wir zur Not schnell am Meer sind. Die meisten dienen dem Handel oder Güterverkehr. Wir lieben es, Dinge zu sammeln, zu tauschen und zu feilschen. Das liegt uns irgendwie im Drachenblut – auch den Drachenbrüdern.«

»Wer sind die Drachenbrüder?«, fragte Paisley.

»Die Drachenbrüder sind die männlichen Kinder von

Drachenmeisterinnen. Sie besitzen genau wie wir die Drachengabe, auch wenn sie sich bei ihnen nicht zeigt. Trotzdem sind sie unsere Brüder. Sie gehören ebenso zu Anus Vermächtnis wie die Verborgenen Schwestern, die ebenfalls die Drachengabe besitzen, auch wenn sie bei ihnen nicht zutage tritt.«

Paisley nickte. Sie hatte nie wirklich darüber nachgedacht, wie und wodurch jemand die Drachengabe bekam. Bisher war sie davon ausgegangen, dass Dax einfach Pech gehabt hatte. Aber nun, da sie sich das Gehörte durch den Kopf gehen ließ, kam ihr die Geschichte der Seelenschwestern wieder in den Sinn. Wenn es stimmte, dass eine der vier Drachenmeisterinnen, die die Seele der Großen Drachenmutter Anu behütet hatten, ihre Vorfahrin war, trug wahrscheinlich nicht nur Dax die Drachengabe in sich, sondern sie ebenso. Sie war eine Drachenschwester, in gewisser Weise mit den Drachenmeisterinnen verwandt, und das machte sie irgendwie stolz.

»Wie viele Drachenbrüder gibt es?«, fragte Hal hinter Paisley.

»Hier? Etwa acht bis zehn, würde ich schätzen. Auf der Welt? Mehr, als ihr denkt. Sie leben in Albion und in den Östlichen Reichen, ein paar sogar in den Nördlichen Gefilden. Manche folgen dem Weg der Drachen und sind aktive Mitglieder unserer Familie. Andere bleiben lieber für sich. Aber auch sie sind Teil unserer Familie und wir sind immer für sie da. Für alle unsere Brüder und für unsere Verborgenen Schwestern.«

Paisley hatte das obere Ende der Treppe erreicht und trat beiseite, um Rufus Platz zu machen. Als er ankam, zeigte er auf eine Tür zu ihrer Rechten und bedeutete ihnen, einzutreten.

Der Raum dahinter war groß, hell und luftig. Von der Decke hingen zwei ausladende Elektrika-Kronleuchter, deren Licht von den vergoldeten Bilderrahmen an den holzverkleideten Wänden zurückgeworfen wurde. Auf einer Seite gab es einen großen Holztisch, umringt von massiven, üppig gepolsterten Stühlen. Obendrauf stand eine Schale voller Obst. Um einen Kamin herum waren drei Sofas aufgestellt worden. Sie sahen so weich und einladend aus, dass in Paisley die Sehnsucht erwachte, sich einfach hineinfallen zu lassen.

»Entschuldigt, dass dieser Raum so klein ist«, sagte Rufus. »Hinter der Tür dort an der Rückwand findet ihr zwei Schlafzimmer. Ich bringe euch nachher ein kleines Abendessen vorbei oder schicke einen unserer Brüder. Es kann allerdings ein bisschen dauern. Wie gesagt: Wir sind heute ziemlich voll.«

»Sag, Bruder, sind viele unserer Schwestern hier?«, fragte Odelia.

»Die Drakadore waren gerade auf einer Mission und haben bei uns Zuflucht gesucht«, antwortete er. Odelia nickte, wobei ein Anflug von Besorgnis über ihr Gesicht huschte.

»War diese Gruppe in Begleitung von Adore Marea?«

Paisley musste an die junge Frau denken, die erhobenen Hauptes unter dem Galgen gestanden hatte; ihr Name war Marea gewesen.

»Ich werde Adore Alyse bitten, mit dir zu sprechen, Odelia.

Sie führt die Gruppe jetzt an.« Rufus schielte verstohlen zu Paisley und Hal hinüber. Paisley erkannte, dass er nicht viel älter als Onkel Hector war. Sein Bart und seine Haare waren von weißen Strähnen durchzogen und seine Haltung strahlte die gleiche Sicherheit und Stärke aus, die sie bei Odelia und den anderen Drachenmeisterinnen in Kensington Above beobachtet hatte.

»Ich werde euch etwas zu essen besorgen. Bitte macht es euch gemütlich«, sagte Rufus und verließ den Raum.

Hal ließ sich sofort auf das nächstgelegene Sofa fallen, während Paisley ihre Umhängetasche abnahm und behutsam auf dem Tisch absetzte.

»Wer sind die Drakadore?«, fragte sie. Es gab so viel, was sie nicht über die geheimnisvollen Drachenmeisterinnen wusste.

»Die Drakadore sind die entschlossensten und fähigsten unter uns Drachenmeisterinnen. Ihre Kampfausbildung hat noch mal ein ganz anderes Niveau als bei uns anderen. Die Drachenmeisterinnen, die die Ausbildung erfolgreich absolvieren, erhalten den Titel Adore. Damit bringen wir zum Ausdruck, wie sehr wir ihr Können und ihre Aufopferung schätzen. Zu ihnen zu gehören, bedeutet, von Anu für Größeres bestimmt zu sein. Sie führen zahlreiche gefährliche und geheime Missionen aus, um uns alle zu beschützen.«

Paisley dachte an den Orden der Barmherzigkeit. Ihr Vater hatte ihr erzählt, dass es innerhalb dieses Ordens eine geheime Gruppe von Rittern gab. Ihre besonderen Sterne und Lebenswege führten diese Ritter in die Östlichen Reiche und die

Nördlichen Gefilde. Dort übernahmen sie Aufgaben, die die Fähigkeiten gewöhnlicher Ritter bei Weitem überstiegen. Paisley fand, dass die Drakadore ganz ähnlich wie diese Ritter klangen.

»Wärst du auch gern eine Drakadore geworden?«, fragte sie Odelia.

Die lächelte. »Ich glaube, für mich hat Anu etwas anderes vorgesehen. Ich glaube, sie hat etwas Großes für uns beide geplant, Paisley Fitzwilliam. Aber wenn sie wollen würde, dass ich eine Adore werde, würde ich mich dieser Verantwortung ohne Zögern stellen.«

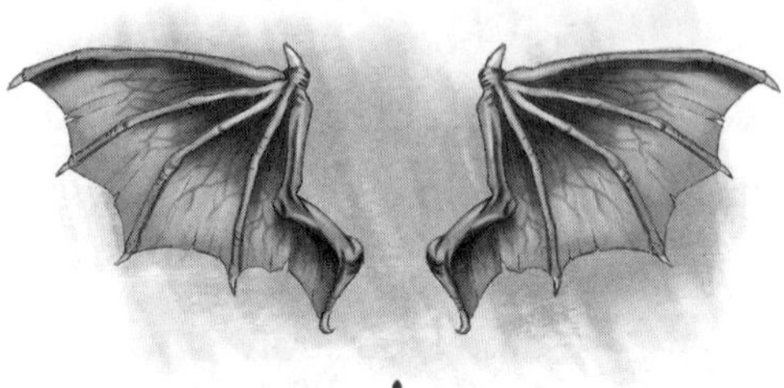

Die Drakadore

Ein anderer Drachenbruder kam und brachte ihnen etwas zu essen. Danach fühlte sich Paisley wieder etwas mehr wie sie selbst – und sehr viel müder. Sie sah nach dem Ei in ihrer Tasche und rückte es näher ans Feuer, um es warm zu halten, dann ließ sie sich auf einem der weichen, gemütlichen Sofas nieder und spürte, wie der Schlaf sie langsam übermannte.

Sie war nicht sicher, wie lange sie gedöst hatte, als die Tür mit einem Knall aufflog und ein schrilles Kreischen den Raum erfüllte. Paisley schoss in die Höhe und schnappte sich den Schürhaken neben dem Kamin. Ohne auch nur darüber nachzudenken, hatten sie, Odelia und Hal sich in der Mitte des Raumes zusammengefunden und sich Rücken an Rücken aufgestellt. Odelias Hände ruhten auf ihren Schwertgriffen, Hal hatte kampfbereit die Fäuste erhoben.

Ein dunkler Schatten glitt über sie hinweg. Odelia war die Erste, die sich entspannte und aus der Verteidigungshaltung löste. Paisley erkannte, dass es sich bei dem Schatten um ein kleines Mädchen ungefähr in Dax' Alter handelte. Es war eine Drachenmeisterin mit wunderschönen Flügeln, deren Blau an Morgendämmerung, Abenddämmerung und alles, was dazwischenlag, erinnerte.

»Odelia!«, rief sie, als sie ihren Rundflug durch den Raum beendet hatte und geradewegs auf Odelia zusauste, die sie auffing und fest in die Arme schloss. »Schwester, wie lange haben wir uns nicht mehr gesehen?«

»Drei Monde.«

»Das sind drei Monde zu viel. Du hast mir so gefehlt!«

»Du mir auch«, erwiderte Odelia mit einem breiten Lächeln, was Paisley überraschte. Odelia küsste die kleine Drachenmeisterin auf den kahlen Kopf, aus dem zwei winzige blaue Hörner sprossen. »Und jetzt bist du hier! Anu hat einen Weg gefunden, unsere Bahnen wieder zusammenzuführen.«

»Das tut sie immer«, antwortete die kleine Drachenmeisterin. Dann sah sie Paisley und Hal an. »Wer sind deine Freunde?«, fragte sie. »Bruder Rufus hat gesagt, du hättest interessante Reisegefährten dabei.« Sie verengte misstrauisch die Augen, als ihr Blick an Hals eisblauen Krigare-Malen hängen blieb. Der Kragen seiner Kleidung hatte einen Großteil des Make-ups abgerieben und die Male wieder sichtbar werden lassen.

»Das ist Paisley Fitzwilliam, eine starke und mutige Kämpferin. Ihre Mission ist es, ihren Bruder wiederzufinden, der von Krigaren aus den Nördlichen Gefilden entführt worden ist. Sie ist für mich wie eine Schwester und ich würde für sie sterben«, sagte Odelia. Paisley hatte einen Kloß im Hals, als sie das hörte. »Und das ist Hal Nordmann. Auch er ist ein ausgezeichneter Kämpfer. Er hat seinen Drachen, seine Krigare-Gefährten, seine Familie und sein Land verloren. Wir wissen beide, wie das ist. Ich bin mir nicht sicher, ob ich mein Leben für seines geben würde, aber er hat mein Schwert, wenn er darum bittet. Paisley und Hal, das ist …«

»CeCe!«, rief eine weitere Drachenmeisterin von der Türschwelle und die kleine Drachenmeisterin ließ sich aus Odelias Armen zu Boden gleiten. »Adore Alyse hat doch gesagt, du sollst Odelia nicht stören!«

»Ist das wahr?«, fragte Odelia.

»Ja, aber wie du gesagt hast: Anu findet immer einen Weg, uns zusammenzubringen. Diesmal hat sie Adore Alyse zu einer der kranken Gefassten gerufen, sodass ich mich rausschleichen und dich suchen konnte.«

Paisley sah die neu hereingekommene Drachenmeisterin an und stellte zu ihrer Überraschung fest, dass sie das Mädchen, das auf die Obstschüssel zuging und sich eine Handvoll Trauben nahm, kannte.

»Du«, entfuhr es Paisley. Sie zeigte mit dem Schürhaken auf das Mädchen, ließ ihn dann aber schnell wieder sinken und verstaute ihn in seiner Halterung am Kamin.

Das Mädchen, das gerade im Begriff gewesen war, sich eine Traube in den Mund zu stecken, hielt inne und blickte Paisley mit großen Augen an.

»Du kennst Never?«, fragte Odelia.

»Nicht direkt.« Paisley drehte sich wieder zu der Drachenmeisterin um, ging einen Schritt auf sie zu und streckte die Hand aus. »Paisley Fitzwilliam«, sagte sie.

Das Mädchen ergriff ihre Hand. »Never. Never Jordan.«

»Ich habe dich vor dem Kaufhaus gesehen. Die Yardwächter waren da und wollten dich mitnehmen, aber du … Ich bin froh, dass du entkommen konntest.« Paisley musste daran denken, wie die gefesselte Never sich aufgebäumt und ein gewaltiges Brüllen ausgestoßen hatte. Sie hatte den Kiefer dabei weiter aufgeklappt, als Paisley es je für möglich gehalten hätte. Ihr Gebrüll war so mächtig, dass jeder in der Umgebung ohnmächtig zusammengesackt war. Als Paisley und die Yardwächter wieder zu sich gekommen waren, war Never fort.

Never steckte die restlichen Trauben in ihre Tasche. Sie war kreidebleich geworden.

»Tut mir leid, ich wollte dich nicht aufregen«, stammelte Paisley.

»Schon gut«, erwiderte das Mädchen. »Ich bin auch froh, dass ich entkommen konnte. Vor allem, wenn man bedenkt, womit wir beschäftigt waren.«

»Und womit genau wart ihr beschäftigt?«, fragte Odelia. Sie sah von Never zu CeCe.

»Wir haben die Gefassten befreit«, antwortete CeCe leise und ihre Stimme zitterte leicht. Sie tastete verstohlen nach Odelias Hand.

»Verstehe«, sagte Odelia sanft, während sie die kleine Drachenmeisterin zum Sofa führte, sich setzte und sie an sich zog. »Das war wirklich mutig von euch, CeCe.«

»Was sind die Gefassten?«, fragte Hal und ließ sich auf dem Sofa gegenüber nieder.

Im Raum wurde es still. Paisley hockte sich im Schneidersitz vor dem Kamin auf den Boden, zog die Tasche mit dem Drachenei heran und legte sie sich auf den Schoß. Never setzte sich zu Hal auf das Sofa, aber ganz ans andere Ende, und beäugte ihn misstrauisch.

»Die Gefassten«, erklärte Odelia, »sind die Drachenmeisterinnen, die von den Yardwächtern aufgespürt und gefasst worden sind. Bevor sie gehängt werden …« Odelia stockte und verlagerte unbehaglich ihr Gewicht, während sich CeCe noch enger an sie kuschelte. Odelia schien sich sichtlich unwohl zu fühlen, was Paisley so gar nicht von ihr kannte. »Bevor sie uns töten, führen sie meist noch Experimente an uns durch«, schloss sie.

Paisley wusste nicht, was sie erwartet hatte, aber das jedenfalls nicht. »Sie machen was?«, rief sie. Kaltes Feuer brannte in ihren Adern.

Odelia blickte starr geradeaus. »Sie zapfen uns Blut ab. Sie testen unsere Drachengabe. Sie versuchen, sie rückgängig zu machen, sie zu zähmen oder sie uns ganz zu nehmen – als wären sie dazu jemals in der Lage. Sie versuchen, sie uns zu entreißen, sie aus uns rauszuprügeln. Wenn wir Sterne haben, löschen sie sie aus.« Odelia streifte ihren rechten Ärmel hoch. Darunter kam eine runde Narbe zum Vorschein. »Sie brennen sie heraus, nehmen uns unseren Lebensweg … und dann unser Leben.«

Paisley ballte zornig die Fäuste.

»Sobald ihr keinen Lebensweg mehr habt, versuchen sie herauszufinden, wie eure Drachengabe funktioniert«, sagte Hal mit finsterem Blick. Sein blaues Auge sah aus, als würde sich ein Gewitter darin zusammenbrauen, als er Odelia damit fixierte.

»Wie können sie nur!« Paisley konnte hinter sich das leise Summen von Elektrika spüren. Das Feuer flackerte und verschwand, als der Riss aus dem Schleier, der ganz in der Nähe aufgeklafft war, die Flammen einsog. Er löste sich jedoch genauso schnell wieder auf, wie er entstanden war.

Hal warf Paisley einen Blick zu, als er aufstand, um ein neues Feuer zu entfachen. Sorgfältig und durchdacht platzierte er Ast um Ast, bevor er es anzündete. Währenddessen war es im Raum vollkommen still.

»Hat der König dir das angetan, Odelia?«, fragte Paisley schließlich.

Odelia zuckte mit den Schultern. »Seine Ritter. Und nicht nur mir, sondern auch CeCe. So haben wir uns kennengelernt. Als die Drakadore uns und die anderen, die mit uns gefangen gehalten wurden, befreit haben, wurden CeCe und ich getrennt. Aber unsere Wege kreuzen sich immer wieder.«

»Anu hat einen Plan für uns, Schwester.« Die kleine Drachenmeisterin sah mit Tränen in den Augen zu Odelia hoch und lächelte.

»Wie alt wart ihr?«, fragte Paisley.

»Ich war sechseinhalb Wenden alt, als ich gefasst wurde,

und beinahe zwölf, als ich freikam. CeCe war nicht so lange dort, erst ein paar Monde«, antwortete Odelia auf ihre gewohnt nüchterne Art.

»Ich war noch klein, deshalb kann ich mich an kaum etwas erinnern. Außer an die Nadeln und den Schmerz«, erzählte CeCe. »Und an Odelia. Sie war da und hat mich gehalten, wenn ich Angst hatte und mir alles wehtat.«

»Ich kann mich an alles erinnern«, sagte Odelia tonlos.

Paisley wischte sich die Tränen aus dem Gesicht. Sie wusste nicht, was sie sagen sollte. Sie war so wütend. Wütend, dass dies Odelia und CeCe und anderen Drachenmeisterinnen widerfahren war, dass es immer noch passierte, dass es beinahe auch Never erwischt hätte.

Lange saßen sie einfach nur da und schwiegen, während das Feuer, das Hal entzündet hatte, sich langsam durch das Holz fraß und zu einem lodernden Tosen anschwoll. Es klang genauso, wie Paisley sich fühlte. Jedes Mal, wenn sich der Drache im Ei regte, hoffte sie, dass es wirklich ein Großer Drache war, der riesengroß und furchtlos und unaufhaltsam werden würde. Und sobald sie mit seiner Hilfe die Dunkle Drachenhüterin besiegt hatte, würden sie gemeinsam den König stürzen.

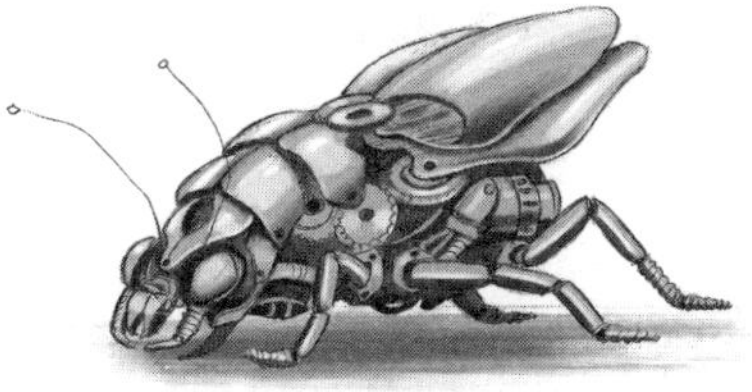

Verschattete Gedanken

Im Lagerhaus war es dunkel und behaglich. Odelias Flügel legten sich im Schlaf um Paisley und sorgten für eine zusätzliche wärmende Schicht.

Paisley drehte den Kopf und betrachtete die Gesichtszüge ihrer Freundin im sanften Schein der Glut aus dem Kamin. Odelia war stark und beeindruckend, und während Paisley sie so beobachtete, fragte sie sich, wie irgendwer ihr oder den anderen mit der Drachengabe Geborenen etwas antun konnte. Sie hatte immer Angst gehabt, dass die Männer des Königs Dax finden und ihn töten würden. Doch die Wahrheit war noch viel erschütternder: Sollten sie ihn finden, würden sie an ihm zuerst ihre Experimente durchführen, genau wie an Odelia.

Trotz der Wärme von Odelias Flügeln fröstelte Paisley. Odelia regte sich im Schlaf, wodurch ihr linker Arm unter der Decke hervorrutschte und Paisley die kreisrunde Narbe sehen konnte, wo ihre Sterne weggebrannt worden waren. Die Haut war ein erstarrter Fluss aus helleren und dunkleren Flecken, die sich im Inneren des Kreises zu Wellen und Knötchen zusammengezogen hatten.

Paisley zog ihren eigenen Arm hervor und besah sich den seltsamen Halbkreis an ihrem Handgelenk. Sie dachte an die kleine Kupferscheibe der Mechanisten in ihrer Manteltasche. Ihre ersten Sterne hatten ihr prophezeit, dass sie sterben würde, und das war sie auch. Doch sie war eben auch aus dem Schleier zurückgekehrt. Sie hatte nicht darüber nachdenken wollen, aber nun fragte sie sich, ob das daran lag, dass sie sich geweigert hatte, ihren Sternen zu glauben, oder ob ihr Tod und ihre anschließende Rückkehr von Anfang an vorherbestimmt gewesen waren.

Paisley glitt aus dem Bett und zog sich leise an. Sie schnappte sich Mantel und Stiefel und schlich zur Tür hinaus, während Odelia weiterschlummerte.

Was, wenn Corbett recht hatte? Was, wenn die Kupferscheibe in ihrer Tasche ihr einen Hinweis auf ihre Zukunft geben konnte? Was, wenn die Sterne, die sie dadurch erhielt, sie auf den richtigen Weg brachten, um die Dunkle Drachenhüterin zu besiegen? Um Dax zu retten! Sie schlüpfte in ihre Stiefel, hielt dann jedoch inne. Was, wenn nicht? Was, wenn die Sterne prophezeiten, dass sie erneut scheitern würde? Was, wenn sich nichts geändert hatte?

Im Kopf hörte sie die Stimme ihrer Mutter: »Wissen ist Macht.« Das Echo einer Erinnerung streckte sich Paisley entgegen, als würde ihre Mutter sie führen – zu ihren Sternen und dem Wissen, das sie bereithielten. Als würde ihre Mutter durch den Schleier hindurch immer noch über sie wachen.

Paisley wischte sich wie schon so oft in den letzten Tagen die Tränen ab, band ihre Schnürsenkel und zog den Mantel über. Der Gedanke an ihre Mutter erfüllte sie mit Wärme, einer Wärme, deren Rand durch den Verlust erkaltet war, die im Kern jedoch umso stärker und heller brannte. Ihre Mutter hatte sie heiß und innig geliebt und Paisley ihre Mutter genauso.

Paisley stand auf. Sie musste daran denken, was ihre Mutter immer zu ihr gesagt hatte: Auch ohne bestimmten Lebensweg würde alles, was Paisley tat, sie irgendwohin führen und am Ende auch zu ihren Sternen. Sie konnte ihren Weg zwar gerade nicht sehen, aber sie war sich sicher, dass sie einen hatte.

Hal behauptete, es sei am besten, so zu leben, wie man es selbst wollte. Aber wenn der Mechanismus wirklich existierte, gab es nichts, was man tun konnte, um seinem Schicksal zu entgehen. Selbst wenn man lebte, wie man wollte, folgte man letztlich immer noch dem Weg, den der Oberste Gestalter für einen vorgesehen hatte. Wenn der Himmelsmechanismus existierte, gab es keine Möglichkeit, dem Schicksal zu entkommen.

Sie schlich zum Kamin, wo immer noch ihre Tasche mit dem Drachenei lag. Paisley schob den Schutz vom Kamin beiseite, legte ein paar Holzscheite nach und wartete, bis sie Feuer fingen.

Sie nahm das Ei aus der Tasche und drückte es an sich. »Ich

habe nicht die geringste Ahnung, ob ich das Richtige tue. Ich weiß aber, dass ich es mir nie verzeihen würde, wenn ich meine zweiten Sterne nicht abhole und sich herausstellt, dass irgendwas auf meinem Weg mich daran hindert, zu Dax zu kommen – oder schlimmer noch: dass es etwas gibt, wodurch ich ihn in Gefahr bringe. Wenn ich Bescheid weiß, kann ich wenigstens versuchen, es zu verhindern.« Sie streichelte das Ei und spürte die Textur seiner Schale unter den Fingern. Irgendetwas sagte ihr, dass der kleine Drache darin gerade schlief. »Wer weiß, vielleicht verraten mir deine Sterne sogar mehr über dich.« Sie lächelte, wurde jedoch gleich wieder ernst. »Es ist besser zu wissen, womit ich es zu tun habe, oder? Es fühlt sich an, als würde unendlich viel gegen mich arbeiten, aber nicht sonderlich viel für mich. Ich hoffe, meine Sterne leuchten hell; ich hoffe, sie zeigen mir den richtigen Weg. Ich weiß, das klingt kitschig, aber meine ersten Sterne haben mich zu meinem Vater geführt. Und irgendwie habe ich die Hoffnung, dass meine zweiten Sterne mich zu meiner Mutter führen werden, und sei es nur kurz. Ich würde sie so gern noch einmal sehen und ihr sagen, dass ich sie lieb habe.« Sie wischte ihre Tränen vom Ei und kam sich ein bisschen albern vor. Sie wusste, dass ihre Mutter tot war, und doch fragte sie sich für einen Moment, was sie alles dafür geben würde, sie zurückzubekommen. Paisley legte das Ei wieder in die Tasche und schob es dichter ans Feuer, um es warm zu halten. Dann ging sie.

Mit zitternder Hand schob sie die Geheimtür am Fuß der

Treppe auf und schlich auf leisen Sohlen durch das Lagerhaus. Dabei folgte sie der Strecke, auf der Rufus sie wenige Stunden zuvor hereingeführt hatte.

Die kalte Winterluft traf sie wie ein Schlag, als sie nach draußen auf den kleinen Pfad am Wasser trat. Sie schlang die Arme um sich und ließ die Brücke hinter sich. Die Kupferscheibe lag schwer in ihrer Tasche, während sie zum Yorker Mechster lief. Die Turmspitze der Mechanistenkathedrale ragte hoch über der Stadt auf und zeigte ihr den Weg. Wie in den kleineren Kapellen würde auch hier eine Schematika darauf warten, dass Paisley ihre Kupferscheibe hineinsteckte. Der vom Obersten Gestalter vorgesehene Weg würde dann von der Schematika in Form von Sternen auf ihr Handgelenk geschrieben werden.

* * *

Paisley war nicht die Einzige, die in dieser Nacht in den Straßen von York unterwegs war. Roach war vor wenigen Stunden am Haupt-Aerodock angekommen und von dort der Anzeige auf seinem Display gefolgt, bis er Paisley und ihre Freunde gefunden hatte. Die drei kleinen grünen Punkte, die dicht beieinander waren und ihre Bewegungen an ihn weitergaben, waren nun direkt vor ihm. Sie befanden sich auf der anderen Seite des Flusses, in einem großen Gebäude, das bis ans Wasser hinabreichte.

Roach legte einen Schalter an der Seite seiner Nachtsichtbrille um. Dadurch erlosch das Display in der Dose, der Rest der Welt jedoch erwachte vor seinen Augen grün und unheimlich zum Leben. An der Wand des Gebäudes stand in großen Metallbuchstaben *Lagerhaus der Bruderschaft*. Die Fenster waren dunkel, doch dann blitzte ein Licht in Roachs Blickfeld auf, als auf der Seite des Lagerhauses eine Tür aufging.

Er stellte das Bild seiner Brille scharf und zoomte die Person, die auf die Brücke zulief, heran. Als die Person sich umdrehte, um sich zu orientieren, lächelte er.

Es war Paisley.

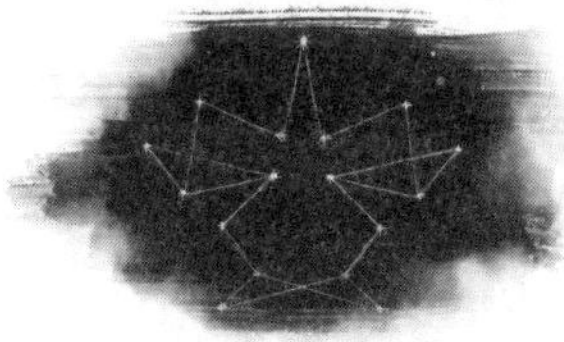

Die zweiten Sterne der Paisley Fitzwilliam

Im Mechster war es dunkel. Von oben fielen sanfte Lichtpunkte herab und als Paisley hochsah, stockte ihr der Atem. Die hohe Gewölbedecke war ganz anders als in der kleinen Kapelle zu Hause. Das Licht hier hatte nicht den künstlichen Glanz von Elektrika-Lämpchen, die überall dort angebracht waren, wo am echten Himmel die Sterne hingen. Diese Decke sah aus wie ein Fenster zum Himmelsmechanismus. Tiefes Schwarz umgab die zahllosen Sterne, von denen jeder seine eigene Farbe und Helligkeit besaß und so ein getupftes Band aus milchigem Dämmerlicht erzeugte. Der Anblick erinnerte sie an den Nachthimmel über Greenwich Overhead und daran, wie klein und unbedeutend sie sich gefühlt hatte, als sie in die unendliche Weite des Mechanismus geschaut hatte. Sie war nur ein kleines Rädchen in einem viel größeren Gefüge und drehte sich still und unbedeutend an ihrem Platz in der großen Maschinerie.

Sie schloss die Finger um die Kupferscheibe und errötete.

Für einige Momente hatte sie sich erlaubt zu glauben, dass sie etwas Besonderes war. Wer sonst bekam schließlich ein zweites Mal seine Sterne? Auf dem Weg zum Mechster hatte sie mit dem Gedanken gespielt, ob vielleicht ein Weg auf sie wartete, der in irgendeiner Form bedeutsam war. Doch nun, unter dem Gewicht all dieser Sterne, fragte sie sich, ob es so etwas überhaupt geben konnte.

In ihr machte sich die gleiche Angst breit wie beim ersten Mal, als sie sich ihre Sterne abgeholt hatte – was, wenn sie ihr nichts Gutes prophezeiten? Wenn sie wieder vorhersagten, dass sie sterben würde? Was, wenn sie verkündeten, dass sie Dax niemals finden würde? Das könnte sie nicht ertragen – da war es besser, nichts zu wissen. Sie ließ die Kupferscheibe wieder in ihre Tasche gleiten und wandte sich zum Gehen. Aus dem Augenwinkel nahm sie jedoch wahr, wie jemand hastig hinter einer Säule in Deckung ging. Unauffällig legte sie die Hand auf den Griff ihres Schwertes und sah hoch, als würde sie die Sterne bewundern. So rückte sie näher und näher an die Säule heran, bis sie abrupt herumwirbelte … und niemanden fand.

Hinter ihr raschelte es. Paisley drehte sich blitzschnell um und stieß ihren heimlichen Beobachter gegen die Säule, wobei sie ihm die Klinge an den Hals hielt.

»Roach!« Als sie aufschaute, blickte sie direkt in seine dunkelbraunen Augen. Er roch nach der feuchten Nachtluft eines fernen Landes im Osten des Königreichs, nach Gewürzen und dem Salz fremder Meere.

Dort, wo sich die schleiergefüllte Narbe in ihrer Brust befand, spürte sie die Spitze seines Dolches. Sie sah den geschnitzten Holzgriff an und wartete darauf, dass die Angst einsetzte und die Luft vor Elektrika-Spannung zu knistern begann, doch es passierte … nichts.

»An der Stelle bin ich schon mal getötet worden, Roach. Ich glaube nicht, dass es ein zweites Mal klappt.«

Er lächelte und ihm entfuhr ein leises *Ha*.

»Wie hast du mich gefunden?«, fragte Paisley.

Roach verzog das Gesicht. »Du erwartest doch wohl nicht, dass ich dir das verrate, oder?«

»Also gut und was willst du?«

»Das Gleiche wie du«, antwortete er. Seine Augen glitzerten im Licht der Sterne über ihnen.

»Na, das bezweifle ich«, erwiderte Paisley, ohne das Schwert loszulassen.

»Du willst deinen Bruder retten. Du willst in das Land reisen, in dem er sich aufhält, und ihn zurückholen. Ich hatte eine Schwester und ich möchte das Gleiche für sie tun. Ich möchte sie ebenfalls zurückholen.« Seine Stimme war fest, aber seine Augen trübten sich und flackerten verräterisch. Paisley fühlte, wie sich ihr Griff um das Schwert lockerte.

»Deine Schwester …«

»Clara. Ihr Name war Clara. Wenn die Yardwächter sie nicht entdeckt hätten …«

Paisleys Herz setzte einen Schlag aus. »Sie hatte die Drachengabe.«

Roach nickte kaum merklich, soweit es die Klinge von Paisleys Schwert zuließ.

»Sie war noch klein, aber so fröhlich und aufgeweckt. Ich habe sie unendlich geliebt. Ich konnte die Yardwächter nicht aufhalten. Ich konnte weder verhindern, dass sie sie mitnahmen, noch dass sie ihr eine Schlinge um den Hals legten, aber jetzt kann ich es wiedergutmachen. Ich, oder eher sie, kann sie aus dem Schleier zurückholen.«

»Die Dunkle Drachenhüterin? Jetzt verstehe ich. Du hilfst ihr und Clara ist deine Belohnung.«

»Ich denke, du wirst mir zustimmen, dass sich die Mühe lohnt, wenn man dadurch seinen Bruder oder seine Schwester retten kann.«

Deshalb steckte er mit der Dunklen Drachenhüterin unter einer Decke: Genau wie sie Onkel Hector in Aussicht gestellt hatte, ihn mit seinem Bruder zu vereinen, hatte sie Roach seine Schwester versprochen. Kurz schoss ihr ein verlockender Gedanke durch den Kopf: Wenn Roach seine Schwester zurückbekommen konnte, konnte sie vielleicht auch ihre Mutter wiedersehen. Und ihren Vater! Doch dann wurde ihr klar, welchen Preis sie dafür bezahlen müsste und wie enttäuscht ihre Eltern von ihr wären, wenn sie diesen Weg einschlagen würde. Ihr Herz zog sich schmerzhaft zusammen und pumpte ein überwältigendes Verlustgefühl durch ihre Adern. Sie atmete tief durch und sah an sich hinab, wobei sie feststellte, dass der Dolch, der auf ihr Herz gezeigt hatte, verschwunden war. Sie trat einen Schritt zurück und ließ das

Schwert sinken – behielt es zur Sicherheit aber weiter in der Hand.

»Warum bist du hier? Warum folgst du mir? Ich dachte, die Dunkle Drachenhüterin wäre auf dem Weg nach Norden, zu Dax und dem Herzstein.«

»Das ist sie – sie hat den König dazu gebracht, ein Heer aufzustellen. Er steht unter ihrer Kontrolle und sie plant, ihn und seine Streitkräfte zu nutzen, um den Norden mitsamt deinem Bruder und dem Stein einzunehmen. Dann will sie nach Amerika reisen. Sie glaubt, dass sich dort ein weiterer Teil des Herzsteins befindet. Den braucht sie, um ihren eigentlichen Plan durchzuführen. Sie hat vor, den Schleier zu lüften, um die Großen Drachen zurückzubringen. Und mit ihnen all die anderen, von denen sie es versprochen hat.« Er machte eine kurze, nachdenkliche Pause.

»Aber jetzt gerade ist sie auf etwas anderes aus. Sie will wissen, was dein Schicksal ist. Deswegen hat sie den Meister der Sterne beauftragt, dir eine neue Münze auszustellen. Du bist hinter den Schleier getreten und zurückgekehrt. Sie fürchtet, deine Sterne könnten ihr in die Quere kommen.«

Paisley schob die Hand in die Manteltasche und schloss die Finger um die Kupferscheibe. »Meine Sterne?«

Roach nickte.

Paisley zögerte, dann streckte sie die offene Hand aus. Auf ihrer Handfläche lag die Kupferscheibe.

»Das hat fast etwas Poetisches«, meinte Roach. »Immerhin war ich auch schon in Lower London dabei, als du deine ersten Sterne erhalten hast. Ich habe zugesehen, wie du deinen Arm in die Schematika gelegt hast, und ich habe dir die Schriftrolle abgenommen, als du anschließend durch die Straßen gestolpert bist.«

»Du!« Paisley ballte die Faust um die Kupferscheibe. »Ich dachte, ich hätte sie verloren!«

»Hast du ja auch – an mich.«

»Hast du sie gelesen?« Paisley starrte ihn erbittert an.

»Ja.« Sie beobachtete, wie er sich unter ihrem Blick wand. »Sie hat sie gebraucht.«

»Na, dann hoffe ich, dass sie ihr nichts Gutes gebracht hat.«

Roach lächelte schief, wobei ihm die dunklen Haare verwegen ins Gesicht fielen. »Ich glaube, *du* bringst ihr nichts Gutes, Paisley Fitzwilliam. Nicht deine Sterne, sondern du selbst. Das ist noch ein Grund, warum ich hier bin. Ich will sehen, wie du es diesmal schaffst, sie zu verärgern.«

»Im Ernst?«

Paisley konnte sich keinen Reim auf Roachs Motive machen. Sie drückte die kleine Kupferscheibe in ihrer Hand und hoffte, dass ihre Sterne ein Wiedersehen mit Dax prophezeien würden. Gleichzeitig hoffte sie, dass es ihre Bestimmung sein würde, die Dunkle Drachenhüterin und alle, die ihr dienten, ein für alle Mal auszuschalten.

Sie sah Roach an und fühlte sich unwohl.

»Ich finde es nicht richtig, dass du oder sie meine Sterne kennt. Es sollte meine Entscheidung sein, mit wem ich sie teile.«

Roach seufzte. »Meine Sterne besagen, dass eine Person, die mir am Herzen liegt, hinter den Schleier stürzen wird. Dass ich mein Leben darauf verwenden werde, mich ihrer würdig zu erweisen, und dass wir unsere Lebenswege eines Tages gemeinsam beschreiten werden. Siehst du? Ich habe meine Sterne mit dir geteilt, obwohl du kein Anrecht darauf hast.«

»Das ist nicht dasselbe. Du hast dir meine Sterne gegen meinen Willen genommen, ich habe sie dir nicht freiwillig gegeben.«

Eine Weile standen sie nur da und lieferten sich ein schweigendes Blickduell.

»Also, ich werde sie dir nicht einfach so geben und ich lasse auch nicht zu, dass du sie dir nimmst«, sagte Paisley schließlich.

»Ich könnte dir etwas dafür anbieten – einen Tauschhandel«, schlug Roach vor.

»Was könntest du mir geben, das ich wollen würde?«, fragte Paisley, doch dann fiel ihr etwas ein. »Ich möchte, dass du alles dafür tust, Dax und meine Freunde zu beschützen. Also Corbett, Odelia und Hal.«

Roach sah sie überrascht an. »Hal?«

»Hal Nordmann. Er ist ein Krigare aus den Nördlichen Gefilden.«

»Ich weiß, wer er ist. Mir war nur nicht klar, dass ihr befreundet seid.«

»Sind wir. Aber das spielt jetzt keine Rolle. Du kannst meine Sterne haben. Wenn du im Gegenzug versprichst, dass du mir hilfst, Dax und meine Freunde vor der Dunklen Drachenhüterin zu schützen. Sie alle.«

Roach rieb sich das Kinn. Paisley konnte förmlich zugucken, wie er in Gedanken seine Optionen abwägte. »Ich schwöre bei meinem Lebensweg, dass ich alles tun werde, was in meiner Macht steht, um Dax und deinen Freunden zu helfen. Wenn du mir deine Sterne gibst.«

»Und dass du dafür sorgst, dass ihnen nichts passiert.«

Roach seufzte tief. »Ein bisschen was wird ihnen wahrscheinlich schon passieren, aber ja, ich werde dafür sorgen, dass es nichts übermäßig Schlimmes ist. Nichts, was sie hinter den Schleier bringt. Wenn ich kann.«

Paisley sah ihm lange in die Augen. Sie war sich sicher, dass er so oder so versuchen würde, an ihre Sterne zu kommen, aber wenn er ihr sein Wort gab, konnte sie dadurch vielleicht ihre Freunde beschützen.

»Bei den Sternen deiner Schwester?« Paisley streckte die Hand aus.

Roach ergriff sie, ohne zu zögern. »Bei Claras Sternen.«

Etwas in seinem Blick sagte ihr, dass er es aufrichtig meinte.

»Deal.«

Mit großen, selbstsicheren Schritten ging Paisley auf die Schematika zu. Das Herz des Mechsters war mit lebensgroßen Skulpturen vergangener Könige geschmückt. Sie alle schienen Paisley zuzusehen, wie sie zum Podium hinaufstieg und sich der Schematika näherte. Der Apparat sah fast so aus wie der, von dem sie ihre ersten Sterne empfangen hatte, nur größer und prächtiger. Obendrauf waren große, dünne Ringe aus Gold angebracht, die die Bahnen des Himmelsmechanismus repräsentierten.

Ein weiterer goldener Ring umrahmte die Öffnung, in die Paisley nun ihre linke Hand legte. Sie lehnte das Schwert gegen den Apparat, nahm die Kupferscheibe und hielt sie über den Schlitz an der Oberseite. Roach stand neben ihr und im Licht der Millionen Sterne über ihnen konnte sie ihn klar und deutlich sehen.

»Du weißt ja, wie es heißt«, sagte er mit einem Lächeln. »Es reist sich leichter, wenn einem die Sterne den Weg weisen.«

»Hoffentlich«, flüsterte Paisley, als sie die Kupferscheibe in den Apparat gleiten ließ.

Die Lamellen im Inneren der Schematika schlossen sich fest um ihren Arm, während ihr ein kleines, schimmerndes Sternenmuster auf das Handgelenk tätowiert wurde. Es tat weh, aber diesmal war Paisley vorbereitet und verzog keine Miene.

Das Scheppern und Rasseln der Schematika verklang und Paisley wartete darauf, dass die Lamellen ihren Arm wieder freigaben … doch die rührten sich nicht von der Stelle. Vergeblich zog sie an ihrem Arm.

Dann begann im Apparat, ein Glöckchen zu bimmeln. Das Geräusch erfüllte die kalte dunkle Kathedrale und schien förmlich um Aufmerksamkeit zu rufen.

Am anderen Ende des Mittelschiffs fiel eine weitere Glocke mit ein, dann noch eine und noch eine, ohne Rücksicht darauf, ob die einzelnen Töne miteinander harmonierten.

»Was passiert hier?« Paisley, deren Arm immer noch in der Schematika festsaß, blickte sich suchend nach den Glocken um.

In dem Moment erklang über ihr ein tiefes, melodisches Dröhnen. Sie legte den Kopf in den Nacken; die Turmglocken hatten nun ebenfalls angefangen zu läuten. Dann fiel ihr Blick auf die Sterne an der Decke. Sie bewegten sich, aber nicht auf den gewohnten Bahnen des Himmelsmechanismus. Stattdessen fanden sie sich alle in der Mitte der Decke zusammen, wo sie sich zu einem großen Stern vereinten.

»Oh nein!«, entfuhr es Paisley. Sie wandte sich wieder der Schematika zu, aus der soeben die Schriftrolle mit ihrem Schicksal herauskam. Mit der freien rechten Hand griff sie danach und las vor:

»Du, Paisley Fitzwilliam, wurdest erwählt,
uns alle zu führen und über uns zu herrschen.
Dein Weg ist der eines Königreichs,
dein Schicksal das aller Menschen, dein Wort
der Befehl des Obersten Gestalters.
Heil dir, o König!«

Paisleys Blick schnellte zu dem Königsstern an der Decke zurück. Ihr stockte der Atem und ihr brach kalter Schweiß aus. Die Sterne des Schicksals hatten gesprochen und was sie prophezeiten, war schwindelerregend. Paisley sah wieder das Pergament in ihrer Hand an, auf dem ihr weiterer Lebensweg geschrieben stand. Genau in der Mitte vom Blatt prangte der

Königsstern – schwarz wie die Nacht und von kleineren goldenen Sternen umringt.

Roach stieß einen lang gezogenen Pfiff aus.

Paisley warf ihm einen bitterbösen Blick zu.

Er deutete eine Verbeugung an. »Verzeihung, Eure Hoheit.«

Unerwartete Sterne

Paisley warf Roach einen verachtenden Blick zu, während sie versuchte, ihren Arm aus dem Apparat zu ziehen.

Die Glocken der Kathedrale bimmelten lauter und lauter. Unter das Getöse mischte sich jedoch noch ein anderes Geräusch: das von rennenden Füßen. Paisley zog fester.

Ein junger Mechanist eilte mit großen Augen das Mittelschiff entlang. Seine Haare waren vom Schlaf zerzaust und er richtete im Laufen seine Gewänder, während er aus vollem Hals rief: »Heil dir, o König, Herrscher des Reiches, Botschafter des Obersten Gestalters, dessen Wille sich im Lebensweg des Königs manifestiert – Oh! … Du bist ein Mädchen!«

Völlig außer Atem starrte er erst Paisley, dann Roach an.

»Ja. Hast du etwa noch nie eins gesehen?«, entgegnete Paisley mit zusammengebissenen Zähnen, während sie weiter versuchte, sich aus der Schematika zu befreien. Ihre Haut war schon ganz rot und sie spürte, dass sich darunter blaue Flecken bildeten.

»Ja, doch, natürlich habe ich das. Ich habe eine Schwester – zwei sogar –, aber … na ja, ich habe noch nie gehört, dass ein Mädchen König werden kann. Ich hätte nicht gedacht, dass das möglich ist!«

»Vieles, was unmöglich erscheint, wird früher oder später Realität. Hast du einen Schlüssel? Kannst du mich hier rausholen?« Paisley seufzte.

Roach stieß ein leises *Ha* aus, das diesmal jedoch eher ratlos wirkte. Im funkelnden Licht des Königssterns sah Paisley, wie der junge Mechanist zu Roach hinüberschielte und errötete, während er beschämt den Kopf schüttelte. »Tut mir leid, das geht nicht. Das kann nur der Abtitekt. Fünf, sechs Könige zuvor gab es nämlich mal einen Vorfall, bei dem der Auserwählte einfach abgehauen ist und sie ihn erst mühsam wieder einfangen mussten. Deshalb gibt es jetzt Sicherheitsvorkehrungen.«

»Jemanden gegen seinen Willen festzuhalten, würde ich nicht gerade als Sicherheitsvorkehrung beschreiben«, knurrte Paisley und fuhr fort, an ihrem Arm zu ziehen. »Könntest du wenigstens die Glocken ausschalten? So kriegen es ja alle mit!«

»Genau das ist der Sinn des Ganzen.« Der junge Mechanist strahlte, bemerkte dann jedoch Paisleys Gesichtsausdruck. »Entschuldigung, Miss – ich meine, Eure Hoheit. Ich kann die Glocken nicht ausschalten. Die Menschen wollen die Verkündigung doch hören! Bald werden alle Mechanistenkapellen, Kirchen, Mechster und sonstige Gebäude im ganzen Königreich mit ihren Glocken die frohe Botschaft verkünden.«

»Ich muss hier weg! SOFORT!« Paisley beugte sich zu dem jungen Mechanisten vor, der erschrocken zurücksprang. Mit flehendem Blick drehte sie sich zu Roach um.

»Sobald der Abtitekt hier ist, lässt er Euch frei. Dann gibt es eine Prozession von hier zum Königspalast in London, wo Ihr dem aktuellen König vorgestellt werdet. Anschließend könnt Ihr Euch noch kurz von Euren Freunden und Eurer Familie verabschieden.« Der Junge musterte Roach von Kopf bis Fuß. »Danach nimmt Euer Weg eine Wendung fort von allen, die Ihr kennt, und Eure Ausbildung zur künftigen Herrscherin des Königreichs beginnt. Das steht alles in der Königsschrift geschrieben.« Der Junge schlug sich mit beiden Händen gegen die Stirn. »Ich hab die Königsschrift vergessen!«

»Die was?«, fragte Paisley.

»Die Königsschrift. Sie gehört zu dem Stern.« Er zeigte zur Decke.

»Noch nie davon gehört!«, meinte Roach.

»Natürlich nicht, wir erzählen ja auch nicht überall rum, was genau passiert, wenn ein neuer König auserwählt wird. Wo wäre denn da das Geheimnisvolle?«, erwiderte der Mechanist entrüstet. »Jedenfalls sollte ich sie Euch eigentlich überreichen, Eure Hoheit! Darin steht alles, was Ihr über die Rolle des Königs, Euren Lebensweg und … *einfach alles* wissen müsst. All die Geheimnisse des Mechanismus, die nur der König kennt! Cool, oder? Wartet hier! Ich bin gleich wieder da!«, rief er und stürmte durch den Mittelgang davon.

Roach lächelte leise. »Ich mag ihn.«

Paisley durchbohrte ihn mit ihrem Blick. »Also, ich nicht. Hast du nicht gehört, was er gesagt hat? Sie wollen mich wegbringen und zwingen, König zu werden. Ich muss hier raus; ich muss zu Dax.«

Ihr eingeklemmter Arm hatte zu bluten begonnen. Sie ließ die Schriftrolle mit ihrem Schicksal fallen und griff nach dem Schwert, doch Roach kam ihr zuvor.

»Gib mir mein Schwert«, verlangte sie.

»Damit du dir den Arm abhacken kannst?!«

»Jetzt übertreib nicht gleich. Ich will die Lamellen aufbiegen.« Erwartungsvoll streckte sie die Hand aus.

Roach trat einen Schritt auf sie zu. Er war ihr so nah, dass sie seine Wärme fühlen konnte, während er die Schwertspitze auf die Lamellen im Inneren der Maschine richtete.

Er holte tief Luft und blickte ihr ernst, aber ruhig in die Augen. »Vertraust du mir?«, fragte er.

Sie zögerte einen Sekundenbruchteil. »Auf keinen Fall!«

Roach seufzte. »Na schön, dann muss ich dich eben vom Gegenteil überzeugen.«

Er schob die scharfe Spitze von Paisleys Schwert in den schmalen Spalt zwischen zwei sich überlappenden Lamellen und trennte eine davon ab wie das Blütenblatt einer Rose. Er machte mit der nächsten Lamelle weiter, und als er die vierte gelöst hatte, konnte Paisley ihren blutenden Arm endlich befreien.

Roach lehnte das Schwert gegen den Apparat und zog ein großes Stofftaschentuch hervor, mit dem er ihren Arm verband. Paisley hielt still, während er das Tuch geschickt festknotete. »Bitte sehr.« Er fuhr mit den Händen ihren Unterarm hinab und strich mit dem Finger über ihre Sterne. »Also, das ist …«

Paisley sah auf ihr Handgelenk und stellte fest, dass zu dem Halbkreis aus Sternen, die sie beim ersten Mal erhalten hatte, ein weiterer Halbkreis dazugekommen war. Im Mittelpunkt des Ganzen befand sich ein schwarzer Stern, der größer war als alle anderen – der Königsstern.

Paisley stockte der Atem. Dann hob sie den Blick und sah Roach an.

»Du *bist* der König«, sagte er und kniete vor ihr nieder. Von seinem üblichen spöttischen Unterton war nichts mehr zu hören.

Die Tür zum Mechster flog auf und eine kleine Menschengruppe kam herein. Die meisten trugen noch ihre Schlafsachen und hatten nur schnell eine Hose und einen Mantel übergezogen. Einige hatten Elektrika-Lampen dabei. Sie waren gekommen, um den neuen König zu sehen.

Roach schnappte sich Paisleys Schwert, erhob sich und zog sie hinter den Apparat.

»Was machen wir jetzt?« Paisley blickte sich zu den herannahenden Leuten um.

»Du machst gar nichts. Bleib hier. Sie rechnen ja mit einem Jungen. Ich locke sie weg, dann kannst du verschwinden.«

Paisley blieb keine Zeit, ihm zu danken oder ihn zu fragen, warum er ihr half. Roach war bereits aufgesprungen und rannte zur offenen Tür.

Aus der Gruppe waren Stimmen zu hören: »Da ist er!«

»Heil dir, o König!«

»Wartet, kommt zurück!«

»Eure Hoheit!«

Paisley sah zu, wie sie kehrtmachten und hinter Roach herliefen. Schnell wie der Schatten eines Drachen schlüpfte er in die kalte Nacht hinaus. Jetzt erst fiel ihr auf, dass er ihr Schwert mitgenommen hatte … und die Schriftrolle mit ihrem Schicksal.

Sie wartete, bis alle gegangen waren, dann wagte sie sich aus ihrem Versteck. Als sie schon fast an der Tür war, hörte sie, wie sich eilige Schritte näherten. Der junge Mechanist war zurück und hatte eine lange goldene Röhre dabei, die für die Aufbewahrung wertvoller Schriftrollen verwendet wurde.

»Wartet, Ihr könnt nicht gehen!«, rief er und stürmte auf sie zu. Er blieb vor ihr stehen und versuchte, wieder zu Atem zu kommen.

Paisley dachte nicht lange nach. Sie nahm ihm die goldene Röhre ab und schlug ihm damit auf den Kopf, woraufhin er bewusstlos in sich zusammensackte.

»Tut mir leid«, sagte Paisley. Sie vergewisserte sich, dass sie ihn wirklich kaltgestellt hatte, und zog ihn hinter eine der Bänke. Mit der Röhre im Gepäck rannte sie nach draußen. Dort strömten bereits weitere Menschen herbei, während die Gruppe, die als erste gekommen war, in die Gegenrichtung davonlief. »Der König ist abgehauen!«, rief sie und zeigte auf die Leute, die hinter Roach herjagten.

Die Neuankömmlinge rannten in die Richtung, in die Paisley deutete. Paisley tat so, als würde sie sich ihnen anschließen, löste sich dann jedoch von der Gruppe. Sie schlug einen Weg ein, von dem sie hoffte, dass er sie zum Unterschlupf der Drachenmeisterinnen zurückführen würde.

Ihr Herz raste, als sie durch die dunklen Gassen lief, wobei sie sich so gut wie möglich an die Deckung der Häuserschatten hielt. Sie konnte nicht der König sein, auf keinen Fall! Doch das Glockenläuten vom Mechster, das in der ganzen Stadt zu hören war, kündete vom Gegenteil.

König auf der Flucht

Paisley atmete die kalte Nachtluft ein. Der eisige Nordwind wehte einen feinen Schneeregen in die Stadt. Trotzdem strömten die Einwohner von York aus ihren Häusern. Sie hatten sich Mäntel oder Decken über die Schlafanzüge geworfen und liefen durch die Straßen, wobei sie zu dem Licht an der Spitze der Kathedrale hinaufschauten – dem Signal, dass ein neuer König erwählt worden war.

Paisley bog aus einer Gasse auf eine lange, gepflasterte Straße, von der sie sich sicher war, dass sie irgendwann zum Fluss führen würde. Von dort würde sie früher oder später auch wieder zum Lagerhaus der Bruderschaft und damit zu Odelia und Hal finden.

Vor einer Taverne mit dem Namen *Zum güldenen Stern* hatte sich eine Traube von Männern versammelt. Die Tür stand sperrangelweit offen und das herausfallende Elektrika-Licht ließ die Regentropfen wie kleine Sternschnuppen erscheinen. Der Wirt, der unter seiner Schürze immer noch

Schlafanzug und Pantoffeln trug, schenkte an seine Kundschaft aus.

»Trinken wir auf den neuen König«, sagte ein großer, stämmiger Mann mit einem Glas Bier in der Hand zu den Männern um ihn herum.

Dann entdeckte er Paisley.

»He, Miss, du läufst inne falsche Richtung. Zum Mechster geht's da lang, da spielt die Musik.«

Paisley sah weg und beschleunigte ihre Schritte, was, wie sie gleich darauf feststellte, ein Fehler war. Der Mann beäugte sie neugierig und keine Sekunde später hörte sie einen kleinen Jungen rufen: »Pa, Pa, das errätst du nie!« Paisley warf einen kurzen Blick zurück und sah, wie ein Junge von vielleicht acht oder neun Jahren auf den stämmigen Mann zurannte. »Der König is kein Junge, er is 'n Mädchen. Und er is abgehauen!«

Die Männer fingen an zu lachen. Paisley blickte sich erneut um, und obwohl sie schon ein ganzes Stück weiter weg war, konnte sie deutlich sehen, wie der stämmige Mann sie beobachtete. Ein anderer kicherte: »Frisch gekürt und läuft schon vor ihrer Pflicht davon? Klingt genau wie ein Mädchen – deren Lebenswege sind ja schon von Natur aus zerbrechlicher und unbeständiger!«

»He, du, warte mal. Zeig uns deine Sterne!«, rief der stämmige Mann Paisley zu. Sie wirbelte herum und lief noch schneller, eine kalte Furcht im Nacken. Die eigenen Sterne waren etwas sehr Persönliches; niemand verlangte je, die Sterne eines anderen zu sehen. Doch Paisley war sich sicher, dass diese Männer sie zwingen würden, ihnen ihr Handgelenk zu zeigen, wenn sie sie erwischten. Und dann würden sie sie garantiert ins Mechster zurückbringen. Das durfte auf keinen Fall passieren.

Ein paar Häuser weiter gab es eine Seitenstraße, die in ein schmales Gässchen hinter den Häusern führte. Paisley sprintete durch den eisigen Nieselregen, verfolgt vom Trappeln mehrerer Stiefelpaare. Die kleine Gasse öffnete sich in eine weitere Straße aus Wohnhäusern und Geschäften, in der überall Leute herumstanden und sich unterhielten. Sie rannte an allen vorbei, bis sie neben einem Geschäft namens *Imaginarium* eine Seitengasse fand und hineinschlüpfte – nur um kurz darauf feststellen zu müssen, dass es sich um eine Sackgasse handelte.

Sie hielt nach einem geeigneten Versteck Ausschau, doch die Gasse war leer. Im Grunde blieb ihr keine andere Wahl, als auf die Straße zurückzukehren und zu hoffen, dass sie schneller war als ihre Verfolger. Bei der Vorstellung zögerte sie. In dem Moment spürte sie zwei Hände um ihre Taille und ein Gefühl von Schwerelosigkeit, als sie emporgehoben wurde.

»Odelia!«

Nach ein, zwei Schlägen mit Odelias mitternachtsfarbenen Schwingen waren sie auf dem Flachdach über dem *Imaginarium*. Von dort sahen sie, wie der kleine Junge in die Gasse geflitzt kam und sich suchend umguckte. Wenig später hatte sein Vater ihn eingeholt.

»Ich war mir sicher, dass sie hier war, Pa«, sagte er. Sie schauten sich gemeinsam um und dann nach oben. Hastig zogen Paisley und Odelia die Köpfe ein.

»Vielleicht war es eine Straße weiter?«, meinte der Vater, während ein zweiter Mann dazukam.

Sie verschwanden so schnell, wie sie gekommen waren.

Odelia stand auf, doch Paisley verharrte in der Hocke. Sie hatte Seitenstechen und rang nach Luft.

Es regnete immer noch und die Tröpfchen und Flocken zauberten im Licht der Elektrika-Lampen riesige Regenbögen an den Nachthimmel über der Stadt. Einer davon erfasste Odelia und brachte ihre dunkle Haut und Schwingen zum Leuchten, während sie sie ausschüttelte und wieder eng anlegte. Sie breitete ihren Mantel darüber und streifte sich die Kapuze über den kahlen Kopf, an dem die Regentropfen nur so herabliefen.

»Ich nehme an, das hat was mit dir zu tun?« Odelia deutete mit einem Kopfnicken auf das Mechster und Paisley rappelte sich auf. Vom Dach konnte sie das Geschehen bestens sehen – die läutenden Turmglocken, das Licht des Königssterns an der Decke des Mechsters, das seltsamerweise wie der Strahl einer Elektrika-Taschenlampe senkrecht durch das Dach in den Nachthimmel schien, sich durch die Regenwolken bohrte und bis weit in den Himmelsmechanismus hinaufreichte.

Sie ließ den Blick über die Stadt schweifen und entdeckte viele weitere kleinere Lichter, die auf die gleiche Weise leuchteten. Nun erkannte sie auch, dass nicht nur im Mechster die Glocken erklangen, sondern in jedem Mechanistengebäude der Stadt.

Was hatte der junge Mechanist noch mal gesagt? Dass jede Glocke im Königreich läuten würde, um zu verkünden, dass der Oberste Gestalter den nächsten König erwählt hatte.

Ihr wurde schlecht.

Sie drehte sich zu Odelia um und schob den Ärmel zurück. »Ich habe die Kupferscheibe genommen, ich habe mir meine Sterne abgeholt, ich …«

Odelia beugte sich vor, um die Tätowierung an Paisleys Handgelenk genauer zu betrachten. Dann hob sie den Kopf und lächelte.

Paisley konnte sich nicht erinnern, dass sie Odelia schon mal so lächeln gesehen hatte, so breit und echt und ungehemmt. Ihr ganzes Gesicht strahlte, ihre Augen glänzten und trotz all ihrer Angst konnte Paisley nicht anders, als mitzulächeln. Ja, jedes einzelne Atom in ihrem Körper schrie, dass sie in riesigen Schwierigkeiten steckte, aber Odelias Begeisterung war ansteckend. Einen Moment lang erlaubte sie sich, Freude darüber zu empfinden, dass sie etwas Besonderes war, ohne an die Verantwortung oder die gewaltige Macht zu denken, die der Königsstern mit sich brachte.

Sie kicherte, auch wenn es sich ein bisschen hysterisch anfühlte. Odelia lachte mit, doch bei ihr wirkte es warm und durch und durch fröhlich.

»Also, eins kann ich dir sagen, Paisley Fitzwilliam: Langweilige Sterne waren dir schon mal nicht bestimmt.«

»Nein, da hast du wohl recht.«

»Ich habe von dem Tag geträumt, an dem ein Mädchen das

Mal des zukünftigen Königs bekommt.« Odelias Lächeln wurde etwas zurückhaltender, beinahe schüchtern.

Paisley erinnerte sich, wie sie im Geschichtsunterricht die Ernennung des Königs durchgenommen hatten. Damals war sie nur ein wenig jünger gewesen als Dax jetzt. Ihr Lehrer hatte erklärt, dass der Königsstern das Zeichen war, mit dem der Oberste Gestalter diese Person erwählt hatte, alle anderen auf ihren Wegen zu führen. Anschließend hatten die Schülerinnen und Schüler die Geburtsnamen, Geburtsorte und Titel aller neunundsechzig Könige aufgesagt, vom ersten bis zum amtierenden. Sie wusste noch, dass König George der Vierundsechzigste auch George der Friedensbringer genannt wurde, nachdem er einen Friedensvertrag mit den Nördlichen Gefilden ausgehandelt hatte. George der Achtundsechzigste trug den Beinamen George der Kalte, weil er angeblich unnahbar und distanziert war, sich die meiste Zeit in seinem Schloss aufgehalten und nicht mal versucht hatte, sich bei seinem Volk beliebt zu machen.

Paisley hatte gefragt, ob es auch weibliche Könige gegeben hatte, und der Lehrer hatte gelacht.

Fast alle Könige hatten geheiratet, doch die Frauen an ihrer Seite waren lediglich Königsgemahlinnen und ihre Sterne dienten dazu, die des Königs noch heller erstrahlen zu lassen.

Daraufhin hatte Paisley die anderen Mädchen in ihrer Klasse angesehen, die alle schon ihre Sterne hatten und ihren Lebensweg kannten. Dann war ihr Blick zu ihrem eigenen, leeren Handgelenk gewandert und in ihr war die winzig kleine Hoffnung gekeimt, dass sie ihrem Lehrer das Gegenteil beweisen würde. Dass sie, wenn es endlich so weit war, nicht irgendwelche Sterne erhalten würde, sondern den Königsstern, der sie zum nächsten König machte.

Sie betrachtete ihre Sterne. Noch vor Kurzem war ihr Handgelenk unberührt und leer gewesen und nun war es voller Sterne, Möglichkeiten und Abenteuer. Eigentlich unfassbar, wenn sie so darüber nachdachte.

»Paisley. Ist dir klar, wie bedeutsam das ist? Wie bedeutsam du jetzt bist? Du erhältst die Macht des Königs, damit kannst du so viel Gutes tun.«

Paisley nickte. Odelia hatte natürlich recht. Ganz sicher gab es jede Menge Dinge, für die sie ihre Macht nutzen konnte. Nicht zuletzt dafür, den Drachenmeisterinnen die gleichen Rechte zu gewähren wie allen anderen im Königreich.

»Das könnte ich, aber nicht gleich. Noch bin ich nur der Aufstrebende König – die Macht bekomme ich erst, wenn der Weg des amtierenden Königs endet. Bis dahin werde ich weggesperrt, um alles über Politik und Kriegsführung zu lernen. Bevor mein Stern aufsteigt, habe ich so gut wie keine Macht, sogar noch weniger als jetzt. Und das bisschen, das ich habe, brauche ich, um meinen Bruder zurückzubekommen und dafür zu sorgen, dass die Dunkle Drachenhüterin den Herzstein nicht in ihren Besitz bringt. Außerdem hat Roach gesagt, dass die Dunkle Drachenhüterin den König unter ihrer Kontrolle hat. Wenn das stimmt, möchte ich auf keinen Fall in seiner Nähe sein, nicht mal in der seiner Männer.«

»Roach?«, fragte Odelia. Paisley erzählte Odelia von ihrer Begegnung mit Roach im Mechster und was er ihr über die Pläne der Dunklen Drachenhüterin verraten hatte.

»Odelia, wünschst du dir, du hättest deinen Lebensweg noch?«, fragte Paisley schüchtern. Manche Menschen hatten kein Problem damit, ihre Sterne mit anderen zu teilen, aber die meisten behielten sie lieber für sich.

Odelia lächelte. »Manchmal ja. Mein Schicksal war es, inmitten meiner Sterne zu tanzen. Bevor sich meine Drachengabe bemerkbar gemacht hat, war ich auf einer Tanzschule. Ich beherrschte die wildesten Sprünge und Verrenkungen. Jetzt tanze ich nicht mehr … jetzt fliege ich.« Odelia blickte in den Himmel. »Wir alle haben einen Lebensweg, Paisley. Wir alle wandeln, tanzen oder fliegen darauf, selbst wenn wir ihn nicht sehen können. Sogar wenn wir nicht daran glauben, dass es ihn gibt.«

Paisley nickte. »Aber … aber was, wenn man seinen Lebensweg nicht mag? Was, wenn man lieber auf einem anderen Weg wandeln, tanzen oder fliegen würde? Wenn man sich andere Sterne wünscht?«

»Paisley, du bist die einzige Person im gesamten Mechanismus, die neue Sterne bekommen hat und damit die Gelegenheit, einem anderen Weg zu folgen. Ich weiß nicht, ob das bedeutet, dass sich dein Weg tatsächlich geändert hat oder ob er weitergeht wie vorgesehen. Fest steht jedoch, dass die Große Drachenmutter Anu mit ihrem Feueratem die Bahnen des Mechanismus erschaffen und sie nach den Plänen des Obersten

Gestalters zurechtgebogen hat. Diese Bahnen lassen sich nicht leugnen; wir sehen sie in den Bewegungen der Sterne und Planeten. Aber wir Drachenmeisterinnen wissen auch, dass sie zwischen den Bahnen einen eigenen Plan versteckt hat, die *Unbekannte Entwicklung*. Sie hat gesehen, was uns bevorstand, den Drachen, denen, die die Drachengabe in sich tragen, uns allen. Sie hat versucht, es zu verhindern. Deshalb hat der Oberste Gestalter sie verstoßen. Deshalb hat George der Erste die Großen Drachen getötet und deshalb macht jeder König seither Jagd auf jene, die die Drachengabe besitzen. Sie fürchten, dass wir uns eines Tages von den unsichtbaren Bahnen lösen, an die wir gebunden sind. Aber um das zu tun, Paisley, müssen wir dem Weg folgen, den Anu für uns geschaffen hat.«

Paisley nickte. Sie musste an ihre Mutter denken. Ihre Mutter hatte den Kometen auf eine neue Bahn versetzt, richtig? Oder war das alles bereits vorherbestimmt gewesen? Hatte der Oberste Gestalter das vor Ewigkeiten geplant und Anu angewiesen, einen Knick in die Bahn des Kometen einzubauen?

Waren Paisleys erste Sterne genau das auch gewesen? Eine vorbestimmte Wendung auf ihrem Weg? Und was war mit dem Königsstern? Sosehr sie sich auch bemühte, sie zu verstehen, ihre Sterne ergaben einfach keinen Sinn.

Paisley wedelte mit ihrem Handgelenk. »Das hier wird mich nicht davon abhalten, die Dinge zu tun, die ich tun muss. Die ich tun *will*. Dax kommt an erster Stelle, dann das Versprechen, das ich meiner Mutter gegeben habe. Die Pläne des Obersten Gestalters müssen warten – erst mal sind meine eigenen dran.«

Die Kunst, den Schleier zu bändigen

Im Osten waren am nachtschwarzen Himmel bereits die ersten tintenblauen Vorboten der Morgendämmerung zu erahnen, als Odelia auf dem Dach des Lagerhauses der Bruderschaft landete und Paisley losließ. Die Glocken läuteten immer noch und die Lichter aus den Mechanistengebäuden erstrahlten unverändert hell.

Das Dachfenster ging quietschend auf und CeCe schob den Kopf heraus.

»Du hast sie gefunden!«, rief sie. »Wieso läuten die Glocken? Was bedeuten die Lichter?«

»Ärger«, antwortete Odelia, während sie durch das offene Fenster stieg und die kurze Treppe hinablief. Paisley zog das Fenster hinter sich zu und folgte den beiden Drachenmeisterinnen.

»Was für Ärger? Für uns oder für sie?« CeCe warf Paisley über die Schulter hinweg einen Blick zu.

Odelia ging ihnen voraus ins Wohnzimmer, wo Paisley das

Drachenei zurückgelassen hatte. »Das kommt aufs Gleiche raus«, erklärte sie CeCe. »Paisleys Lebensweg ist mit unserem verschlungen. Mit dem aller Menschen, überall. Sie wird der nächste König, sie wird die Geschicke des gesamten Königreichs, der Welt und vielleicht sogar des Himmelsmechanismus leiten.«

Paisley hielt auf der Türschwelle inne und ließ Odelias Worte auf sich wirken. Die Vorstellung war in ihrer Tragweite kaum zu erfassen; wenn überhaupt, kratzte Paisley gerade mal an den äußersten Rändern. Wie sollte sie diese unglaubliche Last schultern? Spätestens wenn sie den Thron bestieg, war sie ganz auf sich allein gestellt. Noch dazu würde ihr Lebensweg wie bei den letzten Königen vor ihr deutlich länger als normal sein: Dax, Odelia, Corbett, alle, die ihr am Herzen lagen, würden irgendwann hinter den Schleier treten, während sich ihr eigenes Rädchen noch viele, viele Wenden weiterdrehen würde – einsam und schwer die Verantwortung tragend.

»Was habe ich getan?« Sie fühlte sich, als hätte ihr jemand den Mechanismus unter den Füßen weggezogen. Ihre Knie wurden weich. Sie taumelte zum Türrahmen und ließ sich daran zu Boden sinken.

Es spielte keine Rolle, was sie mit ihrem Leben anfangen wollte. Ihr Weg würde nie wieder ihr selbst gehören, ganz egal, was sie zu Odelia gesagt hatte. Was sie auch tat, es würde sich auf alle im Mechanismus auswirken. Die Narbe in ihrer Brust erschien plötzlich kälter und sehr viel fester.

»Ich hätte mir meine Sterne niemals abholen sollen«, sagte

sie und schüttelte den Kopf, während die Panik wie eine eisige Welle über ihr zusammenschlug. Paisley konnte das Knistern von Elektrika in ihren Adern spüren und diesmal fühlte sie, wie in der Mitte des Raumes ein Riss aus dem Schleier entstand. Er ragte groß und bedrohlich in die Höhe und wuchs immer weiter, je tiefer sie in ihrer Angst versank.

CeCe schrie auf und suchte hinter Odelia Schutz. Hal und Never kamen vom anderen Ende des Zimmers um den Riss herumgeflitzt.

»Was ist hier los?«, fragte Rufus, der hinter Paisley im Flur aufgetaucht war, und sich mit einer schwarzen Wolke aus Nichts mitten im Zimmer konfrontiert sah.

»Ich hole Adore Alyse«, verkündete er und eilte davon.

»Was ist das?«, fragte Never, ohne den Blick vom Riss abzuwenden.

Odelia trat einen Schritt darauf zu, legte den Kopf schief und betrachtete den Riss staunend und überaus gründlich. Sie wich zurück, als Paisley einen kleinen Schreckensschrei ausstieß.

»Das ist ein Teil des Schleiers«, sagte Odelia. »Ist eine lange Geschichte, aber er kommt von Paisley. Er ist in irgendeiner Form mit ihr verbunden, wahrscheinlich durch ihre Gefühle. Er hat die Macht, alles zu vernichten, was ihm in die Quere kommt. Ziemlich bemerkenswert.«

Paisleys Panik wuchs, als die dunkle Wolke noch größer wurde. »Ich glaube nicht, dass ich ihn unter Kontrolle halten kann!«, rief sie.

»Du musst dich beruhigen. Konzentrier dich auf deine Atmung. Denk an etwas Schönes, so wie im Zug«, wies Odelia sie in strengem, aber sanftem Tonfall an.

Paisley schüttelte den Kopf. Ihre Angst nahm den gesamten Raum darin ein, da war kein Platz mehr für irgendetwas anderes.

Die Augen fest auf den Riss gerichtet, ging Never auf Paisley zu und hockte sich neben sie. Sie nahm Paisleys Hand und strich ihr fürsorglich über die Wange. Ihre Berührung war angenehm kühl wie frisches Quellwasser an einem warmen Tag.

»Paisley«, sagte Never mit tiefer, beruhigender Stimme. »Paisley, sieh mich an. Ich werde meine Drachengabe nutzen, um dir zu helfen, in Ordnung?« Ihre bernsteinfarbenen Augen waren voller Wärme. Paisley nickte verzagt.

»Hör auf meine Stimme. Du bist sicher. Du bist ruhig. Du hast deine Gefühle unter Kontrolle.«

Paisley spürte, wie ihr das Atmen leichter fiel, während Nevers Stimme in sie einsickerte. Die Wörter *sicher*, *ruhig*, *unter Kontrolle* schwappten über sie hinweg wie Wellen an einem Kiesstrand. Sie konnte Never sprechen hören, aber gleichzeitig fühlte sie ihre Worte auch tief in ihrem Inneren.

»Weiter so, der Riss wird kleiner!« Odelias Stimme drang zu ihr durch wie das sanfte Klacken eines Kieselsteins.

»Paisley, kannst du die Verbindung zwischen dir und dem Riss spüren?«, fragte Never.

Das konnte sie. Es war, als würde ein unsichtbarer Faden von ihr zu dem dunklen Riss führen. Als sie ihm in Gedanken folgte, stellte sie fest, dass sie Einzelheiten aus dem Riss wahrnehmen konnte. Sie wusste intuitiv Dinge darüber, so wie in dem Moment, als sie hinter den Schleier getreten war. Sie konnte seine Ränder fühlen, seine Masse und die Wellen, die im Takt ihres Herzschlags über seine Oberfläche liefen. Sie tastete sich tiefer ins schwarze Nichts vor und dort, umgeben von all ihren Sorgen und Ängsten, stieß sie auf etwas, das anders war. Etwas, das unbedingt frei sein wollte.

Paisley merkte, dass sie Never zunickte. »Ich kann es spüren«, sagte sie und ihre Stimme schien dabei in weiter Ferne zu schweben.

»Gut. Kannst du es aufhalten, Paisley? Kannst du es verschwinden lassen?«

»Ich weiß es nicht.«

»Versuch es«, sagte Never. »Du weißt nicht, wozu du fähig bist, wenn du es nicht versuchst.«

In Gedanken fasste Paisley den Riss an den Rändern und fing an, ihn zusammenzufalten, wodurch er immer kleiner wurde. Dabei stellte sie sich vor, wie ihre Ängste in sie zurückströmten. Doch diesmal hörte sie ihnen zu und sprach ruhig mit ihnen.

Ja, die Situation war schlimm und verschlechterte sich weiter, aber sie hatte Odelia, Hal und Corbett. Und Dax war immer bei ihr, in ihrem Herzen und in ihren Gedanken. Sie würde zu ihm gelangen, um jeden Preis, und nichts konnte sie aufhalten: weder der Schleier noch ihre Sterne oder der Oberste Gestalter. Ihre Mutter hatte bewiesen, dass sich die

Umlaufbahnen verschieben ließen. Wenn es sein musste, würde Paisley sich eben ihren eigenen Weg schmieden.

»Genau so. Du hast alles unter Kontrolle, du bist sicher, du bist ruhig und du hast die Macht, die Risse aus dem Schleier zu bändigen«, flüsterte Never ihr ein und Paisley glaubte ihr.

Sie richtete die Augen auf den Riss und sah zu, wie er in sich zusammenfiel. Dabei strömte außer der Angst noch etwas anderes in sie hinein, eine Art Verständnis, das sie nicht genau benennen konnte. Ein bisschen so, als ob das, was auch immer sie im Zentrum des Risses wahrgenommen hatte, nun ebenfalls in ihr wohnte.

Paisley atmete tief durch und spürte, wie sich ihre Schultern entspannten. Das beklemmende Gefühl ließ nach und zurück blieb das schon bekannte unterschwellige Bewusstsein, dass der Schleier nie ganz weg war. Es hatte etwas seltsam Tröstliches. Sie schaute von Odelia und CeCe zu Hal und weiter zu Never.

Die vier hatten den Blick auf etwas hinter ihr gerichtet. Paisley drehte den Kopf und entdeckte eine Frau, die etwa im Alter ihrer Mutter war, vielleicht auch ein bisschen älter. Sie hatte langes goldenes Haar, das ihr in einem aufwendigen Geflecht aus Zöpfen über die Schultern fiel. Sie musterte Paisley so eingehend, dass diese sich wie eine von Doc Langleys Proben unter dem Elektrika-Mikroskop vorkam.

»Odelia, als du mir von deinen Freunden erzählt hast, hast du vergessen zu erwähnen, dass eine von ihnen die Gabe des Schleiers besitzt!«, sagte die Frau.

»Verzeih mir, Adore Alyse, ich wusste nicht, dass es dafür einen Namen gibt.«

»Wie ist das passiert, mein Kind?«, erkundigte sich Adore Alyse, während sie Paisley zu den Sofas führte und Rufus zunickte, der die Tür hinter ihnen schloss.

»Ich …« Paisley warf Odelia einen fragenden Blick zu.

»Erzähl ihr die Wahrheit – über Dax, deine Mutter und den Schleier.« Odelia ließ sich neben Hal auf dem gegenüberstehenden Sofa nieder und CeCe schmiegte sich erneut an sie.

Adore Alyse schenkte Paisley ein gütiges Lächeln. »Ich kann sehen, wenn du die Wahrheit sagst. Deine Worte schwirren in bunten Farben um dich herum. Du kannst diese Farben nicht wahrnehmen, aber ich dank meiner Drachengabe schon.«

Paisley fing an zu erzählen: von ihren ersten Sternen und ihrem Entschluss, ihr Schicksal geheim zu halten, bis zur Entdeckung des Kometen und dem Experiment ihrer Mutter. Von deren Verschwinden und dem Aufeinandertreffen mit der Dunklen Drachenhüterin. Von Hectors Verrat und Dax' Geheimnis. Sie schloss mit ihrer Rückkehr aus dem Schleier, bei der sie ihren Vater zurücklassen musste, dem Tod ihrer Mutter und Dax' Entführung.

Adore Alyse lauschte aufmerksam und ließ das Gehörte eine Zeit lang auf sich wirken.

»Ihr habt das, was mir passiert ist, die Gabe des Schleiers genannt. Habt Ihr so etwas schon mal gesehen?«

Adore Alyse schwieg einen Moment. »Nicht direkt.«

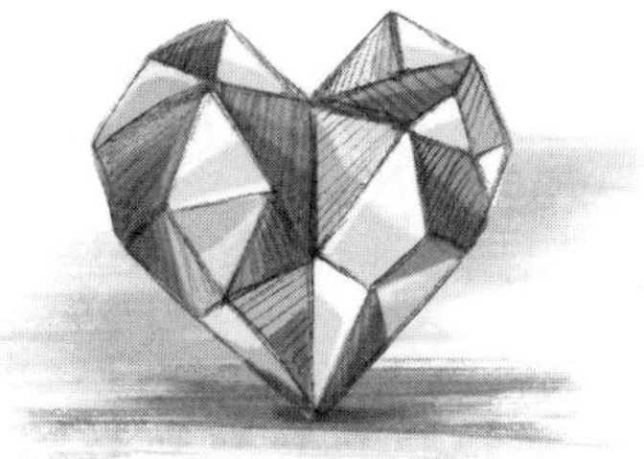

Helin

»Es gibt eine alte Drachensage, die meine Ziehmutter uns oft erzählt hat. Ich bin keine so begnadete Geschichtenerzählerin wie sie, aber ich werde mein Bestes geben«, begann Adore Alyse.

Unwillkürlich beugte Paisley sich vor, so wie früher, wenn Mom oder Dad Dax und ihr eine Gutenachtgeschichte erzählt hatten. Sie erinnerte sich an das aufgeregte Kribbeln, das sie jedes Mal verspürt hatte, wenn sie tief in ein Abenteuer abgetaucht war. Ihr ging durch den Kopf, dass im wahren Leben Abenteuer vor allem Bedrohungen und Gefahren bedeuteten. Sie strich mit dem Finger über ihre Sterne und wünschte sich, ihre Angst gegen diese freudige Aufregung von damals eintauschen zu können.

»Zu Beginn der dunklen Tage, nachdem Sabra ihre Schwestern hintergangen und versucht hatte, den Herzstein zu stehlen, nachdem sie von den Drachenmeisterinnen verstoßen und zu ewiger Einsamkeit verdammt worden war, nachdem die Seelenschwestern erkannt hatten, dass Sabras Ehrgeiz ungebrochen war, und sie den Herzstein zerteilt und die vier Stücke in allen vier Ecken der Welt versteckt hatten, nachdem George der Erste die Großen Drachen vernichtet und sich die Trauer über ihren Verlust wie ein Schatten über die Erde gelegt hatte, gab es eine junge Drachenmeisterin namens Helin. Ihre Gabe gestattete es ihr, am Rand des Schleiers entlangzuwandeln und die Lebenswege anderer zu sehen.

Helin wurde von ihren Schwestern hochgeschätzt. Sie konnte den zukünftigen Lebensweg einer Person so genau vorhersagen, dass sie von Freund und Feind gleichermaßen aufgesucht wurde.

Einer dieser Feinde war auch dein Feind, Paisley, die Dunkle Drachenhüterin, Sabra, unsere einstige Schwester und Verräterin an Anus Werk. Sie wollte wissen, was ihr auf ihrem langen Lebensweg bevorstand.

Die Dunkle Drachenhüterin drang in Helins Privatgemächer ein und zwang sie, einen Blick auf ihren Lebensweg zu werfen und ihr zu sagen, was sie sah.

Ihr Ziel war es, die Großen Drachen zurückzuholen. Sie betrachtete das als ihren Schlüssel zum Triumph. Doch als Helin die Bahn fand, die ihr die Zukunft der Dunklen Drachenhüterin zeigte, sah sie dort ihren Tod.

›Du hältst dich für unbesiegbar‹, sagte Helin. ›Du glaubst, dass deine Drachengabe dich beschützt. Aber es gibt jemanden, der deinem Weg ein Ende bereiten wird. Ein Schatten der Schwester der Schwester deiner Schwester wird eines Tages ein Kind gebären, das sowohl von den Drachen als auch vom Sternenlicht berührt worden ist. Dieses Kind wird die Großen Drachen auf die Welt zurückholen und dich zerstören. Es wird Anus *Unbekannte Entwicklung* des Mechanismus vollenden, den König vom Thron stoßen und seine Herrschaft beenden. Und mit ihr auch die des Obersten Gestalters.‹

Helins Worte erzürnten die Dunkle Drachenhüterin. Sie wollte diejenige sein, die die Großen Drachen zurückholte, den König stürzte und den Mechanismus zerstörte. Dann würde sie an der Seite der Großen Drachen bis in alle Ewigkeit herrschen. In ihrem Zorn schlug Sabra Helin nieder und stach ihr einen Dolch ins Herz. Doch während die Dunkle Drachenhüterin floh, strömte aus dem Schleier neues Leben in Helins Körper und sie kehrte auf die Erde zurück, wenn auch verändert.

Bald sprach sich herum, dass Helin dabei ein Stück des Schleiers mit sich gebracht hatte. Mit ihrer Gabe konnte sie Risse im Schleier erzeugen. Diese Risse waren schwer zu kontrollieren und richteten viel Schaden unter uns an. Einige unserer Schwestern kosteten sie sogar das Leben. Bald darauf brach Helin nach Westen auf und ward nie mehr gesehen.

Manche glauben, sie hätte einen Riss erzeugt und sei hineingetreten, andere behaupten, sie sei immer noch am Leben und warte darauf, sich an der Dunklen Drachenhüterin zu rächen.«

»Aber das ist nur eine Geschichte, oder?«, fragte Hal.

»Habt ihr in den Nördlichen Gefilden etwa keine Geschichten, die einen wahren Kern enthalten?«, entgegnete Adore Alyse. Ein mildes Lächeln umspielte ihre Lippen, als ein wehmütiger Ausdruck in Hals Gesicht trat. Er nickte lächelnd.

»Ja, solche Geschichten haben wir auch. Wie die Saga von der Weltenbrücke, die zerstört wurde, als der Mechanismus erschaffen wurde.«

Adore Alyse seufzte. »Ich fand schon immer, dass durch die Erschaffung des Himmelsmechanismus viel verloren gegangen ist. Obwohl Anu einen Anteil daran hatte, war sie sich des Schadens bewusst.«

Eine Weile herrschte Schweigen. Schließlich fragte Paisley: »Was bedeutet der Teil mit dem Kind, ›das sowohl von den Drachen als auch vom Sternenlicht berührt worden ist‹?«

»Nun, viele glauben, dass es sich dabei um die erste Erwähnung des Drachenherrschers handelt. Die Berührung durch die Drachen lässt sich leicht interpretieren: Damit ist die Drachengabe gemeint. Dieses Kind, das von einer Schwester der Dunklen Drachenhüterin abstammt, also einer der übrigen Seelenschwestern, trägt die Drachengabe in sich. Aber zugleich wurde das Kind auch vom Sternenlicht berührt, was eine altmodische Beschreibung des Königs ist. Ein Merkmal des Königs ist der Königsstern, der seinen Weg kennzeichnet, deswegen heißt es auch, dass sein Schicksal vom Sternenlicht berührt wurde. Den Überlieferungen zufolge wird dieser Junge einen Großen Drachen herbeirufen und dadurch die Dunkle Drachenhüterin, den Mechanismus und den König vernichten.«

»Könnte der Drachenherrscher auch ein Mädchen sein?«, fragte Odelia, den Blick auf Paisley gerichtet.

Adore Alyse legte nachdenklich den Kopf schief. »Möglich ist alles; wir leben unter seltsamen Sternen. Aber es gab noch nie ein Mädchen, das König geworden ist.«

»Bis jetzt«, sagte Paisley und schob den Ärmel hoch, um den anderen ihre Tätowierung zu zeigen: den schwarzen Königsstern im Zentrum des goldenen Kreises.

Die Sterne des Krieges

Die Dunkle Drachenhüterin befand sich in ihrem Strategieraum. Ein Feuer brannte im Kamin und strahlte seine Wärme auf den großen Tisch in der Mitte des Raums. Auf dem Tisch stand ein maßstabsgetreues Modell der Nördlichen Gefilde mit kleinen Figürchen, die für die Streitkräfte des Nordens und jene des Königs standen.

Außer der Dunklen Drachenhüterin hatten sich die abtrünnige Drachenmeisterin Lorena, die Meisterin des Krieges, Hector und der Meister der Sterne, ihr alter Berater aus dem Lager der Mechanisten, um den Tisch versammelt. Die Dunkle Drachenhüterin streckte ihre kleine Hand aus und verschob die Streitkräfte des Königreichs weiter nach Norden.

»Die Sterne stehen günstig. Ich habe den Mechanismus studiert und was immer Ihr jetzt unternehmt, wird von Erfolg gekrönt sein«, sagte der Meister der Sterne. Die Dunkle Drachenhüterin lächelte. Ihr Gesicht leuchtete im Feuerschein.

»Was gibt es, Roach?«, blaffte sie, ohne von ihren Plänen aufzusehen. Sie hatte sein Eintreffen auch so bemerkt.

Roach ging auf die Dunkle Drachenhüterin zu, überreichte ihr die Rolle mit Paisleys Sternen und trat einen großen Schritt zurück.

Schlechte Nachrichten zu überbringen, war immer gefährlich – ganz besonders, wenn die Dunkle Drachenhüterin die Empfängerin war.

Roach sah zu, wie sie die Schriftrolle las. Ihr vom Feuer erleuchtetes Gesicht wurde dabei immer ruhiger und abgeklärter. Als sie fertig war, zerknüllte sie das Pergament in ihrer kleinen Hand, stieß einen wütenden Schrei aus und fegte das Modell vom Tisch. Die Streitkräfte des Nordens und des Königs landeten krachend auf dem Boden.

»Der Mechanismus versucht wirklich alles, um mich aufzuhalten, aber diesmal nicht. Nicht Paisley Fitzwilliam wird mein Ende herbeiführen, sondern ich ihres. Wo ist sie jetzt?«, herrschte sie Roach mit wutverzerrter Miene an.

»In York, bei den Drachenmeisterinnen. Wo genau, weiß ich nicht«, log Roach. Er hörte selbst, wie seine Stimme dabei ins Stocken geriet. »Sie hat die Raderlake entfernt, mit der ich sie überwacht habe.« Ihm ging auf, dass er eine Riesenangst davor hatte, was die Dunkle Drachenhüterin Paisley antun würde. Es war so lange her, dass er irgendwas für irgendwen anderen als sich selbst empfunden hatte, dass die Erkenntnis ein wahrer Schock für ihn war.

»Ich weiß, wo sie wahrscheinlich ist«, meldete sich Lorena

zu Wort. »In York gibt es ein Lagerhaus der Drachenbrüder. Das nutzen sie manchmal als Unterschlupf.«

Die Dunkle Drachenhüterin ließ das Gehörte auf sich wirken. Sie drehte sich für einen Moment zum Feuer um. Als sie sich wieder dem Raum zuwandte, war sie so ruhig wie eh und je. Sie schenkte Roach ein bezauberndes Lächeln, bei dem sich ihm die Nackenhaare sträubten. »Keine Sorge, Roach, das ist nicht deine Schuld. Du kannst die Sterne nicht kontrollieren – aber bald schon werde ich es können.«

Die Dunkle Drachenhüterin sah Hector an. »Geh und berichte dem König und seinen Rittern von diesem Lagerhaus. Achte darauf, dass deine Getreuen bei der Festnahme des neuen Möchtegern-Königs zugegen sind. Sollten ihre Sterne dabei erlöschen und ihr Weg noch vor ihrer Ernennung enden, sagen wir durch einen kleinen Unfall, wäre ich darüber hocherfreut. Sollte sich das Schicksal nicht so leicht beeinflussen lassen, sorg dafür, dass Paisley mir übergeben wird, dann erledige ich das ein für alle Mal. Sobald sie mir nicht mehr in die Quere kommen kann, bereiten wir alles für die Rückkehr der Großen Drachen vor.«

Roach wand sich innerlich, als er sah, wie Hector aufbrach, um dem Lebensweg seiner Nichte ein Ende zu setzen.

»Ich begleite dich«, bot er an. Seine Gedanken rasten.

»Nein, Roach. Dich brauche ich für etwas anderes«, sagte die Dunkle Drachenhüterin. »Wenn Lorena und ich die Planung für den Krieg abgeschlossen haben, möchte ich, dass du dem Alcheschmied einen Besuch abstattest.«

Roach ließ sich auf einem Stuhl an der Wand nieder. Tief in seinem Inneren rumorte es. Er rutschte ungeduldig auf dem Sitz herum, während Lorena das Modell wiederaufbaute und die Dunkle Drachenhüterin mit ihrer Planung für den Angriff auf die Nördlichen Gefilde fortfuhr. Die Diskussionen am Tisch schwappten wie Hintergrundrauschen über ihn hinweg. Seine Gedanken wanderten zu Paisley und er fragte sich, wie er sie warnen konnte, dass die Männer des Königs auf dem Weg zu ihr waren. Er hatte versprochen, sie und ihre Freunde zu beschützen.

Er grübelte und grübelte, als aus der Dose in seiner Manteltasche plötzlich ein Zischen kam.

* * *

Paisley wurde von einem leisen Sirren geweckt und schlug verschlafen danach. Unter dem Rand der schweren Vorhänge hindurch spähte das Licht der Vormittagssonne ins Zimmer.

Die Glocken hatten aufgehört zu läuten und ihr wurde klar, dass sie dieses Sirren schon mal gehört hatte. »Raderlaken!«, rief sie, während sie aus dem Bett hochfuhr und die Augen aufriss. Und tatsächlich: Direkt über ihr schwebte einer der mechanischen Käfer.

Paisley sprang aus dem Bett, schnappte sich das Kissen und fegte die Raderlake damit aus der Luft. Odelia kam mit der Zahnbürste in der Hand ins Schlafzimmer und knallte die Tür hinter sich zu.

»Was ist los?«, fragte sie und sah sich suchend um. »Du hast gerufen?«

»Eine Raderlake!«, antwortete Paisley.

Odelia zog die Augenbraue hoch. »Glaubst du, Roach ist in der Nähe?«

»Keine Ahnung. Ich dachte eigentlich, er hätte meine Sterne schnurstracks zur Dunklen Drachenhüterin gebracht.«

»Achtung, da ist sie«, warnte Odelia, als sich eine zweite Raderlake zur ersten gesellte, gefolgt von einer dritten. Sie flogen durch den Raum und schwirrten dicht über Paisley und Odelia hinweg, ohne sie jedoch zu berühren.

Paisley nahm ein Buch von dem kleinen Schreibtisch neben dem Bett, wobei sie versehentlich ein Tintenfläschchen umstieß. Fluchend holte sie mit dem Buch aus und schlug nach einer der Raderlaken, die durch den Aufprall quer durch das Zimmer geschleudert wurde.

Odelia zog eine Peitsche unter ihrem Kissen hervor und ließ sie langsam über ihrem Kopf kreisen. Als eine der Raderlaken in Reichweite kam, ließ sie den Riemen durch eine kurze Handbewegung vorschnellen und landete einen Volltreffer. Die Raderlake fiel reglos zu Boden und Paisley zermalmte sie mit dem Buch.

»Wo ist die andere?«, fragte Paisley und blickte sich um. Mit angehaltenem Atem lauschten Odelia und sie nach dem leisen Surren der winzigen Zahnrädchen. In der Stille hörte Paisley das feine metallische Klicken von Raderlakenbeinchen auf dem Schreibtisch.

Von der ausgelaufenen Tinte führten Spuren winziger Fußabdrücke über die Tischplatte, während die Raderlake geschäftig darauf herumhuschte. Paisley trat näher und legte den Kopf schief. Die Spuren sahen fast aus wie Buchstaben. »Lauft?«, wiederholte Paisley fragend, nachdem sie die Botschaft entziffert hatte.

Im Nu war Odelia bei ihr und warf ebenfalls einen Blick auf die Warnung. »Meinst du, Roach versucht, uns etwas zu sagen?«, fragte sie.

Mit großen Augen sah Paisley sie an, als ihr sein Versprechen wieder einfiel. Er hatte zugesichert, sie und ihre Freunde, so gut es ging, zu beschützen.

»Ich glaube, ja!«, antwortete sie staunend.

Odelias Miene verfinsterte sich und sie eilte mit wehenden Flügeln und Nachthemd aus dem Zimmer.

Paisley zog die Vorhänge auf und hielt nach der Bedrohung Ausschau. Wenn tatsächlich etwas auf sie zukam, war es noch nicht da.

Sie lief über den Flur, um Hal zu wecken, dann zog sie sich an und schnappte sich ihren Rucksack und die Umhängetasche mit dem Drachenei. Anschließend machte sie sich auf die Suche nach Odelia und fand sie zusammen mit Adore Alyse und Rufus im Wohnzimmer.

»Ich habe einige unserer Brüder losgeschickt und ihnen gesagt, sie sollen die Augen offen halten. In der Stadt wimmelt es von Rittern; die Mechanisten haben sie herbeigerufen, damit sie ihnen helfen, den neuen König zu finden«, verkündete Rufus und warf Paisley einen wissenden Blick zu, bei dem ihr ganz heiß wurde. Die Vorstellung, dass sie mit ihren zweiten Sternen die Drachenmeisterinnen in Gefahr gebracht haben könnte, war unerträglich. Erst recht nach allem, was sie getan hatten, um sie zu beschützen.

»Wir müssen hier weg. Einige der Gefassten, die wir befreit haben, sind krank und schwach. Ich hatte gehofft, wir hätten mehr Zeit, bevor wir sie verlegen.« Adore Alyse wirkte besorgt.

»Ich wünschte, der Fluss wäre nicht zugefroren. Dann hätten wir euch heimlich, still und leise darüber weiterschicken können«, sagte Rufus. »Aber wir haben zwei Lieferwagen, die wir für den Transport unserer Waren benutzen. Darin können wir euch aus der Stadt und zum Aerodock schmuggeln. Unsere Kontakte dort sollten es uns ermöglichen, euch eine sichere Reise zu gewährleisten.«

Odelia nickte.

Adore Alyse dachte einen Moment schweigend nach. »Na gut, beeilen wir uns. Die Kranken und Wehrlosen zuerst.«

»Ich erteile den Brüdern die nötigen Anweisungen. Wir geben diesen Unterschlupf nicht kampflos auf«, verkündete der Drachenbruder. Etwas an der Art, wie er es sagte, beunruhigte Paisley zutiefst.

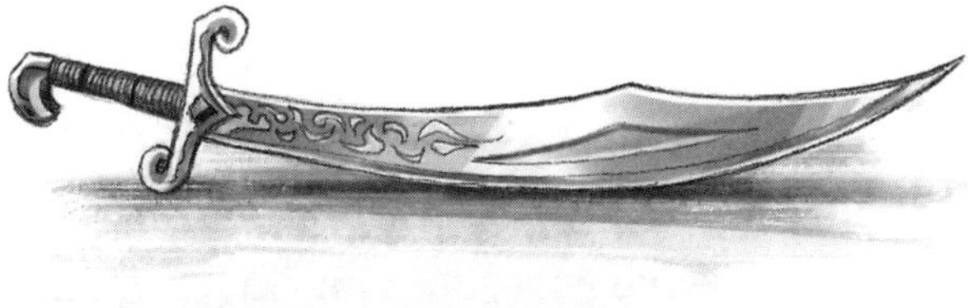

DIE RITTER RÜCKEN AN

Augenblicklich verwandelte sich das Lagerhaus der Bruderschaft in einen geschäftigen Bienenstock. Zu Rufus gesellten sich vier weitere Drachenbrüder, denen Paisley noch nicht begegnet war, und der jüngere Bruder, der ihnen am Vorabend das Essen gebracht hatte. Sie fingen an, alles zu organisieren.

Paisley erkannte schnell, dass die Drachenbrüder einen Plan hatten. Offensichtlich hatten sie sich auf eine solche Situation vorbereitet. Sie wusste, wie sich das anfühlte: Ihre Mutter hatte ihnen immer wieder eingeschärft, was sie zu tun hatten, um Dax zu schützen, wenn die Männer des Königs vor der Tür standen. Und auch, wie sie im Notfall fliehen sollten.

Nun stand Paisley aufbruchbereit im Lagerhaus, mit der Umhängetasche über der Schulter, Odelias Tasche in der Hand und Hal an ihrer Seite.

»Wie können wir helfen?«, fragte Hal einen vorbeieilenden Drachenbruder.

»Wir bringen gerade die letzten Gefassten in den Wagen, dann müssen wir die Kisten da verladen.« Mit einem Kopfnicken deutete er auf einen kleinen Stapel Holzkisten.

»Das können wir übernehmen.« Paisley setzte ihr Gepäck ab und stellte es in eine Ecke, um ohne Einschränkungen mit anpacken zu können. Hal packte die erste Kiste an einem Ende, sie am anderen und gemeinsam trugen sie sie zu dem Lieferwagen, der durch die große Doppeltür an der Vorderseite des Gebäudes bis vor die Laderampe gefahren worden war.

Die Gefassten waren bereits drinnen.

Odelia sprang aus dem Laderaum des Wagens und drehte sich zu CeCe um, die über ihr an der Kante stand. »Pass gut auf die anderen auf. Wir sehen uns am Aerodock. Und wenn nicht, denk dran, dass sich unsere Wege bald wieder kreuzen werden.«

»Ganz bald«, antwortete CeCe und umarmte Odelia, bevor sie sich tiefer ins Innere des Wagens zurückzog. Paisley und Hal gaben die Kiste an einen wartenden Drachenbruder weiter, der sie sicher verstaute.

»Fahren wir mit?«, fragte Hal.

»Dafür ist nicht genug Platz. Die kranken und verletzten Gefassten müssen als Erste weggebracht werden. Außerdem …« Odelia warf Paisley einen Blick zu.

»Außerdem sind sie hinter dem zukünftigen König her. Ich würde die anderen nur in Gefahr bringen«, begriff Paisley. Sie wünschte, sie wäre nicht zum Lagerhaus zurückgekehrt, nachdem sie ihre Sterne erhalten hatte.

»Was ist in den Kisten?«, erkundigte sich Hal, als Paisley und er die letzte hinaufreichten.

»Unser kostbarster Schatz«, antwortete der Drachenbruder.

»Gold und Juwelen?«, fragte Paisley.

»Informationen«, antwortete der Drachenbruder. »Jede dieser Kisten ist mit einer Sprengfalle versehen, die explodiert, wenn sie in die falschen Hände gerät.«

Irgendwie war Paisley froh, dass sie das nicht gewusst hatte, als sie mit den Kisten durch die Gegend gelaufen waren.

Als die letzte Kiste verladen war, sprang der Drachenbruder aus dem Lieferwagen und Odelia schloss die Tür.

»Drei Drachenbrüder, Adore Alyse, CeCe und Never fahren mit dem ersten Wagen. Wir folgen mit den restlichen Drachenbrüdern im zweiten. Beide Fahrzeuge nehmen unterschiedliche Routen. Wir wählen eine längere Strecke und ziehen die Aufmerksamkeit der Ritter auf uns, falls es nötig sein sollte, um den anderen mehr Zeit zu verschaffen. Wenn alles glattläuft, sollten die Gefassten bereits sicher am Aerodock sein, bevor wir dort eintreffen«, erklärte Odelia Paisley und Hal. Paisley nickte. Sie war erleichtert, dass die anderen schon vorfuhren. Die Vorstellung, dass die Männer des Königs die Gefassten fanden, sie wieder einsperrten und ihre Experimente an ihnen durchführten, war einfach unerträglich. Sie schauderte.

»Die Drachenbrüder kommen mit?«, fragte Hal. »Sie bleiben nicht hier und verteidigen ihre Position?«

»Ihr Hort wurde entdeckt und wird in Kürze gestürmt. Ein

Drache weiß, wann es Zeit ist zu fliehen. Aber er gibt nicht kampflos auf und lässt erst recht nichts Nützliches zurück.« Odelias Augen blitzten zornig.

Der erste Wagen fuhr ab und der zweite rollte rückwärts an die Laderampe. Paisley und Hal begannen, beim Beladen zu helfen, wobei sie auch schnell ihr Gepäck aus dem Lager holten. Die beiden warfen ihre Rucksäcke hinein und Paisley rückte ihre Tasche mit dem Drachenei darin zurecht. »Die Königsrolle!« Ihr fiel plötzlich die goldene Röhre wieder ein, die ihr der junge Mechanist in der Kathedrale gebracht hatte. Ihm zufolge stand darin alles, was sie wissen musste.

Paisley rannte im selben Moment zurück ins Haus, als einer der Brüder herausstürmte. »Die Männer des Königs sind hier!«, rief er.

Paisley blickte sich panisch um.

»Wo?«, fragten Odelia und Rufus wie aus einem Mund, während sie über ihnen die Treppe hinauflief.

»Zwei Patrouillen. Eine nimmt auf der Brücke Aufstellung, die andere nähert sich von der gegenüberliegenden Seite«, rief der Bruder.

»Haben sie den ersten Wagen gesehen?«, fragte Odelia.

»Wir glauben nicht«, antwortete der Drachenbruder.

Rufus knallte eine der Wagentüren zu. »Wir brechen sofort auf, solange sie noch ihre Streitkräfte arrangieren!«

»Aber Paisley!«, hörte sie Odelia protestieren, als sie die Geheimtür öffnete. Sie lief, so schnell sie konnte. Die Umhängetasche hüpfte an ihrer Seite auf und ab.

Die Röhre mit der Schriftrolle lag noch genau da auf dem Sofa, wo sie sie zurückgelassen hatte.

Paisley schnappte sie sich, schob sie in ihre Umhängetasche und rannte zurück. Als sie die Treppe runterlief, konnte sie Hal und Odelia sehen, die im Laderaum des Wagens standen und ihr durch die offene Tür zuwinkten, sich zu beeilen. Sie sprang ab und die beiden zogen sie gerade eben noch ins Innere, bevor Bruder Rufus den Elektrika-Transporter startete und von der Laderampe wegfuhr. Dabei rutschte Hal die Tür aus der Hand und knallte mit Schwung gegen die Seite des Fahrzeugs, als sie mit quietschenden Reifen losrasten.

Die drei Drachenbrüder saßen vorne in der Fahrerkabine, während Paisley, Odelia und Hal sich mühten, zwischen den Kisten im Laderaum Halt zu finden. Als der Wagen auf die Straße bog, purzelten sie zu Boden, gefolgt von einigen Kisten, die sie nicht mehr rechtzeitig hatten befestigen können. Paisley sah, wie eine geradewegs auf sie zuschoss. Sie schaffte es, in letzter Sekunde zur Seite wegzurollen, und presste das Ei in ihrer Tasche an sich. Die Kiste krachte neben ihrem Kopf gegen die Fahrzeugwand und Paisley schnappte erschrocken nach Luft, als ihr einfiel, was die Brüder über Sprengfallen gesagt hatten.

Sie stützte sich auf die Kiste und zog sich daran hoch.

»Die Dinger sind vermint! Wir müssen sie sichern, bevor sie uns versehentlich alle in die Luft jagen«, rief Odelia und warf Hal das Ende eines Seils zu. Mit vereinten Kräften machten sie sich daran, die abtrünnigen Kisten einzufangen.

»Paisley, versuch mal, ob du die Tür schließen kannst«, meinte Hal.

Paisley stand am Rand der offenen Tür und schaute auf die Straße hinaus. In der Ferne konnte sie etwas ausmachen, das rasend schnell auf sie zukam. Sie griff nach der Tür des Transporters, als diese auf sie zuschwang, und bekam sie im selben Moment zu fassen, als der Wagen in eine weitere gepflasterte Straße abbog, die vom Lagerhaus wegführte. Beinahe gleichzeitig wurde das Lagerhaus von einer gewaltigen Explosion erfasst, die die Fenster aus den Rahmen drückte und das gesamte Gebäude in Flammen aufgehen ließ. Die Druckwelle traf Paisley vollkommen unerwartet. Sie verlor das Gleichgewicht und stützte sich an der Wagentür ab, die durch ihr Gewicht wieder aufschwang und gegen die Fahrzeugseite knallte. Paisley hing nur mit den Händen am Türgriff über der Straße.

Sie strampelte mit den Beinen und versuchte, an der Unterkante der Tür Halt zu finden, während sie sich mit aller Kraft am Türgriff festklammerte. Über die Schulter erhaschte sie einen Blick auf die Ritter, die auf das brennende Lagerhaus zustürmten. Auf der Brücke fuhren währenddessen drei Elektrika-Motorräder los und machten sich an die Verfolgung. Auf jedem saßen zwei Ritter – einer lenkte, der andere hielt eine Lanze.

Paisleys Augen weiteten sich, als die Tür wieder zurückschwang und sie die Ritter auf den Elektrika-Motorrädern besser sehen konnte. Es schien, als würden sie sie für Zielübungen nutzen wollen. Sie richteten die Lanzen auf sie und beschleunigten.

Paisley spürte das vertraute Kribbeln von Elektrika in ihrem Körper, mit dem sich ein Riss aus dem Schleier ankündigte.

Die kleine dunkle Wolke schwebte keine Armlänge entfernt über ihr.

»Verschwinde!«, schrie sie sie an, während sie sich verzweifelt an der Tür festklammerte. »Ich hab schon genug um die Ohren!« Ein kleines Stück löste sich von der Wolke und berührte die Tür, als diese das nächste Mal herumschwang. Zurück blieb ein Loch im Metall, eine knappe Handbreit neben Paisleys Kopf.

Die Ritter auf den Elektrika-Motorrädern kamen wieder in Sicht, und als Paisley ihre Aufmerksamkeit auf die Verfolger lenkte, sauste das größere Stück vom Schleier durch die Luft und versank im Boden. Dabei hinterließ er ein klaffendes Loch, in dem das Vorderrad des ersten Motorrads hängen blieb. Die Ritter flogen über den Lenker und stürzten zu Boden. Das zweite Motorrad hinter ihnen konnte gerade noch ausweichen. Es machte einen Schlenker, fing sich jedoch gleich wieder und beschleunigte, um zu dem Transporter aufzuschließen.

In all der Aufregung rutschten Paisleys Füße von der Tür. Sie krallte sich mit aller Kraft am Griff fest und versuchte, neuen Halt zu finden. Das Gewicht des Dracheneis in ihrer Tasche zog an ihr und der Riemen schnitt tief in ihre Schulter. Währenddessen knallte die Tür immer wieder gegen die Seite des Transporters, als wolle sie Paisley abschütteln, und es schien so, als wäre der Versuch bald erfolgreich. »Hilfe!«, schrie sie.

Odelia kam aus dem Laderaum geschossen und stieg hoch in den Himmel auf. Dann flog sie einen Bogen und setzte sich hinter die Ritter. Die Fahrzeugtür schwang dabei weiter vor und zurück und Paisley rutschte mit jedem Mal etwas weiter ab.

Odelia sank herab, bis sie direkt über den Rittern flog. Sie klopfte dem Fahrer auf den Kopf, woraufhin dieser instinktiv hochschaute. Dadurch verlor er die Kontrolle über sein Motorrad. Es kippte zur Seite und die beiden Ritter schlitterten ungebremst über die Straße. Der Lieferwagen bog um eine scharfe Kurve und der Schwung ließ die Tür zuschlagen. Paisley wurde zurück in den Laderaum geschleudert, wo sie auf Hal landete und ihn umwarf.

Hastig zog Paisley die Umhängetasche an sich und griff mit beiden Händen hinein. Sie holte das Ei heraus und tastete die Schale nach irgendwelchen Rissen ab.

Hal stützte sich mit einer Hand an der Innenwand des Transporters ab und rappelte sich mühsam hoch, wobei er sich mit der anderen Hand den schmerzenden Rücken rieb. »Im Gegensatz zu Menschen sind Dracheneier von außen unzerstörbar!«, sagte er.

Paisley sprang auf, als sie Odelia aufschreien hörte.

Die Ritter auf dem noch übrig gebliebenen Elektrika-Motorrad hatten sie mit einer langen Leine am Knöchel erwischt. Odelia griff nach ihrem Schwert, um die Leine durchzuschneiden und sich zu befreien, während der Fahrer des Motorrads mit ihr im Schlepptau abbremste und langsam hinter dem Transporter zurückfiel.

Paisley musste daran denken, wie Odelia als Kind von den Männern des Königs gefasst worden war. Wie sie ihr die Sterne ausgebrannt und Experimente an ihr durchgeführt hatten. Sie würde nicht zulassen, dass ihrer Freundin das alles noch einmal widerfuhr.

»Schnell, hilf mir!«, rief Paisley Hal zu. Sie sprang hinter eine der Kisten und durchtrennte die Seile, mit denen sie gesichert war, mit ihrem Schwert. Gemeinsam schubsten sie die Kiste aus dem Wagen. Diese stürzte mit einem dumpfen Knall auf die Fahrbahn und blieb liegen.

»Nun ja, nicht gerade das, womit ich gerechnet hätte«, meinte Hal.

»Aber die Brüder haben gesagt, da sind Sprengfallen drin!« Paisley starrte die Holzkiste an, als könnte sie damit irgendetwas bewirken. Und dann passierte es: Gerade als das Elektrika-Motorrad die Kiste erreichte, explodierte diese. Die Ritter, ihr Motorrad und Odelia wurden durch die Luft geschleudert.

Odelia, die immer noch über den Männern schwebte, erholte sich als Erste davon. Sie griff nach unten, streifte die Leine von ihrem Knöchel und ließ sie auf das zerstörte Motorrad fallen, während die Ritter benommen umherkrochen. Dann segelte sie elegant in den Laderaum des Lieferwagens und schlug die Tür hinter sich zu.

»Alles in Ordnung dahinten?«, rief Rufus durch das Fenster auf der Rückseite der Fahrerkabine.

»Jetzt schon«, antwortete Odelia und selbst im schwachen Licht des Laderaums wusste Paisley, dass sie dabei die Augenbraue hochzog.

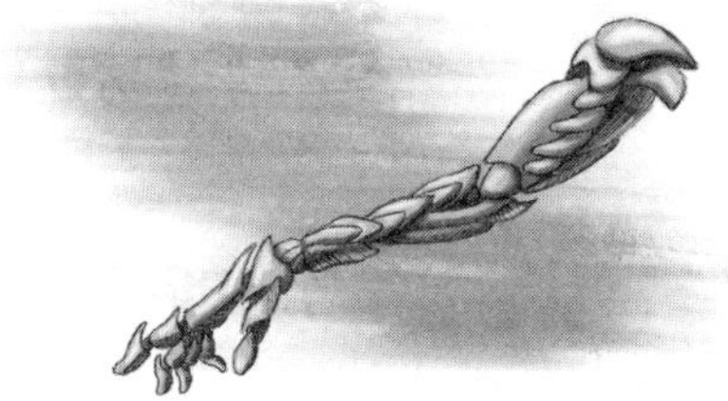

In Reichweite

Die Dunkle Drachenhüterin stieg die Treppe zur Schmiede hinauf und Roach folgte dicht hinter ihr. Bereits nach wenigen Stufen strömte ihnen die Hitze des Ofens entgegen wie ein Wasserfall aus warmer Luft. Je höher sie kamen, desto heißer wurde es. Die Dunkle Drachenhüterin behielt ihren tiefroten Umhang trotzdem an.

Oben angekommen, streckte sie die Hand aus und Roach gab ihr den Schlüssel.

Als die Tür aufging, wurde die Hitze noch intensiver. Roach zog den Mantel aus und warf ihn über den nächstbesten Stuhl. Hemd und Weste klebten unangenehm beengend an seinem Körper und die heiße Luft aus dem Schmiedeofen raubte ihm den Atem.

Corbett ging unbeirrt seiner Arbeit nach. Er hatte die rußverschmierten Ärmel seines Hemdes fast bis zu den Schultern hochgekrempelt und sich Handschuhe und eine Schürze aus Drachenleder übergezogen. Sie schützten ihn vor den Flammen und Funken, während er mit dem Hammer auf ein glühendes Stück Metall einschlug. Schließlich legte er die Zange weg, mit der er das Metallstück festgehalten hatte, und nahm es mit den drachenledergeschützten Händen hoch. Der Geruch von frischem Honigwaben-Karamell erfüllte den Raum, verflog jedoch schnell wieder, als Corbett die Hand mit dem Metall in einen Wasserbottich tauchte. Zischender Dampf hüllte Corbett ein. Er nahm das Metall wieder raus.

Roach fiel auf, dass es nicht länger rot glühte. Es hatte die schwarze Farbe von Nachtsilber angenommen.

Roach hüstelte dezent und Corbett drehte sich um. Jetzt erst bemerkte er ihre Anwesenheit. Er legte das Nachtsilber auf der Werkbank ab und schob sich die Schutzbrille ins Haar. Dann hielt er den Blasebalg an und zog an einem Hebel, der die Belüftungsschlitze in der Decke öffnete. Sofort kühlte die Luft um einige Grad ab und pendelte sich auf einer Temperatur ein, die beinahe erträglich war.

Corbett ließ die Dunkle Drachenhüterin nicht aus den Augen, als sie schweigend zur Werkbank ging und seine Arbeit begutachtete. Er verschränkte trotzig die Arme vor der Brust und musterte sie mit einer Mischung aus Hass und Neugier. Roach wusste, dass die Wirkung des Geschenks nachgelassen hatte, und war froh zu sehen, dass Corbett wieder ganz der Alte war.

Auf der Werkbank standen acht große mechanische Drachen. Sieben waren bereits vollständig, einem fehlte noch der Flügel, an dessen Fertigstellung Corbett gerade arbeitete.

Die Dunkle Drachenhüterin hielt inne und legte den Kopf schief. Einen Sekundenbruchteil später ahmten alle acht Drachen ihre Bewegung nach. Das Kupferich hatte ihre Absicht empfangen. Es war in das Nachtsilber und andere Metalle, aus dem die Drachen bestanden, eingearbeitet und mit der Dunklen Drachenhüterin vermählt. Dadurch besaßen die Drachen eine direkte Verbindung zu ihr und folgten gehorsam ihrem Willen. Sie lächelte strahlend. Die Drachen breiteten die Flügel aus und erhoben sich in die Luft. Sieben zogen ihre Kreise durch die Schmiede, während Corbett den achten gerade noch auffangen konnte, bevor er zu Boden krachte. Er hielt den Drachen fest, während dieser sich zu befreien versuchte, um zu seinen mechanischen Cousins zurückzukehren.

Die Drachen landeten wieder auf der Werkbank und Corbett ließ den achten los, damit er sich zu ihnen gesellen konnte. Kaum dass sich die Dunkle Drachenhüterin von ihnen abwandte, erstarrten sie wieder in Reglosigkeit.

»Ausgezeichnete Arbeit, Corbett Grubbins«, sagte die Dunkle Drachenhüterin und ging einen Schritt auf ihn zu. »Violetta hatte recht, auf dich zu vertrauen; deine Fähigkeiten im Umgang mit Nachtsilber sind wahrhaft bemerkenswert. Ich glaube fast, du bist mein bisher bester Alcheschmied.« Sie lächelte bezaubernd. Roach kannte diesen Blick, diese kindliche Unschuld und Freude. Er sah, wie Corbett dahinschmolz und sich erneut von ihr einwickeln ließ, weiter angetrieben durch das immer noch wirkende Blut der Dunklen Drachenhüterin in seinen Adern. Sie wirkte so klein und jung und wenn sie wollte, konnte sie hilflos und verletzlich erscheinen. In Wahrheit waren das die Momente, in denen sie am gefährlichsten war, hatte Roach festgestellt.

»Ist mein Arm fertig?«, fragte sie zuckersüß.

Corbett nickte und streifte die Drachenlederhandschuhe ab. Dann ging er zum Wasserhahn, um sich schnell die Hände zu waschen. Roach entdeckte eine frische rote Wunde an Corbetts linkem Unterarm. Bei all dem Schmutz in der Schmiede war es nur eine Frage der Zeit, bis sie sich entzünden würde. Corbett trocknete sich die Hände ab und krempelte schnell die rußverschmierten Ärmel runter, als er Roachs Blick bemerkte.

»Hier ist er«, sagte er zur Dunklen Drachenhüterin, während er ein Tuch von dem Tisch neben ihm zog.

Roach verstand, warum sich Corbett extra die Hände gewaschen hatte. Der Arm war wunderschön und Corbett entsprechend stolz auf sein Werk.

Der Arm bestand aus Hunderten, wenn nicht sogar Tausenden einander überlappender Metallschuppen. Die meisten waren aus Nachtsilber, manche aus Stahl und einige aus Kupferich, mit dem auch die Ränder der Schuppen eingefasst waren.

Die Dunkle Drachenhüterin atmete hörbar ein, als Corbett den Arm anhob. Durch die Kraft ihrer Gedanken brachte sie die Finger dazu, sich zu strecken und dann zu einer Faust zu krümmen. Jeder Fingernagel lief in einer scharfen Spitze aus

Nachtsilber zu, die sich wie die Krallen einer Katze einzogen, als sie die Faust ballte.

Die Dunkle Drachenhüterin schüttelte ihren Umhang zurück. Darunter schmiegte sich der Stoff ihrer Tunika um den kurzen Armstumpf, der nach dem Zusammenstoß mit dem Schleier zurückgeblieben war.

Corbett hielt ihr den Nachtsilberarm an die Schulter, sodass sie ihn anlegen konnte, und erklärte ihr, wie er funktionierte. »Wenn Ihr ihn befestigen wollt, müsst Ihr einfach nur daran denken.«

Die Schuppen fingen an, sich übereinanderzuschieben, und schlossen sich fest um ihren Armstumpf.

»Zudem ist er durch die Schuppenstruktur leicht dehnbar. Stellt Euch vor, wie Ihr den Arm ausstreckt, um nach den Flaschen auf dem Regal dort zu greifen.« Er deutete auf ein Regal am gegenüberliegenden Ende des Raumes. Die Metallschuppen verschoben sich erneut und der Arm wie auch die krallenbewehrten Finger wurden länger, viel länger als ihr anderer Arm.

Verzückt zog sie den metallenen Arm zurück und strich mit der anderen Hand darüber. Die glatten, kalten Schuppen strahlten eine ungeheure Macht aus.

Dann drehte sie sich zur Werkbank um, ballte die Faust und schlug zu. Die massive Eichenholzplatte brach in der Mitte durch und die Werkzeuge fielen scheppernd und krachend zu Boden. Als Nächstes ging sie zur Tür, fuhr die Krallen aus und strich damit über die Wand. Sie glitten durch den Stein wie durch Butter und im nächsten Moment löste sich ein gewaltiger Brocken aus dem Mauerwerk.

Die Dunkle Drachenhüterin kniete sich hin und drückte die Hand auf den Brocken, der in einer Wolke aus Staub und Schutt zerplatzte. Sie kicherte.

»Du hast wirklich gute Arbeit geleistet, Corbett. Es schmerzt mich, auf deine weiteren Dienste verzichten zu müssen.« Sie wischte sich die staubige Hand am Umhang ab und schritt auf Corbett zu.

»Ihr lasst mich gehen? Einfach so?«, fragte Corbett.

Die Dunkle Drachenhüterin lächelte. »Einfach so.«

Roach sah, wie die Anspannung aus Corbetts Schultern wich.

»Das heißt, sobald du mit meinen Drachen fertig bist. Wenn sie vollendet sind, wird Roach dich freilassen.«

»Danke«, sagte Corbett. Roach wand sich innerlich, als er die Hoffnung in seinem Tonfall hörte.

Die Dunkle Drachenhüterin ging zur Tür und Roach folgte ihr. Nachdem sie hinter sich abgeschlossen hatten, sagte sie zu ihm: »Du weißt, was zu tun ist. Bring ihn hinter den Schleier, wenn er hier fertig ist, und sorg dafür, dass seine Leiche gefunden wird. Paisley soll erfahren, was ich mit ihrem Freund gemacht habe. Er soll als Warnung dienen, was ich allen antun werde, an denen ihr etwas liegt, falls sie und ihre Sterne mir in die Quere kommen.«

Die Aristarchus

Die Drachenbrüder hatten den Lieferwagen in einem Hangar am hintersten Ende des Aerodocks geparkt, gleich neben dem ersten, der bereits entladen war. Der kleine Aerokopter, den die Brüder normalerweise in dem Hangar unterstellten, war fort.

Paisley saß in der offenen Tür des Laderaums und baumelte unruhig mit den Beinen, während sie darauf wartete, dass Odelia, Rufus und die anderen zurückkehrten.

Es war nur eine Frage der Zeit, bis die Männer des Königs sie hier aufspüren würden. Das kleine Sternenbild auf ihrem Handgelenk kitzelte. Sie schob den Ärmel hoch und betrachtete es intensiv. Mit ihren Sternen hatte sie alle in Gefahr gebracht.

Sie zog den Ärmel wieder runter, als sie bemerkte, dass Hal sie beobachtete. Er sprang zu ihr in den Laderaum, ging zu seinem Rucksack und wühlte darin. Dann setzte er sich neben sie, gab ihr einen Apfel und ein kleines Buch.

»Der Königsstern: eine Aufstellung aller Könige, von George dem Ersten bis heute«, las Paisley vor.

»Das hab ich in einem Bücherregal im Lagerhaus der Bruderschaft gefunden«, sagte Hal und biss in einen zweiten Apfel. »Sie hatten jede Menge Bücher über den König und seine Ritter. Ich schätze, es kann nicht schaden, so viel über seine Feinde zu wissen wie möglich. Das hier hab ich gelesen, nachdem du, du weißt schon, deine Sterne erhalten hast, und ich dachte, es hilft dir vielleicht.«

»Danke, das ist echt aufmerksam von dir.« Paisley nahm einen großen Bissen von ihrem Apfel und fing an, in dem Buch zu blättern. Sie hielt inne, als sie auf einer Seite eine Abbildung der goldenen Röhre entdeckte, die sie von dem Mechanisten bekommen hatte.

»Aha, *das* hilft mir wirklich!«, rief sie, streckte sich nach hinten und griff nach der Röhre. »Gestern konnte ich sie nicht öffnen, aber hier steht, dass man dafür erst ein Rätsel lösen muss.« Paisley ließ den Blick über die Röhre schweifen und wandte sich dann wieder dem Buch zu.

Hal beugte sich zu ihr herüber und las über ihre Schulter mit. »Ah ja, hier steht, dass die Sterne nach denen des Königs ausgerichtet werden müssen. Denkst du, damit könnten die Sterne an deinem Handgelenk gemeint sein?«

»Das bezweifle ich. Ich meine, woher hätten sie wissen sollen, wie meine Sterne aussehen, bevor ich sie von der Schematika erhalten habe? Und wären dann meine ersten oder meine zweiten Sterne gemeint?«

Hal nahm die Röhre und sah sie sich genauer an. Paisley wünschte, Corbett wäre bei ihnen. Nicht nur hätte er das Konzept des Sternenrätsels geliebt, er hätte es garantiert auch in kürzester Zeit gelöst.

»Hier sind ganz viele Sterne drauf, zwischen all den Kringeln und Punkten und so«, sagte er, als er die Röhre ins Licht hielt.

»Und gestern habe ich es geschafft, den Deckel zu drehen.« Paisley nahm ihm die Röhre wieder ab. Sie bestand aus mehreren Ringen, die sich im und gegen den Uhrzeigersinn drehen ließen.

»Guck mal, der Stern hier ist schwarz, genau wie dein Königsstern.« Hal deutete auf einen Stern in der Mitte der Röhre. »Zeig mal dein Handgelenk.«

Paisley zögerte kurz, schob dann aber doch ihren Ärmel hoch. Hal und sie verglichen die Röhre mit ihren Sternen.

»Diese Sternengruppe auf dem Ring über dem Königsstern sieht genauso aus wie die auf deinem Handgelenk.« Er zeigte darauf und brachte sie in die richtige Position.

»Und wenn man von dort eine Linie zieht«, murmelte Paisley, »die durch den Königsstern bis zu dem Teil mit meinen ersten Sternen reicht, passt das zu den beiden Sternen hier auf diesem Ring.«

»Wie eine Karte.« Hal sah Paisley lächelnd und mit großen Augen an.

»Genau!«

Als Hal den letzten Stern in die richtige Position gedreht

hatte, ertönte ein deutliches Klicken. Er gab die Röhre an Paisley weiter und sie nahm sie mit einem Lächeln entgegen.

Trotz all der Angst, die der Königsstern in ihr auslöste, fühlte sich dieser Augenblick an wie ein großes Abenteuer.

Sie packte die Röhre an beiden Enden und zog behutsam daran.

Innen drin steckten mehrere ineinandergeschobene Schriftrollen. Paisley ließ sie vorsichtig herausgleiten, dann sprang sie aus dem Lieferwagen und breitete die Pergamente auf dem Boden des Laderaums aus wie auf einem Tisch. Zu ihrer Überraschung blieben sie flach liegen, als wären sie nie aufgerollt gewesen.

Die ersten paar Pergamente waren auf einer Seite mit einem goldenen Faden zusammengebunden. Auf der Vorderseite stand in altkeltischer Schrift *Der Königsvertrag*. Paisley legte sie beiseite. Darunter kam eine Reihe einzelner Blaupausen zum Vorschein, auf denen jeweils eine Lanze abgebildet war. In der Ecke war das Symbol der Person aufgedruckt, die die Blaupause erstellt hatte, dazu ein Datum und mehrere Zahlen in aufsteigender Reihenfolge, die jedoch hier und da unterbrochen wurde und an unterschiedlichen Punkten begann.

»In dem Buch gibt es einen Abschnitt über die Lanzen. Jeder König hat eine. Er muss sie aber eigenhändig herstellen – oder sich von jemandem dabei helfen lassen«, fügte Hal hinzu.

Der letzte Packen Unterlagen war wieder in Altkeltisch verfasst und trug den Titel *Das Abkommen über den Himmels-*

mechanismus. Paisley legte diesen Packen auf den Königsvertrag, rollte alles eng zusammen und schob es zurück in die Röhre.

Die Blaupausen für die Lanzen behielt sie draußen. Hal und sie gingen sie nacheinander durch, schlugen die nötigen Informationen im Buch nach und tauschten sich darüber aus, bis Odelia in Begleitung einer großen, athletischen Frau mit kurzen grauen Haaren zurückkehrte. Die Frau trug eine blaue Hose und eine Aeronautenjacke mit dem Abzeichen der Imperialen Aerokopterflotte auf der Brusttasche. Auf einem Namensschild darunter stand: Captain Hewitt.

Paisley rollte die Blaupausen zusammen und steckte sie in die Röhre. Dann setzte sie den Deckel wieder auf und drehte die Ringe, um die Röhre zu verschließen, bevor sie sie wieder zu dem Drachenei in ihrer Umhängetasche packte.

»Wo sind die Brüder?«, fragte Hal, während Paisley und er die fremde Frau misstrauisch beäugten.

»Die Brüder sind auf dem Weg nach Amerika. Wir können mit Captain Hewitt reisen; sie wird uns sicher nach Inverness bringen«, antwortete Odelia und deutete mit einem Kopfnicken auf die Aeronautin. »Wir sollten in den späten Abendstunden ankommen.«

»Ist das meine Ladung?«, fragte Captain Hewitt und deutete auf Paisley und Hal. Ihre Stimme, die ebenso eindrucksvoll war wie ihre äußere Erscheinung, hallte durch den leeren Hangar.

»Ja. Auf den Papieren, die die Brüder Ihnen gegeben haben,

steht allerdings, dass Sie alchemische Substanzen für die Herstellung von Nachtsilber transportieren.«

»Das steht da in der Tat«, erwiderte Captain Hewitt mit einem Lächeln und zeigte ihnen die offiziell aussehenden Dokumente. »Wirklich gut gelungen.«

Odelia schob die Hand unter ihren Umhang und zog einen dicken Umschlag hervor. »Dies sollte ausreichen, um die Kosten für den Treibstoff zu decken und Sie für Ihre Mühen zu entlohnen.«

Captain Hewitt nahm den Umschlag, wog ihn in der Hand und schob ihn in die Innentasche ihrer Jacke. »Sollen wir?«, fragte sie.

Paisley, Odelia und Hal schnappten sich ihre Sachen und Captain Hewitt führte sie über das Flugfeld zu einem bereitstehenden Aerokopter.

Das Gefährt war deutlich kleiner, als Paisley erwartet hatte. Der Ballon war gefüllt und die Triebwerke auf beiden Seiten liefen. Ihr tiefes Dröhnen war deutlich zu hören.

Paisley wusste nicht fiel über Aerokopter, aber dieser Frachter war kaum größer als die Passagier-Aerokopter, mit denen sie zu den schwebenden Vierteln über London geflogen war. Dennoch war sie überrascht, als sie einstieg: Statt der gemütlichen Sessel und dem Imbissstand, die sie von ihren früheren Flügen kannte, empfing sie ein großes Nichts. Transportkisten waren mit Netzen und dicken Tauen am Metallskelett des Aerokopters gesichert.

»Die *Aristarchus* ist nicht gerade für Komfort gemacht«, sagte Captain Hewitt, »aber dafür ist sie zuverlässig und kann sehr schnell und wendig sein, wenn sie will. Letzten Monat erst ist sie einem Angriff von Himmelslagerern entkommen und seitdem habe ich zusätzliche Vorkehrungen getroffen.«

Die Art, wie Captain Hewitt »Vorkehrungen« sagte, erinnerte Paisley daran, wie Odelia über die tödlichen Wehranlagen der Drachengewölbe sprach.

»Aber heute trägt sie einiges an Gewicht und mit meiner angemeldeten Ladung darf ich nur abseits der üblichen Aerokopter-Routen fliegen. Wenn wir Glück haben, erreichen wir Inverness in den frühen Morgenstunden.«

»Was genau transportieren Sie denn?«, erkundigte sich Paisley.

Captain Hewitt warf ihr einen vielsagenden Blick zu. »Es gibt Fragen, die man lieber gar nicht erst stellt, und das hier ist eine davon.«

Paisley errötete. Sie fand einen Platz auf dem Boden neben einer großen Kiste mit der Aufschrift *GEFAHRGUT*. Während die *Aristarchus* sachte abhob und in den Himmel aufstieg, fingen die Sterne an Paisleys Handgelenk an zu jucken und die Narbe auf ihrer Brust wurde ganz kalt.

Sie fragte sich, ob das wahre Gefahrgut in diesem Aerokopter nicht eher sie selbst war.

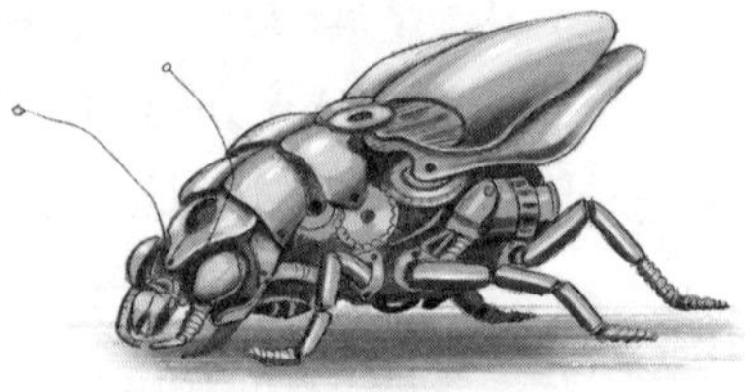

Befreiung

Es war bereits früher Nachmittag, als Corbett auch den letzten mechanischen Drachen fertiggestellt hatte. Roach schickte eine seiner Raderlaken los, um der Dunklen Drachenhüterin Bescheid zu geben, und eine halbe Stunde später erwachten die leblosen Kreaturen plötzlich zum Leben. Sie breiteten die Flügel aus und flogen durch das Fenster hinaus, das er gerade noch rechtzeitig öffnen konnte, bevor sie schnurstracks durch die Scheibe krachten.

»Also, kann ich jetzt gehen?«, fragte Corbett. Er schaute sehnsuchtsvoll zum offenen Fenster, während Roach es wieder schloss und dann verriegelte. »Klar, schnapp dir deine Sachen.«

Corbett war bis dahin in Russell Hertzsprungs Aufzeichnungen vertieft gewesen. Nun klappte er das Buch zu und legte es auf der Werkbank ab, dann stieg er die Treppe zum Zwischengeschoss hoch, um seine Tasche, seinen Blazer und Roachs alten Mantel zu holen.

Roach wartete, bis Corbett außer Sichtweite war, dann griff er nach dem Buch und steckte es ein. Er wartete an der Tür, als Corbett zurückkam.

Mit einem beklommenen Gefühl schloss Roach die Tür zur Schmiede hinter sich ab und scheuchte Corbett die Treppe hinunter. Er wusste, was er zu tun hatte, aber es behagte ihm ganz und gar nicht.

Am Fuß der Treppe blickte Corbett sich nach links und rechts um. Die dunklen Abwasserkanäle von Lower London erstreckten sich in beide Richtungen und Corbett kannte sich kein bisschen darin aus. Roach spielte mit dem Gedanken, ihn einfach hier zurückzulassen, ohne ihn zu töten, aber auch, ohne ihm zu helfen. Würde er damit beide Versprechen einhalten können – das an Paisley und jenes, das er der Dunklen Drachenhüterin gegeben hatte?

»Hier entlang.« Roach deutete mit dem Lichtstrahl seiner Elektrika-Taschenlampe nach rechts und Corbett folgte ihm, ohne zu zögern.

Die Kanäle schienen sich zusammenzuziehen. Die Zeit, die Roach so dringend brauchte, um seine Gefühle zu sortieren, verging wie im Flug. Schon bald spürte er einen frischen Lufthauch im Gesicht, der die Gerüche von London hereinwehte. An der Wand war eine Leiter. Roach sah schweigend hinauf und trat beiseite. Corbett folgte seinem Blick und seufzte. Durch die Löcher eines Gullydeckels fiel das sanfte Licht der Straßenlaternen, das ihm den Weg in die Freiheit wies.

Corbett setzte einen Fuß auf die Leiter und war bereits drei

Sprossen weit gekommen, als Roach ihn packte und nach unten zog. Corbett schlug mit den Füßen zuerst auf, doch durch die Wucht gaben seine Beine nach und er stürzte in den Dreck. Der Aufprall raubte ihm den Atem. Während er nach Luft rang, warf sich Roach auf ihn und kniete sich auf seine Arme, sodass Corbett sich nicht mehr bewegen konnte.

Roach hielt die Elektrika-Taschenlampe hoch über Corbetts Kopf und leuchtete ihm direkt in die weit aufgerissenen Augen. Dabei musste er daran denken, wie Paisley ihn im Mechster mit großen, ängstlichen Augen angesehen hatte. Ihre Hand hatte in der Schematika festgesteckt, während um sie herum die Glocken läuteten und an der Decke der Königsstern auftauchte. Er hatte sich mies gefühlt, weil er ihr gefolgt war, um ihre Sterne zu stehlen, und hatte ihr als Wiedergutmachung versprochen, Corbett und die anderen zu beschützen.

Roach stieß einen frustrierten Schrei aus und rappelte sich hoch. Er drehte sich um und trat verärgert gegen die Kanalwand.

Corbett setzte sich hustend und keuchend auf.

»Was sollte das denn? Ich dachte … Oh. Sie hatte nie vor, mich gehen zu lassen, oder?«, fragte Corbett.

»Nein. Ich sollte dich töten und dafür sorgen, dass Paisley davon erfährt«, antwortete Roach.

»Warum hast du es dann nicht getan? Ich meine, ich bin echt froh darüber, aber …«

»Paisley!«, presste Roach mit harter Stimme hervor. »Ich … ich habe ihr ein Versprechen gegeben.«

»Du? Wann? Hast du ihr gesagt, dass du mich entführt hast? Hast du ihr erzählt, was ich für die Dunkle Drachenhüterin gemacht habe?«

Roach schüttelte den Kopf. »Nein. Das ist deine Sache. Du musst selbst entscheiden, ob du es ihr verraten willst oder nicht. Sie hat gedacht, du wärst bereits zu Hause in Schottland. Ich glaube, sie ist auf dem Weg zur Schmiede deiner Familie, um dich zu finden.« Ein Anflug von Verbitterung stahl sich in seine Stimme, doch er schluckte sie runter. Er fragte sich, ob es irgendjemanden gab, dem genug an ihm lag, um sich auf die Suche nach ihm zu begeben.

»Das ist ein ziemlich großes Versprechen, das du ihr gegeben hast, obwohl du wusstest, dass die Dunkle Drachenhüterin mich in ihren Fängen hatte. Was musste sie dafür tun?«

»Sie musste mir ihr Schicksal geben«, antwortete Roach. »Du hast doch sicher die Glocken neulich gehört, die zu Ehren des Königssterns geläutet haben. Das war für Paisley.«

»Paisley?!«, rief Corbett ungläubig. »Paisley ist der nächste König? Ich wollte gerade fragen, ob das überhaupt geht, aber wir reden hier von Paisley, die scheint jedem Stern am Himmel zu trotzen.«

»Jepp, das ist wohl wahr. Und wenn sie irgendeine Chance haben soll, dass ihre Sterne weiter leuchten, wird sie jede Hilfe brauchen, die sie kriegen kann. Jetzt hat es nicht mehr nur die Dunkle Drachenhüterin auf sie abgesehen. Der König wird auch nicht gerade begeistert sein, seine Macht, seine Sterne und seinen Lebensweg aufgeben zu müssen.«

»Ihm wird nichts anderes übrig bleiben. Wenn es in seinen Sternen steht …« Corbett brach ab und musterte Roach. »Du weißt etwas.«

Es war allgemein bekannt, dass der alte König anfing, seinen Abgang hinter den Schleier zu planen, sobald ein neuer König ernannt worden war. Aber etwas an der Art, wie der König das Blut der Dunklen Drachenhüterin gierig in sich hineingeschüttet hatte, ließ Roach zweifeln, dass er Paisley den Thron einfach überlassen würde. Die Dunkle Drachenhüterin zählte eindeutig darauf.

»Nichts Konkretes, aber ich weiß, dass Paisley dich brauchen wird, Corbett. Die Dunkle Drachenhüterin wird alles daransetzen, sie zu vernichten, doch vorher will sie sie auf jede nur erdenkliche Weise leiden sehen. Paisley wird alle Freunde brauchen, die sie kriegen kann.«

»Und was ist mit dir? Bist du ihr Freund oder Feind? Denn so ganz klar ist mir das immer noch nicht.«

Roach atmete tief ein. »Um ehrlich zu sein, weder noch. Das kann ich mir nicht leisten.«

Corbett legte eine Hand auf die Leiter. »Und hier komme ich nach London? Ich lande nicht im Thronsaal der Dunklen Drachenhüterin oder so?«

»Nein, der liegt westlich von hier. Keine Sorge.« Roach griff in seine Tasche und holte einen Geldbeutel heraus. Die Münzen darin klimperten, als er ihn Corbett gab. »Nimm das. Und achte darauf, dass dich niemand sieht. Die Yardwächter sind auf der Suche nach dir, und wenn sie dich erwischen, kommst du nicht weit. Aber ohne Geld kommst du erst recht nirgendwohin. Wenn du dich beeilst, schaffst du noch den nächsten Zug, dann bist du morgen Nachmittag zu Hause. Die Leiter bringt dich direkt hinter King Star Station an die Oberfläche.«

Corbett betrachtete den Geldbeutel und schloss die Finger darum.

»Und das nimmst du am besten auch mit. Ich glaube, Russell hätte gewollt, dass du es bekommst.« Roach gab ihm Russell Hertzsprungs Tagebuch. »Aber vorher müsstest du noch etwas für mich tun.« Roach sah das Misstrauen, das sich zurück in Corbetts Miene stahl.

»Und was?«, fragte Corbett. »Ich werde niemanden töten und ich stelle auch nichts mehr für sie her. Nicht, nachdem sie mich derart hintergangen hat. Du magst zwar ein paar Dinge richtig gemacht haben, aber du bist immer noch auf ihrer Seite und ich traue dir nicht.«

»Entspann dich, ich meine nichts dergleichen.« Roach trat einen Schritt auf Corbett zu. Das schwache Licht von oben fiel auf sein Gesicht. Er verzog den Mund zu einem schiefen Lächeln. »Ich möchte, dass du mich schlägst. Hierhin.« Er zeigte auf sein Kinn.

»Was?«

»Und keine falsche Scheu. Es muss überzeugend wirken.«

»Du willst, dass ich dich schlage?«

»Ja. Wie konntest du mir sonst entkommen?«

Roach sah, wie Corbett schluckte, bevor er die Hand hob und ihn ohrfeigte.

»Was war das denn? Das war höchstens ein kleiner Klaps. Im Ernst, das hätte meine kleine Schwester besser hinbekommen.«

»Du hast eine Schwester?«, fragte Corbett.

»Hatte.«

In der darauffolgenden Stille wich sämtliche Spannung aus Corbetts Körper.

Roach seufzte. »Nicht. Ich will kein Mitleid. Ich *brauche* kein Mitleid. Was ich brauche, ist, dass du mich schlägst … und zwar fest.«

Wenig überzeugt ballte Corbett die Faust und versetzte Roach einen weiteren halbherzigen Schlag auf die Wange.

»So wird das nichts. Du musst das schon richtig machen. Ich weiß, wie stark du bist – Metall zu schmieden, braucht Kraft. Du hältst dich bloß zurück.«

»Tut mir leid, aber ich will das nicht. Ich …«

»Mir egal, ob du willst oder nicht. Das schuldest du mir. Kapierst du nicht, was mir blüht, wenn sie rausfindet, dass ich dich einfach habe gehen lassen? Mehr als ein Schlag ins Gesicht, das kann ich dir sagen. So, und jetzt haust du mir eine rein und zwar ordentlich. Ich schwöre, was auch immer sie mit mir anstellt, wenn sie dahinterkommt, dass ich dich freigelassen habe, mache ich danach mit dir und deiner Familie. Ist das klar?«

Roachs Tonfall ließ keinen Zweifel daran, dass er es auch so meinte. Bevor er nach seiner Tirade Luft holen konnte, traf ihn Corbetts Faust mit voller Wucht am Kinn, so fest, dass er mit dem Kopf gegen die Leiter knallte. Das metallische Scheppern hallte von den Wänden des Abwasserkanals wider. Kleine Sterne tanzten vor seinen Augen und er schwankte benommen hin und her.

Corbett stierte ihn mit finsterem Blick an, sein Atem ging schnell und rau. Roach konnte zusehen, wie die Wut in Corbetts Gesicht einem Ausdruck von Scham wich. Er hatte ein schlechtes Gewissen, weil er Corbett zu etwas getrieben hatte, was er nicht wollte.

»Danke«, sagte Roach, während er seinen schmerzenden Schädel mit einer Hand betastete. An der Stelle, wo er gegen die Leiter geknallt war, fühlte er warmes Blut.

Corbett antwortete nicht. Er drehte sich wortlos um und kletterte die Leiter hinauf. Kurz wurde es heller, als er den Gullydeckel beiseiteschob und sich das Licht der Straßenlaternen in den Schacht ergoss. Dann entschwand er ins nächtliche London.

Als sich der Gullydeckel über ihm wieder schloss, verspürte Roach den plötzlichen Drang, die Leiter hochzustürmen und Corbett zu begleiten. Doch er schüttelte den Kopf und blieb, wo er war. Die Sternchen vor seinen Augen verblassten langsam und an ihrer Stelle breitete sich ein stechender Schmerz in seinem Schädel aus.

Es war seine Bestimmung, Clara zu retten, und wenn das bedeutete, im Schatten der Dunklen Drachenhüterin zu stehen und ihre Befehle auszuführen, dann würde er das tun.

Die Schmiede von Ord

Es war tiefste Nacht, als die *Aristarchus* vor einer riesigen Lagerhalle außerhalb von Inverness festmachte. Als Odelia ihnen erzählt hatte, wohin ihre Reise ging, hatte Paisley einen kleinen Ruck in ihrem Inneren gefühlt, als würde ihr Lebensweg sie vorwärtsschieben. Sie war nicht sicher, ob sie das tröstlich finden oder dagegen ankämpfen sollte. So oder so brachte es sie Dax einen Schritt näher. Und schon bald würde sie Corbett und seine Familie in der Schmiede von Ord treffen.

Er musste krank vor Sorge sein – schließlich hätten sie bereits zwei Tage früher ankommen sollen.

»Es dürfte nicht allzu schwer sein, die Schmiede zu finden«, sagte Paisley zu Odelia.

»Das glaube ich auch. Ich bin gespannt, was er über den Mechanismus in Erfahrung gebracht hat«, erwiderte Odelia.

Paisley errötete. Sie hatte den beschädigten Mechanismus fast vergessen. Es gab so viele andere Dinge, die auf sie einstürmten und sich alle irgendwie dringender anfühlten. Der mögliche Untergang des Himmelsmechanismus war daneben zur bloßen Randnotiz verblasst und das trotz der gewaltigen Auswirkungen, die er für sie alle haben konnte.

»Denkt ihr, er ist wirklich kaputt?«, fragte Hal. Es klang beinahe hoffnungsvoll.

Odelia zuckte mit den Schultern. »Ich bin mir nicht mal sicher, ob er vorher funktioniert hat. Jedenfalls nicht für jeden. Wenn er also tatsächlich kaputt sein sollte, dürften viele den Unterschied gar nicht bemerken.«

Als die *Aristarchus* gelandet war, übergab Captain Hewitt sie an einen wartenden Lieferwagen. Der Fahrer brachte die Fracht aus dem Aerokopter in die Stadt und würde sie unterwegs möglichst nah an der Straße zur Schmiede absetzen.

Nachdem die Kisten, Paisley, Odelia und Hal verladen waren, fuhren sie los, über die schneebedeckten Straßen in Richtung Stadt.

Die Nacht war frisch und klar und Paisley spürte die Kälte bis in die Knochen. Sie saßen zu dritt auf der offenen Ladefläche des Lieferwagens und drängten sich zusammen, um sich zu wärmen.

Paisley streckte einen behandschuhten Finger aus und zeigte auf den Kometen, der im Westen aufleuchtete, als würde er der längst versunkenen Sonne nachjagen. »O meine Sterne, da ist er«, sagte sie. »Der Komet meiner Mutter. Findet ihr, er sieht größer und heller aus?«

»Ein bisschen, aber das kann daran liegen, dass die Nacht

hier dunkler ist – ganz ohne Elektrika-Lichter oder Häuser«, meinte Hal.

Paisley fröstelte und das nicht mehr nur wegen der Kälte. Odelia blickte sich verstohlen um, dann breitete sie die Flügel aus und legte sie um Paisley und Hal.

Wenig später konnte Paisley ihre Hände und Finger wieder spüren. Odelias mächtige Drachenschwingen hielten die schneidend kalte Luft ab und tauten sie wie eine vorgewärmte Decke auf.

Die Wärme und das sanfte Ruckeln des Elektrika-Fahrzeugs wiegten Paisley in den Schlaf und sie ließ zu, dass die Erschöpfung der vergangenen Tage sie übermannte.

Als der Lieferwagen abrupt zum Stehen kam, schlug sie die Augen auf. Odelia legte ihre Flügel an und sofort war die Kälte wieder da. Der Fahrer zeigte ihnen das schmale, schneebedeckte Sträßchen, das sie nehmen mussten. Paisley glitt bibbernd von der Ladefläche und dankte ihm.

Der Schnee war harsch und tief und die Wolken, die sich am Himmel auftürmten, ließen die Nacht noch dunkler erscheinen. Obwohl vom abnehmenden Mond nur noch eine schmale Sichel übrig war, war das Licht des Kometen und der Sterne, das von der weißen Oberfläche zurückgeworfen wurde, hell genug, dass sie sich einigermaßen zurechtfinden konnten.

Sie waren kaum losgelaufen, als die ersten dicken Schneeflocken vom Himmel fielen. Hal übernahm die Führung. Er brach einen Ast von einem Baum ab und benutzte ihn vor jedem Schritt, um zu testen, wie tief der Schnee war, bevor er weiterging.

Als sie Hal so im Sternenlicht sah, mit seinem Stock und den zerzausten blonden Haaren, musste Paisley an Dax denken. Sie hoffte, es stimmte, was Hal gesagt hatte und dass sein Vater Dax nichts tun würde und er in guten Händen war. Trotzdem schmerzte es, von ihm getrennt zu sein. Bisher hatten sie nie länger als einen Tag ohne einander verbracht. Ohne ihn fühlte sie sich so kalt und leer wie der Himmel über ihren Köpfen.

Sie waren bereits eine gute halbe Stunde durch den aufziehenden Schneesturm gelaufen und Paisleys Füße waren längst zu Eisklötzen gefroren, als die Schmiede in Sicht kam. Sie lag in einer flachen Senke, neben einem gemütlich aussehenden Häuschen, aus dessen Schornstein sich Rauch emporkringelte. Die Schmiede selbst war ein lang gezogenes Gebäude mit drei hohen Schornsteinen, die jedoch nicht in Betrieb waren.

Paisley wurde ganz warm ums Herz: Auf einmal ging ihr auf, wie sehr sie Corbett vermisst hatte. Sie beschleunigte ihre Schritte und begann schließlich zu rennen, bis ihre Füße den Schnee zu einem regelrechten Gestöber aufwirbelten.

An der Haustür hing der schönste Kleine-Wende-Kranz, den Paisley je gesehen hatte: eine Abfolge von Messingringen, verbunden durch Zahnräder aus Stahl und Nachtsilber, die goldene Sterne langsam ihre Runden ziehen ließen. Paisley erhob sich auf die Zehenspitzen und klopfte im Zentrum des Kranzes an die Tür. Ihre Knöchel waren so kalt, dass sie sie kaum noch spürte.

Sie trat einen großen Schritt zurück und drehte sich zu Odelia und Hal um. Das Haus war dunkel und still. Jetzt erst kam Paisley in den Sinn, dass es mitten in der Nacht war. Wahrscheinlich lagen Corbett und seine Familie längst in ihren warmen, weichen Betten, wo sie vor dem wütenden Schneetreiben geschützt waren. Das war inzwischen so dicht, dass Paisley den Weg, den sie gekommen waren, fast nicht mehr erkennen konnte.

Gerade als sie Odelia fragen wollte, ob sie noch mal anklopfen sollte, machte ein Mann auf.

Er füllte die gesamte Türöffnung aus. Sein sandfarbener Bart war lang und buschig und von grauen Strähnen durchzogen. Die gleiche Mischung aus Braun und Grau fand sich auch in seinen vom Schlaf zerzausten Haaren wieder. Er wirkte sichtlich besorgt, weil er mitten in der Nacht aus dem Bett geholt worden war.

Schweigend stand er vor ihnen und musterte sie, bis sich Paisley traute, das Wort zu ergreifen. »Mr Grubbins?«, fragte sie zögerlich.

»*Aye*.«

»Wir sind Freunde von Corbett. Mein Name ist Paisley Fitzwilliam und das sind Odelia und Hal. Wir waren …«

Weiter kam sie nicht, denn in dem Moment schallte ihr Corbetts Stimme aus dem Inneren des Hauses entgegen.

»Paisley!«

Und dann war er an der Tür, schob seinen Vater beiseite und trat in die eisige Kälte hinaus, um sie zu umarmen. Er drückte Paisley so fest an sich, dass sie seine Wärme spüren konnte, und ehe sie sich's versah, liefen ihr ungebremst die Tränen über die Wangen.

»Wir wurden aufgehalten, und als wir es endlich zum Bahnhof geschafft hatten, warst du schon weg und dann …« Ihr Blick huschte zu Mr Grubbins. »Na, jedenfalls sind wir jetzt hier.«

Sie löste sich von Corbett und sah ihn an. Im schwachen Licht, das durch die Tür nach draußen fiel, erkannte sie, dass er ebenfalls recht mitgenommen wirkte. Er hatte einen Bluterguss am Kinn und mehrere kleine Schnittwunden im Gesicht. »Was ist dir denn passiert?«

»Scheint, als hättest du genauso eine interessante Reise gehabt wie wir«, bemerkte Odelia. Sie verschränkte die Arme vor der Brust und fixierte Corbett mit ihrem durchdringenden Blick. Dann hob sie eine Augenbraue und ihre Mundwinkel verzogen sich zu einem seltenen Lächeln. »Schön, dich zu sehen.«

Corbett lächelte ebenfalls. »Du hast mich vermisst«, sagte er, während er auf Odelia zuging und die Arme um sie schlang. Eine Sekunde lang stand sie ganz starr und reglos da, dann erwiderte sie seine Umarmung.

»So weit würde ich nicht gehen«, entgegnete sie, als sie einander losließen. Ihre Miene war wieder ernst.

Hal gab Corbett die Hand. »Wie lange bist du schon zu Hause?«, erkundigte er sich.

»Ich bin heute am späten Nachmittag angekommen«, antwortete Corbett mit gedämpfter Stimme und einem schnellen Blick zu seinem Vater hinter ihm.

»Was? Wieso? Warum? Wir dachten, du wärst wie geplant in den Zug …«, platzte Paisley heraus, brach jedoch ab, als sie seinen vielsagenden Blick bemerkte.

»Was ist hier los?« Corbetts Mutter gesellte sich zu seinem Vater. Sie sah genauso aus wie Corbett, mit dicken Brillengläsern und neugierigen Augen. Hinter ihr folgte ein großer, muskulöser junger Mann, der die gleichen sandfarbenen Haare hatte wie sein Vater. Er war ein bisschen älter als Corbett, vermittelte aber einen ähnlich wissbegierigen Eindruck.

»Mum, Dad, Norris, das sind meine Freunde, von denen ich euch erzählt habe.«

»Das Mädchen, das gestorben ist, die Drachenmeisterin und der Krigare?«, fragte Corbetts Dad, während er das ungewöhnliche Trio ins Visier nahm. Dann schaute er seinen Sohn mit einem verschmitzten Lächeln an. »Unser Corbett hatte schon immer den Hang, interessante Freundschaften zu schließen. Erinnerst du dich noch an den Sommer, als du eine Schachtel Kröten unter deinem Bett versteckt hast?«

»*Aye*, Pa, aber das will doch jetzt keiner hören! Paisley, Odelia und Hal – das sind meine Eltern Judy und Robert und mein Bruder Norris.«

»Wir freuen uns, euch kennenzulernen«, sagte Corbetts Mutter. »Aber wir würden uns noch mehr freuen, wenn wir dabei nicht die ganze Wärme raus- und den Schnee reinlassen würden. Na los, Robert, nun bitte die jungen Leute schon rein.«

Das kleine Häuschen war von sanftem Elektrika-Licht und der gemütlichen Wärme zweier Kaminfeuer erfüllt. Eins brannte in der Küche, das andere im Wohnzimmer, wohin Corbetts Mutter sie nun alle führte. Paisley nahm den Rucksack und ihre Drachenledertasche ab. Ihre Schulter schmerzte vom Gewicht des Dracheneis. Sie massierte sie mit einer Hand, während sie Tasche und Rucksack in der anderen hielt.

»Gib her.« Corbett nahm ihr das Gepäck ab. »Was hast du denn dadrin? Einen Drachen?«, fragte er belustigt.

Dann bemerkte er den Blick, den Paisley Hal zuwarf – sofort hörte er auf zu lachen und setzte die Tasche behutsam neben dem Fenster ab.

»Stell sie näher ans Feuer«, bat Paisley und Corbett tat wie geheißen.

»Ich hab bloß Witze gemacht. Ist das euer Ernst?«, flüsterte er mit großen Augen. »Doch nicht etwa das Ei aus dem Drachengewölbe?!«

Paisley sah ihn ernst und eindringlich an und schüttelte den Kopf. »Das erzähle ich dir später.« Corbett wurde blass.

Paisley taute langsam auf. Sie zog Mantel und Schal aus und trat zu Hal und Odelia an den Kamin, die ihre steif gefrorenen Finger am Feuer wärmten.

»Ich setze den Kessel auf und sehe mal nach, ob ich etwas zu essen für euch finde«, verkündete Mr Grubbins, wobei er Corbett einen vielsagenden Blick zuwarf. Seine Frau begleitete ihn in die Vorratskammer und Corbett trottete hinter den beiden her, während Norris in der Küchentür stehen blieb und die Gäste nicht aus den Augen ließ.

»Ich glaube, wir hätten nicht herkommen sollen«, flüsterte Odelia, nachdem sie sich einige Minuten am Feuer gewärmt hatten.

Paisley seufzte. »Ich weiß, du und Corbett seid nicht die besten Freunde …«

»Darum geht es nicht. Durch unsere Anwesenheit bringen wir seine Familie in Gefahr.«

Paisley stockte der Atem. »Daran habe ich überhaupt nicht gedacht. Sollten wir besser verschwinden?«

»Das ist nicht nötig«, sagte Corbett, der in dem Moment wieder zu ihnen kam. »In mehr Gefahr als ich könnt ihr sie eh nicht bringen.«

»Wie meinst du das?«

»Na ja, die Dunkle Drachenhüterin ist sehr wahrscheinlich hinter mir her und sie weiß bestens über meine Familie und all das hier Bescheid.« Er breitete die Arme aus und deutete mit einer ausholenden Geste auf sein Zuhause.

»Das verstehe ich nicht«, erwiderte Paisley. »Ich meine, ich weiß, dass sie hinter uns allen her ist, aber warum sollte sie ausgerechnet hierherkommen?«

»Weil sie der Grund für meine Verspätung ist. Sie hat mich auf dem Rückweg von Greenwich Overhead aufgespürt und gefangen gehalten. Oder genauer gesagt: Roach hat das für sie getan, bis er mir zur Flucht verholfen hat.«

»Er hat dir zur Flucht verholfen?«, wiederholte Odelia.

»Ja, hat er.« Corbett rieb sich den Nacken und Paisley fand, dass er mehr als nur ein bisschen verärgert aussah. »Während meiner Gefangenschaft hat die Dunkle Drachenhüterin verlangt, dass ich ihr einen neuen Arm aus Nachtsilber und Kupferich schmiede.«

Paisley schüttelte den Kopf. »Kupfer-was?«

»Hört zu, setzt euch erst mal, dann erzähle ich euch alles.«

Corbetts Eltern kamen herein, tischten kalten Braten, Käse, Brot und Rosinenbrötchen auf und versorgten sie mit stetigem Nachschub an Tee und warmen Butter-Crumpets. Während sie aßen, berichtete Corbett, was ihm widerfahren war, angefangen bei dem Moment, als Roach ihn überwältigt hatte, bis hin zu seiner Rückkehr auf die Straßen Lower Londons, gerade rechtzeitig, um den Zug nach Inverness zu erwischen.

»Ich … ich glaube nicht, dass ich mit euch in den Norden reisen kann. Die Dunkle Drachenhüterin hat eine eindeutige Drohung gegen meine Familie ausgesprochen. Und falls sie herkommen sollte, um ihre Drohung wahr zu machen, will ich hier sein. Ich könnte nicht damit leben, wenn ihnen meinetwegen etwas zustoßen sollte. Ich muss hierbleiben. Ich muss sie beschützen oder es wenigstens versuchen. Außerdem … außerdem habe ich Angst, da bin ich ganz ehrlich. Ich dachte, mein Lebensweg wäre zu Ende, als ich sie in ihrem Thronsaal gesehen habe. Ich dachte wirklich, das war es jetzt.«

Er sah Paisley voller Ernst an und sie nickte mit einem Kloß im Hals.

»Jaja, natürlich. Das verstehen wir. Absolut.« Sie lächelte, obwohl sie tief in ihrem Inneren das Gefühl hatte, etwas Wichtiges zu verlieren. Ihr war nicht klar gewesen, wie sehr ihr Corbett gefehlt hatte und wie sehr sie auf ihn zählte, aber sie konnte seine Beweggründe nachvollziehen: Sie wollte seinen Lebensweg nicht noch mehr in Gefahr bringen und sie wusste, dass er versuchte, auf seine Familie achtzugeben. Nichts anderes tat sie letztlich ja auch. Für Dax.

Zweierlei Frühstück

Paisley erwachte am späten Vormittag, warm, behaglich und mit einem fast schon ungewohnten Gefühl der Sicherheit. Das alles verflog jedoch schnell wieder, als sie vollends wach wurde und all die Ängste und Sorgen von Neuem über sie hereinbrachen.

Odelia und sie teilten sich Corbetts Zimmer. Er selbst übernachtete bei Norris, während Hal sich auf der Couch eingerichtet hatte. Doch nun war das Zimmer leer und Odelia nirgends zu sehen.

Paisley wusch sich mit einem Waschlappen und Wasser aus einer Schüssel, die sie am Abend noch von Corbetts Mutter bekommen hatte, und zog sich an. Als sie die Vorhänge öffnete, entdeckte sie Odelia und Hal draußen im Garten, wo sie im tiefen Schnee miteinander kämpften, um ihre Fähigkeiten im Schwertkampf zu trainieren.

Odelia besiegte Hal, stieß ihn scheinbar mühelos in den Schnee und nahm ihm das Schwert ab. Hal blieb einen

Moment liegen, schüttelte den Kopf und lachte gutmütig. Dann holte er mit dem Bein aus und kegelte Odelia um, woraufhin die beiden im Liegen weiter miteinander rangen. Paisley wandte sich lächelnd ab.

Als sie nach unten kam, servierte Mr Grubbins gerade das Frühstück, das aus einem großen Topf Porridge bestand. Corbett folgte ihm aus der Küche und lächelte, als er Paisley sah.

»Wie kann ich helfen?«, fragte sie.

»Hier, deck schon mal den Tisch.« Er drückte ihr vier Schüsseln in die Hand. »Letzte Nacht hat es ziemlich stark geschneit und auf dem Feld nebenan hat sich eine große Schneewehe gebildet. Norris ist draußen zum Räumen und Mum arbeitet in der Schmiede.«

In dem Moment kamen Odelia und Hal rein und brachten einen Schwall kalter Luft mit. Ihre Wangen waren rosig und ihre Nasen halb erfroren. Mr Grubbins stellte eine Schüssel Schlagsahne und ein Glas mit Nüssen, Körnern und getrockneten Beeren auf den Tisch. Dann holte er eine große Kanne Tee für alle.

»Frühstücken Sie nicht mit uns, Mr Grubbins?«, erkundigte sich Paisley.

»Nein, nein, ich sollte lieber rausgehen und Norris beim Schneeschippen helfen – ich schätze, wir werden ein, zwei Tage brauchen, bis alles so weit frei ist, dass man hier wieder wegkann. Aber langt ruhig tüchtig zu.«

Paisley nickte, biss sich dabei jedoch auf die Unterlippe. Das bedeutete mindestens einen weiteren Tag, bevor sie sich wieder auf den Weg zu Dax machen konnten. Corbett schöpfte großzügig Porridge in ihre Schüsseln und Paisley garnierte alles mit einem Klecks Schlagsahne und der Nussmischung aus dem Glas.

Sie schob sich einen Löffel voll in den Mund und gab ein lang gezogenes »Mhm« von sich. Hal und Odelia folgten ihrem Beispiel.

»Das ist das beste Porridge, das ich jemals gegessen habe!«, verkündete Hal.

»Wenn ich den Rest meines Lebens nur noch eine Sache essen dürfte, wäre es das!«, fügte Odelia hinzu.

Corbett lächelte. »Ich geb's an meinen Dad weiter – er wird platzen vor Stolz.«

»Corbett, wenn wir sowieso noch ein, zwei Tage hier festsitzen, könntest du mir helfen, etwas zu schmieden?«, fragte Paisley.

»Ich kann's versuchen. Was brauchst du denn?«, erwiderte Corbett.

»Sag ich dir in der Schmiede«, antwortete Paisley mit einem Seitenblick zu Hal und Odelia. Sie griff nach unten, hob ihre Umhängetasche hoch und stellte sie auf den Tisch. »Aber vorher muss ich dir noch ein paar Sachen erzählen.« Sie stand auf, öffnete die Tasche und holte das Ei heraus. Inzwischen war es so groß wie Paisleys Kopf und die einst glänzend schwarze Schale hatte sich zu einem fleckigen Mattgrau verfärbt.

»Ist das das Ei, das Dax im Drachengewölbe gefunden hat?«, staunte Corbett. Er nahm die Brille ab und rieb sie an seinem Pullover. Dann setzte er sie wieder auf und betrachtete das Ei mit ungläubigem Blinzeln.

»Ja, genau das.« Paisley streckte es ihm hin.

Er formte mit den Händen eine Schale und Paisley legte das Ei behutsam hinein. Sie sah, wie Corbetts Gesicht dabei förmlich aufleuchtete.

»Es ist so schwer. Und warm – richtig doll warm. Wie eine Wärmflasche.«

»Hal meint, dass es dem Feuer eines Drachen ausgesetzt gewesen sein muss«, erklärte Paisley und nahm das Drachenei wieder entgegen. »Wir glauben, dass es im Observatorium passiert ist, als Lorena die Uhr meiner Mutter mit ihrer Drachengabe erhitzt hat. Dabei hat sie wohl auch das Ei erwischt.«

»Glaubt ihr, Doc Langley hatte recht damit, dass es das Ei eines Großen Drachen ist?«

Hal nickte mit dem Mund voll Porridge.

»Das nehmen wir an, ja«, sagte Odelia. Der Hauch eines Lächelns umspielte ihre Lippen, als sie das Ei ansah.

»Corbett, du hast uns noch gar nicht erzählt, was du über den Mechanismus rausgefunden hast«, sagte Paisley, nachdem sie das Ei wieder in ihrer Tasche verstaut hatte. Sie nahm einen weiteren Bissen von ihrem Porridge.

Corbett legte seinen Löffel weg und wischte sich den Mund mit einer Serviette ab. »Nicht so viel, wie ich gern in Erfahrung gebracht hätte. Aber irgendwas geht da oben tatsächlich vor. Die Himmelsphysiker wussten bloß auch nicht so recht, was genau. Ich habe ihnen erzählt, was passiert ist – also, jedenfalls das meiste. Ich habe ihnen erzählt, dass Violetta nicht bei einem Unfall ums Leben gekommen ist, wie alle geglaubt haben, und dass ihr Experiment noch mal durchgeführt wurde. Sie wollten mir nicht glauben; sie meinten, ich sei vor Trauer außer mir, und weigerten sich, mich ins Observatorium oder die Laboratorien zu lassen. Aber ich habe es geschafft, an eine Ausgabe der Daten aller bekannter Himmelsobjekte zu gelangen, einschließlich des Kometen. Das ist inzwischen natürlich alles veraltet, aber ich habe es zu meinen Aufzeichnungen getan. Ich bin noch nicht dazu gekommen, alles zu sichten, aber das mache ich, sobald ich ein Astro-Logbuch habe und die Koordinaten mit den erwarteten Werten abgleichen kann.«

Paisley atmete tief durch. Sie hatte das Gefühl, für das, was mit dem Himmelsmechanismus geschah, verantwortlich zu sein, wusste jedoch nicht, wie sie es wieder in Ordnung bringen konnte.

»Es tut mir wirklich leid, wenn ich störe. Das ist total interessant, und wenn ich auch nur das geringste bisschen für den Himmelsmechanismus übrig hätte, würde mir das echt Sorgen bereiten«, meldete sich Hal zu Wort. »Aber das habe ich nicht. Kann ich stattdessen noch etwas Porridge haben?«

Paisley grinste schief, Odelia zog die Augenbraue hoch und

warf ihm ihren missbilligendsten Blick zu und Corbett stammelte: »Jaja, natürlich«, während er Hal bedeutete, sich einfach aus dem Topf zu bedienen.

* * *

Für Roach gab es kein fröhliches Frühstück mit Freunden. Er saß gegenüber der Dunklen Drachenhüterin in Hectors Privat-Aerokopter.

Es war ein beengtes, aber gemütliches kleines Fluggerät, schnell und leicht, ideal für kurze Distanzen. Für die Reise, die vor ihnen lag, war es schon etwas weniger komfortabel, aber es war sehr viel diskreter als die öffentlichen Verkehrsmittel. Vor allem, da sie in Begleitung von Lorena und ihren abtrünnigen Drachenmeisterinnen waren.

»Wir heben in Kürze ab«, verkündete Hector, als er sich neben der Dunklen Drachenhüterin niederließ.

Sie warf ihre langen Haare zurück und saß unbewegt in ihrem für ihre zierliche Gestalt übergroßen Sitz. »Und wie oft müssen wir zwischenlanden, um aufzutanken?«, fragte sie.

»Zweimal: einmal in Nottingham und dann in Durham. Dort übernachten wir, bevor es nach Dundee weitergeht, wo wir auf den König und seine Armee treffen werden.«

»Und du bist zuversichtlich, dass der König alles unter Kontrolle hat?«, fragte sie Hector.

»Wenn nicht er, dann die Männer um ihn herum. Viele meiner treuen Verbündeten zählen zu seinen wichtigsten

Beratern. Ich gehe davon aus, dass ich unter seinen Rittern genügend Einfluss habe, um sicherzustellen, dass alles nach Plan läuft. Da kann sich Erzarchitekt Harman noch so viele Sorgen wegen des verschwundenen Königs und der Tatsache, dass es sich um ein Mädchen handelt, machen.«

»Hast du dem Erzarchitekten erzählt, dass Paisley der zukünftige König ist?«, fragte Roach. Er bemerkte, wie die Dunkle Drachenhüterin kaum sichtbar zusammenzuckte. Die pulsierende Vene an ihrem Hals strafte ihr gelassenes Äußeres Lügen.

»Nein. Fürs Erste sind wir die Einzigen, die über diese Information verfügen«, antwortete Hector.

Roach nickte. »Na ja, wir und der Oberste Gestalter«, ergänzte er.

»Der Meister der Sterne hat mir versichert, dass der neue König den Thron nie besteigen wird. Er hat gesagt, dass Paisleys Königsstern von einer Turbulenz im Mechanismus getrübt wird. Ich betrachte das als Zeichen, dass ihr Ende naht, und zwar schon bald«, sagte die Dunkle Drachenhüterin mit einem grausamen Lächeln.

Roach hatte plötzlich einen Kloß im Hals. Und als kurz nach dem Start der Aero-Begleiter zu ihnen kam und frische Croissants brachte, lehnte er dankend ab, denn er merkte, dass der Kloß nicht so schnell verschwinden würde.

Freundschaft schmieden

Corbett öffnete eine kleine Tür, die in die große Doppeltür zur Schmiede eingelassen war. Paisley zog ganz leicht den Kopf ein, als sie ihm hineinfolgte. Es hatte wieder angefangen zu schneien und Paisley schüttelte sich die dicken Flocken aus den Haaren. In der Hitze der Schmiede fingen sie fast augenblicklich an zu schmelzen. Der Ofen, an dem Corbetts Mutter am Morgen gearbeitet hatte, glühte noch. Jetzt war sie mit Odelia und Hal losgegangen, um Norris und Mr Grubbins beim Räumen der Straße zu helfen, bevor der Neuschnee alles noch schlimmer machen konnte.

Paisley setzte ihre Drachenledertasche auf einer Werkbank ab und knöpfte den Mantel auf.

»Es gibt da etwas Wichtiges, das ich dir sagen muss, Corbett«, sagte sie und schob den Ärmel hoch, um ihm ihre Sterne zu zeigen. »Ich bin der zukünftige König.« Sie bemühte sich um einen neutralen Tonfall, konnte jedoch hören, wie ihre Stimme vor Aufregung zitterte.

»Er hat also wirklich die Wahrheit gesagt!« Corbett trat näher und betrachtete Paisleys Sterne. »Roach hat erzählt, dass du den Königsstern erhalten hast, aber ich wusste nicht, ob er lügt oder nicht. Ich habe neulich Nacht die Glocken gehört, aber ich wäre im Leben nicht darauf gekommen, dass sie deinetwegen läuten.« Er sah sie ehrfürchtig an. »Was bedeutet das? Ich meine, ich weiß natürlich, was es bedeutet: Es bedeutet, dass du der König bist und … o meine Sterne, du bist der König! Soll ich mich verneigen? Soll ich dich mit ›Eure Hoheit‹ ansprechen?«

Paisley schüttelte den Kopf. Ihre Wangen waren von der Hitze der Schmiede gerötet, aber auch, weil ihr die ganze Angelegenheit schrecklich unangenehm war. Sobald die Leute vom Königsstern erfuhren, sahen sie sie mit anderen Augen – außer vielleicht Odelia und Hal, die sie genauso behandelten wie davor. Und Roach. Als sie an ihn dachte, errötete sie noch mehr.

Dax würde das alles zwar total spannend und aufregend finden, aber sicher auch nicht anders mit ihr umgehen als früher. Und Corbett brauchte hoffentlich einfach nur etwas Zeit, um sich daran zu gewöhnen. Das musste sie selbst ja auch noch.

Paisley griff in ihre Umhängetasche, wobei sie mit der Hand das Drachenei streifte, und holte die goldene Röhre heraus, die der junge Mechanist ihr gegeben hatte. Sie strich sachte darüber und drehte die einzelnen Abschnitte dann geschickt in die richtige Position, bis die abgebildeten Sterne mit denen an ihrem Handgelenk übereinstimmten. Mit einem leisen Klick ging die Röhre auf.

Sie verspürte ein aufgeregtes Kribbeln, als sie die Blaupausen rausgleiten ließ und auf der Werkbank glatt strich. Während sie sich die Abbildung auf der Blaupause ansah, wurde ihr die Bedeutung dessen, was sie vorhatte, bewusst.

»Ich brauche eine Lanze«, verkündete sie. »Die Heiligen Schriften sind da recht eindeutig. Darin steht, dass *ich* sie schmieden oder zumindest dabei helfen muss.« Sie strich mit der Hand über die Blaupause und die altkeltischen Schriftzeichen drum herum. »Und dann ist da noch etwas anderes Wichtiges«, ergänzte sie.

»Wichtiger, als dass du der König bist und eine Lanze brauchst?«, fragte Corbett.

Paisley erzählte ihm die Sage der Drachenmeisterinnen, die Adore Alyse mit ihnen geteilt hatte: die Geschichte von Helin, die der Dunklen Drachenhüterin prophezeit hatte, wie ihr Lebensweg enden würde.

»Damit ich das richtig verstehe: Helin hat vorhergesagt, dass die Dunkle Drachenhüterin von jemandem getötet wird, der von einer der Seelenschwestern abstammt und den Königsstern trägt.«

Paisley nickte.

»Wow!«, entfuhr es Corbett. »Das ist ganz schön viel für einen einzigen kleinen Lebensweg.«

Paisley verlagerte unbehaglich das Gewicht und wandte sich wieder den Blaupausen zu, um sich abzulenken. »Das kannst du laut sagen. Aber ich glaube, mit dieser Lanze kann ich vielleicht die Dunkle Drachenhüterin besiegen und sie endgültig hinter den Schleier verbannen, so wie es George der Erste mit den Großen Drachen gemacht hat.«

»Wie kommst du darauf?«, fragte Corbett. Während er sich die altkeltischen Erläuterungen durchlas, fuhr er die Worte mit seinem Finger nach.

»Da steht etwas auf der letzten Seite – oder der ersten, ich weiß nicht genau, wie da die Reihenfolge ist. Jedenfalls auf der mit dem frühesten Datum.« Paisley blätterte die Blaupausen durch. »Ascalon, die Lanze von George dem Ersten. Insgesamt lassen sich im Lauf der Zeit sieben verschiedene Versionen des ursprünglichen Designs erkennen, die alle deutliche Unterschiede aufweisen. Anfangs sind sie noch funktional, später nur noch dekorativ. Und hier« – sie zeigte auf einen Bereich, der wie ein Loch im Inneren der Lanze aussah – »dieser Teil verschwindet in den späteren Entwürfen vollständig.«

»Was glaubst du, wofür diese Aussparung gedacht war?«, fragte Corbett, während er die Blaupause überflog.

»Eine Energiequelle. Aber nicht irgendeine Energiequelle, sondern eine ganz bestimmte.« Sie deutete auf den Text und Corbett las ihn sich durch.

»Hier steht, dass die Lanze einen großen Feuerdiamanten enthielt. Guck mal, es gibt sogar eine Zeichnung davon.« Er zeigte auf die Abbildung der schwarzen Edelsteine.

Paisley lächelte. »Die ist mir auch aufgefallen. Ich musste gleich daran denken, dass die Steine aussehen wie …«

»… Teile des Herzsteins«, vollendete Corbett staunend.

Paisley nickte. »Wir müssen also zu Dax und wir müssen uns den Herzstein zurückholen. Und wenn uns das gelingt, brauche ich eine Lanze, in die ich ihn einsetzen kann, denn hier steht« – Paisley drehte die Blaupause um – »dass die Spitze der Lanze so etwas wie einen Riss im Schleier erzeugen kann. Damit haben die frühen Könige die Großen Drachen hinter den Schleier verbannt.«

Corbetts Stimme wurde vor Aufregung eine Tonlage höher. »Erinnerst du dich, was Doc Langley gesagt hat? Dass es kaum Überreste der Großen Drachen gibt? Das muss der Grund dafür sein! Sie wurden nie getötet, sondern buchstäblich hinter den Schleier gedrängt!«

Paisley nickte. »Ganz genau.«

»Moment«, wandte Corbett ein. »Als Dax uns die Geschichte der Seelenschwestern erzählt hat, meinte er doch, der Herzstein sei in mehrere Teile zerbrochen worden.«

»Ach ja?« Paisley versuchte, sich die Einzelheiten ins Gedächtnis zu rufen. »Wahrscheinlich weichen alle Sagen und Geschichten hier und da von der Wahrheit ab, wenn sie immer wieder weitererzählt werden. So wie bei dem Jungen mit der Drachengabe.« Sie schob erneut ihren Ärmel hoch. »Vielleicht ist er in Wirklichkeit ein Mädchen mit einer Sternengabe.«

»*Aye*, gut möglich, aber der Teil mit der Lanze und welche Macht sie besitzt, klingt schon ziemlich wahrheitsgetreu für mich. Vor allem, wenn sie ihre Energie tatsächlich aus dem

Herzstein zieht. Ich kann mir vorstellen, dass dir das einen echten Vorteil gegenüber der Dunklen Drachenhüterin einbringen könnte. Und ich habe eine Idee, wie wir den sogar noch vergrößern können.«

Corbett zog ein kleines, zerlesenes Büchlein aus der Innentasche seines Mantels.

»Als ich … ihr Gefangener war und einen Arm für sie hergestellt habe, habe ich gelernt, ein neues Metall zu schmieden. Kupferich.«

»Das hast du letzte Nacht schon mal erwähnt«, sagte Paisley. »Was genau ist das?«

»Weißt du noch, wie wir bei euch auf dem Dach waren und Roach seine Raderlaken auf uns gehetzt hat?«, begann Corbett zu erklären. Paisley nickte. Das würde sie garantiert nicht vergessen, niemals. »Okay, und erinnerst du dich, dass in denen, die wir zertreten haben, ein seltsamer kupferfarbener Draht steckte, der mit allen beweglichen Teilen der Raderlake verbunden war? Das war Kupferich. Dadurch konnte Roach sie mithilfe seiner … keine Ahnung, Gedanken, Vorstellungen, Wünsche steuern.«

Corbett legte das Büchlein auf die Werkbank und legte beinahe ehrfürchtig die Hand darauf.

»Das sind die Aufzeichnungen von Russell Hertzsprung. In meinen Augen war er vielleicht der größte Alcheschmied aller Zeiten, ein wahres Genie. Er war ein ziemlicher Geheimniskrämer, leistete aber die beste Arbeit von allen, und das spiegelte sich auch in dem Preis, den er für seine großen Leistungen zahlen musste, wider. Vor etwa zwanzig Jahren ist er verschwunden. Es hieß, er habe sich von der Welt losgesagt, um nach den ungesehenen Metallen des Mechanismus zu suchen – den Metallen, aus denen der Oberste Gestalter den Himmelsmechanismus geschmiedet hat. Alcheschmiede haben seit Ewigkeiten versucht, sie zu finden. Auf eigene Faust zu versuchen, sie zu erzeugen, gilt jedoch als verpönt, denn nur der Oberste Gestalter ist in der Lage, sie herzustellen. Aber selbst wenn das hier keins der ungesehenen Metalle sein sollte, ist das, was er gefunden hat, absolut bemerkenswert.«

Corbett schlug das Buch auf und zog zwei feine Drähte heraus. Sie ähnelten dem Metall, das Paisley in den Raderlaken gesehen hatte.

»Dank Russell Hertzsprungs Notizen habe ich gelernt, wie man Kupferich herstellt. Wie es scheint, ist er damals wohl nicht aus eigenem Antrieb verschwunden, sondern die Dunkle Drachenhüterin hat ihn entführt.«

»Wo ist der Alcheschmied jetzt?«, fragte Paisley.

»Er hat das Ende seines Lebenswegs erreicht«, antwortete Corbett. Er legte die Hand auf das Buch. »Aber seine großartigen Entdeckungen leben weiter und wir können sie jetzt nutzen.«

Paisley dachte an ihre Mutter, deren Entdeckungen und Handlungen auf ihrem Lebensweg sich auch jetzt noch auf den Mechanismus auswirkten. Manchmal reichte ein kleines Rädchen, um zahlreiche Bahnen in Bewegung zu versetzen, und Paisley ahnte, dass Russell Hertzsprung und ihre Mutter genau unter diese Kategorie fielen.

Corbett zeigte auf einen der Kupferich-Drähte. »Der hier wurde mit Roachs Blut gemacht und dieser mit dem Blut der Dunklen Drachenhüterin. Genau wie bei Nachtsilber gibt es kleine Unterschiede in der Beschaffenheit des Metalls. Bei der Vermählung geht immer auch etwas von der Persönlichkeit desjenigen, von dem das Blut stammt, auf das Metall über. Aber während Nachtsilber eher Stärke, Mut und Entschlossenheit aufnimmt, verbindet sich Kupferich mit dem inneren Antrieb und den persönlichen Motiven – dadurch lassen sich sämtliche Gegenstände kontrollieren, in die das betreffende Metall eingearbeitet ist.«

»Beeindruckend. Darf ich?«, fragte Paisley, bevor sie beide Kupferich-Drähte ins Licht hielt und hin- und herdrehte.

Sie stellte fest, dass die Farbe des Drahtes, der zu Roach gehörte, etwas dunkler und kräftiger war. Gleichzeitig wirkte er irgendwie stumpf, während der Draht der Dunklen Drachenhüterin glänzte und funkelte.

Corbett eilte in eine dunkle Ecke der Werkstatt und bückte sich. Er kramte eine Weile in einer Kiste, bis er schließlich ein verknotetes Stoffbündel zum Vorschein brachte.

»Kupferich wird aus einer speziellen Kupfersorte gemacht, die nur in Amerika zu finden ist – in dem Buch gibt es eine Karte, wo genau. Gefördert wird es durch einen Prozess namens Phytolaugung.« Er öffnete das Bündel und zeigte Paisley die Pilze.

»Der Pilz zieht das Kupfererz aus dem Boden und veredelt es«, erklärte er, während er einen der Pilze umdrehte, sodass die empfindlichen Kupferlamellen an der Unterseite zu sehen waren. »Das ist alles, was von Hertzsprungs Ausbeute übrig ist. Ich habe es eingesteckt, als Roach gekommen ist, um mich zu holen.«

Paisley nahm einen der Pilze und drehte ihn in ihrer Hand, um das Licht einzufangen. Die Glut des Schmiedefeuers zauberte kleine Kupfersprenkel auf die hauchfeinen Lamellen, die dort wie Sterne funkelten.

Der Pilz fühlte sich unglaublich kalt an und schon nach kurzer Zeit spürte Paisley ihre Finger nicht mehr.

»Er ist so kalt!«, sagte sie.

Corbett nickte. »Ich habe keine Ahnung, warum. Es ist fast so, als würde er einem die Wärme entziehen – vielleicht hängt das irgendwie mit der Phytolaugung zusammen. Ich finde, wir sollten etwas von diesem Erz benutzen, um daraus Kupferich für deine Lanze herzustellen und dich noch enger mit ihr zu verbinden.«

Er deutete auf die Blaupause der Lanze von George dem Ersten. »Wir schmieden die hier, aber mit ein paar Anpassungen, und lassen eine Lücke für den Herzstein.«

»Meinst du, man könnte einen Teil des Herzsteins mit einem Metall vermählen?«, überlegte Paisley.

»Ähm … kann sein?«, antwortete Corbett zerstreut. Er hatte sich bereits in die Blaupausen für die Lanze vertieft und widmete seine ganze Aufmerksamkeit der bevorstehenden Aufgabe.

Paisley griff nach dem Buch über die Könige, das Hal ihr gegeben hatte, und schlug die Seite auf, die George den Ersten zeigte, der einen Drachen mit seiner Lanze durchbohrte. War sie bereit, dies mit der Dunklen Drachenhüterin zu machen? Paisley holte tief Luft. Wenn sie dadurch Dax oder ihre Freunde retten konnte, dann ja.

Naess

Corbett machte sich sofort daran, eine neue Blaupause für ihre Lanze zu zeichnen.

»Norris kann das viel besser als ich – seine Blaupausen sind unfassbar umfangreich und detailliert. Ich glaube, seine sind sogar besser als die von Mum, aber verrate ihr nicht, dass ich das gesagt habe.«

Sobald er damit fertig war, trug er alle Materialien zusammen, die er für den Bau brauchte.

»Fehlt nur noch eine Sache«, sagte er zu Paisley.

»Ähm … ja, und wie nehmen wir mir das Blut ab?«, fragte sie. Ihre Handflächen waren auf einmal ganz feucht.

»Ach, das ist leicht. Leg einfach deine Hand hierhin.«

Argwöhnisch beäugte Paisley den Apparat, der ein wenig wie eine Schematika aussah. Nervös streckte sie die rechte Hand aus.

»Vertraust du mir?«, entgegnete Corbett.

Paisley sah ihn an und lächelte. »Ja, absolut.« Sie legte die

Hand in den Apparat. Er schloss sich genauso um ihren Arm wie die Schematika. Kurz fühlte sie sich ins Yorker Mechster zurückversetzt und hörte das Läuten der Glocken, während sie unter dem hellen Licht des Königssterns in der Falle saß. Panik stieg in ihr auf und sie bemühte sich, tief und gleichmäßig zu atmen.

Sie spürte ein scharfes Kratzen auf ihrem Handrücken und schloss die Augen. Sie dachte daran, wie Roach versucht hatte, sie aus der Schematika zu befreien. Wie er die Zähne zusammengebissen und mit ihrem Schwert die Lamellen durchtrennt hatte, die sie festhielten. Dann erinnerte sie sich daran, wie er ihren blutenden Arm mit seinem Taschentuch verbunden hatte.

Sie hatte das Taschentuch behalten, es steckte jetzt in ihrer Tasche. Und irgendwie merkte sie, dass es sie verwirrte, an ihn zu denken. Sie öffnete die Augen, als der Apparat sie freigab, und sah die Phiole mit ihrem Blut, die Corbett ihr freudestrahlend entgegenhielt. Die Verwirrung, die sie wegen Roach empfand, wich Ärger, als ihr wieder einfiel, dass er Corbett gefangen gehalten und sogar versucht hatte, ihn zu töten, obwohl er ihr versprochen hatte, ihn zu beschützen. Ja, letzten Endes hatte er Corbett zur Flucht verholfen, aber sie war sich sicher, dass er das nur getan hatte, weil es ihm gerade in den Kram gepasst hatte, nicht für sie oder Corbett. Sie war wütend auf sich, weil sie ihm geglaubt hatte, und schwor sich, diesen Fehler nicht noch einmal zu begehen.

Corbett beschriftete die Phiole mit Paisleys Namen und steckte sie zu drei anderen in eine Mappe.

»Wessen Blut ist das?«, fragte sie.

»Das hier ist von Roach.« Er hielt die Phiole ans Licht; sie war beinahe leer. »Ich habe es zwischen Russell Hertzsprungs Sachen gefunden. Das hier ist meins.« Er hielt eine halb volle Phiole hoch. »Und das hier gehört der Dunklen Drachenhüterin.« Auch diese Phiole war beinahe halb voll. Paisley widerstand dem Drang, danach zu greifen und sie auf dem Boden zu zerschmettern. Corbett beugte sich mit einem verschwörerischen Grinsen vor. »Ich habe nicht alles davon für ihren Arm benutzt«, sagte er. »Einen Teil habe ich durch anderes Blut ersetzt. Das Kupferich ist mit ihr vermählt, damit sie den Arm steuern kann, aber nicht das Nachtsilber. Ich fand, das wäre keine gute Idee.«

»Das war echt mutig, Corbett. Nicht auszudenken, wenn sie dahintergekommen wäre!« Paisley schauderte. »Aber es war definitiv richtig«, ergänzte sie, als sie sich ausmalte, welche Kraft Nachtsilber besitzen musste, das aus dem Blut der Dunklen Drachenhüterin erzeugt war.

»Und wessen Blut hast du genommen?«, fragte sie.

»Meins«, antwortete er mit einem unerschrockenen Lächeln. Er schob den Ärmel seines Hemdes zurück und zeigte ihr die Schnittwunde an seinem Arm. »Ich glaube, sie hätte mich umgebracht, wenn sie es rausgefunden hätte«, fügte er hinzu.

Paisley stimmte Corbett insgeheim zu und hoffte inständig, dass die Dunkle Drachenhüterin es niemals herausfinden würde.

* * *

Am frühen Abend war der Weg zur Hauptstraße wieder frei und Norris war in die Stadt gefahren. Er besorgte für sie Ausrüstung, die sie für die Reise nach Norden brauchen würden.

Paisley und Corbett hatten beschlossen, die Schmiedearbeiten fürs Erste ruhen zu lassen. Sie hatten zwar noch einiges vor sich, bis die Lanze fertig war, aber sie waren beide ziemlich erledigt. Paisley hatte das Gefühl, dass ihre Arme nach all der Plackerei mit dem Schmiedehammer nie mehr aufhören würden, wehzutun. Mrs Grubbins hatte ihr ein schönes warmes Bad eingelassen, und nachdem sie sich ausgiebig gewaschen hatte, saß sie nun in eine Decke gewickelt am Feuer und ließ ihre nassen Haare trocknen. Dabei nippte sie an einer Tasse Tee mit Milch und hörte Norris aufmerksam zu.

»Die Stadt ist in hellem Aufruhr, weil wohl ein Krieg unmittelbar bevorsteht«, berichtete er. »Der König meint es ernst. Er sagt, die Nordmannen hätten versucht, ihn zu töten, und dass sie sich mit den Drachenmeisterinnen gegen ihn verschworen hätten. Sämtliche Verbindungen zu den schwebenden Vierteln wurden eingestellt und im *Königlichen Boten* wird behauptet, dass es sich dabei in Wahrheit um gigantische Kriegsschiffe handelt, mit denen Lower London ausgelöscht werden soll!«

Odelia verdrehte die Augen und schnaubte verärgert, während sie nach der Zeitung griff, die Norris ihnen hinhielt.

»Seid ihr sicher, dass ihr in die Nördlichen Gefilde weiterziehen wollt?«, fragte Norris. »Es klingt, als müsstet ihr dort mit jeder Menge Ärger rechnen.«

Paisley sah von Hal und Odelia zu Corbett. Sie nickte. »Ja, sind wir. Wenn der König dorthin unterwegs ist, sollten wir zusehen, dass wir vor ihm ankommen.«

»Ich dachte mir schon, dass ihr etwas in der Art sagen würdet«, seufzte Norris kopfschüttelnd und mit einem matten, traurigen Lächeln. »Ich habe Fergus getroffen – er ist ein guter Freund von mir und arbeitet auf einem Handelsschiff, das Waren in die Nördlichen Gefilde bringt. Er meinte, sein Kapitän hat bestimmt nichts dagegen, euch drei mit an Bord zu nehmen. Allerdings wird es euch ein bisschen was kosten.«

Paisley sah Odelia an, die erwiderte: »Wir haben genug, um die Überfahrt zu bezahlen und die restlichen Vorräte zu besorgen, die uns noch fehlen. Wo ein Drache ist, ist Gold nicht weit.«

»Das ist gut. Fergus sagte, das Schiff legt übermorgen um elf Uhr abends in Dundee ab, wenn die Flut am höchsten ist. Von dort dauert die Fahrt bei gutem Wetter etwa zweieinhalb Tage.«

»Es gibt einen kleinen Aerokopter, der immer morgens von Inverness nach Dundee fliegt«, ergänzte Hal, der ein anderes Stück Pergament studierte.

»Damit bleibt uns genügend Zeit, um in der Schmiede fertig zu werden«, sagte Corbett.

Paisley warf Odelia einen Blick zu, die zustimmend nickte. »Das klingt nach einem guten Plan. Wir werden Dax bald wiedersehen.« Odelia lächelte, doch Paisley lief ein kleiner Elektrika-Schauer über den Rücken, als sie sich fragte, ob das wirklich der richtige Weg für sie war.

* * *

Am nächsten Morgen begleiteten Hal und Odelia Paisley und Corbett in die Schmiede und sahen zu, wie die beiden die Lanze fertigstellten.

Als Paisley die Lanze von der Werkbank nahm, spürte sie einen Anflug von Aufregung. Sie drehte die Waffe nach oben. Vollständig ausgefahren überragte sie Paisley um eine Armeslänge. Sie bestand komplett aus Nachtsilber, schwarz und stark, bis auf einen feinen Faden aus Kupferich, der darin eingearbeitet war. Die kunstvollen Windungen des Metalls bildeten ein kompliziertes Muster aus Kringeln und Wellen.

Vorne lief die Lanze in einer tödlichen Spitze zu. Durch die Anpassungen gab es mehrere Griffe entlang des Schafts: einen ganz am Ende, der sich zu einer Art Manschette auffächerte, um Paisleys Hand zu schützen, und zwei weitere in der Mitte, die sofort auf sie reagierten, als sie die Lanze packte und in die Waagerechte drehte. Instinktiv führte sie die Waffe, als würde sie kämpfen, woraufhin die Manschette am hinteren Ende einklappte und sich zu einer ebenso tödlichen Spitze verjüngte. Als sie sich umdrehte und das andere Ende vorwärtsstieß, klaffte die Spitze auseinander und bildete einen gefährlich scharfen Dreizack.

»Das Kupferich reagiert auf deine Intentionen. Es spürt, wie du kämpfen willst, und passt die Lanze entsprechend an«, erklärte Corbett. »Wirklich beeindruckend.«

Die Lanze fühlte sich unglaublich leicht und wendig in ihren Händen an. Paisley ließ sie durch die Luft sausen und schwang sie in hohem Bogen. Die Waffe zu schmieden, war harte Arbeit gewesen und Paisley hatte das Gefühl, dass sie weit mehr von sich hineingesteckt hatte als nur ihr Blut.

Sie reichte die Lanze an Odelia weiter. Sofort wurde die Oberfläche spiegelglatt und bot keine Möglichkeit mehr, sie richtig festzuhalten. Alle Haken und Spitzen krümmten sich, bis sie abgerundet und stumpf waren. Odelia zog die Augenbraue hoch.

Paisley lächelte und warf Corbett einen Blick zu. Sie sah ihm an, dass er vor Stolz fast platzte: Das Kupferich reagierte in einer faszinierenden Weise und ging weit über das hinaus, was Paisley jemals für möglich gehalten hatte.

Odelia balancierte die Lanze auf einem Finger und wog ihr Gewicht, dann fing sie an, sie von allen Seiten gründlich in Augenschein zu nehmen.

Paisley wandte sich an Hal. »Wir sollten ihr einen Namen geben«, sagte sie. »Das haben die vergangenen Könige auch alle getan. Wie macht ihr das im Norden – eure Waffen und Werkzeuge haben doch auch Namen, oder?«

Hal musterte sie nachdenklich. »Das ist ein sehr persönlicher und komplizierter Vorgang. Manche benennen sie nach der Person, die sie hergestellt hat, andere nach dem Holz oder dem Metall, aus dem sie bestehen. Manche richten sich nach der Jahreszeit, andere wählen den Namen eines geliebten Menschen, den sie verloren haben. Ich selbst mag es lieber, wenn die Dinge einen neuen Namen haben, einen, der allein ihnen gehört, aber ich bin nicht besonders gut darin, mir welche auszudenken.«

Paisley dachte darüber nach, was sie mit der Lanze erreichen wollte. Sie wollte wieder für Ordnung und Einigkeit sorgen, reparieren, was zerbrochen war, zurückbringen, was verloren gegangen war.

»Naess«, sagte sie.

Hal nickte. »Das ist ein guter, starker altkeltischer Name. Gab es nicht mal eine Kriegerin mit dem Namen, die sich als Ritter ausgab und im Großen Krieg kämpfte? Bevor das Königreich und seine Könige existierten?«

Paisley nickte. »Mom hat mir die Geschichte oft erzählt. In ihren Sternen stand, dass sie zur Anführerin geboren war, und allen Hindernissen zum Trotz fand sie einen Weg, ihrem Schicksal gerecht zu werden. Nicht nur war sie siegreich im Kampf, sie handelte anschließend auch die Friedensabkommen zwischen den Alten Clans aus. Mit der Ankunft Georges des Ersten hatte das natürlich alles ein Ende. Dass die Clans jedoch in Einklang miteinander leben konnten, ohne Angst vor einem neuen Krieg haben zu müssen, war eine wunderbare Idee. Ich hoffe, dass unsere Lebenswege das auch für uns wieder vorsehen. Doch nun steht uns ein weiterer Krieg bevor und ich kann etwas von Naess' Weisheit gut gebrauchen.«

Odelia reichte die Lanze an Hal weiter. Er hielt sie waagerecht und bat Paisley, sich hinzuknien.

»Wir in den Nördlichen Gefilden haben viele Bräuche und Traditionen, denen wir folgen. Viele davon drehen sich darum, wer wir sind und welche Entscheidungen wir treffen. Mit dem Namen, den wir einem Gegenstand verleihen, tun wir zugleich unsere Absichten kund. Auf diese Weise zeigen wir der Welt, was wir vorhaben, und setzen uns ein Ziel, an dem wir uns messen lassen müssen. Wie wir einen Gegenstand nennen, zeigt den Menschen um uns herum, wie wir ihn benutzen wollen. Paisley, du hast für deine Lanze einen Namen gewählt, der deutlich macht, dass du gedenkst, Naess einzusetzen, um Frieden und Ordnung zu schaffen, auch wenn die Lanze selbst ein Werkzeug des Krieges ist.« Hal sprach mit feierlichem Tonfall, während er die Lanze über Paisleys Kopf hielt. Dann segnete er die Waffe, dankte Corbett und Paisley für ihre Fähigkeiten und harte Arbeit und taufte sie auf den Namen Naess. Dabei gebot er ihr, stark zu sein und Paisley zu beschützen, während sie der Welt zeigte, wer sie war.

Anschließend ließ er Naess sinken und Paisley ergriff sie mit beiden Händen. Mithilfe ihrer Gedanken übermittelte sie der Lanze, was sie von ihr wollte, und Naess fing an, sich ineinanderzuschieben und zusammenzufalten, bis sie kaum länger als Paisleys ausgestreckte Hand war und nur ein bisschen dicker als zuvor.

Hal lachte auf. »Wirklich beeindruckend!« Er schlug Corbett auf den Rücken. »Meinst du, du könntest mir auch eine Waffe schmieden, wenn das hier alles vorbei ist?«

Corbett nickte. »Es wäre mir eine Ehre.«

Paisley verstaute Naess in ihrer Innentasche. Sie konnte ihre Wärme an ihrer Brust fühlen und nicht nur das: Sie spürte auch die Präsenz der Lanze, als ob ein kleiner Teil ihres Bewusstseins nun in dem schwarzen Metall steckte und sie bloß ihren Geist danach ausstrecken musste, damit die Waffe zum Leben erwachte.

Abschied von Corbett

Als Paisley an diesem Abend die Dinge, die Odelia ihr gegeben hatte, in ihren Segeltuch-Rucksack packte, überfiel sie ein Anflug von Melancholie. Sie hatte ihre Zeit bei Corbetts Familie genossen und die Schmiede war für sie zu einem kleinen, sicheren Hafen geworden. Doch nun war sie kurz davor, in den Sturm hinauszusegeln. Als sie darüber nachdachte, kam auch die Sorge, dass Dax in seinem eigenen kleinen Bötchen saß und sich durch die Wellen kämpfte. Auf einmal hatte sie ein schlechtes Gewissen, weil sie sich gern noch länger an die Wärme und Behaglichkeit klammern wollte, die ihr in den vergangenen Tagen zuteilgeworden war.

Die Stimmung beim Abendessen war gedämpft. Hal hatte Mr Grubbins beim Kochen geholfen und das Essen war genauso ein Seelentröster wie jede andere Mahlzeit seit ihrer Ankunft, aber die Gespräche waren weniger lebhaft und fröhlich. Paisley merkte, dass sie sich unwillkürlich von Corbett zurückzog. Sie hatte ihn gerade erst zurückbekommen und nun trennten sich ihre Wege schon wieder.

Sie versuchte, nicht über die Reise zu sprechen, die Hal, Odelia und sie ohne ihn antreten würden, doch das Thema beherrschte die Unterhaltung genauso wie ihre Gedanken.

»Als Kind war ich selbst mal in den Nördlichen Gefilden«, erzählte Corbetts Mutter. »Hier bei uns haben wir wirklich einige wunderschöne Nächte. Wenn der Himmel schwarz wie Nachtsilber ist und die Sterne so hell und klar leuchten, dass man fast hören kann, wie sie einem den Lebensweg weisen. Aber dort oben singt der Himmel in Farben, von denen ich nur träumen kann. *Norrsken* nennen sie das. Du bist es wahrscheinlich gewohnt, Hal: Die Lichter hängen wie hauchzarte Stoffe vom Himmel, grün und violett und rosa und blau. Sie schimmern und wogen, als wären sie am Rock einer Tänzerin befestigt, die über die Bahnen des Himmelsmechanismus hüpft und wirbelt«, begann sie, in Erinnerungen versunken zu erzählen.

»Mein Pa hatte sein Teleskop dabei, um die Sterne zu beobachten, aber was wir dann zu Gesicht bekamen, war noch viel, viel besser. Ich habe mich so frei gefühlt, so mutig und stark, als ich dort im eiskalten Wind saß, während der Himmel für mich tanzte. Wie schade, dass du es nicht auch sehen wirst; du würdest es lieben«, sagte sie zu Corbett, der nickte und angespannt lächelte. »Du hast die Liebe zu den Sternen von deinem Großvater geerbt, aber auch sein Pflichtbewusstsein und seine Loyalität. Er hat sich so gefreut, als du deine Sterne bekommen hast, denn sie besagten, dass du lernen würdest, das Wesen des Himmelsmechanismus besser als jeder andere zu verstehen. Er war von solchen Dingen schon immer fasziniert und ich stelle mir gern vor, dass ihr in der Hinsicht einige Sterne gemeinsam hattet. Meine Abenteuerlust hast du wohl eher nicht geerbt. Aber ich verstehe, warum du nicht in den Norden reisen willst.« Sie beugte sich vor und küsste Corbett auf die Stirn und er umarmte seine Mutter.

Paisley spürte einen Stich im Herzen. Sie vermisste ihre Mutter mehr denn je.

Später konnte sie ewig nicht schlafen. Als sie schließlich doch wegdämmerte, träumte sie, dass sie auf den unsichtbaren Bahnen des Mechanismus tanzte, weit, weit über der Erde. Dabei zog sie eine Schleppe aus durchscheinendem Stoff hinter sich her, der in einem fort die Farbe wechselte: Grün und Violett, Rosa und Blau.

Und gerade als sie das Gefühl hatte, über die Bahnen zu fliegen, blieb der Stoff an irgendetwas hängen und hielt sie zurück. Sie merkte, wie sie langsam rückwärts gezogen wurde, und als sie sich umblickte, sah sie das kindliche Gesicht der Dunklen Drachenhüterin. Sie hatte den Stoff gepackt und zog kräftig daran. Paisley stürzte ab und erwachte mit einem Ruck.

Es war früh am Morgen, noch vor Sonnenaufgang. Paisley hob behutsam Odelias Flügel an, der sich in der Nacht über sie gebreitet hatte. Anschließend schlüpfte sie in ihre Socken und hängte sich eine Decke um, bevor sie auf Zehenspitzen die Treppe hinabtappte.

Sie schlich an Hal vorbei, der auf der Couch lag und leise schnarchte. Sein Gesicht war weich und glatt bis auf die Narbe, die quer über seine leere Augenhöhle verlief. Paisley ging weiter ins Esszimmer. Das Feuer dort war bis auf die kalte Glut runtergebrannt, doch als sie sie schürte, glomm dazwischen ein kleiner Funke auf. Paisley schichtete eine kleine Pyramide aus Zunderholz darüber auf, die schnell Feuer fing und heiß genug brannte, dass sie ein paar kleinere Scheite auflegen konnte. Binnen kürzester Zeit war es wieder behaglich warm. Sie ließ sich vor dem Feuer nieder und dachte über die bevorstehende Reise nach. Selbst wenn es ihr gelang, Dax zu finden, wären sie danach nicht sicher, nicht, bis die Dunkle Drachenhüterin vernichtet und der Himmelsmechanismus repariert war.

Die Narbe an ihrem Rücken begann zu jucken, als eine Art Schauer aus Elektrika-Energie und Sorge darüber lief. Eine Sekunde später hörte sie Schritte, und als sie aufschaute, kam Corbett auf sie zu.

»Dachte ich mir doch, dass ich dich aus deinem Zimmer hier runterschleichen gehört habe«, sagte er.

Paisley lächelte. »Wenn es Odelia gewesen wäre, hättest du auch nichts gehört.«

»Stimmt. Hast du Angst vor der Überfahrt in die Nördlichen Gefilde?«, fragte er.

»Ja. Und vor dem, was ich dort finden werde.«

»Dax geht es bestimmt gut. Hal hat versprochen, dass sein Vater auf ihn aufpassen würde. Und ich hätte zwar nicht gedacht, dass ich das jemals sagen würde, aber ich vertraue dem Krigaren.«

»Ich weiß«, erwiderte Paisley. »Ich auch. Aber um Dax mache ich mir keine Sorgen. Ich meine, er ist allein an einem fremden Ort, was ziemlich beängstigend sein muss. Und ich möchte mir lieber nicht ausmalen, was passiert, wenn sie seine Drachengabe entdecken. Was mir wirklich Sorgen macht, ist, dass ich ihn erst recht in Gefahr bringen könnte, indem ich hinfahre und ihn hole.«

»Du kannst nicht voraussehen, was dein Lebensweg für dich bereithält, Paisley. Du musst auf deine Sterne vertrauen, auf dein Herz hören und deinen Verstand gebrauchen.«

»Ich möchte einfach nur das Richtige tun. Nicht nur für Dax, sondern auch für meine Eltern. Und jetzt« – sie zog den Arm unter der Decke hervor, auf dem ihre goldenen Sterne rings um den schwarzen Königsstern funkelten – »jetzt habe ich das Gefühl, tun zu müssen, was für *alle* richtig ist. Ich habe keine Ahnung, ob ich überhaupt weiß, was das ist, denn ganz ehrlich, Corbett, ich will meine Sterne nicht. Sie strahlen so hell und übermächtig, dass ich mich selbst kaum noch sehe und kein Gefühl mehr dafür habe, was richtig ist. Das ist alles zu viel. Ich will diese Verantwortung nicht.« Tränen strömten ihr über die Wangen.

Corbett rückte näher, legte einen Arm um sie und zog sie an sich.

In Paisley zog sich alles zusammen und sie schmiegte sich Halt suchend in Corbetts sichere Umarmung.

»Ich hab solche Angst«, flüsterte sie.

»Wenn sich jemand mit Angst auskennt, dann ich. Ich war nie so tapfer und furchtlos wie Odelia und du. Und weißt du, was? Es ist in Ordnung, Angst zu haben. Es ist in Ordnung, nicht alle Antworten zu kennen, und es ist in Ordnung, zu scheitern.«

Paisley nickte und wischte sich mit dem Saum der Decke die Tränen ab. »Ich verstehe nicht, warum der Oberste Gestalter mich dafür auserwählt hat«, sagte sie kopfschüttelnd.

Corbett löste sich von ihr und sah sie an. »Ernsthaft? Ich nämlich schon! Paisley, du bist die liebste, tapferste, klügste Person, die ich kenne. Du bist selbstlos und stark und dein Herz ist so groß wie das eines Drachen! Wenn es überhaupt einen Menschen gibt, der die Dunkle Drachenhüterin aufhalten kann, dann du, Paisley Fitzwilliam, das Mädchen, das aus dem Schleier zurückgekehrt ist, das Mädchen, das mit dem Ei eines Großen Drachen durch die Gegend läuft, das Mädchen mit dem Königsstern, das Mädchen, dem es bestimmt ist, uns alle zu retten.«

Zu hören, dass Corbett an sie glaubte, verlieh Paisley neue Stärke und Entschlossenheit. Sie nahm seine Hand und drückte sie, dann küsste sie ihn auf die Wange. »Danke, Corbett. Es tut gut zu wissen, dass du bei deiner Familie bist. Ich hoffe, dass ich eines Tages hierher zurückkehren werde. Ich werde Dax mitbringen und dir erzählen, was wir alles erlebt haben. Dax wird mir ständig ins Wort fallen und wir werden lachen und Odelia wird ein missmutiges Gesicht machen, denn sie wird auch dabei sein, genau wie Hal. Und es wird auch nicht schlimm sein, wenn ich zu den beängstigenden Stellen komme, denn ich werde hier sein und du auch und du wirst wissen, dass wir sie überstanden haben. Und ich werde sie überstehen, weil ich weiß, dass ich hierherkommen muss, um dir alles zu erzählen.«

* * *

Der Abschied war hart. Mr und Mrs Grubbins umarmten jeden von ihnen und Mr Grubbins schenkte Hal ein Glas mit der Nussmischung, die er so mochte, und dazu eine Drachenledermappe mit einigen handgeschriebenen Familienrezepten. Mrs Grubbins schenkte Odelia ein kleines Messer mit einer scharfen Klinge und einem wunderschönen Griff. »Es ist zwar kein Nachtsilber, aber fast genauso gut«, versicherte sie.

Corbett nahm das Nachtsilberarmband von seinem Handgelenk und gab es Paisley. »Hier, damit hast du einen kleinen Teil von mir bei all deinen Abenteuern dabei.« Er blickte zu seinen Eltern hinüber, die nebeneinanderstanden und lächelten. Dann umarmte Corbett Paisley und sie hielt ihn ganz fest. Das Armband streifte sie sich über das Handgelenk mit der Tätowierung, sodass es inmitten ihrer Sterne saß.

Norris half ihr auf die Ladefläche des Elektrika-Trucks. Sie bemühte sich, fröhlich zu lächeln, als sie Corbett und seinen Eltern zum Abschied winkte. Doch sobald sie um die Ecke gebogen und außer Sichtweite waren, ließ sie die Hand sinken und Tränen liefen ihr ungehemmt über die Wangen.

Inverness

Das Aerodock, von dem aus sie nach Dundee fliegen würden, lag nahe der Stadtmitte. Es war aus hellgrauem Stein gebaut, der inmitten der dicken, nassen Schneeflocken im Graublau des Meeres erschien. Doch bevor sie losfliegen konnten, brauchten sie noch einige Vorräte.

Paisley konnte spüren, wie unruhig Odelia war, als sie von Geschäft zu Geschäft zogen. Die wachsamen Augen der Drachenmeisterin wanderten stetig umher, musterten jeden, an dem sie vorbeiliefen, und hielten nach dem geringsten Anzeichen von Ärger Ausschau. Die Nachrichten über einen bevorstehenden Krieg und den vermissten Aufstrebenden König dominierten die Schlagzeilen. Das bedeutete jedoch nicht, dass niemand mehr wegen des angeblichen Angriffs auf das Königreich nach ihnen drei suchte.

Paisley hatte sich so an die entspannte Odelia der vergangenen Tage gewöhnt, dass es sie ein bisschen traurig machte, sie so zu sehen – so angespannt und auf der Hut.

Sie erinnerte sich daran, wie ihr Odelia von ihrer Leidenschaft für das Tanzen erzählt hatte. Ihr wurde klar, dass sie in den letzten Tagen einen kleinen Eindruck davon erhalten hatte, wie Odelia aufgeblüht wäre, wenn sie diese Seite weiter hätte ausleben können.

Als sie alle Gegenstände auf ihrer Liste zusammengetragen hatten, ließen sie sich in dem kleinen Café am Aerodock nieder und gönnten sich eine heiße Schokolade und warme Rosinenbrötchen mit Butter.

Hal war bei seiner dritten Portion, als er aus dem Fenster blickte und leichenblass wurde. Sein Auge folgte den Bewegungen von jemandem auf der anderen Straßenseite.

Paisley wollte sich umdrehen, um nachzuschauen, was er entdeckt hatte, doch er hob warnend die Hand.

»Die Männer des Königs sind hier«, sagte er in beiläufigem Tonfall, während er sich den Mund mit seiner Serviette abwischte.

»Kommen sie in unsere Richtung?«, fragte Odelia. Sie hatte sich so hingesetzt, dass sie die Tür und die Treppe zum ersten Stock im Blick hatte, nicht aber das Fenster. Gemeinsam konnten die beiden so jede Gefahr schon von Weitem kommen sehen. Paisley hatten sie auf einem Stuhl zwischen sich platziert, damit sie besser geschützt war.

Odelia lächelte die Kellnerin an und bat um die Rechnung, während Hal und Paisley schnell und unauffällig ihre Habseligkeiten zusammenpackten.

Odelia schüttelte einige Münzen aus ihrem Geldbeutel und

ging voraus. Statt nach draußen auf die Straße führte sie sie in den ersten Stock hinauf, durch den Salon und auf die Damentoilette. Sie zwängten sich zu dritt hinein und Hal verriegelte die Tür hinter ihnen.

Es war ein kleiner Raum mit einem Fenster, das sich nach oben aufschieben ließ, jetzt aber wegen der Winterkälte fest verschlossen war. Eine dicke Schicht Neuschnee türmte sich vor der Scheibe auf. Dahinter erstreckte sich das Flachdach der Küche, an dessen anderem Ende, ein wenig rechts von ihnen, die Landezone des Aerodocks lag. Zwei Aerokopter ankerten dort.

Odelia öffnete das Fenster und der kalte Wind peitschte ihnen ins Gesicht.

»Welcher ist unser Aerokopter?«, fragte Paisley.

»Der kleinere rechts«, antwortete Hal. »Ich habe mich erkundigt, als ich die Tickets gekauft habe.«

Natürlich war dieser Aerokopter auch am weitesten von ihnen entfernt.

»Wie lange noch bis zum Start?«, fragte Paisley.

»Ungefähr fünfzehn Minuten.«

Odelia nutzte ihren Rucksack, um den Schnee vom Sims zu schieben, dann hob sie ihn aus dem Fenster und ließ ihn vorsichtig aufs Dach fallen.

»Also brauchen wir etwas, wo wir uns bis dahin verstecken können«, sagte sie.

»Wie wär's mit dem Wartungshangar?« Paisley deutete auf ein Gebäude in der Ferne.

»Wie wär's mit dem Aerokopter?«, hielt Hal dagegen.

»Wir nehmen den Hangar«, beschloss Odelia. Sie hielt sich am oberen Rand des Fensters fest und schwang sich geschickt nach draußen, wo sie mit einem leisen Plumpsen im dicken Schnee landete.

Paisley warf ihr ihren Rucksack zu und vergewisserte sich, dass das Drachenei sicher in ihrer Tasche verstaut war, bevor sie aus dem Fenster kletterte. Sie saß gerade auf dem Fenstersims, als jemand von draußen laut an die Tür klopfte.

Hal gab ihr einen Schubs und sie fiel mit einem leisen Aufschrei in Odelias Arme.

Gemeinsam hörten sie, wie Hal mit hoher Stimme rief: »Hier ist besetzt!« Sein Rucksack flog aus dem Fenster, während drinnen erneut gegen die Tür gehämmert wurde.

»Einen Moment, bitte!«, rief er mit derselben hohen Stimme, dann schwang er sich nach draußen und landete direkt vor Paisley.

In der Hand hielt er eine lange, dünne Schnur, die er am Fenster befestigt hatte. Er zog einmal kräftig daran und das Fenster schloss sich mit einem dumpfen Knall. Schnell knotete er das andere Ende der Schnur an einem der kleinen Metallschornsteine auf dem Dach fest, sodass es sich nicht mehr öffnen ließ.

Odelia hatte bereits Hals Rucksack genommen, ihn auf der Rückseite des Cafés hinabgeworfen und sprang behände hinterher. Paisley folgte ihr zur Dachkante und warf ihr ihren Rucksack zu, dann ließ sie sich auf alle viere sinken und blickte sich noch einmal zu dem Fenster um, durch das sie soeben geflohen waren. Sie drehte die Umhängetasche auf ihren Rücken und spürte, wie sich das Ei darin bewegte, während Hal über das Dach geschlittert kam und zu Odelia hinabsprang. Paisley hangelte sich gerade über die Kante, als sie sah, wie die Tür zur Toilette aufflog und etwas Rotes in dem kleinen Raum aufblitzte. Die Männer des Königs – kein Zweifel.

Sie ließ sich von der Dachkante fallen, schnappte sich ihren Rucksack und rannte hinter Odelia und Hal her, die bereits auf dem Weg zum Wartungshangar waren.

»Wartet!«, rief Paisley. »Wartet, ich glaube, sie können uns sehen!«

Doch Odelia und Hal liefen unbeirrt weiter. Ihre Füße wirbelten den Schnee auf. Am Hangar angekommen, schoben sie eines der großen Tore einen Spaltbreit auf, sodass sie sich hineinzwängen konnten.

Odelia und Hal verschwanden im Inneren und Paisley folgte ihnen, wobei sie das Tor hinter sich wieder zuschob.

Drinnen befand sich ein reparaturbedürftiger Aerokopter. Der Ballon war leer, aber aufrecht auf einem Gerüst drapiert. Es war dunkel und so kalt, dass Paisley trotz der schlechten Lichtverhältnisse kleine weiße Atemwölkchen sehen konnte, die aus ihrem Mund quollen.

»Odelia! Hal!«, rief sie.

»Hier drüben!«, antwortete Hal vom hinteren Ende der Halle, wo Odelia und er eine Leiter hinaufkletterten.

Paisley rückte die Riemen ihres Rucksacks zurecht und schob die Umhängetasche in eine etwas bequemere Position, bevor sie begann, die Leitern hochzuklettern: eine, dann noch eine und schließlich eine dritte, die zu einer Luke im Dach führte.

»Sie haben uns gesehen. Sie werden jeden Moment hier sein«, keuchte sie, als sie zu Odelia und Hal aufs Dach stieg.

»Gut«, sagte Hal. Er bückte sich und zog die Leiter hinter ihr hoch aufs Dach. Dann schloss er die Luke und legte die Leiter wie einen Riegel quer darüber.

»Was jetzt?«, fragte Paisley. Das Dach des Hangars war deutlich höher als das auf der Rückseite des Cafés. *Höher als das Dach zu Hause*, dachte sie und erinnerte sich daran, wie Roach hinuntergefallen war. Sie hatte versucht, ihn zu retten, wodurch sie seinen Sturz gerade eben genug abgebremst hatte, dass er mit dem Leben davongekommen war.

Odelia hatte ihren dicken, mit Fell ausgekleideten Umhang abgelegt. Sie drehte sich zu Paisley um und breitete die Arme aus. »Schnell, ich fliege dich zu diesen Bäumen am Rand des Aerodocks. Dann musst du nur noch ein Loch in den Zaun schneiden und zum Aerokopter rennen.«

Paisley nickte, schlang die Arme um Odelias Nacken und hielt sich an ihr fest. Odelia schwang sich in die Luft. Der Schnee peitschte ihnen ins Gesicht und Paisley hoffte, dass die dunklen Sturmwolken ausreichten, um sie vor den Blicken unten zu verbergen.

Sie landeten sanft am Rand eines kleinen Wäldchens, das den Zaun rund um das Aerodock umgab.

»Warte im Aerokopter auf Hal und mich. Wenn möglich, such dir einen Platz am hinteren Ende, in der Nähe des Notausgangs, von wo aus du die Tür im Blick hast«, sagte Odelia und flog wieder zurück.

Paisley hastete zwischen den Bäumen hindurch. Hier war alles voller Schneeverwehungen, die ihr teils bis zu den Knien reichten. Ein- oder zweimal rutschte sie aus und fand sich mit dem Gesicht im Schnee wieder.

Als sie den verstärkten Metallzaun erreichte, der das Flugfeld des Aerodocks umgrenzte, blieb sie stehen und zog Naess aus der Tasche.

Sie streckte den Arm aus und die Lanze erwachte zum Leben. Mit der tödlichen Spitze nach oben fuhr sie zu ihrer vollen Größe aus.

Paisley drehte die Lanze und fuhr mit der Spitze über die Gitterstäbe, erst über ihrem Kopf, dann noch mal auf Knöchelhöhe. Beim zweiten Streich kippten die Stäbe wie Dominosteine um und fielen geräuschlos in den Schnee.

Paisley lächelte und die Lanze verwandelte sich wieder in den kleinen, tragbaren Nachtsilberstab zurück.

Bevor sie durch die Öffnung trat, blickte Paisley sich noch einmal um. Von Odelia und Hal war nichts zu sehen.

Die Uhr über dem Aerodock schlug zwölf; in fünf Minuten würde der Aerokopter abheben.

Im Schatten des Zauns huschte Paisley zum Aerokopter. Sie drückte sich am Gebäude entlang und reihte sich dann unauffällig in die kurze Schlange wartender Passagiere ein.

Sie suchte den Himmel nach Hal und Odelia ab, doch von den beiden fehlte immer noch jede Spur. Sie hoffte, dass sie sich irgendwo zwischen den Bäumen versteckten und bald zu ihr aufschließen würden.

Als sie den Beginn der Schlange erreichte, fischte sie ihr Ticket aus der Tasche, zeigte es dem Schaffner und eilte dann die Gangway hinauf. An Bord suchte sie sich einen Platz, der Odelias Anweisungen entsprach, mit Blick auf die Bäume und den Anlegesteg hinter der offenen Tür. So konnte sie Odelia und Hal kommen sehen, aber auch die Männer des Königs.

Paisley konzentrierte sich ganz auf die Umgebung. Und dann waren die beiden auf einmal da, als wären sie vom Himmel gefallen. Hal hielt beide Rucksäcke in der Hand und zeigte dem Schaffner ihre Tickets, während Odelia ihren Umhang zurechtzog.

Lächelnd betraten sie den Aerokopter. Ihre Wangen röteten sich, als die Wärme der Kabine auf ihre kalte Haut traf.

Odelia setzte sich Paisley gegenüber, Hal nahm neben ihr Platz.

»Wo wart ihr denn so lange?«, fragte Paisley. »Hal hat doch nicht wieder versucht, ein Gentleman zu sein, oder?«

»Nein.« Odelia warf Hal einen Blick zu. »Nichts dergleichen. Wir haben es geschafft, das ist die Hauptsache«, ergänzte sie mit dem Anflug eines Lächelns. Paisley sah von ihr zu Hal und wieder zurück.

Der Schaffner blies in seine Pfeife und die Kabinencrew begann, die Tür zu schließen. In dem Moment entstand draußen ein Tumult. Paisley rutschte das Herz in die Hose: Das waren die Männer des Königs, ganz sicher! Sie wollte nach ihrer Tasche greifen, doch Hal hob die Hand und hielt sie auf. »Ist das Corbett?«, fragte er. Paisley drückte ihr Gesicht gegen das Bullauge. Es war Corbett!

Er diskutierte gestenreich mit dem Schaffner und hielt ihm sein Ticket hin, doch die Gangway wurde bereits eingezogen. Corbett nahm ein paar Schritte Anlauf, rannte los, sprang ab … und schaffte es um Haaresbreite!

Paisley lachte, als er die einfahrende Gangway entlangflitzte und sich in den Aerokopter schob. Die Kabinencrew feuerte ihn an und schlug ihm gut gelaunt auf den Rücken, während ihm der Schaffner draußen auf dem Anlegesteg mit der Faust drohte.

»Corbett!« Paisley sprang auf. Sie lächelte so breit, dass ihr das Gesicht wehtat.

Corbett lief freudestrahlend auf sie zu, beugte sich über den Tisch und umarmte Paisley. »Du hast es dir anders überlegt«, sagte sie.

»Na ja, daran waren meine Eltern nicht ganz unschuldig. Sie meinten, wenn es in meinen Sternen steht, Teil von etwas Großem zu sein, wie kann ich es dann wagen, mich meinem Schicksal zu widersetzen?«

Er ließ sich auf dem Platz neben Odelia nieder. »Freut mich, dass du beschlossen hast, uns zu begleiten«, sagte die Drachenmeisterin.

»Tja, ihr wisst ja, wie wir Wissenschaftler sind: immer zu waghalsigen Abenteuern bereit!«

Was man nicht alles aus Liebe tut

Roach stieg an der Seite der Dunklen Drachenhüterin die Stufen des Quayside Hotels hinauf. Hector und Lorena folgten ihnen. Irgendwo im Inneren des Hotels war Lorenas Truppe gefallener Drachenmeisterinnen und suchte die Umgebung nach möglichen Gefahren ab. Es war eine kleine, aber tödliche Gruppe, die Lorenas Befehl unterstand und bereit war, alles dafür zu tun, dass das Vorhaben der Dunklen Drachenhüterin Erfolg hatte.

Die Dunkle Drachenhüterin und ihr Gefolge betraten eine großzügige Suite aus mehreren Zimmern, die mit dicken Teppichen ausgelegt und elegant eingerichtet waren. Sie schlüpfte aus ihrem Mantel und beugte den Nachtsilberarm.

»Irgendwelche Neuigkeiten vom Empfang?«, fragte sie.

Hector legte seinen Mantel ab und stampfte mit den Stiefeln auf dem Teppich herum, um seine kalten Füße aufzuwärmen. »Ja, Eure Dunkelheit, gleich mehrere Nachrichten sogar. Die Männer des Königs haben Paisley und ihre Freunde in Inverness gesichtet. Sie waren ihnen dicht auf den Fersen, haben sie dann aber aus den Augen verloren. Corbett Grubbins war wohl ebenfalls bei ihnen, er muss es also irgendwie nach Hause geschafft haben, nachdem er Roach entwischt ist! Seine Eltern besitzen eine Schmiede draußen vor der Stadt; die Ritter schauen sich dort mal um.«

Roach spürte die Blicke der anderen und rieb sich verlegen das Kinn. Der blassblaue Fleck, den Corbett ihm beschert hatte, tat immer noch weh. Er ging zum Fenster und beobachtete das Treiben auf der Straße vor dem Hotel, während Hector weitersprach:

»Es ist gut, dass sie ihr immer näher kommen. Auch wenn es den Mechanisten nicht gefallen wird, habe ich die Anweisung erteilt, dass Paisley und ihre Freunde nach ihrer Festnahme direkt an mich überstellt werden. Auf Befehl des Königs natürlich. Apropos König: Seine Armee wird morgen Vormittag hier eintreffen und einen Tag später legen die Schiffe an, die uns in die Nördlichen Gefilde bringen. Der König selbst kommt bereits heute Abend und ich gehe davon aus, dass seine Ankunft und unsere Abreise gebührend gefeiert werden.«

Lorena meldete sich von der Samtcouch zu Wort. »Glaubt Ihr nicht, mit einer kleineren Truppe hätten wir mehr Erfolg? Wenn das Ziel lautet, den Stein zurückzuholen und den Jungen einzufangen, könnte ich auch einfach mit meinen Dunklen Drachenmeisterinnen vorgehen und beides ohne großes Aufheben erledigen.«

Die Dunkle Drachenhüterin stand auf. Ihr dunkles Haar fiel ihr wie ein Schatten über den Rücken. Sie trug eine schwarze, zweireihige Militärjacke mit roten Knöpfen, die der Ausgehuniform der Männer des Königs ähnelte, hinten jedoch wie ein Frack lang auslief. Eine schwarze Drachenlederhose und dazu passende Stiefel ergänzten das Outfit, in dem sie aussah wie ein kleines Mädchen, das Ritter spielte.

»Die Zeit für Heimlichtuerei ist vorbei«, sagte sie. »Wie ich aus sicherer Quelle weiß, haben die Nördlichen Gefilde ihre Verteidigungslinien verstärkt, nachdem Roach das Seelenfeuer gestohlen hat. Ich brauche den Stein zurück: Zusammen mit dem Viertel, das Violettas Familie hatte, habe ich dann bereits den halben Herzstein. Von den restlichen Stücken befindet sich eins im Besitz der Drachenmeisterinnen in den Östlichen Reichen und das andere irgendwo in Amerika. Es liegt zusammen mit einem weiteren Widersacher im verschollenen Grab des letzten Großen Drachen Endedógor, unter dem Blick eines anderen gefallenen Feindes. Sobald wir unsere Mission im Norden erfolgreich beendet haben, reisen wir nach Amerika und machen uns auf die Suche nach dem verborgenen Grab. Wenn erst alle vier Teile vereint sind, werde ich die Kontrolle über die mächtigste Energiequelle im gesamten Mechanismus haben.«

Das Lächeln der Dunklen Drachenhüterin ließ Roach erschaudern. »Nun, da Paisley der Aufstrebende König ist, brauche ich mehr denn je ein Druckmittel gegen sie. Was wäre besser geeignet als jemand, den sie über alles liebt? Es gibt kein wirkungsvolleres Druckmittel als Dax. Außerdem will ich, dass Paisley und die Nördlichen Gefilde meinen Zorn spüren. Ich will, dass sie lernen, meinen Schatten zu fürchten. Ich will, dass sie wissen, wie mächtig ich bin – dass ich den Großen Drachen heraufbeschworen habe und jeden vernichten werde, der sich mir in den Weg stellt. Den Norden zu unterwerfen, ist der nächste Schritt hin zu meinem größten Ziel. Und der König ist die Schachfigur, die ich einsetzen werde, um es zu erreichen.«

»Und was glaubt Ihr, wann der Komet … ich meine, *der Drache* hier ankommt?«, fragte Hector. »Wann wird der Schleier gelüftet? Wann werde ich mit meinem Bruder vereint?«

Roach waren die Hoffnung und das Verlangen in Hectors Tonfall zuwider. Dennoch konnte er nicht anders, als die Ohren zu spitzen, denn auch er wollte wissen, wann die Dunkle Drachenhüterin das Versprechen erfüllen würde, das sie Hector und ihm gegeben hatte. Ob auch in seiner Stimme ein solches Flehen zu hören war, wenn er davon sprach, Clara zurückzubekommen?

Roach wandte sich von Hector ab und sah, wie mitleidig ihn die Dunkle Drachenhüterin musterte. Unwillkürlich musste er an den mitfühlenden Blick denken, den Corbett ihm zugeworfen hatte. *Sie hatte nie vor, mich gehen zu lassen*, hatte Corbett gesagt und nun fragte sich Roach, ob sie ihn womöglich auch nie gehen lassen würde.

Ihm schnürte sich der Brustkorb zu. Er drehte sich wieder zum Fenster um, und als er hinausschaute, stockte ihm der Atem.

Paisley kam vom Kai aus geradewegs aufs Hotel zu! Neben ihr lief Corbett Grubbins, dahinter waren Odelia und Hal.

Roach richtete sich kerzengerade auf. Seine Gedanken rasten. Nach einem Moment der Unschlüssigkeit machte er kehrt und ging zur Tür.

»Wo willst du hin? Ich habe dich noch nicht entlassen«, sagte die Dunkle Drachenhüterin. Roach konnte den drohenden Unterton in ihrer Stimme hören.

Er verneigte sich leicht. »Verzeihung, ich dachte nur, ich sollte mal nach Eurem Gepäck sehen und die restlichen Räume überprüfen.«

Die Dunkle Drachenhüterin blickte sich um, als würde ihr jetzt erst auffallen, dass ihre Habseligkeiten nicht da waren. »Ja, tu das. Sorg dafür, dass sie behutsam mit meinen Truhen umgehen. Und sieh nach, ob eine Nachricht vom Meister der Sterne gekommen ist. Ich finde es höchst unerfreulich, dass er uns nicht auf unserer Reise begleitet. Er soll weiterhin regelmäßig den Mechanismus beobachten, um sicherzugehen, dass alles nach Plan läuft und die Sterne meinen Triumph vorzeichnen.«

Roach verneigte sich erneut und ging. Er hastete den Flur entlang, während sein Kopf und sein Herz sich überschlugen. Seine Gedanken waren randvoll mit den Plänen der Dunklen Drachenhüterin: die Großen Drachen zurückbringen, den Schleier öffnen, endlose Bahnen, die unter ihrer Kontrolle standen – und dazwischen: Clara. Sein Herz war hin- und hergerissen zwischen dem, was passieren würde, wenn die Dunkle

Drachenhüterin erfolgreich war, und dem, was nicht passieren würde, wenn sie es nicht war.

Auf der Treppe kamen ihm die Träger mit dem Gepäck der Dunklen Drachenhüterin entgegen. Er trat beiseite, um sie vorbeizulassen, und setzte seinen Weg in die Lobby fort. Dort wurden Paisley und die anderen gerade zum Speisesaal geführt. Paisley hing ein bisschen zurück, weil sie damit beschäftigt war, den Riemen ihrer Umhängetasche zurechtzurücken.

Als die Gruppe ihm den Rücken zukehrte, rannte er die restlichen Stufen hinunter. Die letzten paar nahm er im Sprung und hielt Paisley am Arm fest.

Sie wirbelte herum und sah ihn erst überrascht, dann verärgert an. Sie öffnete den Mund, doch er brachte sie schnell zum Schweigen, indem er sich zu ihr vorbeugte und ihr ins Ohr raunte: »Sie ist hier!«

Paisley wich zurück, die blauen Augen weit aufgerissen und einen harten Zug um den Mund.

Roach spürte ein Knistern von Elektrika in der Luft und merkte, wie ihm warm wurde. Paisley packte ihn am Revers und zerrte ihn in eine kleine Nische unter der geschwungenen Treppe.

»Du hast mich angelogen!«, zischte sie erbost. »Ich habe dich gebeten, meine Freunde zu beschützen, wenn ich dir meine Sterne gebe. Stattdessen hast du Corbett gefangen genommen und ihn gezwungen, ihr einen Arm zu bauen, und dann … dann hast du trotz deines Versprechens versucht, ihn umzubringen!«

Roach rieb sich erneut das Kinn. »Aber das habe ich nicht, oder? Und außerdem war es genau andersrum. Das hier war Corbett.« Er deutete auf den Bluterguss an seinem Kinn. »Und das hier auch.« Er strich seine Haare hoch, um ihr die verheilende Platzwunde an seinem Kopf zu zeigen, wo er gegen die Leiter geknallt war.

»Du bist unmöglich!«, fauchte Paisley.

»Hör zu, für so was haben wir keine Zeit. Sie ist hier und dein Onkel auch.«

Schlagartig wich sämtliche Wut aus Paisleys Gesicht. Sie blickte sich um, als könnte Hector jeden Moment auf sie zukommen und als sei sie sich nicht sicher, ob sie ihn sehen wollte oder nicht.

»Wo sind sie?«

»In der Suite der Dunklen Drachenhüterin – mit Ausblick auf den Kai. Von dort habe ich euch gesehen und beschlossen, euch zu warnen.«

»Warum sollte ich dir glauben?« Das war eine ernst gemeinte Frage, ihre Stimme ein leises Flüstern.

Roach fühlte sich unbehaglich. Er schluckte und schaute sich um. »Ich weiß es nicht«, log er. Er wusste, wie er empfand, wenn er in Paisleys Nähe war: Sie schien die hellsten Sterne in ihm hervorzubringen, und wenn er an sie dachte, wünschte er sich, sein Lebensweg wäre ein anderer.

»Warum ist sie hier? Das musst du doch beantworten können.«

Roach öffnete den Mund, doch da nahm er aus dem Augenwinkel eine Bewegung wahr. Ein kleiner dunkler Riss hatte sich links neben Paisley aufgetan. Er packte sie und zog sie hinter sich, sodass er zwischen ihr und dem Riss stand.

»Das ist genauso einer wie im Observatorium!«, sagte er mit einer Mischung aus Entsetzen und Furcht. Er konnte sich noch gut daran erinnern, wozu diese Risse in der Lage waren.

»Schon gut«, beschwichtigte Paisley. »Das ist nur ein kleiner, den sollte ich im Griff haben.«

Roach warf ihr über die Schulter einen Blick zu.

»Er scheint auch leichter kontrollierbar als die anderen«, ergänzte sie.

»Du kannst sie kontrollieren?«, fragte Roach langsam.

»Ich versuche es«, antwortete sie.

»Ich hab seit damals keinen mehr gesehen … Ich dachte, sie hätten was mit dem Apparat zu tun, aber …« Er drehte sich zu ihr um und musterte sie. Dann verzogen sich seine Lippen zu einem schiefen Lächeln und er schüttelte den Kopf. »Du steckst voller Überraschungen, Paisley Fitzwilliam.« Er lachte leise auf und sah, wie sich ihre Wangen röteten und der Riss ein bisschen kleiner wurde.

»Die Dunkle Drachenhüterin ist hier, um gegen die Nördlichen Gefilde in den Krieg zu ziehen. Der König hat ein Heer aufgestellt. Sie hat ihn überzeugt, dass der Norden schuld am Kometen ist, dass die Krigaren deine Mutter entführt und sie gezwungen haben, das Experiment zu wiederholen. Und dass sie sie getötet haben, genauso wie sie jetzt ihn töten wollten. Der König wird den Nördlichen Gefilden den Krieg erklären und sie will seine Streitkräfte nutzen, um den Herzstein in die Finger zu bekommen … und deinen Bruder. Sie will dich leiden sehen, Paisley, oder dich zumindest benutzen und kontrollieren, um ihr Ziel zu erreichen. Erst recht, seit sie deine Sterne kennt.« Er sah sie voller Ernst an und hoffte, dass sie spürte, wie ernst es ihm war. Wie sehr er wollte, dass sie verschwand, und zwar schnell. »Komm.« Er nahm sie am Arm und zog sie zum Mitarbeiterbereich des Hotels. »Du musst hier weg.«

Sie riss sich los. »Nicht ohne meine Freunde«, sagte sie und drehte sich um.

Roach schaute sie an und dann nach oben, als könnte er durch die Decke und all die Zimmer darüber blicken. »Sie wird sich wundern, wo ich bin. Wenn sie nachgucken kommt und dich hier findet …«

»Dann geh zu ihr zurück. Ich hole die anderen und wir gehen … es sei denn, du möchtest mitkommen?«

»Warum sollte ich das wollen? Ich bin nicht auf deiner Seite, Paisley. Wir sind Gegner, ich bin auf ihrer Seite.«

Ein feines Lächeln umspielte Paisleys Lippen. »Wenn das stimmt, warum bist du dann hier?«

Roach fühlte sich, als würde sein Inneres in alle Richtungen zugleich gezogen.

»Ich … ich weiß es nicht, Paisley. Ich kenne meine Sterne, ich kann meinen Lebensweg deutlich sehen, ich weiß, was ich tun muss, aber jedes Mal, wenn ich … du, du, Paisley Fitzwilliam, es ist, als würde sich mein Weg in deine Richtung biegen, weg von meinen Sternen. So wie deine Mutter den Kometen von seinem Weg abgebracht hat.« Roach trat einen Schritt auf Paisley zu. »Ich gehe jetzt«, sagte er. Sein Herz hämmerte gegen seinen Brustkorb. »Die Armee des Königs trifft morgen hier ein und übermorgen legen wir in Richtung Norden ab. Wenn es eine Möglichkeit gibt, uns zuvorzukommen, ergreift sie, aber vergiss nicht: Sie wird dir überallhin folgen. Und ich mit ihr.«

Er ließ sie am hinteren Ende der Lobby stehen und ging zur Treppe. Immer zwei Stufen auf einmal nehmend, stieg er hinauf, wobei er jedes Mal etwas fester als nötig auftrat.

Er steckte die Hand in seine Tasche und zog ein kleines Bild heraus. Clara lächelte ihm entgegen; sie war alles, was zählte.

Dóm-Fyr

»Bist du sicher, dass sie dort war?«, fragte Corbett, als Paisley ihn und die anderen vom Hotel weg zurück zum Kai führte. Dabei wählte sie eine andere Strecke, als sie gekommen waren, damit sie von der Suite der Dunklen Drachenhüterin nicht gesehen werden konnten.

»Ja, bin ich. Wie gesagt: Ich bin Roach begegnet«, erwiderte Paisley, während sie links in eine Gasse bog, von der sie annahm, dass sie sie in die richtige Richtung leiten würde.

Corbett schauderte leicht. »Ich weiß, dass wir es mit ihr aufnehmen müssen, aber ich hätte nichts dagegen, sie bis ans Ende meines Lebens nie mehr sehen zu müssen. Sie ist einfach gruselig«, sagte er. Er war ein bisschen blass geworden.

Hal schloss zu Paisley auf. »Und diese Armee bricht in zwei Tagen in die Länder meines Vaters auf?«

Paisley brummte bekräftigend. Sie hatten das Ende der Gasse erreicht und sie führte sie über eine belebte Straße in eine weitere Gasse.

»Wir werden bereit sein«, sagte Hal. »Die Kämpfer der Nördlichen Gefilde und die Krigaren werden eine gewaltige Streitmacht bilden, die sie garantiert aufhalten wird.« Er klang überzeugt, doch Paisley war sich nicht so sicher. Ihr Vater war einer der Männer des Königs gewesen und sie wusste, wie deren Ausbildung aussah. Der König hatte die besten Schwertkämpfer und Bogenschützen aller Orden einberufen, um für Albion, das gesamte Reich und ihn selbst zu kämpfen.

Am Ende der Gasse hielt Paisley an. Vor ihr lag das Meer. Sie waren am anderen Ende des Kais rausgekommen. Nun begaben sie sich auf den Weg zu dem Anleger, an dem ein großes Schiff namens *Seehecht* festgemacht hatte.

»Das gefällt mir nicht.« Corbett sah hoch. »Es liegt so viel im Argen. Selbst der Himmel ist unruhig.« Dicke graue Wolken hingen tief und drückend über ihnen. Im Licht der untergehenden Sonne sah es aus, als wäre der Himmel blutgetränkt. »Das nenne ich mal ein Dräufeuer«, meinte Corbett und schüttelte den Kopf.

»Ein Dräufeuer?«, wiederholte Paisley.

»*Aye*, ein Vorbote drohenden Unheils, ein Zeichen, das etwas Mächtiges und Grausames heraufzieht. ›Siehst du den Himmel im Dräufeuer-Licht, halt fest, was du liebst, bis der Morgen anbricht.‹ Hast du die Warnung noch nie gehört?«

»Ach so, ein Dóm-Fyr! Ich kenne nur den altkeltischen Namen. Doch, davon habe ich gehört. Es ist ein alter Aberglaube: Das rote Licht des Himmels soll sich angeblich auf deine Sterne oder deinen Lebensweg oder so auswirken«, sagte Paisley.

Sie betrachtete den lodernden Himmel. Er wirkte kraftvoll und streitlustig, aber auch wunderschön. Irgendwie erinnerte er sie an Odelia oder ihre Mutter – an den Blick, der manchmal in ihre Augen trat. Schön und stark.

Corbett lief als Erster den Anlegesteg hinauf und schüttelte einem jungen, kräftig gebauten Mann ungefähr in Norris' Alter die Hand. Dann stellte er Fergus den anderen vor. Paisley gab ihm ebenfalls die Hand. Seine Haut fühlte sich so rau an wie die stürmische See, aber er hatte die Ausstrahlung eines ruhigen Ozeans.

»Die *Seehecht* ist in erster Linie ein Frachtschiff. Wir nehmen nicht oft Passagiere an Bord«, erklärte Fergus. »Die Kojen sind klein und das Essen lässt zu wünschen übrig, aber dafür kostet die Überfahrt nicht viel.«

Das war für Odelia das Stichwort zu bezahlen.

Fergus führte sie über das Deck zu einer dicken Metalltür und ins Innere des Schiffs. Der Boden und die Treppe waren ebenfalls aus Metall, sodass ihre Schritte durch das ganze Schiff hallten. Paisley ließ das kalte Grau des Metalls auf sich wirken. Die *Seehecht* war mehr Maschine als Schiff, so kam es ihr vor: kein Luxus, nur Funktionalität.

Fergus zeigte ihnen ihre Kojen, zwei Etagenbetten dicht nebeneinander. Paisley steckte den Kopf zur Tür rein; der Raum war kleiner als ihr Zugabteil. »Entschuldigt, wir sind diesmal ziemlich voll. Da braut sich was zusammen. Ihr habt wahrscheinlich gehört, dass der König gegen die Nördlichen Gefilde in den Krieg ziehen will.« Er schwieg und blickte sie an.

»Oh, *aye*, das haben wir am Rande mitbekommen«, sagte Corbett. Paisley sah, wie Hal ihn angrinste.

»Tja, viele versuchen, jetzt noch schnell nach Hause zurückzukehren oder einfach den Männern des Königs zu entkommen, wenn ihr versteht, was ich meine!« Fergus zwinkerte vielsagend und tippte sich an die Nase.

Paisley durchzuckte ein Adrenalinstoß, als Fergus sich in ihre Richtung wandte. Sie zog an ihrem Ärmel, um sicherzugehen, dass ihre Sterne verdeckt waren. Er schaute jedoch an ihr vorbei zu einem zwielichtig wirkenden Mann mit verblichenen Krigare-Malen, der gerade die Kajüte neben ihrer betrat. Der Mann musterte ihre kleine Gruppe von Kopf bis Fuß, wobei sein Blick etwas länger an Hal und Odelia hängen blieb.

Nachdem der Mann seine Tür geschlossen hatte, fuhr Fergus mit gesenkter Stimme fort: »Er ist ein Himmelslagerer und steht auf der Fahndungsliste des Königs, legt euch also lieber nicht mit ihm an. Ihr wisst ja, wie diese Kerle sind – erbitterte Kämpfer.« Paisley musste sich ein Lachen verkneifen, als sie Odelias hochgezogene Augenbraue bemerkte. Fergus hatte keine Ahnung, was erbittert bedeutete, wenn er Odelia dabei nicht als Allererstes auf dem Schirm hatte.

»Es wird eine unruhige Überfahrt. Ein Sturm zieht auf und die See wird entsprechend kabbelig sein. An eurer Stelle würde ich mich 'ne Runde aufs Ohr hauen, solange ihr noch könnt.« Fergus sollte recht behalten, was den Sturm anging. Das Dräufeuer machte seinem Namen alle Ehre. Kurz nach Mitternacht nahm der Seegang merklich zu. Das Schiff kämpfte sich die Wellenberge hinauf und hing dann kurz in der Luft, bevor es zurück aufs Wasser krachte.

Odelia saß kerzengerade im unteren Bett, den Rücken gegen die Wand gedrückt. »Ich mag das Meer nicht«, verkündete sie, als das Boot ein weiteres Mal in die Tiefe sauste. »Ich bin ein Wesen der Lüfte, ich finde das viele Wasser beängstigend.«

Corbett hatte jedoch noch viel mehr damit zu kämpfen als Odelia. Kaum hatte er sich hingelegt, sprang er schon wieder auf und rannte nach draußen, um sich zu übergeben.

Nur Hal schlief tief und fest, als würde ihm das alles nichts ausmachen.

Paisley kroch aus ihrem Bett und setzte sich zu Odelia. Sie brachte das Drachenei mit, hielt es auf ihrem Schoß und spürte seine Wärme. Es war erneut gewachsen und nun zu groß, um noch in ihre Umhängetasche zu passen. Irgendetwas sagte ihr, dass sie es dicht bei sich behalten sollte. Vielleicht lag es am Sturm, aber der kleine Drache klopfte schon die ganze Zeit von innen gegen die Schale. Sie setzte sich in den Schneidersitz, legte das Ei auf ihrem Schoß ab und nahm Odelias Hand.

»Alles wird gut. Der Sturm zieht vorüber und wir sind bald da«, flüsterte Paisley.

Odelia holte tief Luft und Paisley merkte, dass sie all ihre Selbstkontrolle aufbrachte, um sich nicht zu übergeben.

»Ja. Gib mir eine steife Brise, eine Böe, einen Orkan – damit komme ich problemlos klar. Aber diese Wellen … Ich will einfach nur wieder Land unter meinen Füßen spüren, herrliches festes Land, das sich kein bisschen bewegt. Wenn wir wieder auf sicherem Boden stehen, sind wir schon so gut wie bei Dax«, sagte Odelia.

»Glaubst du, es geht ihm gut? Ich kann mir nicht helfen, ich habe die ganze Zeit das Gefühl, dass er in Gefahr schwebt.«

»Hör auf deinen Instinkt. Wenn du spürst, dass Dax in Gefahr ist, dann ist er das wahrscheinlich auch.«

»Das ist nicht gerade beruhigend«, erwiderte Paisley. Draußen vor dem Bullauge erhellte ein Blitz das Meer und für den Bruchteil einer Sekunde konnte sie die dunklen Wellen sehen, die sich Furcht einflößend auftürmten. Sie wandte den Blick ab.

»Wäre es Euch lieber, wenn ich Euch anlüge, Eure Hoheit?«

Odelia war sehr viel direkter, wenn sie gegen einen Brechreiz kämpfte. Über ihnen grollte zorniger Donner.

»Nein, wäre es nicht. Das weißt du. Es ist nur … ich bin für ihn verantwortlich und es fühlt sich so an, als hätte ich ihn im Stich gelassen. Deshalb ist die Vorstellung, ihm könnte etwas Schreckliches passieren und ich bin nicht da, um es zu verhindern …«

Auf einmal kam Paisley Roach in den Sinn. Wie musste er sich gefühlt haben, als die Yardwächter aufgetaucht waren, um seine Schwester zu holen? Es musste schrecklich gewesen sein, zu wissen, dass er nichts tun konnte, um die Männer aufzuhalten und seine Schwester vor dem Schleier zu bewahren. Sie erinnerte sich daran, was er im Mechster zu ihr gesagt hatte: dass er nur für die Dunkle Drachenhüterin arbeitete, um seine

Schwester zurückzubekommen. Würde sie dasselbe tun, wenn sie Dax dadurch retten könnte?

»Unsere Wiedervereinigung mit dem Drachenherrscher wird eine Freude sein«, versicherte Odelia.

»Glaubst du immer noch, dass Dax derjenige ist, der uns alle in die Freiheit führen wird?«, fragte Paisley.

»Ja. Ich denke, dass er Malgol ist und du auch, ihr beide zusammen«, antwortete Odelia. »Die *Unbekannte Entwicklung* bahnt sich auf verschiedenen komplizierten Wegen an und ich glaube nicht, dass er oder du allein alles tun werdet, was dafür nötig ist. Deine Sterne werden ihm helfen und seine dir. Mein Gefühl sagt mir, dass all unsere Lebenswege ihren Teil dazu beitragen – meiner, Hals, Corbetts, sogar der der Dunklen Drachenhüterin. Im Himmelsmechanismus ist alles und jeder miteinander verknüpft. Wir können nicht sehen, wie, und wir wissen nicht, warum, aber es ist auch nicht unsere Aufgabe, diese Fragen zu beantworten. Sieh es mal so: Wenn Adore Marea nicht von den Männern des Königs gefasst worden wäre und wir nicht zu spät zum Bahnhof gekommen wären, hätten die Männer des Königs unseren Zug nicht angehalten. Wir wären nicht nach York geflohen. Ich wäre nicht mit meinen Brüdern und Schwestern wiedervereint worden. Du hättest den Königsstern nicht erhalten – jedenfalls nicht so. Wir wären Captain Hewitt nicht begegnet. Sie hätte uns nicht nach Inverness gebracht. Wir hätten nicht bei Corbetts Familie im Schnee festgesessen und der Freund seines Bruders hätte uns nicht die Überfahrt auf diesem Schiff organisiert … Denk mal darüber nach, wie viele Rädchen sich in Bewegung setzen mussten, wie viele Bahnen aufeinander zulaufen mussten, wie viele Sterne zur rechten Zeit am rechten Ort stehen mussten, damit wir jetzt meilenweit vom Festland entfernt in diesem fürchterlichen Schiff sitzen und zum Spielball eines Sturms werden konnten.«

Paisley lachte. »Na, wenn sich das nicht gelohnt hat …«

»Das wird es, Paisley. Das wird es. Anu wird dafür sorgen.«

Corbett kehrte von der Toilette zurück und plumpste in Paisleys Bett. »Ich glaub, der Sturm wird schlimmer«, nuschelte er mit dem Gesicht nach unten in ihre Decke.

»Manchmal muss ein Weg erst steiniger werden, bevor er wieder leichter wird«, antwortete Paisley automatisch, während sie das Ei hochhob, um es sich anzusehen. Das Klopfen ging unvermindert weiter, aber der Klang hatte sich verändert.

Sie drehte das Ei in ihrer Hand hin und her und betastete seine Schale, bis ihre Finger auf einen feinen Riss stießen.

»Oh nein! Ich glaube, sie schlüpft!« Paisley hielt das Ei ein Stück von sich weg.

Mit einer fließenden Bewegung ließ sich Hal aus dem oberen Bett fallen.

»Ich dachte, du schläfst!«, meinte Corbett, während er sich mühsam aufrichtete und auf die Ellbogen stützte, um das Ei sehen zu können.

»Ein Krieger schläft niemals tief«, sagte Odelia mit strenger Stimme. Sie saß weiterhin kerzengerade an der Wand, fest entschlossen, sich nicht zu übergeben. Ein weiterer Blitz erhellte die Kajüte, gefolgt von einem tiefen, bedrohlichen Grollen, das das Schiff wie das Brüllen eines Drachen erschütterte.

Die Elektrika-Lampe in der Kajüte spendete nur schwaches Licht. Paisley kam sich vor wie in einer kuscheligen Höhle, mit dem weichen Bett unter sich und Odelia an ihrer Seite.

Hal ließ sich neben Corbett auf dem gegenüberliegenden Bett nieder. »Zeig mal her«, sagte er, während er sich interessiert vorbeugte.

Paisley drehte das Ei so, dass Hal den Riss sehen konnte. In dem Moment klopfte der Drache erneut dagegen, verbreiterte den Riss und hob ein kleines Stückchen Schale an.

»Oh!« Paisley kicherte überrascht.

»Genau so, meine Kleine«, lobte Hal, dann schaute er Paisley an und lächelte. Sein blaues Auge blitzte auf vor Vergnügen. Der Drache klopfte wieder und diesmal zog sich der Riss quer über das halbe Ei. Dann splitterte ein Stück Schale ab und traf Corbett, der wie gebannt dalag und den Drachen beim Schlüpfen beobachtete, während das Schiff weiter auf und ab geworfen wurde.

Paisley drehte das Ei wieder in ihre Richtung und sah in das Loch. Ein Blitz flammte auf und in seinem Licht konnte Paisley ein kleines Auge ausmachen, das ihr entgegenblickte. Es flackerte wie ein Feuer. Paisley lächelte und hob die Hand, um die Schale zu lockern.

»Nicht, gib ihr die Gelegenheit, es selbst zu schaffen. Das macht sie stärker«, sagte Hal. »In den Nördlichen Gefilden gibt es ein Sprichwort: ›Schlafende Drachen soll man nicht tätscheln, schlüpfende Drachen auf keinen Fall hätscheln.‹«

Paisley hielt ihr Gesicht dicht vor das Ei. Sie konnte jede Bewegung darin sehen, jede Anstrengung, die der kleine Drache unternahm, um sich freizustrampeln.

Sie streichelte die Schale, spürte die kleinen Erhebungen und Rillen darin. »Gut so. Immer weiter. Du schaffst das. Die Welt … okay, sie hat nicht wirklich auf dich gewartet. Du wirst für ganz schön viel Aufregung sorgen. Und es wird alles andere als leicht. Aber nur, weil etwas schwierig ist und andere dich aufhalten wollen, heißt das nicht, dass du es nicht versuchen solltest. Es bedeutet nicht, dass es nicht wichtig ist. Ich weiß nicht, ob Drachen einen Lebensweg zugeteilt bekommen oder ob die Sterne dein Schicksal verkünden, wenn du endlich geschlüpft bist, aber wir sind bald in den Nördlichen Gefilden und dort spielt das alles keine große Rolle. Die Menschen dort legen mehr Wert auf deine Taten und Worte als auf deine Sterne. Ich dachte, dass das ein Fehler ist, dass sie sich dadurch unnötig einschränken. Aber vielleicht sind es in Wahrheit all diejenigen, die stur ihren Sternen folgen, die gefangen sind.« Paisley spürte, wie die Sterne an ihrem Handgelenk kribbelten, als hätten sie sie gehört.

Das Ei hielt still und Paisley fragte sich, ob der Drache ihr gelauscht hatte, gelauscht und drüber nachgedacht und sich ein wenig gefürchtet, so wie sie. »Keine Sorge, meine Kleine, du bist nicht allein. Wir haben viel zu tun, aber wir haben Corbett und Odelia an unserer Seite. Und Hal, wenn er möchte.

Bald kommt auch noch Dax dazu und er wird sich unheimlich freuen, dich zu sehen. Fast so sehr, wie ich mich darauf freue, ihn zu sehen.«

Paisley lächelte und sah hoch. Sie wischte sich eine Träne aus dem Auge, als ihr wieder einfiel, dass die anderen ja auch noch da waren.

Sie räusperte sich hustend. »Ähm … Ich glaube, sie braucht nicht mehr lange, um zu schlüpfen«, verkündete sie und wandte sich wieder dem Ei zu.

»Das wissen wir.« Odelia rückte näher an Paisley heran und fuhr mit dem Finger über die kleinen Risse in der Schale.

»Bei uns im Norden sind die Drachen immer recht flott, wenn sie sich einmal entschieden haben zu schlüpfen«, sagte Hal. »Und die kleine Lady ist ja mit allem ziemlich schnell.«

»Braucht sie irgendwas, wenn sie erst mal draußen ist?«, fragte Corbett. »Eine Decke? Futter? Einen Käfig vielleicht?«

»Keine Käfige!«, sagte Odelia.

Hal nickte und sah Odelia an. »Eine Decke ist eine gute Idee, ein Schatz wäre noch besser. Futter braucht sie nicht gleich, sie dürfte vor dem Schlüpfen noch die Reste des Dottersacks gefressen haben.«

»Und was frisst sie, wenn sie dann doch Hunger kriegt?«, beharrte Corbett. Paisley wusste, dass er an die Sagen dachte, in denen die Großen Drachen am liebsten Ritter verschlangen.

Hal zuckte mit den Schultern. »Sie ist ein Großer Drache, ich kann es also nicht mit Gewissheit sagen, aber die Drachen im Norden ernähren sich hauptsächlich von Gras und Gemüse.«

Corbett starrte ihn ungläubig an. »Gras und Gemüse?«

Hal nickte und lächelte so breit, dass sich die Narbe unter seiner Augenklappe kräuselte. »Jepp. Obst, Nüsse und Beeren mögen sie auch. Ich könnte ihr etwas von der Mischung im Glas geben!«

Der Riss in der Eierschale wurde noch größer und diesmal reichte es, um die obere Hälfte abzutrennen. Sie fiel neben Paisley aufs Bett und darunter kam das Drachenbaby zum Vorschein, das zusammengerollt im goldenen Inneren des Eis lag. Sie streckte sich und reckte Paisley den Kopf entgegen. Ihre Schuppen waren blassgrau und wurden zum Körperende hin dunkler. Aus dem Kopf ragten zwei kleine Hörner, die Paisley an CeCe erinnerten. Die Stacheln, die ihren Rücken entlangliefen, sahen aus wie zwei kleine Gebirgsketten und hatten rote Spitzen, genau wie die Flügel. Der kleine Drache stützte die rote Klaue am Flügelende auf den Rand der zerbrochenen Schale und zog sich daran hoch, wobei er auch den zweiten Flügel ausstreckte. Paisley hielt das Ei in einer Hand und reichte dem kleinen Drachenmädchen die andere, das diese prompt ergriff. Sie spürte ein leichtes Kratzen, als der Drache sich an ihrer Hand hochzog, aus dem Ei kletterte und sich in ihre Arme schmiegte.

Paisley brauchte beide Hände, um sie zu halten. Sie war ungefähr so groß wie eine ausgewachsene Katze. Ihr Schwanz ringelte sich um Paisleys Handgelenk, und als Paisley hinabsah, stellte sie fest, dass der kleine Dorn an ihrer Schwanzspitze genau auf ihren Königsstern zeigte.

Das Drachenbaby verlagerte sein Gewicht, richtete sich auf die Hinterbeine auf und breitete die Flügel aus. Es gab ein kleines, hohes Quäken von sich, dann kuschelte es sich wieder in Paisleys Arme und legte die Flügel ordentlich an.

»Ihre Flügel sind genau wie deine, Odelia! Ich meine, sie sind natürlich kleiner und die Farbe ist anders, aber sie haben die gleiche Form.« Paisley sah von der Drachenmeisterin zu Corbett und Hal. Sie alle waren hingerissen von der kleinen Drachendame und beobachteten sie voller Staunen.

Paisley lächelte. In dem Moment zuckte ein weiterer Blitz über den Himmel, gefolgt von einem mächtigen Donnerschlag.

Der kleine Drache regte sich und öffnete ein Auge … schloss es aber direkt wieder.

»Ist es normal, dass sie gleich schläft? Müsste sie nicht rumfliegen? Sollten wir sie füttern?«, fragte Paisley Hal.

Er lächelte. »Keine Sorge, es geht ihr bestens. Sie wird jetzt erst mal viel schlafen und dabei tüchtig wachsen. Es dauert ein paar Tage, bis sie ihre Flügel entdeckt. Ich schau aber mal, ob ich irgendwo was zu fressen für sie auftreiben kann, bevor sie aufwacht. Mit hungrigen Drachen ist nicht zu spaßen. Und ich will nicht, dass sie meine ganze Nussmischung auffuttert.« Während er aufstand, erhellte ein weiterer Blitz die Kajüte und Paisley glaubte, eine Bewegung auf der anderen Seite des Bullauges in der Tür wahrzunehmen. Sie zog die Bettdecke um sich und den Drachen, um ihn vor unerwünschten Blicken zu schützen.

»Und wie lange schläft sie?«, fragte Corbett.

Hal zuckte mit den Schultern. »Aber eins kann ich euch sagen: Weckt sie nicht auf, wartet, bis sie von selbst aufwacht. Es gibt einen Grund, warum man schlafende Drachen nicht tätscheln soll, und es ist besser, gar nicht erst auszuprobieren, was sonst passiert. Selbst wenn es nur ein Drachenbaby ist.«

Hal ging zur Tür, hielt dann jedoch inne. »Wie willst du sie nennen, Paisley?«

Paisley sah ihn überrascht an. Darüber hatte sie noch gar nicht nachgedacht. Sie betrachtete die kleine Drachendame in ihren Armen, die sich erneut regte und langsam ein leuchtend rotes Auge öffnete, es aber gleich wieder schloss. »Wie wär's mit Dóm-Fyr? Kurz Dóm!«

»Ah, nach dem Dräufeuer-Himmel. Mächtig und grausam, das passt irgendwie.«

Odelia streckte die Hand aus und streichelte die samtweichen Schuppen des schlummernden Drachen. »Dóm. Gefällt mir. Ein guter, starker Name. Den wird sie brauchen, wenn man bedenkt, was alles auf sie zukommt.«

Paisley drückte den schlafenden Drachen an sich.

Hinter dem Horizont

Paisley wusste nicht genau, wann sich der Sturm gelegt hatte, aber es war schon spät am nächsten Morgen, als Corbett sich regte und sie weckte.

Ihr erster Impuls war es, nach dem Drachenbaby zu tasten … doch es war nicht da! Paisley fuhr in die Höhe und schlug sich den Kopf am oberen Bett an. »Dóm!«

»Keine Sorge, sie ist hier«, sagte Hal. Paisley drehte sich zu ihm um und rieb sich den Schädel. Sie sah, wie Hal Dóm ein Blumenkohlröschen hinhielt. Die kleine Drachendame schnupperte daran und nahm dann einen kräftigen Bissen. Ihre doppelte Zahnreihe blitzte hell und scharf auf.

»Spinat und Brokkoli mag sie auch. Grüne Bohnen habe ich noch nicht ausprobiert.«

»Hast du irgendwo Steckrüben aufgetrieben?«, fragte Odelia aus ihrem Bett.

»Nein«, antwortete Hal.

»Gut.« Odelia drehte sich um und zog sich die Decke über

den Kopf. Paisley lächelte, als ihr einfiel, was Hal über Sterk-Natt und ihre Lieblingsspeise erzählt hatte.

Dóm vertilgte ihre Mahlzeit und krabbelte dann auf Paisley zu. An der Bettkante zögerte sie. Paisley streckte die Hand aus und Dóm nahm das Angebot dankbar an. Sie huschte Paisleys Arm hinauf und legte sich wie ein Nackenwärmer über ihre Schultern. Ihre Schuppen waren weich und warm; ihre rhythmischen Atemzüge hatten etwas Beruhigendes.

»Wir müssen aufpassen, dass sie niemand zu Gesicht bekommt«, warnte Corbett.

»Darüber habe ich auch schon nachgedacht.« Paisley griff nach ihrer leeren Umhängetasche, schnappte sich ein Stück weichen Pelz und kleidete das Innere damit aus. Dann nahm sie die beiden Eierschalenhälften, wobei sie nicht anders konnte, als das Schimmern der Goldschicht darin zu bewundern.

»Ist das echtes Gold?«, fragte sie. Corbett und Hal antworteten gleichzeitig – Corbett mit einem »Nein«, Hal mit einem »Ja«.

»Es ist Drachengold«, stellte Hal klar. »Es sieht aus wie Gold und riecht und schmeckt wahrscheinlich auch wie Gold, ist aber kein echtes Gold.«

»Verstehe.« Paisley verstaute die Schalen in ihrem Rucksack. »Haben wir irgendwelchen Schmuck oder etwas anderes Wertvolles?«, fragte sie, während sie ihre goldene Halskette abnahm. Dóm hob den Kopf und folgte der Kette mit den Augen, als Paisley sie in die Tasche steckte.

Paisleys Blick fiel auf das Nachtsilberarmband an ihrem Handgelenk, aber sie beschloss, es anzubehalten. Nun, da Corbett doch mitkam, sollte sie es ihm vermutlich zurückgeben.

»Warum?«, fragte Corbett, streifte seine Armbanduhr ab und gab sie Paisley.

»Ich mache in meiner Tasche ein kleines Nest für sie. Hal meinte, Drachen nisten gern auf Schätzen.« Sie sah Hal an, der lächelte und nickte.

»Hier.« Er steuerte den goldenen Ring von seinem linken kleinen Finger bei. »Aber den brauche ich zurück; das ist mein Krigare-Siegel.«

Paisley legte ihn in die Tasche.

»Was ist mit dir, Odelia?«, fragte Hal.

Odelia grummelte ungehalten und rollte sich aus dem Bett. Sie schob die Hand in ihre Tasche, fischte einen Beutel heraus und kippte seinen Inhalt in Paisleys Umhängetasche: Goldbarren, Perlen, Rubine, Diamanten, Saphire und Smaragde. Dann förderte sie einen zweiten, noch größeren Beutel zutage und schüttete einen Schwall Gold-, Silber- und Bronzemünzen hinterher. Paisley bekam den Mund vor Staunen nicht mehr zu. Corbett fielen fast die Augen aus dem Kopf und Dóm kletterte von Paisleys Nacken in die Tasche, wo sie umgehend anfing, in ihrem Schatz zu wühlen und ihn zu sortieren.

»Wow! Wo hast du das alles her, Odelia?«, fragte Corbett.

»Wo ein Drache ist, ist ein Schatz nicht weit«, antwortete

Odelia mit einem vielsagenden Blick. Paisley hatte das Gefühl, dass das noch längst nicht alles gewesen war.

* * *

Paisley war den ganzen Tag über ziemlich müde und so nutzte sie die Zeit, in der Dóm schlummerte, um sich ebenfalls etwas Schlaf zu gönnen. Die See war ruhiger, aber immer noch aufgewühlt. Paisley kam es vor, als würden sie jedes Mal, wenn sie es zwei Wellen weiter geschafft hatten, wieder um eine Welle zurückgeschleudert werden. Ihre Gedanken lasteten schwer auf ihr und in der kleinen Kajüte fühlte sie sich unangenehm beengt.

Als es Nacht wurde, hatten sich auch die letzten Reste des Sturms gelegt, doch Paisley fand keine Ruhe.

Sie stand auf, zog sich an und hüllte sich in die wärmende Kleidung, die sie in Inverness besorgt hatten. Dann hängte sie sich ihre Tasche um und ging hinaus aufs Schiffsdeck.

Draußen wanderte ihr Blick als Erstes zum Himmel. Es dauerte einen Moment, bis sich ihre Augen an die Dunkelheit gewöhnt hatten, doch dann erkannte sie, dass sie nicht etwa von einem finsteren, leeren Nichts umgeben war, sondern vom Licht von Billionen Sternen, von denen jeder einzelne über das Schicksal der Welt bestimmte.

Sie musste an die Sterne im Yorker Mechster denken und daran, wie sie über ihre Schönheit gestaunt hatte. Nun wurde ihr klar, wie begrenzt ihr Horizont gewesen war: Im Vergleich zu dem Anblick, der sich ihr hier, jetzt gerade bot, waren diese Sterne klein und blass gewesen.

Sie fragte sich, welcher dieser funkelnden Lichtpunkte hinter ihrem Königsstern steckte.

In dem Moment schoss eine Sternschnuppe über den Himmel. Paisley seufzte und sprach ein kurzes Segenswort für die Menschen, zu deren Lebensweg der verlorene Stern gehört hatte. Hoffentlich waren die Bahnen, auf denen ihre Lebenswege verliefen, stark genug, um ohne ihn weiterzumachen. Dann schickte sie noch einen kleinen Wunsch hinterher, für den Fall, dass es einer von ihren Sternen gewesen war.

Sie setzte ihre Runde auf dem Schiff fort, bis sie auf Corbett stieß. Er hatte sich wie sie in seine wärmenden Pelze gehüllt. Seine Brillengläser glänzten im Licht der Sterne und er hielt ein kleines Teleskop in der einen Hand, während er mit der anderen etwas in sein Notizbuch schrieb. Als er sie entdeckte, winkte er ihr zu.

»Konntest du nicht schlafen?«, fragte er.

»Irgendwie nicht«, antwortete Paisley.

»Ich auch nicht. Ich bin rausgegangen, um die Bahn des Kometen zu dokumentieren, aber er ist schon vor eine Weile hinter dem Horizont verschwunden.« Er zeigte nach Westen. Paisley war froh, den Kometen nicht sehen zu müssen.

Zusammen schlenderten die beiden langsam über das Deck. Außer ihnen war niemand unterwegs, doch über ihnen auf der Brücke leuchtete ein schwaches Licht, vor dem sich die Silhouetten der Crew abzeichneten, die das Schiff steuerte.

Als sie auf der anderen Seite angekommen waren, zeigte Corbett auf einen hellen Fleck in der Ferne.

»Weißt du, was das ist?«, fragte er.

Paisley zuckte mit den Schultern. »Elektrika-Lichter, nehme ich an. Aber wo kommen sie her?« Alles, was sie sehen konnte, war das nachtschwarze Meer.

»Das müsste Västerut Hamn sein, der Hafen, den wir Hal zufolge ansteuern. Er befindet sich gleich hinter dem Horizont.«

»Hinter dem Horizont?«

»*Aye*, durch die Erdkrümmung können wir ihn noch nicht sehen, aber das Licht, das die Hafenstadt ausstrahlt, schon.«

»Ha, also wissen wir, dass sie dort liegt, obwohl wir sie selbst nicht erkennen können.«

»*Aye*, ein bisschen wie bei unseren Bahnen. Wir wissen, dass sie da sind, wir können die Auswirkungen sehen, die sie auf uns haben, aber wir haben keine Möglichkeit, sie uns anzuschauen oder zu erkennen, wohin sie uns führen – bis auf das Wenige, das wir über unser Schicksal wissen.«

»Ja, bis auf das.« Paisley schmunzelte.

Corbett nestelte unbehaglich an seiner Kleidung, dann drehte er sich zu Paisley um und sagte: »Du weißt, dass du deinen Sternen nicht ewig davonlaufen kannst, Paisley. Früher oder später musst du König werden.«

Paisley zuckte mit den Schultern. »Ich weiß. Aber ich mag

die Vorstellung, dass ich die Kontrolle über meinen Lebensweg habe und meine Rädchen selbst drehen kann. Natürlich würde ich auch gern wissen, wohin er mich führt. Ich möchte das Leuchten hinter dem Horizont sehen und die Gewissheit haben, dass dort etwas auf mich wartet; ich glaube, das möchten wir alle. Aber ich möchte eben auch die Freiheit besitzen, mir auszusuchen, welche Farbe das Leuchten hat, woher es kommt … und mich von ihm abzuwenden, wenn mir danach ist.«

Corbett nickte. »Das verstehe ich. Das war nicht immer so, aber langsam fange ich an, es zu begreifen.« Er schlang die Arme um seinen Oberkörper und stampfte nach Wärme suchend mit den Füßen auf.

Eine Weile blieben sie noch draußen und beobachteten das Leuchten, dann hörten sie, wie hinter ihnen eine Tür zuschlug und der Himmelslagerer aus der Nachbarkajüte an Deck kam. Er sah zu Corbett und Paisley hinüber und sein Blick wanderte zu ihrer Drachenledertasche. Instinktiv drückte sie sie fest an den Körper. Während er so dastand, umrahmt vom Lampenschein hinter ihm, fiel ihr ein, dass sie in der vergangenen Nacht, als Dóm-Fyr geschlüpft war, eine Bewegung vor ihrer Tür wahrgenommen hatte. Irgendjemand hatte vor dem Bullauge gestanden, als der Blitz hell aufgeflammt war. Nein, nicht irgendjemand – der Himmelslagerer.

»Lass uns gehen«, sagte Paisley zu Corbett, ohne den Himmelslagerer aus den Augen zu lassen. Der trat beiseite und ging zur Reling, wo er innehielt und sich noch einmal nach ihr umblickte.

Paisley beeilte sich, in ihre Kajüte zurückzukommen. Corbett folgte ihr.

Sie hatte den gierigen Ausdruck im Gesicht des Mannes schon einmal gesehen und fürchtete um ihren Drachen.

Die Nördlichen Gefilde

Hal hüpfte regelrecht vom Schiff und bedeutete den anderen, ihm zu folgen. Er führte sie vom Anlegesteg weg mitten rein in die kleine Stadt. Unterwegs hatte er das Make-up abgewaschen, mit dem Odelia seine Krigare-Male abgedeckt hatte, und seine Haare geflochten. Er trug wieder seine Krigare-Uniform und Paisley fand, dass er aussah, als würde er sich deutlich wohler in seiner Haut fühlen.

Sie blickte sich um und hielt nach dem Himmelslagerer Ausschau, doch der schien sich in Luft aufgelöst zu haben. Sie hatte den anderen nichts von ihrem Verdacht erzählt, aber sie war sich sicher, dass er Dóm gesehen hatte, und fragte sich, ob er wusste, dass sie ein Großer Drache war. Während sie Hal den Hang hinauffolgte, hielt sie die Umhängetasche fest an sich gedrückt. Dóm schlief tief und fest in ihrem Nest aus Schätzen und bewachte die Königsrolle, die Paisley ihr untergeschoben hatte. Die Tasche fühlte sich prallvoll an und Paisley musste sie im Gehen mit einem Arm abstützen. Sie würde bald etwas Geräumigeres finden müssen, worin sie Dóm transportieren konnte.

Die Häuser des malerischen kleinen Städtchens waren aus Holz und in allen Farben des Meeres angemalt: Blaugrün, Grauviolett, Schaumkronenweiß und allen Abstufungen dazwischen. Auf den Straßen lag Schnee; er sammelte sich in den Ritzen des harten grauen Kopfsteinpflasters und überzog die mit Salz bestreuten Gehsteige.

Hal führte sie zu einem eindrucksvollen Gebäude am Ende des langen Anstiegs, der sich vom Hafen bis hier hinaufzog. Dies war das Zollhaus, erklärte er, wo die Fracht der Schiffe in Augenschein genommen und besteuert wurde. Zugleich diente es dem Baron von Västerut Hamn als Wohn- und Arbeitsstätte und auch die Krigaren, die den Hafen bewachten, waren dort untergebracht.

Neben den vielen Geschäften entlang der steilen Straße kamen sie auch an einer Mechanistenkapelle vorbei. Die hölzerne Außenwand war auf ähnliche Weise verziert, wie es Paisley von den steinernen Bauwerken aus London kannte, und dennoch trugen die Schnitzereien ihre ganz eigene Handschrift.

»Im Norden gibt es Mechanisten?«

Hal verdrehte das Auge. »Manche hier glauben an die Blaupausen. In den Häfen kommen immer auch relativ viele Fremde an, die ihren eigenen Glauben mitbringen. Wahre Nordmannen erkennen die Einschränkungen des Himmelsmechanismus. Sie wissen, wie er uns von unserer Heimat in den Sternen abgeschnitten und uns unsere Autonomie genommen hat. Wir bestreiten aber nicht, dass es ihn gibt und dass er Einfluss auf unser Leben hat. Nur fühlt es sich für uns wie ein Gefängnis an.«

Seine Worte trafen Paisley bis ins Mark. Den Großteil ihres Lebens hatte sie sich die Gewissheit eines bestimmten Lebenswegs herbeigesehnt. Doch nun, da sie hautnah erfahren musste, wie sich ihr Lebensweg auf alles auswirkte, was sie tat, fühlte er sich auch für sie mehr und mehr nach einem Gefängnis an, nicht nach etwas, das ihr Freiheit verlieh.

»Es scheint hier wirklich zivilisiert zuzugehen«, raunte Corbett Paisley zu, während er beiseitetrat, um eine elegante Dame vorbeizulassen.

»Tak skal du ha!«, bedankte sich die Dame.

»Was hast du denn erwartet? Dass wir alle in Höhlen und Bretterverschlägen leben und uns auf den Straßen bekämpfen?«, entgegnete Hal, der ihn offenbar ebenfalls gehört hatte.

Corbett errötete und Paisley fragte sich, ob er wohl regelmäßig den *Königlichen Boten* las. Immerhin hatte auch sie geglaubt, dass es in den Nördlichen Gefilden von Raufbolden ohne bestimmten Lebensweg wimmelte, die nichts anderes im Sinn hatten, als das Königreich zu bestehlen … Das hatte sich erst geändert, als sie Hal kennengelernt hatte. Sie wurde ebenfalls rot, als sie daran dachte, was sie sonst noch alles für falsche Vorstellungen gehabt hatte.

Die Türen zum Zollhaus flogen auf und Hal marschierte hinein. Er ging schnurstracks auf den Beamten hinter dem großen Empfangstresen zu und nannte ihm seinen Namen. Es folgte eine kurze Pause, dann kehrte Hal zu Paisley zurück. »Entschuldige, kann ich meinen Ring wiederhaben?«

»Jetzt gleich?« Paisley fing an, die Riemen an ihrer Umhängetasche zu lösen.

Sie schob die Hand hinein und streichelte Dóm beruhigend. Dann tastete sie unter dem Drachen nach dem Ring, hakte den Finger hinein und fischte ihn heraus ... was Dóm jedoch gar nicht gefiel. Paisley schrie leise auf, als sich die scharfen Drachenzähnchen in ihren Fingerknöchel gruben. Mit blutender Hand gab sie Hal den Ring zurück.

»Das war nicht sehr nett!«, flüsterte sie in die Tasche.

Dóm sah knurrend und zähnefletschend zu ihr hoch.

»Psst, sonst hört dich noch jemand!«

Odelia fischte einen großen Diamanten aus ihrem Umhang und ließ ihn in Paisleys Tasche fallen. Sekunden später erklang ein leises Brummen, das ein wenig an das zufriedene Schnurren einer Katze erinnerte, und die kleine Drachendame beruhigte sich. Odelia lächelte zufrieden, während Paisley Roachs Taschentuch hervorzog und um ihren Finger wickelte.

»Lass mich raten«, raunte sie Odelia zu. »Nimm einem Drachen nie seinen Schatz weg!«

Odelia nickte. »Es sei denn, du bist lebensmüde. Oder stehst auf Schmerzen.«

Hal ging wieder zum Tresen und plötzlich brach ein ziemlicher Tumult aus, als der Beamte aufsprang, Hal die Hand schüttelte und sich mehrmals vor ihm verneigte. Er rief einem vorbeilaufenden Kollegen etwas zu. Hal blickte sich zu Paisley und den anderen um, verdrehte unauffällig sein eines Auge und lächelte.

Binnen kürzester Zeit wurden sie von einer Menschentraube in einen großen Saal mit wunderschön gewebten Wandteppichen und funktionalen, aber hübschen Massivholzmöbeln eskortiert. Ein Mann, bei dem es sich offensichtlich um den Baron von Västerut Hamn handelte, begrüßte Hal und bot ihm ein Trinkhorn mit einer honigfarbenen Flüssigkeit an. Paisley bekam ebenfalls eins in die Hand gedrückt, und als Hal *»Schol!«* rief und seins in einem Zug leerte, folgte sie seinem Beispiel. Die süße Flüssigkeit brannte in ihrer Kehle und sie riss erschrocken die Augen auf.

Odelia leckte sich genüsslich die Lippen, während Corbett anfing zu husten und sein Getränk beinahe auf den auf Hochglanz polierten Boden spuckte.

Paisley klopfte ihm auf den Rücken und bat den jungen Mann, der ihnen das Horn wieder abnahm, um ein Glas Wasser. Der Mann sah sie ratlos an, doch als sie die Frage noch mal auf Altkeltisch wiederholte, nickte er und zog los, um ihren Wunsch zu erfüllen.

In der Zwischenzeit kamen unzählige Menschen zu Hal, um mit ihm zu reden, und er unterhielt sich höflich auf Nordisch mit ihnen. Die Sprache war dem Altkeltischen, das Paisley in der Schule gelernt hatte, ähnlich genug, dass sie vereinzelte Wörter aufschnappte, darunter *Krieg* und *Vorbereitungen*. Ab und zu wirkte Hal leicht frustriert, aber das verflog jedes Mal schnell wieder und wich seiner gewohnt gut gelaunten Art.

Schließlich löste sich Hal aus dem Gedränge der Amtsträger und ging zu Paisley, Odelia und Corbett hinüber. »Gute Nachrichten! Mein ältester Bruder Magna hat sich während meiner Abwesenheit verlobt; ich war mir ziemlich sicher, dass das passieren würde. Die schlechte Nachricht ist, dass mein Vater erst kürzlich von dem drohenden Krieg erfahren hat. Er nimmt die Situation jedoch außerordentlich ernst und hat eine Versammlung aller Barone einberufen – einschließlich des Barons von Västerut Hamn. Er wollte gerade aufbrechen. Magna und meine ältere Schwester Linnea stellen unsere Truppen zu Land auf und meine jüngeren Schwestern Thea – das war die auf dem grünen Drachen im Observatorium – und Stina berufen die Krigaren ein. Auf dem Luftweg ist die Burg meines Vaters nur wenige Stunden von hier entfernt, aber da wir keinen Drachen nehmen können, werden wir uns ein anderes Reisemittel suchen müssen«, berichtete Hal.

»Ich hab auch schon eins und das ist fast genauso gut: Wölfe!«, verkündete ein großer, breitschultriger Mann, der zu ihnen herüberschlenderte. Er stellte sich als Kristoff, Baron von Västerut Hamn, vor. Paisley fühlte sich angesichts seiner enormen Größe ein wenig eingeschüchtert.

»Haben Sie ›Wölfe‹ gesagt?«, fragte Corbett.

»Ja, die Schlitten werden gerade zurechtgemacht«, antwortete Kristoff.

»Schlitten?!«

Hal lachte. »Ja, Corbett. Schlitten. Ihr beide werdet sie lieben«, sagte er lächelnd zu Paisley und Odelia.

Damit lag er gar nicht mal so falsch. Wenig später saß Paisley, in dicke, warme Tierfelle gekuschelt, in dem flachen Schlitten, hinter ihr Odelia und dahinter ihre Rucksäcke. Die Tasche mit Dóm hielt sie sicher im Schoß. Die kleine Drachendame schlief tief und fest und Paisley musste daran denken, was Hal über den Zusammenhang aus Schlafen und Wachsen gesagt hatte.

Hinten auf dem Schlitten stand ein junges Mädchen namens Alva und steuerte das Wolfsrudel durch den Schnee.

Hal und Corbett folgten im nächsten Schlitten, gelenkt von Alvas Mutter Mya. Kristoff fuhr seinen Schlitten selbst. Er hatte seine engste Beraterin, eine alte Frau namens Lena, dabei.

Dank ihrer kräftigen Beine erreichten die Wölfe, die die Schlitten zogen, erstaunlich hohe Geschwindigkeiten. Die Kufen erzeugten so gut wie keinen Widerstand und durchschnitten den Schnee wie ein scharfes Messer die Glasur auf einem Kuchen.

Paisley und Odelia saßen nur wenige Zentimeter über dem Boden, während die Welt als verschwommener Fleck aus grellem Weiß, sanftem Braun und dem saftigen Grün der riesigen Tannen an ihnen vorbeiflog. Der kalte Wind, der Paisley um die Nase wehte, fühlte sich himmlisch an.

»Fliegen ist immer noch das Beste«, rief Odelia ihr ins Ohr. »Aber ich könnte mich daran gewöhnen, so durch den Schnee zu sausen.«

Paisley nickte. Ihr Herz pochte jedes Mal glücklich und aufgeregt, wenn sie um eine Ecke bogen oder einen Abhang hinabfuhren. Und als die Wölfe sie eine Steigung hinaufzogen, staunte sie über ihre Agilität und Stärke. Es war faszinierend zu sehen, wie sich die Tiere zusammen wie eine Einheit bewegten, anmutig und kraftvoll zugleich.

»Wie schaffen sie es, die Wölfe so zu lenken?«, fragte Paisley.

Odelia zeigte auf die Wölfin an der Spitze des Rudels. »Siehst du die da vorne? Das ist das Alphatier. Die anderen folgen ihr überallhin. Ein bisschen so wie wir mit dir!«

Überrascht drehte sich Paisley um. Die Drachenmeisterin schenkte ihr ein Lächeln und wandte sich dann wieder der vorbeirasenden Umgebung zu.

Bin ich das wirklich?, fragte sich Paisley. Während sie darüber nachdachte, sah sie, wie Alva die Zügel nach links zog und die Leitwölfin in die gewünschte Richtung lief.

Wenn Paisley die Leitwölfin war, wer hielt dann die Zügel? Der Oberste Gestalter mithilfe seines vorgegebenen Lebenswegs, dem sie folgte? Oder Anu und die *Unbekannte Entwicklung*?

Ob die Wölfin wohl jemals mit dem Gedanken spielte, auszureißen und ihr Rudel zu führen, wohin sie wollte? Oder es vielleicht gleich ganz zu verlassen und sämtliche Verantwortung abzugeben?

Die Sonne versank gerade hinter dem Horizont, als sie das Ende einer weiten offenen Fläche erreichten. Der Wald lag hinter ihnen und die Wölfe wurden langsam müde. Doch als die Dämmerung einsetzte, konnte Paisley den entfernten Schein von Elektrika-Lichtern ausmachen. Genau wie bei dem Lichtschein auf dem Meer musste das bedeuten, dass die Burg von Hals Vater ganz in der Nähe war. Und damit auch Dax.

Trotz der dicken Tierfelle, in die sie eingemummelt war, fühlten sich ihre Gliedmaßen durch das lange Stillsitzen im Schlitten kalt und steif an. Aber nun wärmte sie der Gedanke an ihren Bruder.

Als sie die Mauer erreichten, die die Zitadelle umgab, und die Wölfe durch das Tor liefen, hielt Paisley es kaum noch aus. Sie war kurz davor, aus dem Schlitten zu springen und, wenn nötig, von Haus zu Haus zu rennen, bis sie Dax gefunden hatte.

Alva, Mya und Kristoff brachten die Wölfe vor einer Taverne zum Stehen und Paisley schälte sich ungeduldig aus den Fellen.

»Wo lang?«, fragte sie Hal, während sie ihre Umhängetasche öffnete, um nach der schlafenden Dóm zu sehen.

Bevor er antwortete, bedankte er sich bei Alva und Mya und signalisierte Paisley, Odelia und Corbett, dass sie Kristoff und Lena folgen sollten. Er zeigte auf ein langes, hölzernes Gebäude, das oben auf einen Hang gebaut war. Es sah deutlich älter und weniger gediegen und prachtvoll aus, als Paisley erwartet hatte. Eher wie eine Scheune als wie ein Königspalast.

Paisley lief los, doch Hal rief ihr nach: »Warte! Ich weiß, du hast es eilig, aber es gibt Traditionen, die eingehalten werden müssen. Ich muss erst den Seher besuchen und meine Rückkehr im *Buch der Reisenden* vermerken lassen. Dann müssen meine Taten niedergeschrieben, Runen gegossen, neue Tätowierungen angefertigt …«

»Hal, ich muss zu meinem Bruder!« Paisley hörte selbst, wie bettelnd ihr Tonfall klang.

»Na gut, ich schätze, das alles kann warten. Betrachten wir es einfach als diplomatischen Notfall.« Er lächelte und sein eines Auge blitzte schelmisch.

»Danke.« Paisley drehte sich um und setzte ihren Weg zum Langhaus fort.

»Außerdem kann es passieren, dass jemand versucht, uns zu verhaften, wenn Odelia entdeckt wird«, ergänzte Hal.

»Mich verhaften? Das will ich sehen!« Odelia zog die Augenbraue hoch.

»Ganz ehrlich? Ich auch.« Hal lachte. »Drachenmeisterinnen sind in den Nördlichen Gefilden nicht immer willkommen. Manche Barone haben nicht vergessen, dass es die Große Drachenmutter Anu war, die die Bahnen geschmiedet und die Brücke zur Jenseitswelt zerstört hat, sodass unsere Ahnen uns nicht länger besuchen können.«

»Das ist doch bloß eine nordische Sage«, erwiderte Odelia geringschätzig.

»Erstaunlich, dass eine Geschichte für die einen bloß eine nordische oder Drachensage sein kann, während sie für andere Teil der Heiligen Schriften ist«, entgegnete Hal mit einem verschmitzten Seitenblick zu Odelia, die tatsächlich etwas verdattert aussah.

Paisley fiel auf, dass Hal der einzige Mensch war, der diese Wirkung auf Odelia hatte. Bei jedem anderen war sie stark wie Nachtsilber, aber ihm gegenüber war sie ein winziges bisschen nachgiebiger, so wie Kupferich.

»Was für eine Brücke?«, fragte Corbett, bekam jedoch keine Antwort mehr, denn in dem Moment erreichten sie das Langhaus und die Türen flogen auf, als hätte drinnen jemand auf sie gewartet.

Das Innere bestand aus einem einzigen langen Saal, in dem bereits ein munteres Treiben herrschte. Musik spielte und alles war voller Menschen jeglicher Altersgruppen, die miteinander lachten und schwatzten, aßen, tranken und tanzten.

Paisley zog die Handschuhe aus und stopfte sie in ihre Manteltasche, dann ließ sie den Rucksack von ihren Schultern gleiten, knöpfte den Mantel unter dem Riemen ihrer Umhängetasche auf und folgte Hal in den Saal.

Ein großer Mann begrüßte Hal mit einem kräftigen Handschlag und einer Umarmung. Er sagte etwas auf Nordisch zu ihm und Hal antwortete auf Altkeltisch: »Es ist schön, am Leben zu sein! Lass mich dir meine Freunde vorstellen. Das ist Corbett, ein Wissenschaftler aus dem Königreich Albion. Paisley stammt ebenfalls aus dem Königreich und sie ist … nun ja, es ist kompliziert. Und das ist Odelia. An ihr ist absolut nichts kompliziert, außer dass sie eine Drachenmeisterin ist. Ich würde mein Leben geben, um sie zu beschützen … sie und meine anderen Begleiter. Nur damit das klar ist: Ich wünsche nicht, dass meinen Gästen irgendwelche Probleme bereitet werden.« Er unterstrich seine Worte mit einem ernsten Blick. »Odelia, Paisley, Corbett, das ist Kurt. Er wurde von meinem Vater zum Richter ernannt und wird sicherstellen, dass für euch gesorgt ist, solange ihr bei uns seid.«

Kurt nickte ihnen zu, während sie reihum Hallo sagten. »Ihr werdet Teil eines besonderen Abends: Wir feiern die bestandenen Prüfungen und heißen die neuen Krigaren in unseren Reihen willkommen«, sagte Kurt. »Kommt, trinkt, esst, seid fröhlich. Wen interessiert es, welche Beschwernisse morgen auf uns warten? Dies ist ein Abend der Freude.«

Hal lachte vergnügt und führte sie tiefer in den Saal.

Die mächtigen hölzernen Säulen, auf denen das Dach ruhte, waren mit aufwendigen Schnitzereien verziert und rot und weiß angemalt. Dazwischen hingen üppige Girlanden aus frischen Tannenzweigen, deren süßlicher Duft sich unter die Aromen von Holzrauch und gewürztem Fleisch mischte.

Hal schob sich durch die Menge, bis plötzlich jemand aufschrie und auf ihn zustürmte: Ein kleines Mädchen mit wehendem weißgoldenem Haar warf sich ihm an den Hals. Er fing sie auf und wirbelte sie durch die Luft. Paisley erkannte Thea, die Krigare, die auf dem grünen Drachen geritten war.

Thea umarmte Hal ganz fest. Dann boxte sie ihn gegen die Schulter, und als er sie absetzte, fing sie an, ihn auszuschimpfen.

Die Umstehenden versammelten sich um sie und lachten über Hal, der von seiner kleinen Schwester runtergeputzt wurde. Schließlich fuhr sie herum und schnauzte die Zuschauer an. Im Nu herrschte Ruhe. Thea war klein, aber mächtig, und Paisley merkte, dass sie als Anführerin der Krigaren respektiert wurde.

Paisley entdeckte Dax unmittelbar, bevor er sich umdrehte und sie erblickte. Er saß an einer langen Tafel in der Nähe der Throne. Er trug die Uniform der Krigaren, und als er ihr sein Gesicht zuwandte, sah sie ein eisblaues Tattoo an seinem Hals.

»Dax!«, schrie sie und rannte zu ihm, wobei sie ihre Umhängetasche nach hinten auf ihren Rücken schob. Er sprang auf die Bank und von dort auf den Tisch, was ihm ohne seine Beinschiene mühelos gelang. Die Leute protestierten, als er Teller und Trinkgefäße umstieß, doch er hatte nur Augen für Paisley. Mit einem gewaltigen Satz warf er sich in ihre Arme und sie fing ihn auf.

Sie drückte ihn an sich, dann gaben ihre Knie nach und sie schluchzte in seine Schulter und er in ihre. Für einige Momente gab es nur noch sie beide und nichts und niemanden sonst im ganzen Universum.

Dann machte Paisley sich los, umfasste sein Gesicht mit beiden Händen und sah ihn an. Sie bedeckte seine Wangen und seine Stirn mit Küssen. Dax lächelte und lachte und rief, dass sie aufhören solle, doch sie achtete nicht darauf, denn sie wusste, dass er es nicht so meinte.

»Was ist passiert? Dein Bein – du trägst keine Schiene!« Ein sorgenvoller Ausdruck huschte über ihr Gesicht.

»Das macht nichts, Paisley, ehrlich! Mir geht es bestens! Aber ich bin so froh, dass du hier bist. Ich hab dich so vermisst, mehr als du dir vorstellen kannst.« Und dann umarmte er sie wieder und sie hatte das Gefühl, sie könnten hier und jetzt so eng und untrennbar miteinander verschmelzen wie Blut und Metall zu Nachtsilber.

Langsam wurde sie sich der Menschen um sie herum bewusst. Im Saal war es etwas ruhiger geworden; einige Gäste hatten innegehalten, um Paisley und Dax bei ihrer Wiedervereinigung zuzusehen.

Im nächsten Moment stand Odelia neben ihnen. Sie verbeugte sich vor Dax: »Mein Herrscher, ich bin hocherfreut …«

Weiter kam sie nicht, denn Dax sprang auf und umarmte sie, ohne Paisley dabei loszulassen.

Paisley drückte ihm einen Kuss auf den Scheitel, und als sie aufsah, hatten Corbett und Hal sich ebenfalls zur Gruppenumarmung eingefunden.

Paisley fühlte sich von allen Seiten sicher umringt. Wenn es nach ihr ginge, durfte es für immer so bleiben.

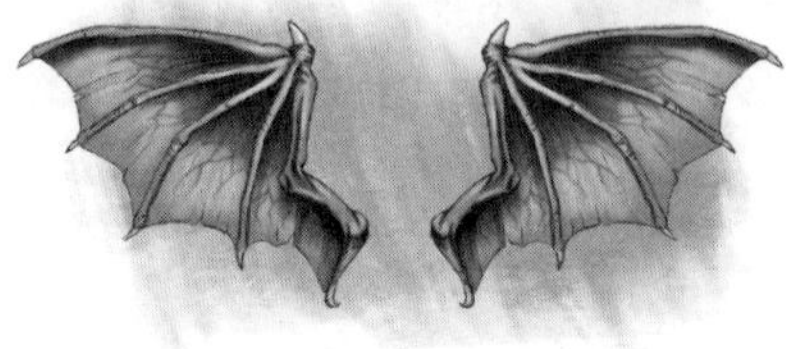

Drachen, Diskussionen und Dr. Mickle Michaelson

Paisley, Odelia und Corbett wurden eingeladen, sich zu Dax und Thea an die Haupttafel zu setzen. Während sie tranken und aßen, steckten Hal und seine jüngeren Schwestern die Köpfe zusammen und schmiedeten mit gesenkten Stimmen Schlachtpläne.

Paisley, die neben Hal saß, erkannte am Tonfall der Geschwister, wie ernst die Lage war. Obwohl sie ihre Sprache nicht beherrschte, fiel gelegentlich ein Wort, das dem Altkeltischen ähnelte, sodass sie sich das eine oder andere zusammenreimen konnte.

Doch Paisley fiel es schwer, an die bevorstehende Schlacht zu denken. Sie konnte nicht aufhören, Dax anzusehen und zu lächeln. Es fühlte sich an, als würde sie vor Glück jeden Moment platzen.

»Was hast du denn da gemacht?«, fragte Corbett und deutete auf das eisblaue Mal an Dax' Hals.

»Ich bin dabei, ein Krigare zu werden! Ist das zu glauben? Es gab eine Aufnahmeprüfung und ich musste verschiedene Aufgaben erledigen. Zwischendurch dachte ich, ich schaff das nicht, aber dann hab ich es doch geschafft, und ein Krigare – wenn auch noch in Ausbildung – zu sein, ist einfach toll. Mein Plan war eigentlich, meinen eigenen Drachen zu kriegen und dann zurückzufliegen, um euch zu finden. Aber das muss ich jetzt nicht mehr, denn ihr seid hier!«

»Und was ist mit deinem …« Paisley warf einen Blick auf Dax' Bein.

»Oh, Paisley, das ist das Beste überhaupt!« Er senkte die Stimme. »Es tut gar nicht mehr weh. Hier muss ich mich nicht verstecken.«

»Hast du es ihnen erzählt?« Besorgt sah Paisley sich um.

Dax schüttelte den Kopf. »Nein, aber es hat auch keiner danach gefragt. Hier interessiert es niemanden, dass ich komisch laufe oder dass sich mein Bein anders bewegt als ihre. Für sie ist es einfach ein Teil von mir, da gibt es nichts zu erklären. Thea sagt, dass sich der Wert eines Menschen danach bemisst, was er tut und wie er sein Leben lebt.«

Corbett entfuhr ein leises *Ha*. »Na, sie hat auch leicht reden: Ihr Vater ist König und sie ist die Anführerin der Krigaren!«

»Das musste sie sich verdienen, genau wie Hal. Tatsächlich war außer den beiden noch nie jemand in ihrer Familie Anführer der Krigaren.«

»Mag ja sein, aber garantiert wird seine älteste Schwester eines Tages Herrscherin über die Nördlichen Gefilde. Hier gibt es den seltsamen Brauch, solche Dinge innerhalb der

Familie weiterzugeben, statt die Sterne darüber entscheiden zu lassen.«

Dax nickte. »Ja, das stimmt. Es ist schon ein bisschen schräg, aber es ist nicht unbedingt das älteste Kind, das über die Nördlichen Gefilde herrschen wird. Die Geschwister, die diesen Posten übernehmen möchten, werden auf die Probe gestellt, um herauszufinden, wer am besten dafür geeignet ist. König Harkon, Hals und Theas Vater, war der Zweitjüngste seiner Familie. Und seine Mutter, die vor ihm auf dem Thron saß, war auch nicht die Älteste.«

Paisley fand diese Art, auszuwählen, wer das Land regieren sollte, faszinierend und hätte gern mehr darüber erfahren. Gleichzeitig wusste sie nicht so recht, was sie davon halten sollte. Es war so ganz anders als zu Hause, wo der König vom Obersten Gestalter bestimmt wurde und von überall im Mechanismus stammen konnte. Aber wenn sie dasselbe System wie hier anwenden würden, hätte Paisley niemals den Königsstern erhalten. Und obwohl das ihr Leben um einiges erleichtert hätte, war ein kleiner Teil von ihr … fast ein bisschen bestürzt über die Vorstellung, nicht der König zu sein. Sie war selbst überrascht von ihren Gedanken.

Paisley zog an ihrem Ärmel, um sicherzustellen, dass auch wirklich niemand ihre Sterne sehen konnte. Sie fragte sich gerade, was wohl der beste Zeitpunkt wäre, Dax davon zu erzählen. Doch da sah sie aus dem Augenwinkel Doc Langley, der sich einen Weg zu ihr bahnte. Sie sprang auf und lief ihm entgegen. Als sie einander erreicht hatten, schlang er die Arme um Paisley und drückte sie an sich. »Was für eine Freude, dich zu sehen, Paisley Fitzwilliam.«

»Gleichfalls, Doc. Es gibt etwas, das ich Ihnen zeigen möchte.« Sie führte ihn zu Dax und ihrer Umhängetasche zurück. Dann nahm sie beide mit in eine stille Ecke des Saals, wo niemand sie sehen oder hören konnte.

Doc Langley schnappte geräuschvoll nach Luft, als sie die Tasche öffnete und ihm den schlafenden Drachen darin zeigte.

Dax lugte ebenfalls hinein. Seine Augen wurden ganz groß. »Ist das mein Drache? Aus meinem Ei?«, fragte er.

»Noch nie in meinem ganzen Leben …« Doc streckte den Finger aus und strich über Dóms weiche graue Schuppen.

»Sie heißt Dóm-Fyr«, verkündete Paisley stolz.

»Was für ein perfekter Name.« Doc Langley klang verzückt.

»Ich brauche eure Hilfe, um sie zu verstecken und zu beschützen. Uns steht ein Krieg bevor und wir können nicht zulassen, dass die Dunkle Drachenhüterin Dóm in die Finger kriegt.«

»Sie kommt hierher, diese fürchterliche kleine Göre?«, fragte Doc.

Paisley nickte.

Dax sagte: »Ich weiß, Sie haben gesagt, dass das im Ei ein Großer Drache ist, Doc. Ich hab Ihnen erst nicht geglaubt. Aber … sie ist ganz anders als die Drachen hier im Norden, das sehe ich auf den ersten Blick. Sie ist wirklich ein Großer Drache, nicht wahr?« Paisley und Doc Langley nickten und Paisley klappte die Tasche wieder zu.

»Ich hab bereits einen Drachen, Paisley! Das ergibt sich ganz automatisch mit dem Job.« Dax deutete auf seine Uniform. »Ich glaube, Sterk-Natt wäre nicht gerade begeistert, wenn ich einen anderen hätte. Und einen Drachen sollte man wirklich nicht ärgern – deswegen finde ich, Dóm-Fyr sollte dir gehören.«

»Oh, ich glaube nicht, dass das so funktioniert, Dax, aber danke. Schätze ich.« Paisley gab ihrem Bruder einen Stups und er lächelte.

Paisley war nicht sicher, ob man einen Drachen überhaupt besitzen konnte, ganz zu schweigen von einem Großen Drachen. Das wollte sie Dax gerade erklären, als plötzlich laute, fröhliche Musik erklang. Einige Leute begannen zu tanzen und Paisley sah, wie sich Hal von seinem Stuhl erhob. Es dauerte einen Moment, bis sie erkannte, was er vorhatte.

Er ging auf Odelia zu, die wie immer aufmerksam den Raum sondierte und nach möglichem Ärger Ausschau hielt. Paisley lächelte. Odelia hatte bestimmt nicht damit gerechnet, dass der Ärger solch ein gewinnendes Lächeln hatte oder ein redegewandter Überzeugungskünstler war.

Paisley beobachtete, wie Hal und Odelia anmutig durch den Saal tanzten. Odelia trug immer noch ihren Umhang und jedes Mal, wenn sie sich drehte und herumwirbelte, konnte Paisley ihre Flügelspitzen unter dem Stoff hervorschauen sehen. Odelias Miene war so ruhig und entspannt, wie wenn sie kämpfte. Doch so leichtfüßig sie auch über die Tanzfläche flog, ihre Flügel wurden von ihrem Umhang niedergedrückt.

Paisley fragte sich, ob Odelia – oder irgendwer anders von ihnen – jemals frei von ihren Sternen sein würde.

✶ ✶ ✶

Am nächsten Morgen erwachte Paisley einmal mehr eingehüllt in Odelias Flügel und wusste nicht gleich, wo sie war. Einen entsetzlichen Augenblick lang dachte sie, sie hätte die Begegnung mit Dax nur geträumt.

Paisley schoss aus dem Bett. Odelia tat es ihr gleich, zog ihr Krummschwert unter dem Kissen hervor und machte sich bereit, den Angreifer im Zimmer abzuwehren.

Paisley hob beschwichtigend die Hände. »Es ist alles in Ordnung, ich muss bloß unbedingt zu Dax. Entschuldige, ich wollte dich nicht aufschrecken.« Sie schlüpfte in ihre warme Kleidung und war überrascht, wie sehr sie sich bereits daran gewöhnt hatte, Hosen zu tragen. Was wohl die feine Londoner Gesellschaft sagen würde, wenn sie sie so sehen könnte?

»Ich komme mit«, sagte Odelia.

Dóm-Fyr, die auf der Kommode neben dem Bett saß, stieß ein kurzes Quäken aus. Paisley streckte die Hand aus und die kleine Drachendame kletterte an ihrem Arm hoch und kuschelte sich in Paisleys Nacken.

»Da will wohl noch jemand mit!«, sagte Paisley. Sie griff nach der Tasche mit Dóms Nest aus Schätzen und stellte fest, dass sie deutlich schwerer geworden war. Als sie hineinschaute, entdeckte sie einen goldenen Brieföffner und einen silbernen

Kerzenständer darin. »Hey, du kannst die Dinge nicht einfach stehlen! Du musst sie dir verdienen oder warten, dass sie dir jemand schenkt – wir nehmen uns nichts, was uns nicht gehört«, tadelte sie Dóm, während sie den Kerzenständer und den Brieföffner wieder herausnahm. Dóm sah Paisley verständnislos an und fauchte.

»Und damit fangen wir erst gar nicht an«, sagte Paisley. »Na komm, ab ins Nest mit dir.« Die kleine Drachendame setzte zu einem ersten Flugversuch an. Halb glitt sie, halb fiel sie von Paisleys Schulter in ihre Arme, dann kroch sie in die offene Tasche und rollte sich mit dem Rücken zu Paisley zusammen.

Odelia beobachtete das Ganze interessiert.

»Was ist?«, fragte Paisley.

Odelia zuckte mit den Schultern. »Ich glaube, sie mag dich. Diesmal hat sie nicht versucht, dich zu beißen, als du ihr ihre Schätze weggenommen hast. Wenn du mich fragst, ist das ein gutes Zeichen.«

Wenig später liefen Paisley und Odelia durch die Gänge der Burg, während Dóm auf ihrem Schatz in Paisleys Tasche leise vor sich hin schnarchte. Anders als die Könige zu Hause hatten die Herrscher der Nördlichen Gefilde ihre Festungen aus zahlreichen miteinander verbundenen Gebäuden errichtet. Paisley fragte sich, ob es möglich war, die gesamte Zitadelle zu durchqueren, ohne einen Fuß vor die Tür zu setzen. Odelia und sie bahnten sich einen Weg von Haus zu Haus, bis sie schließlich den großen Saal erreichten, in dem sie den vergangenen Abend verbracht hatten.

Dort fanden sie Hal. Er hielt das Glas mit der Nussmischung, das Corbetts Vater ihm mitgegeben hatte, und sprach mit einer Hofdame darüber.

Als er Odelia und Paisley entdeckte, gab er der Dame das Glas und kam auf die beiden zu. »Sie versucht, das aus den Zutaten in unserem Laden nachzumachen«, erklärte er lächelnd.

»Weißt du, wo Dax ist?«, fragte Paisley. Sie klang ängstlicher als beabsichtigt, aber nachdem sie ihn gerade erst wiedergefunden hatte, konnte sie es nur schwer ertragen, nicht zu wissen, wo er war.

»Wahrscheinlich auf dem Trainingsplatz«, antwortete Hal. »Ich wollte mich da eh mit Thea treffen. Kommt, ich zeige euch den Weg.«

Er führte sie aus dem Saal auf die vom Schnee befreite Straße und um das Gebäude herum zu einem kleinen Tor in der Mauer. Dahinter befand sich eine große, weitläufige Fläche, an deren Ende Paisley eine Gruppe Drachen ausmachen konnte. Über ihnen am Himmel kreiste eine weitere kleine Gruppe mit Reitern auf dem Rücken. Paisley wusste instinktiv, dass einer der Reiter Dax war.

Hal zeigte auf einen tiefblauen Drachen, dessen bronzefarbene Hörner und Klauen im winterscharfen Sonnenlicht glänzten. »Das ist meine Sterk-Natt, auch wenn sie nicht länger meine ist. Sie wird gut auf Dax aufpassen.« Paisley konnte die Traurigkeit in seiner Stimme hören. Hal würde nie wieder auf einem Drachen reiten. Die Drachen der Krigaren trugen im Lauf ihres Lebens viele junge Reiter und Reiterinnen auf ihrem Rücken, aber am Ende war es immer dasselbe: Sobald ein Krigare sich dem Erwachsenenalter näherte, wandte sich der Drache von ihm ab und weigerte sich, ihn auf sich reiten zu lassen. Es war offensichtlich, dass Hal seine Drachendame geliebt hatte. Es musste ein tolles Gefühl sein, auf ihrem Rücken durch die Lüfte zu gleiten und sich den Wind um die Nase wehen zu lassen. Nun war ihm das, was er so sehr geliebt hatte, für immer genommen worden und er musste herausfinden, wer er ohne das alles war.

Odelia streifte den Umhang ab und breitete die Schwingen aus. Mit zwei kurzen Flügelschlägen war sie in der Luft und segelte auf Dax zu. Kurz schwebte sie auf seiner Höhe und sprach mit ihm, dann schoss sie davon und Dax und Sterk-Natt jagten ihr nach. Als die anderen Krigaren begriffen, dass sie miteinander Fangen spielten, schlossen sie sich begeistert an.

Die Drachen waren groß und kraftvoll und erreichten beängstigende Geschwindigkeiten. Doch Odelia wirbelte umher, schlug Haken nach links und rechts, oben und unten und sauste mit einer solchen Wendigkeit durch die Lüfte, dass die Drachen dennoch nicht mit ihr mithalten konnten.

»Sie sieht aus, als würde sie tanzen! Ich habe noch nie jemanden gesehen, der so stark und zugleich so anmutig ist«, sagte Hal, der den Kopf in den Nacken gelegt hatte und Odelia nicht aus den Augen ließ.

»Sie ist bemerkenswert«, stimmte Paisley ihm zu.

Sie nahm ein Zappeln an ihrer Seite wahr, und als sie hinabschaute, war Dóm gerade dabei, sich aus der Tasche zu kämpfen. Nicht mehr lange und sie würde nicht mehr hineinpassen. Die Drachen über ihr waren mächtig, aber Dóm war ein Großer Drache und eines Tages würden die anderen neben ihr klein und schmächtig erscheinen. Paisley vergewisserte sich, dass sie unbeobachtet waren. Die Krigaren über ihnen waren in ihr Spiel vertieft und Hal und sie waren die Einzigen, die auf dem weiten Trainingsgelände standen. Sie steckte die Hand in die Tasche, holte die kleine Drachendame heraus und setzte sie auf dem niedrigen Holzzaun ab, der das Trainingsgelände begrenzte. Dóm sah zu den Drachen hinauf und drehte den Kopf hin und her, während sie jede ihrer Bewegungen aufmerksam verfolgte. Dann richtete sie sich auf und schlug mit den Flügeln. Statt abzuheben, plumpste sie mit einem entrüsteten Quäken zu Boden, kletterte jedoch sofort wieder an Paisleys Bein hinauf und auf den Zaun, um es erneut zu versuchen.

»Sie ist ein kleiner Dickkopf«, meinte Hal.

Mit jedem Versuch kam Dóm ihrem Ziel, sich in der Luft zu halten, ein bisschen näher, doch irgendwann verließen sie die Kräfte und sie wurde müde. Paisley legte sie wieder in die Tasche und streichelte die weichen Stacheln auf ihrem Rücken, bis sie eingeschlafen war.

Nachdem sie sich fast eine Stunde von den Drachen hatte jagen lassen, ohne dass auch nur einer sie erwischt hatte, ließ sich Odelia zu Boden sinken. Dax und die anderen folgten ihr.

Während die Reiter ihre Drachen zu ihren Nestern führten, flog Odelia zu Paisley und Hal zurück. Ihre Augen glänzten und sie war sichtlich guter Laune. »Dax versorgt noch eben Sterk-Natt. Er meinte, wir sollen in der Bibliothek auf ihn warten.«

Das hätte Paisley eigentlich ahnen können. Dax war nie lange von einer Bibliothek fernzuhalten und wie es schien, galt das Gleiche auch für Corbett. Als Paisley, Odelia und Hal den Lesesaal betraten, entdeckten sie ihn in einer Ecke, wo er sich in mehrere Abhandlungen über den Himmelsmechanismus vergraben hatte.

»Was liest du da?«, fragte Paisley, während sich Odelia und Hal auf den Sofas niederließen, die um eine große Feuerstelle in der Mitte des Raumes standen.

»Aufzeichnungen über den Himmelsmechanismus«, antwortete er. Er zog sein Notizbuch unter einem Bücherstapel hervor und schlug es auf einer Seite voller Daten auf. »Bevor Roach mich verschleppt hat, konnte ich einen Blick auf die aktuellen Daten aller Objekte im Mechanismus werfen, die die Himmelsphysiker in Greenwich Overhead hatten. Darunter auch die des Kometen.« Er schlug eine weitere vollgeschriebene Seite auf. »Ich habe nachgerechnet, wo sich alle Himmelskörper gerade befinden sollten und wo sie tatsächlich sind.«

Er zog zwei Blätter heran, auf denen die Bahnen der Himmelskörper eingezeichnet waren. Paisley sah auf den ersten Blick, dass sie sich nicht nur an völlig anderen Punkten befanden, sondern sich auch ihre Umlaufbahnen verschoben hatten – nur geringfügig zwar, aber sie wusste, dass auch die kleinste Veränderung gewaltige Auswirkungen haben konnte. Sie strich mit der Hand über die Diagramme.

»Wir haben ihn wirklich kaputt gemacht«, sagte sie ernst und sah zu den anderen hinüber.

»Und das ist nicht mal das Schlimmste daran. Ich meine, es ist schlimm, aber das System ist in sich stabil: Alles befindet sich auf einer leicht veränderten Position, dürfte sich von dort aus aber normal weiterdrehen. Was uns wirklich Sorgen bereiten sollte, ist der Wolstenholme-Komet. Ich konnte seine Position bestimmen, als wir in der Schmiede waren, dann noch mal auf dem Schiff und letzte Nacht hier. Und selbst wenn man meinen Standortwechsel mit einberechnet, gibt es nur ein Ergebnis ... er kommt direkt auf uns zu.«

Einen Moment war es ganz still.

»Wenn du sagst, er kommt direkt auf uns zu ...«

»... meine ich die Erde. Er wird auf der Erde einschlagen.«

»Und was passiert dann?«, fragte Odelia. Sie und Hal hatten ihr Gespräch unterbrochen und kamen nun ebenfalls zu Corbett an den Tisch. Odelias Miene war todernst.

Corbett rückte seine Brille zurecht. »Ehrlich gesagt, weiß ich das nicht so genau. Das hängt davon ab, wie schnell er ist und wo er einschlägt, aber theoretisch hat er das Potenzial, alles zu zerstören. Oder schlimmer.«

»Was ist denn bitte schlimmer als komplette Zerstörung?«, fragte Hal.

»Vieles«, antwortete Odelia schlicht.

»Wie viel Zeit haben wir noch?«, wollte Paisley wissen.

»Ich muss noch ein paar Berechnungen anstellen, um sichergehen zu können. Aber grob geschätzt … nicht genug?«

»Reicht die Zeit, um einen neuen Apparat zu bauen und ihn von uns wegzulenken?«, fragte Paisley.

Corbett schüttelte den Kopf. »Deine Mutter und ich haben fast ein Jahr an dem Apparat gearbeitet. Uns bleiben im besten Fall noch einige Wochen, bevor der Komet uns trifft. Selbst mit einem Team von Alcheschmieden, die rund um die Uhr arbeiten, würden wir es wahrscheinlich nicht rechtzeitig schaffen. Und erinnerst du dich, was ich dir über das Nachtsilber darin erzählt habe? Ich glaube immer noch, dass das Blut deiner Mutter einen Anteil daran hatte, dass der Apparat funktioniert hat. Ohne sie können wir dieses Nachtsilber nicht noch einmal herstellen.«

Schweigen kehrte ein.

»Und was machen wir jetzt? Wie bringen wir das wieder in Ordnung?«, fragte Hal schließlich.

»Keine Ahnung.« Corbett zuckte ratlos mit den Schultern. »Ich bin bloß ein Lehrling. Auf dem Gebiet der Himmelsphysik gibt es noch so viel, das ich nicht weiß oder verstehe. Wir brauchen Hilfe.«

»Wir könnten uns an Doc Langley wenden!«, schlug Paisley vor. »Vielleicht kennt er jemanden im Orden des wahrhaften Wegs, der uns helfen kann?«

»Gute Idee«, meinte Corbett. »Gehen wir ihn suchen.«

»Nein«, widersprach Odelia entschlossen. »Ich weiß, das ist alles seltsam und verstörend. Und wenn Anu wünscht, dass wir es wieder in Ordnung bringen, wird sie uns einen Weg zeigen, dies zu tun. Aber jetzt gerade haben wir ein drängenderes Problem – oder jedenfalls spätestens morgen. Die Dunkle Drachenhüterin ist auf dem Weg hierher. Sie hat die versammelten Streitkräfte des Königs dabei und wir wissen genau, was sie will. Wir dürfen nicht zulassen, dass sie es bekommt. Wenn wir uns nicht gleich etwas einfallen lassen, wie wir Dax und den Herzstein vor ihr schützen können, brauchen wir uns auch keine Gedanken mehr zu machen, wie wir den Kometen aufhalten können. Denn dann hat die Dunkle Drachenhüterin gewonnen und wird eigenhändig alles zerstören.«

»Ja natürlich, du hast recht.« Paisley kam in den Sinn, was ihr Vater früher oft gesagt hatte: *Um den Krieg zu gewinnen, müssen wir zuerst die Schlacht überstehen. Eins nach dem anderen.* Sie fühlte sich, als müsste sie in mehreren Schlachten gleichzeitig kämpfen – wie sollte sie da entscheiden, welche zuerst kam? Und das, während ihnen langsam, aber sicher die Zeit ausging.

»Gut, dann fangen wir mit der unmittelbaren Bedrohung an: Wie halten wir die Dunkle Drachenhüterin von Dax und dem Herzstein fern und wie besiegen wir König Georges Armee?«, fragte Hal.

Sie fingen an, verschiedene Strategien zu diskutieren. Die meisten Vorschläge kamen von Odelia und Hal, Corbett schrieb sie auf und Paisley bot ihre Hilfe an, wo sie nur konnte.

Jemand brachte ihnen gesüßten Tee in die Bibliothek und wenig später kam Dax in Begleitung von Thea und einem kleinen Jungen mit langen dunklen Zöpfen und einem runden Gesicht herein. Paisley lächelte: In seiner Krigare-Uniform sah Dax so adrett aus. Er hatte immer davon geträumt, ein Drachenreiter aus dem Norden zu sein, und nun, da sein Traum tatsächlich in Erfüllung gegangen war, konnte er seinen Stolz kaum verbergen.

Er ging auf die Sofas und Sessel am Feuer zu, auf denen sich die vier niedergelassen hatten, und umarmte Paisley.

»Paisley, das ist Brom, Brom Michaelson. Thea kennst du ja schon. Sie sind meine Freunde«, sagte er lächelnd.

Paisley begrüßte die beiden. Dann erwachte in ihr eine Erinnerung. »Brom, du kennst nicht zufällig einen Dr. Mickle Michaelson, oder? Er ist Himmelsphysiker und war ein Freund unserer Mutter.«

»Ja, das ist mein Großvater«, antwortete Brom mit ernster Miene. Paisley hatte den Eindruck, dass er sehr auf der Hut war, und irgendetwas an ihm erinnerte sie an Corbetts vernünftige Art.

»Ist er hier?«, fragte Corbett.

Brom schüttelte den Kopf. »Nein, er hat ein Observatorium ein paar Schlittenstunden von hier entfernt. Oben im Norden, im Konstanten Kreis.«

Paisley sah Corbett an, dass er in Gedanken wieder beim beschädigten Himmelsmechanismus und dem Wolstenholme-Kometen war. Aber Odelia hatte in zweierlei Hinsicht recht:

Es schien, als hätte Anu ihnen soeben eine Lösung für das Kometenproblem präsentiert, und es gab andere, dringendere Themen, um die sie sich zuerst kümmern mussten.

»Dax, es gibt da ein paar Dinge, die ich dir sagen muss«, begann sie und erzählte ihm von ihrer Schleiergabe, die sie langsam zu kontrollieren lernte, und von ihren zweiten Sternen.

Ihm fielen fast die Augen aus dem Kopf. »Du bist der Aufstrebende König!« Dann breitete sich ein Lächeln auf seinem Gesicht aus. »Das glaub ich nicht!« Sie schob den Ärmel hoch und zeigte ihm ihre Sterne. »Du wirst wirklich der neue König!«

»Ja, aber ich bin weggelaufen und deswegen sind die Männer des Königs hinter mir her. Und auch weil sie unter Kontrolle der Dunklen Drachenhüterin stehen und … na ja, wahrscheinlich auch, weil ich jetzt irgendwo in einem Schloss sitzen sollte, nehme ich an.«

»Tust du doch auch«, warf Hal ein. »Nur eben nicht in dem Schloss, in dem sie dich haben wollen.«

Dann berichtete sie Dax von Corbetts Erkenntnissen und von der Sache mit dem Kometen und dem Himmelsmechanismus. Sie merkte ihm an, dass ihn das viel mehr ängstigte als die Tatsache, dass die Dunkle Drachenhüterin hinter ihm her war.

»Denkst du, wir könnten uns mit deinem Großvater treffen, Brom?«, fragte Paisley. »Vielleicht kann er uns helfen. Außerdem sollten wir ihn einweihen, wie unsere Mutter wirklich gestorben ist.«

Sie streckte die Hand aus. Dax nahm sie und hielt sie fest. Sie hatten bisher weder über ihre Mutter noch über Onkel Hector geredet oder darüber, was sie alles verloren hatten, aber beide trugen sie diese Last mit sich herum. Und nun, da sie wieder zusammen waren, gab es endlich jemanden, mit dem sie ihre Trauer teilen konnten.

Paisley führte Dax von den anderen weg in eine ruhige Ecke der Bibliothek. Sie setzten sich auf eine Fensterbank mit Blick auf das Trainingsgelände. Sie wussten beide, was gesagt werden musste, aber keiner von ihnen wollte es aussprechen.

Paisley holte tief Luft. »Wir wurden sehr geliebt, Dax, von Mom und von Dad. Wir hatten großes Glück, solche Eltern zu haben.«

Dax nickte und brachte mit belegter Stimme ein »Mhm« zustande.

»Wir werden immer noch geliebt: Wir haben einander und die Liebe unserer Freunde. Und wir haben die Erinnerung daran, wie es war, von Mom geliebt zu werden: warm und sicher und bedingungslos. Sie hat uns geliebt, egal, was war. Sie hat uns von ganzem Herzen geliebt, wie eine Löwin ihre Jungen. Ihre Liebe kannte keine Grenzen.« Paisley lächelte, als sie sich an das Gefühl erinnerte.

»Es … es kommt mir immer noch so unwirklich vor«, sagte Dax. »Ich weiß, dass es wahr ist. Ich habe gesehen, wie sie auf dem Boden lag, und in den ersten Tagen konnte ich gar nicht aufhören, sie so zu sehen. Aber jetzt … jetzt sehe ich ein anderes Bild. Ich erinnere mich daran, wie sie zu Hause die Treppe runtergekommen ist. Sie war immer so gut gelaunt und wollte uns ständig neue Dinge beibringen. Ich wünschte, ich hätte mich mehr dafür interessiert. Du weißt schon, für den Naturwissenschaftskram und so.«

»Ja, ich weiß.« Paisley lächelte. »Ich kann manchmal noch ihre Stimme hören. Ich finde es tröstlich, dass ich diese Erinnerungen an sie habe. Und ich glaube, wir kannten sie beide so gut, dass wir uns genau vorstellen können, was sie sagen würde, wenn wir ihren Rat brauchen.«

»So wie jetzt?«

»So wie jetzt.« Paisley drückte Dax' Hand.

»Sie würde sagen, dass sie uns lieb hat.«

»Und dass wir aufeinander aufpassen sollen.«

»Sie würde sagen, dass wir nicht aufgeben sollen. Dass wir uns der Gefahr stellen und mutig sein sollen!«

»Ja, aber auch, dass wir dabei unseren Verstand und unsere Stärken nutzen sollen.«

»Und dass wir auf unsere Freunde vertrauen sollen.«

»Sie würde uns sagen, dass ein Lebensweg auch mal steinig und voller Hindernisse sein kann. Und nur, weil etwas hart, beängstigend oder schwierig ist, heißt das nicht, dass man es nicht schaffen kann.«

»Sie würde uns sagen, dass wir tun sollen, was wir können, um die Dunkle Drachenhüterin aufzuhalten, oder?«

»Ja, Dax, das würde sie. Das hat sie. Das war ihr letzter Wunsch: dass wir zusammenbleiben und einander und die Welt vor der Dunklen Drachenhüterin beschützen.«

Dax sah zu Paisley hoch. Seine Augen waren gerötet und auf seinen Wangen trockneten die Tränen. »Wir haben sie genauso sehr geliebt wie sie uns. Hier in den Nördlichen Gefilden zeigt man durch seine Taten, was man für einen Menschen empfindet. Ich finde, wir sollten zeigen, wie sehr wir sie lieben, indem wir unser Versprechen halten und ihren letzten Wunsch erfüllen.«

Paisley zog ihren Bruder an sich und drückte ihm einen Kuss auf den Scheitel. »Das finde ich auch. Zeigen wir der Welt, wie sehr wir unsere Mutter geliebt haben, indem wir alle vor der Dunklen Drachenhüterin retten.«

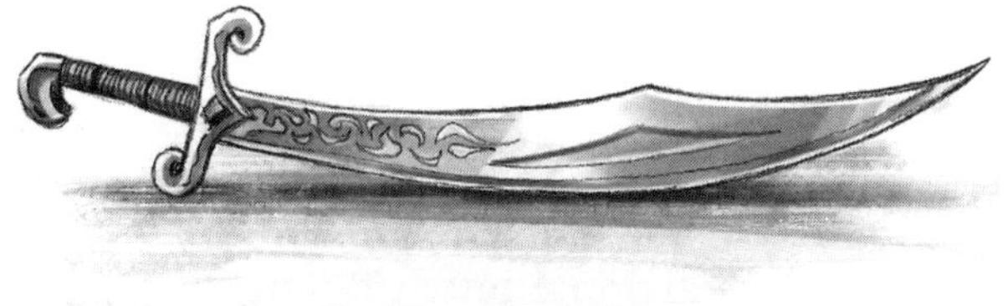

Die Armee von Albion

Roach stand an Deck des königlichen Kriegsschiffs und sah zu, wie die vereinte Armee der Männer des Königs aus den provisorischen Baracken strömte, die sie im Hafen von Dundee errichtet hatte, und anfing, die Schiffe zu beladen. Er bewunderte ihre eingeübte Präzision. Jeder Ritter trug die Farben seines Ordens, ihre Standarten flatterten im Wind und die Wappen auf ihren Winteruniformen glänzten.

Neben den Rittern bestand die Armee hauptsächlich aus Knappen: Jungen in Roachs Alter, teilweise sogar noch jünger, alle in denselben Uniformen, die ebenfalls die Farben ihres jeweiligen Ordens aufwiesen, aber ohne die Verzierungen, die bei den Rittern Rang und Bedeutung zum Ausdruck brachten. Roach beobachtete, wie Ausrüstung und Nachtsilberwaffen verladen wurden. Jede musste sorgsam aus den Aerokoptern und Elektrika-Trucks geholt und auf eines der drei Schiffe verfrachtet werden, die einen kleinen Teil der Kriegsflotte des Königs ausmachten.

Die Dunkle Drachenhüterin stand mit Hector ebenfalls an Deck, etwas abseits von Roach.

»Ich überlege, dich in Albion zu lassen, Hector«, sagte sie. Ihre Stimme tanzte sanft und federleicht durch die kalte Morgenluft. Sie umklammerte die Reling mit ihren kleinen Händen, von denen eine in einem Handschuh steckte, während die andere das durchdringende Schwarz des Nachtsilbers unverhohlen zur Schau stellte. »Es gibt immer noch keine Neuigkeiten von Paisley und ich möchte nicht, dass sie ihren Bruder vor mir erreicht. Sie ist deine Nichte; vielleicht hast du mehr Erfolg, sie aufzuspüren.«

Roach stand unbewegt da und verzog keine Miene, doch sein Herz schlug eine Winzigkeit schneller, als er an Paisley dachte. Inzwischen musste sie es zu Dax geschafft haben, und wenn die beiden halbwegs bei Verstand waren, würden sie sich zusammen in Sicherheit bringen. Aber er kannte Paisley und wusste es besser.

»Selbstverständlich kann ich bleiben, Eure Dunkelheit, wenn es das ist, was Ihr von mir wünscht.« Hector senkte den Kopf wie ein ausgeschimpfter Welpe. »Aber ganz ehrlich: Wenn es eine Person gibt, von der Paisley im ganzen Königreich am allerwenigsten gefunden werden möchte, bin das wohl ich. Immerhin war ich daran beteiligt, ihre Eltern hinter den Schleier zu befördern, und zwar alle beide.«

Die Dunkle Drachenhüterin seufzte nachdenklich und drehte sich dann entschlossen zu ihm um. »Nein, du musst mit uns kommen. Ich brauche dich als Botschafter beim

König und, wichtiger noch, bei seinen Männern. Keiner von ihnen wird mich verstehen oder respektieren, obwohl ich sie so leicht vernichten könnte. Ich werde darauf vertrauen müssen, dass die Sterne Paisley nicht zu Hilfe kommen.« Auf ihre Worte folgte ein metallisches Knirschen, und als die Dunkle Drachenhüterin die Nachtsilberhand von der Reling nahm, war das dicke Rohr an der Stelle zusammengequetscht.

»Wo ist der König?«, fragte sie.

»In seiner Kajüte. Sicher ist er von der militärischen Parade erschöpft, mit der er vom Aerodock hierher geleitet wurde.« Hector verdrehte die Augen. Roach erinnerte sich noch gut daran, wie der König in seiner Nachtsilberrüstung und mit der Lanze in der Hand auf seinem Schlachtross gesessen und die Ritter aus allen Orden angeführt hatte.

»Ganz sicher!«, erwiderte die Dunkle Drachenhüterin.

»Wünscht Ihr, dass ich Euch in Eure Gemächer eskortiere? Lorena und Eure Dunklen Drachenmeisterinnen machen sie gerade für Euch bereit.«

»Nein, ich glaube, es ist an der Zeit, mich mal wieder beim König einzufinden. Es ist viele Wenden her, seit ich ihm das letzte Mal persönlich begegnet bin«, antwortete die Dunkle Drachenhüterin mit einem strahlenden Lächeln.

Roach folgte Hector und ihr, während sie die Truppen des Königs inspizierten, die bereitstanden, um auf Geheiß der Dunklen Drachenhüterin in die Schlacht zu ziehen, obwohl sie sich dessen nicht bewusst waren. Roach sah Unmengen von Pfeilen mit Nachtsilberspitzen und beobachtete, wie die

Schildknappen die Nachtsilberrüstungen ihrer jeweiligen Ritter ausluden.

Zwischen den Pferden warteten Kriegsmaschinen auf ihren Einsatz – gewaltige Geräte, die dazu dienten, Mauern niederzureißen und Festungen zu erstürmen – und jedes Schiff hatte einen kleinen Aerokopter an Bord, dessen Ballonhülle leer und schlaff herabhing.

Während er durch den Wald aus Kriegswaffen wanderte, fragte sich Roach, ob die bevorstehende Zerstörung wirklich nötig war. Dann dachte er an Clara.

Er war in Gedanken immer noch bei seiner Schwester, als Hector sich an die Wachen wandte und zum König durchgelassen wurde.

Der König stand vor einem Tisch, auf dem ein Modell der Nördlichen Gefilde aufgebaut war. Alle bekannten Städte und Straßen, Zitadellen und Burgen waren bis ins kleinste Detail nachgebildet, ähnlich dem Modell, das die Dunkle Drachenhüterin benutzt hatte, um die Invasion zu planen, die der König nun für sie ausführen würde.

Die Ersten Ritter aus den Orden der Erkundung, der Gerechtigkeit, des Heldenmuts und der Eroberung waren als Berater zugegen. Sie schoben kleine Spielzeugritter auf dem Modell hin und her. Roach zog sich der Magen zusammen. War das für sie bloß ein Spiel?

Hector hüstelte dezent und der König sah auf. Ein Schatten huschte über sein Gesicht, als sein Blick auf die Dunkle Drachenhüterin fiel. Er hatte sie offensichtlich wiedererkannt.

Unbehaglich trat er von einem Bein aufs andere, bevor er seine Ritter mit einem Wink entließ.

»Herrschaften, es gibt ein, zwei dringende Angelegenheiten, die ich mit Lord Hector besprechen muss. Bitte lasst uns allein.«

Die Ritter marschierten an Hector, der Dunklen Drachenhüterin und Roach vorbei nach draußen.

Eine Weile war es still im Raum, bis der König sich gefangen hatte und auf die Dunkle Drachenhüterin zuging.

»Ihr ... Ihr habt Euch kein bisschen verändert«, sagte er voller Faszination zu ihr. Er legte den Kopf schief, um sie genauer anzusehen. »Ich wart noch ein Kind, als ich Euch begegnet bin. Der alte König, als dessen Nachfolger mich meine Sterne auserkoren hatten, war auch da und Ihr habt mir von Eurem Geschenk erzählt. Er sagte, wenn ich ein langes und mächtiges Leben führen wolle, müsse ich stets Euren Befehlen gehorchen und Euer Geschenk annehmen, wann immer Ihr es mir gewährt. Er sagte, Ihr wärt der Stern, der den Weg des Königs erleuchtet. Aber verratet mir: Wie kann es sein, dass Ihr noch genauso ausseht wie damals? Ihr wisst, in all meinen Palästen gibt es Gemälde von Euch, die bis zu George dem Ersten zurückreichen, und doch bleibt Ihr über all die Zeit dieselbe. Eure Kleidung und Eure Frisur wandeln sich mit der jeweiligen Mode, aber Ihr ... Ihr nicht.« Er hob die Hand und betastete seine eigene Wange. Roach fiel auf, dass sein Haar strähniger wirkte und seine müden Augen von tiefen Falten gezeichnet waren. »Meine Wenden kriechen mir in den

Körper, aber Eure Wenden fliegen scheinbar einfach über Euch hinweg.«

Die Dunkle Drachenhüterin lächelte gütig. »Manche Dinge ändern sich, während andere so schnell vergehen, als hätten sie nie existiert. Wenn Ihr erst mal so lange gelebt habt wie ich, werdet Ihr mit dem steten Wandel des Lebens vertraut, mit dem endlosen Auf und Ab. Ich habe viele Könige aufsteigen sehen und auch viele untergehen.«

Der König straffte die Schultern. »Seid Ihr hier, weil es einen neuen Aufstrebenden König gibt? Seid Ihr gekommen, um mir zu sagen, dass ich nicht länger gebraucht werde?«

Die Dunkle Drachenhüterin sah ihn mit aufrichtiger Miene an. »Ganz im Gegenteil. Ihr seid von unschätzbarem Wert für mich und das gesamte Königreich«, versicherte sie.

Der König entspannte sich ein wenig und blickte fast schon selbstgefällig drein.

»Ich bin hier, weil es wichtig ist, dass wir zusammenarbeiten, um die Nördlichen Gefilde und ihr barbarisches Treiben zu stoppen. Sie haben sich schon viel zu lange dem Weg des Obersten Gestalters widersetzt und Euch und das gesamte Königreich zum Narren gehalten. Ich bin hier, weil ich an der Seite Georges des Ersten war, als er die Großen Drachen verbannt hat. Es ist mein Schicksal, auch an der Seite des letzten Königs zu stehen, wenn die Großen Drachen zurückkehren.«

Angst flackerte im Gesicht des Königs auf. »Also ist es wahr, was im *Boten* geschrieben steht? Der Komet ist tatsächlich kein Komet, sondern ein Großer Drache?«

Die Dunkle Drachenhüterin neigte den Kopf. »Macht Euch darüber keine Sorgen«, sagte sie zuckersüß. »Eure Aufgabe ist es, die Nördlichen Gefilde zu unterwerfen und den Lebensweg weiterzugehen, den der Oberste Gestalter Euch zugewiesen hat. Selbstverständlich werde ich meine Sterne einsetzen, um Euch so gut wie möglich zu unterstützen.«

Mit steinerner Miene lauschte Roach, wie die Dunkle Drachenhüterin den König manipulierte. Wie sie eine Geschichte voller Halbwahrheiten spann und mit seinem Glauben und seinen Ängsten spielte – genau wie bei allen anderen um sie herum. Um sicherzustellen, dass der König auch wirklich kooperierte, zog sie eine kleine Phiole mit ihrem Blut aus der Tasche und hielt sie vor sich.

Der König beäugte die Phiole gierig.

»Ein kleines Geschenk für Euch«, sagte sie. Der König trat vor, nahm die Phiole entgegen und schloss die Faust darum. »Hector wird Euch unterweisen, wie diese Schlacht geführt werden soll. Wendet Euch vertrauensvoll an ihn, wenn Ihr meinen Rat braucht.«

Mit diesen Worten drehte sie sich um und marschierte an Roach vorbei zur Tür. Hector folgte ihr dicht auf den Fersen. Als Roach sich ebenfalls zum Gehen wandte, sah er, wie der König die Phiole entkorkte und sich an die Lippen hielt.

Mit einem flauen Gefühl im Magen folgte Roach der Dunklen Drachenhüterin über das Schiff, vorbei an den Rittern und Knappen, deren Lebenswege alle auf diese Schlacht zuliefen … aber wofür? Und für wen?

Er hielt sich an dem Gedanken fest, Clara bald wiederzusehen, und ließ ihr Gesicht im Lauf der nächsten anderthalb Tage immer wieder in seinem Gedächtnis aufblitzen. Jedes Mal, wenn er einem jungen Knappen oder Ritter begegnete und sich ausrechnete, wie groß ihre Chancen waren, die bevorstehende Schlacht zu überstehen, dachte er an seine Schwester. Und als er auf der Brücke stand und zusah, wie die Männer des Königs ihre Katapulte auf die kleine Hafenstadt Västerut Hamn ausrichteten und abfeuerten, dachte er noch intensiver an sie. Er versuchte, nicht auf ihre leise Stimme zu achten, die sich in seinem Kopf festsetzte, sein Handeln hinterfragte und ihn anflehte, damit aufzuhören.

»Es hat begonnen«, sagte die Dunkle Drachenhüterin zurück in ihren Gemächern. Sie studierte die Karten der Nördlichen Gefilde. »Und alles läuft nach Plan.« Eine Explosion brachte das Schiff leicht zum Schwanken. Roach sah aus dem Fenster und stellte fest, dass eines der Katapulte sein Ziel getroffen hatte. Das brennende Geschoss war in die Gebäude am Hafen eingeschlagen und hatte sie in Brand gesetzt.

»Ich verstehe immer noch nicht, warum wir die Stadt niederbrennen«, sagte er.

»Weil ich es kann und sie wissen sollen, dass ich es kann.« Der Tonfall der Dunklen Drachenhüterin war liebreizend und leicht. »Diese Menschen, ihr Land, ihr Leben sind nicht nur verzichtbar: Sie sind wertlos. Alles, was zählt, sind der Herzstein und Dax. Sobald mein Drache hier ist, werde ich seinen Feueratem nutzen, um alles Wertlose zu vernichten. Wir beschleunigen also nur ihre Reise hinter den Schleier. Roach, hast du die Pläne für die Burg des Nordischen Königs?« Sie streckte erwartungsvoll die Hand aus.

Roach griff in seine Innentasche und holte einen gefalteten Zettel heraus.

Die Dunkle Drachenhüterin riss ihm das Blatt aus den Fingern, strich es glatt und legte die handgezeichnete Karte der Burg auf die offizielle.

Roach zeigte auf einen bestimmten Punkt. »Dort haben sie den Herzstein damals aufbewahrt, in einem Kraftwerk im Osten der Burg. Ich bezweifle allerdings stark, dass er jetzt auch wieder dort ist.«

Die Dunkle Drachenhüterin überflog die grobe Skizze.

»Was glaubt Ihr, wo sie ihn verstecken?«, fragte Roach. »Er könnte überall sein.«

»Das spielt keine Rolle. Entscheidend ist nur, dass Lorena und ihre Dunklen Drachenmeisterinnen Zugang zur richtigen Person erhalten.«

Lorena trat näher. »Wir werden Euch nicht enttäuschen. Mayme kann die Gedanken aller manipulieren, in deren Nähe sie sich aufhält. Wir müssen lediglich jemanden finden, der weiß, wo der Herzstein ist, dann kann sie ihm die nötigen Informationen entlocken.«

Roach lief ein Schauer über den Rücken, als er an seine Begegnung mit Mayme vor dem Drachengewölbe von Kensington Above dachte. Damals hatte sie ihn Dinge sehen lassen, die nicht real waren.

»Ja, du hast recht, Lorena. Meine Dunklen Drachenmeisterinnen besitzen viele Talente und die sollte ich alle zu meinem Vorteil nutzen. Wenn die Schlacht um die Königsburg beginnt, werdet ihr meine Beute für mich finden, egal mit welchen Mitteln. Roach, du kennst diese Leute und weißt, wer dem König nahesteht. Geh mit Lorena und such ihnen ein leichtes Ziel.«

Roach nickte gehorsam. Er stellte sich vor, wie Lorena und ihre Dunklen Drachenmeisterinnen Jagd auf den verängstigten, verletzlichen Dax machten. Dabei fragte er sich insgeheim, ob er helfen würde, Dax an die Dunkle Drachenhüterin auszuliefern oder ihn vor ihr zu schützen.

Er hatte das Gefühl, dass sich seit dem Kampf im Observatorium von Greenwich, bei dem er geholfen hatte, Dax zu fassen, etwas in ihm verändert hatte. Und nicht zum ersten Mal dachte er darüber nach, ob Violettas Apparat in jener Nacht nicht nur den Kometen, sondern auch die Bahn seines eigenen Lebenswegs versetzt hatte.

Etwas Grosses steht bevor

Hals Vater, König Harkon, berief seinen Kriegsrat ein. Die Barone waren aus allen Ecken der Nördlichen Gefilde angereist und hatten sich im großen Saal versammelt. Paisley begriff, dass dieser nicht nur den Menschen rund um die Zitadelle, sondern den gesamten Gefilden als Dreh- und Angelpunkt diente. Alle wichtigen Entscheidungen, die sich früher oder später auch auf das Leben der gewöhnlichen Bevölkerung auswirkten, wurden in diesem Saal getroffen, rings um das große Feuer und unter den Girlanden aus Tannenzweigen. Das Ganze strahlte etwas Ehrliches, Bodenständiges aus, das Paisley aus der Seele sprach.

Die Männer und Frauen, die den verschiedenen Gebieten als Barone vorstanden, saßen alle gleichberechtigt um das Feuer, während sie ihre Einschätzungen mit König Harkon teilten.

Baron Viggo war aus dem Westen angereist und hatte ein großes Bataillon aus Frauen und Männern mitgebracht. Er versicherte der Runde gerade, wie stark sie alle waren und über wie viele Bogenschützen sie verfügten. Hal und Thea wechselten sich damit ab, seine Ausführungen für Paisley und die anderen zu übersetzen.

Dann schwang die Doppeltür des Saals auf und ein Mädchen in der Drachenlederuniform der Krigaren taumelte herein. Ihre Kleidung wies deutliche Brandspuren auf und ihr Gesicht war blutüberströmt und voller Verbrennungen.

»Eure Hoheit! Die Armee von Albion hat Västerut Hamn eingenommen. Baron Kristoff ist gefallen und seine verbliebenen Truppen sind auf dem Weg hierher – genau wie die Angreifer!«

»Was ist mit den Anwohnern?«, fragte König Harkon das Mädchen.

»Die meisten waren bereits geflohen, teils zu Land, teils zu Wasser, bevor die Tyrannen Albions es gewagt haben, unsere Küste zu besudeln.«

»Baron Viggo, Eure Leute stammen aus den Gebieten westlich von Västerut Hamn, Baronin Gunnel, Eure aus den Gebieten östlich davon. Würdet Ihr Eure Krigaren aussenden, um für die Menschen aus Västerut Hamn zu sorgen und sie unterzubringen, bis wir ihnen ein sicheres Zuhause garantieren können?«

Im Saal wurde es unruhig, als die angesprochenen Barone die nötigen Schritte veranlassten und andere anfingen, sich untereinander auszutauschen.

Hal beugte sich zu seinem Vater vor und Paisley hörte ihn

fragen: »Kann ich kurz mit dir reden, wenn die Sitzung vorbei ist? Es ist dringend und äußerst wichtig.«

König Harkon nickte und stand auf. Sofort kehrte wieder Ruhe ein. »Wir hatten gehofft, uns bliebe mehr Zeit zum Planen, doch wie immer hat sich der Mechanismus in seinem anhaltenden Bemühen, uns zu vernichten, gegen uns gewandt. Die Armee von Albion ist nur noch eine halbe Tagesreise entfernt und wir haben viel zu tun. Bei Anbruch der Nacht könnten sie hier sein und falls dem so ist, müssen wir bereit sein. In der Dunkelheit lauern viele Schrecken und wir werden einer davon sein. Wir werden uns gegen unsere Feinde erheben und wir werden sie auf dem Schlachtfeld besiegen, wenn die Sonne über unserer Heimat aufgeht. Wir werden die Eindringlinge zurück aufs Meer jagen!«

Unter den zustimmenden Rufen der versammelten Barone verließ der König den Saal.

»Kommt mit.« Hal winkte Paisley und die anderen zu sich und sie folgten ihm durch die Tür, durch die sein Vater mit seinen engsten Beratern gegangen war. Dahinter befand sich ein großer Raum, der dem Wohnzimmer bei Paisley zu Hause ähnelte. Es gab ein wärmendes Feuer und mehrere Sofas. Auf einer Seite stand zusätzlich noch ein ausladender Schreibtisch voller Papiere und Unterlagen und daneben hing König Harkons Drachenlederuniform.

Die Berater ließen sich auf den Sofas rund ums Feuer nieder und unterhielten sich auf Nordisch.

»Was gibt es, Hal?«, fragte König Harkon, während er hinter

seinem Schreibtisch auf und ab ging. Die Papiere darauf entpuppten sich als Schlachtpläne. »Du und deine Freunde, habt ihr euch entschieden, an unserer Seite in den Kampf zu ziehen? Ich hatte gehofft, dass du zusammen mit deinen älteren Geschwistern eines der Bataillone anführen würdest.«

Hal schüttelte den Kopf. »Nein, Vater, ich fürchte, in diesem Krieg haben wir eine andere Aufgabe zu erfüllen.«

König Harkon blieb stehen und warf Hal einen enttäuschten Blick zu. Dann wandte er sich an seine Berater: »Geht. Das ist eine Angelegenheit für einen Vater, nicht für einen König.« Sie verließen gehorsam den Raum und schlossen die Tür hinter sich.

»Hal, was hat das zu bedeuten? Ich weiß, deine Zeit im Land unserer Feinde muss … schwierig gewesen sein, aber ich hätte nicht erwartet, dass du vor einer Schlacht davonläufst. Wenn überhaupt, hätte ich gedacht, dass diese Erfahrung in dir den Wunsch geweckt hat, an vorderster Front mit uns zu kämpfen«, sagte König Harkon. »Bevor du aufgebrochen bist, um das gestohlene Seelenfeuer zurückzuholen, hättest du dich danach gesehnt, dich zu beweisen, dir neue Male zu verdienen und der Welt zu zeigen, was für ein mutiger, tapferer Krieger du bist.«

Hal stützte die Hände auf den Schreibtisch und beugte sich vor. »Vater, ich bin noch derselbe Hal wie früher. Ich bitte dich, mir zu vertrauen. Indem ich auf diese Schlacht verzichte, kann ich dazu beitragen, den Krieg zu gewinnen.«

König Harkon straffte die Schultern und musterte Hal

streng. »Geht es um diese Drachensagen, die du mir erzählt hast? Um diese Dunkle Drachenhüterin, diese *Unbekannte Entwicklung …*«

»Vater, wie ich dir gesagt habe: Das alles ist so real wie unsere Sagen von der Weltenbrücke. Ich habe die Dunkle Drachenhüterin mit eigenen Augen gesehen.«

»Aber diese Dinge betreffen uns nicht. Darum müssen sich die Drachenmeisterinnen und das Königreich Albion kümmern.« Mit einem Kopfnicken deutete König Harkon erst auf Odelia, dann auf Paisley. »Was schert es uns, ob sie die Großen Drachen zurückholt und den Mechanismus zerstört? Du enttäuschst mich, Hal.«

Paisley sah, wie Hal den Kopf senkte und sich auf die Lippe biss.

»Sie will den Mechanismus nicht zerstören«, sprang Paisley ihm bei. Ihr Tonfall war schneidend, scharf wie eine Nachtsilberklinge. »Sie hat den Wunsch, ihn zu dominieren, zu kontrollieren, ihn ihrem Willen zu unterwerfen. Sie will Macht und hat keine Skrupel, den Mechanismus dafür zu benutzen, wenn sie die Möglichkeit bekommt. Wir glauben, dass der Herzstein der Schlüssel zu allem ist. Indem wir ihn schützen, bewahren wir Euer Volk vor noch größerem Leid. Ihr sorgt Euch, dass Hal sich nicht ehrenvoll verhält. Ihr kennt Euren Sohn, Ihr wisst, wie viel es ihm bedeutet, an Eurer Seite für Euer Volk zu kämpfen. Trotzdem wählt er den härteren Weg. Und dafür bittet er um Eure Unterstützung, Euren Segen.«

König Harkon sah Paisley mit seinen klaren blauen Augen an. »Ich erkenne die Weisheit in dem, was du über Hal sagst.« Er wandte sich an seinen Sohn. »Ich glaube auch weiterhin nicht, dass das Handeln dieser Dunklen Drachenhüterin uns irgendetwas angeht. Geschweige denn, dass sie die ist, die sie zu sein behauptet. Aber du hast mich immer stolz gemacht, als Vater und auch als König.«

Er ging zu einem großen Tresor in der Wand und nahm eine kleine Holzkiste heraus, die er Hal gab.

»Hier ist das Seelenfeuer oder zumindest war es das früher einmal. Seit es gestohlen wurde, ist es gewachsen und hat sich so sehr verändert, dass wir es nicht mehr zur Energiegewinnung nutzen können. Als wir versucht haben, es an unser Netz anzuschließen, hat der Transformator den Geist aufgegeben. Mickle Michaelson wollte es mit in sein Labor nehmen, um einige Experimente durchzuführen, aber nun gebe ich ihn dir, diesen Herzstein oder wie auch immer ihr ihn nennt. Bewache ihn gut, mein Sohn. Ich hoffe, das ist es wert.«

Paisley verspürte eine abgrundtiefe Traurigkeit für Hal, als dieser die Hand ausstreckte und die Kiste entgegennahm. Dann richtete er sich kerzengerade auf und blickte seinem Vater in die Augen.

»Ich hab dich lieb, Vater, und auch wenn du es jetzt gerade vielleicht noch nicht erkennen kannst, verspreche ich, dass ich mich deiner würdig erweisen werde. Und als mein König verspreche ich, dir zu beweisen, dass du dich irrst.«

»Das hoffe ich, Hal. Alles beides«, erwiderte König Harkon.

Die Schlacht um die Königsburg

Paisley stand neben Odelia auf der Ringmauer, die die Gebäude der Zitadelle umgab. Unten links von ihnen wurde das hölzerne Tor mit zusätzlichen Befestigungen verstärkt. Paisley ließ den Blick über die weite Ebene schweifen, die zwischen ihnen und dem Wald lag. Schon bald würde all dies zum Schlachtfeld werden. Ihr Blick wanderte weiter, bis er an dem kleinen Hügel zu ihrer Rechten hängen blieb. Sie stieß einen tiefen Seufzer aus und ihr warmer Atem verwandelte sich in feinen Nebel, der sie wie der Rauch aus dem Maul eines Drachen umhüllte.

Der kalte, fahle Morgen war gemeinsam mit den Männern des Königs herangeschlichen, die über Nacht die Burg umzingelt hatten. Paisley sah zu der Armee von Albion hinüber, deren Kriegsmaschinen bösartig glänzend vor den Kommandozelten aufragten, die in der Nähe des Waldrands errichtet worden waren. Sie erkannte, dass die weite, offene Fläche, die zwischen dem Wald und der Burg lag, exzellente Verteidigung bot: Jeder Angreifer musste sich zunächst aus der Deckung wagen, um auf die Mauer zuzustürmen.

Bald würde die Ebene von einer Flut von Rittern überschwemmt werden, die es kaum erwarten konnten, sich im Kampf zu beweisen.

»Irgendwie will es mir nicht in den Kopf, dass diese Männer laut meinen Sternen eines Tages auf meine Befehle hören werden, aber jetzt noch nicht. Jetzt gerade sind sie meine Feinde. Wie kann das sein?«

Odelia zuckte mit den Schultern. »Die Männerwelt ist eigentümlich. Ich weiß nichts darüber, wie sich das Königreich Loyalität sichert, sofern es so etwas dort überhaupt gibt«, sagte sie. »Aber über Krieg weiß ich schon ein, zwei Dinge und die einzigen loyalen Gefährten auf dem Schlachtfeld sind deine Schwestern und der Schleier.«

Odelia sah Paisley voll aufrichtiger Zuneigung und Verständnis an. Paisley erkannte, dass sie längst über den Zustand der Freundschaft hinaus waren und eine innigere Bindung aufgebaut hatten, als sie selbst Blutsgeschwister besaßen.

»Glaubst du, Dóm schafft das?«, fragte Paisley, während sie zu dem großen, steinernen Gebäude hinüberschaute, in dem sich der Eingang zu den unterirdischen Drachennestern befand.

»Doc wird auf sie aufpassen«, antwortete Odelia. »Sie ist dort sicher, und sobald wir gesiegt haben, kannst du wieder zu ihr. Komm, wir sollten zu den anderen zurückgehen.« Odelia führte sie zwischen den Befestigungswällen hindurch, wo die

Bogenschützen ihre Pfeile bereitlegten, und die Treppen entlang der Mauer hinab.

Schweigend liefen sie durch die leeren Straßen. Paisley hob den Kopf und sah die dunklen Umrisse der Drachen, die über ihnen am Himmel kreisten, während die Krigaren von ihren Rücken aus die Burg von oben bewachten.

Sie betraten den großen Saal, der freigeräumt worden war. Die Tische standen nun gestapelt an den Wänden. Links gab es hinter einem Wandteppich versteckt eine kleine Tür, die ins Innere der Festung hinabführte.

Gerade als sie dort ankamen, ertönten draußen die Kriegshörner. Paisley warf Odelia einen Blick zu: Die Schlacht hatte begonnen. Sie brachten sich hinter der schweren Tür in Sicherheit und Hal, der schon auf sie gewartet hatte, schob den Riegel vor. Der Schutzraum maß nur einen Bruchteil des Saals über ihnen und diente eher als Vorratsraum denn als Versteck. Regale säumten die Wände, in denen Truhen voll kostbarer Gegenstände standen, die normalerweise den großen Saal schmückten. Paisley ging zu einem Haufen zusammengerollter Wandteppiche. Sie kam sich wie ein Feigling vor. Draußen wurde gekämpft und sie versteckte sich hier unten. Sie merkte den anderen an, dass es ihnen genauso ging.

Corbett versuchte sich an einem Lächeln. »Vergiss nicht, Paisley: Deine Sterne sind bedeutender als diese eine Schlacht. Wir alle brauchen dich, um den Krieg zu gewinnen.«

Das Gewicht seiner Worte traf sie mit voller Wucht, als von draußen die ersten Schreie zu hören waren.

Sie sah zu Dax hinüber, weil sie damit rechnete, dass er sich fürchtete. Sie erwartete, dass er zu ihr kommen und sich an ihrem Arm festklammern würde, doch stattdessen stand er tapfer da und ließ sich nichts anmerken. Sein Drachenbein krümmte sich unübersehbar nach außen. Er trug seine Krigare-Uniform, deren Drachenleder aus den gleichen kleinen, überlappenden dunklen Schuppen bestand, die sein Bein bedeckten. In der Hand hielt er ein Schwert, das deutlich größer war als das aus seinem Gehstock, und er blickte nachdenklich zur Decke hinauf. Er war in kurzer Zeit enorm gewachsen – der Verlust ihrer Mutter, Onkel Hectors Verrat, die Trennung von Paisley und seine beginnende Ausbildung zum Krigaren hatten ihn auf eine Weise verändert, die Paisley gleichermaßen traurig und stolz werden ließ. Sie war hergekommen, um ihren kleinen Bruder zu finden, der auf sie angewiesen war, doch Dax wuchs mit den Herausforderungen, die sein Lebensweg ihm stellte. Sie musste ihn nicht länger tragen; sie konnten nun Seite an Seite gehen.

Die Zeit verstrich, während draußen die Schlacht tobte. Odelia und Hal liefen abwechselnd in der kleinen Kammer auf und ab und jedes Mal, wenn jemand in den großen Saal gestürmt kam oder sie ein Krachen oder Schreien hörten, hielten sie alle gemeinsam inne und sahen auf.

»Dax beschützen, den Stein bewachen, die Welt vor der Dunklen Drachenhüterin schützen«, wiederholte Paisley in Gedanken immer und immer wieder.

»Hal, warum setzen wir den Herzstein nicht in Naess ein?«,

fragte Odelia unvermittelt. »Dort ist er sicher, und falls die Dunkle Drachenhüterin uns finden sollte, kann Paisley die Macht des Steins nutzen, um sie zu besiegen.«

»Gute Idee«, erwiderte Hal. Er wuchtete eine der Kisten vom Stapel und wühlte darin, bis er das kleine Holzkästchen fand. Als er den Deckel öffnete, erstrahlte das rote Glühen des Herzsteins und leuchtete sein Gesicht von unten an. Paisley schnappte geräuschvoll nach Luft, als sie den Stein sah, dessen rotes Licht in einem sanften, langsamen Rhythmus pulsierte. Sie hatte das gleiche Gefühl wie damals im Observatorium, als die Dunkle Drachenhüterin die beiden leblosen Teile des Herzsteins vereint hatte: Der Stein pochte wie die Hälfte eines menschlichen Herzens.

Ohne den Herzstein aus den Augen zu lassen, griff Paisley in ihre Tasche und holte Naess heraus. Sie stellte sich vor, wie die Lanze zu ihrer vollen Größe anwuchs und wie sie selbst das Fach darin öffnete, das Corbett gemäß den Blaupausen für den Stein angefertigt hatte.

»Wow!«, entfuhr es Dax. »Wo hast du die her? Kann ich auch eine haben?«

»Corbett hat sie geschmiedet«, sagte Paisley und dieser errötete vor Stolz.

Doch als Hal den Stein einsetzen wollte, passte er nicht. Das Fach war zu klein.

»Aber ich habe mich genau an die Maße gehalten!«, protestierte Corbett.

»Stimmt, aber dieser Stein besteht aus zwei Teilen des

Herzens und die Originallanze war vermutlich nur für ein Viertel gedacht«, wandte Paisley ein.

»Ja, natürlich.« Corbett schüttelte entmutigt den Kopf.

»Warte – ich stelle mir einfach vor, wie das Fach größer wird.«

Paisley konzentrierte sich mit aller Kraft darauf, den Hohlraum in der Lanze auszuweiten. Sie rief sich das Bild vor Augen und sandte ihre Absicht aus, bis sie vor Anstrengung anfing zu schielen und einen stechenden Schmerz in den Schläfen spürte, doch das Material war nicht dehnbar genug.

»Das funktioniert nicht, tut mir leid.« Paisley fuhr Naess ein und steckte sie zurück in ihre Tasche, während Hal den Herzstein wieder an sich nahm.

Corbett saß auf dem Boden und kritzelte in sein Notizbuch, um ein neues Design für die Lanze zu entwerfen. Er legte nachdenklich den Kopf in den Nacken und sah zur Decke, stand dann aber abrupt auf und fing an, ausgiebig zu schnüffeln.

»Brauchst du ein Taschentuch?«, fragte Odelia.

»Riecht ihr das nicht? Da brennt was.«

Odelia schnupperte. »Ich kann nichts riechen«, sagte sie.

»Ich schon.« Hal blickte zu den Deckenbalken und dem großen Saal darüber. »Das ist eine weitverbreitete Angriffsstrategie. Aber wir haben das Wasser aus dem Brunnen, wir sind also für solche Fälle vorbereitet.« Er klang überzeugt, doch nur wenige Minuten später konnten auch alle anderen das Feuer riechen und aus dem großen Saal drangen feine graue Rauchschwaden zu ihnen hinab.

»Wir sollten hier sicher sein«, sagte Hal. »Es gibt eine Brandschutzwand zwischen dem Saal und dieser Kammer. Allerdings kann es sein, dass der Saal einem Großbrand nicht standhält. Es ist eine Schande; er steht schon so lange hier, wie die Nördlichen Gefilde einen König haben …«

Paisley merkte ihm an, dass er hin- und hergerissen war. Es musste unglaublich schwer für ihn sein, zuzuhören, wie sein Zuhause angegriffen wurde, und zu wissen, dass seine gesamte Familie in Gefahr war, ihnen aber nicht helfen zu können. Und das nur, weil er sein Wort gegeben hatte, ihr zu helfen. Paisley wusste nicht, ob sie hier unten bleiben könnte, wäre sie an seiner Stelle und Dax irgendwo dort draußen. Doch Hal blieb. Er lief unruhig auf und ab, zuckte bei jedem lauten Geräusch zusammen und seine Miene wurde immer ernster, aber er blieb.

Und dann hämmerte plötzlich jemand von außen an ihre Tür.

»Hal! Hal, ich bin's, Magna! Lass mich rein!« Hal ging zur Tür und öffnete, bevor Odelia ihn daran hindern konnte.

Paisley zog Dax hinter sich und griff nach ihrer Lanze, die sofort zu ihrer vollen Länge ausfuhr.

Vor ihnen stand Hals Bruder. Sein Auge war zugeschwollen und seine Lippe blutete. »Hal!«, rief er, doch in dem Moment schlug Lorena ihn von hinten nieder. Magna brach auf der Türschwelle zusammen, wodurch es unmöglich war, die Tür wieder zu schließen.

Hal trat mit gezogenem Schwert aus der Kammer und

Odelia sprang ihm zur Seite, als Lorena zum Angriff überging. Fünf weitere Dunkle Drachenhüterinnen hatten sich in dem schmalen Gang dicht hinter ihr versammelt.

Und dahinter, mit etwas Abstand, lauerte Roach.

Paisley fing seinen Blick auf. Wie schaffte er diesen Drahtseilakt, ihr mal zu helfen und sie dann wieder zu bekämpfen?

Hal und Odelia begannen, Lorena zurückzudrängen, während die Dunklen Drachenhüterinnen hinter ihr versuchten, in den Kampf einzugreifen.

Paisley ließ Naess eine scharfe Spitze formen. Dax kam mit gezogenem Schwert aus der Deckung. Sie hielt ihn am Arm fest, doch er drehte sich zu ihr um und sah sie an. »Ich kann kämpfen, Paisley. Ich kann für mich selbst einstehen«, versicherte er, während Hal und Odelia Lorena zurückdrängten. Hinter ihnen ging Corbett in die Hocke und versuchte, Magna in die Kammer zu ziehen.

»Das weiß ich«, sagte Paisley. »Aber du solltest es nicht müssen.«

»Ich weiß. Aber wir mussten schon mit so vielen Dingen fertigwerden, für die das auch gilt. Das hier« – er hob sein Schwert – »ist nur eins mehr.«

Paisley sah ihn an. »Zusammen«, sagte sie.

Er nickte. »Zusammen.«

Daraufhin ließ sie seinen Arm los und sie stürzten sich ins Getümmel. Dax half Corbett, Magna in Sicherheit zu bringen, während Paisley sich Hal und Odelia draußen vor der Tür anschloss.

»Zieht euch zurück und verriegelt die Tür!«, brüllte Hal, sobald Corbett und Dax Magna in den Raum gezogen hatten.

Lorena blies in ihre Hand und schleuderte über ihre Köpfe hinweg einen Feuerball in die Kammer. Die Wandteppiche begannen sofort zu brennen und füllten den Raum mit dicken Rauchschwaden, wodurch ein Rückzug unmöglich war.

»Der Herzstein!«, rief Paisley und Hal rannte in den verqualmten Raum, vorbei an Dax und Corbett, die Magna hustend und keuchend nach draußen schleppten. Eine schwarze Rauchwolke quoll hinter ihnen aus der Tür. Hal kam mit dem Stein in der Hand zurück und Odelia setzte sich an die Spitze der Gruppe. Paisley eilte ihr zur Seite, während Lorena und ihre Streitkräfte rückwärts die Treppe hinaufliefen, weg von Paisley, Odelia und der Wand aus schwarzem Qualm hinter ihnen.

Kaum hatten sie den großen Saal erreicht, stellten sich Lorena und ihre Dunklen Drachenmeisterinnen im Halbkreis um den Durchgang auf und schnitten Paisley und den anderen den Weg ab. Über ihnen brannte das Dach des großen Saals lichterloh.

Paisley hörte, wie Hal hinter ihnen die Brandschutztür schloss.

»Wir müssen hier raus!«, rief er, als er mit gezogenem Schwert zu ihr aufschloss. Er zog den Kragen seiner Tunika über Mund und Nase, um sich vor dem Qualm zu schützen. Paisley folgte seinem Beispiel, während er den Herzstein sicher in seiner Tasche verstaute. »Links ist eine Tür!«

Sie drängten vorwärts und Corbett und Dax schleppten den noch immer benommenen Magna zur Tür.

Paisley erkannte, dass sie in der Falle saßen, als Lorena und die anderen Drachenmeisterinnen den Kreis um sie schlossen.

Lorena legte den Kopf in den Nacken und blies einen gewaltigen Feuerstoß zum Dach hinauf, wo er den Brand noch weiter anfachte.

Paisley hatte das Elektrika-Kribbeln in der Luft kaum bemerkt, als sie sah, wie sich hinter einer der Drachenmeisterinnen ein Riss auftat.

»Paisley!«, rief Odelia ihr zu, die bereits voll in den Kampf verwickelt war. Sie hatte den Riss ebenfalls gesehen. »Lass ihn nicht los!«

Paisley schwang ihre Lanze und holte eine der Dunklen Drachenmeisterinnen von den Beinen. Sie konnte den Riss spüren und versuchte, ihn im Griff zu behalten, aber sie konnte nicht verhindern, dass ihre Ängste und Sorgen ihn weiter anwachsen ließen. Je größer er wurde, desto stärker wurde seine Anziehungskraft.

Eine der Dunklen Drachenmeisterinnen bemerkte ihn zu spät. Mit einem Aufschrei verschwand sie im Riss. Durch den Schreck verlor Paisley die Kontrolle über ihn und er glitt durch eine der kunstvoll geschnitzten Säulen, wobei er ein klaffendes Loch zurückließ, und durch die Decke davon. Ein brennender Balken fiel herab und nahm gleich das halbe Dach mit. Lorena wurde darunter verschüttet und Dax, Corbett und Magna wurden von Paisley und den anderen abgeschnitten.

»Lauft zur Tür!«, rief Paisley Dax und Corbett zu. »Wir finden euch schon irgendwie!«

Paisley sah Dax in die Augen und nickte ihm kurz zu. Er half Corbett, Magna aus dem brennenden Saal und an die frische Luft zu schleppen.

Sie hörte ihn und Corbett husten und um Hilfe schreien.

Es krachte erneut und ein weiterer Teil des Dachs stürzte ein. Diesmal traf es Roach, der zusammen mit Hal und der Drachenmeisterin, gegen die dieser gerade gekämpft hatte, begraben wurde.

Odelia schrie auf, schlug mit den Flügeln und versetzte der Drachenmeisterin, mit der sie sich ein Gefecht lieferte, einen Tritt mit beiden Füßen. Die Wucht schleuderte die Dunkle Drachenmeisterin quer durch den Raum. Sie knallte mit dem Kopf gegen die Wand und sackte in sich zusammen. Odelia machte sich daran, Hal zu befreien.

Die beiden verbliebenen Dunklen Drachenmeisterinnen wandten sich Paisley zu. Plötzlich brach Lorena unter den Resten des eingestürzten Dachs hervor, dem Teil, der Paisley von Dax abgeschnitten hatte.

Während sie kämpfte, sah Paisley aus dem Augenwinkel, wie Lorenas verbrannte und verkohlte Haut dank ihrer Drachengabe verheilte. Lorena warf ihr ein teuflisches Lächeln zu, dann drehte sie sich um und lief zu der Tür, durch die Corbett und Dax mit Magna nach draußen verschwunden waren.

»Nein!«, schrie Paisley.

Sofort entstand vor ihr ein Riss. Ohne darüber nachzudenken, schnitt sie ihn mit ihrer Lanze in zwei Teile, die sie auf die beiden Dunklen Drachenmeisterinnen zuschickte. Die eine Drachenmeisterin beugte sich gelenkig nach hinten, sodass der Riss über sie hinwegglitt und auf die Rückwand des Saals zuschwebte. Die andere wirbelte herum und floh, während der Riss ihr langsam folgte. Je weiter er sich von Paisley entfernte, desto kleiner wurde er.

Paisley lenkte ihre Aufmerksamkeit zurück auf sich, woraufhin die beiden Teile des Risses sich vor ihr materialisierten und dann auflösten. Im Kopf konnte sie Nevers Stimme hören: *»Du hast alles unter Kontrolle, du bist sicher, du bist ruhig und du hast die Macht, die Risse aus dem Schleier zu bändigen.«*

Paisley sah sich um: Alle Dunklen Drachenmeisterinnen waren entweder handlungsunfähig oder geflohen.

»Odelia!«, schrie Paisley durch den brennenden Saal.

»Los, geh Dax retten!«, rief Odelia, während sie weiter brennenden Schutt wegräumte, um Hal zu befreien.

Paisley zögerte. Es gab keine Möglichkeit, zu Odelia zu gelangen, aber sie konnte Dax und Corbett einholen. Draußen riss sie sich als Erstes die Tunika vom Gesicht. Sie hustete, als die frische Luft in ihre Lunge strömte und diese sich gegen den Rauch wehrte.

»Dax!«, wollte sie rufen, doch es kam bloß ein keuchendes Krächzen heraus. Sie taumelte über den Hof auf ein Loch in der Mauer zu, wo die Steine eingeschlagen worden waren und überall auf dem Boden verstreut lagen. Auf der anderen Seite konnte sie die langsam zurückrollende Kriegsmaschine sehen. Eine kleine Gruppe von Rittern strömte durch das Loch. Die Kämpfer aus dem Norden rannten auf sie zu und versuchten, sie zurückzudrängen. In dem Moment entdeckte sie Magna und Corbett, die bewusstlos am Boden lagen.

»Corbett!« Sie schüttelte ihn. »Corbett, wo ist Dax?«

Corbetts Brille war zerbrochen und aus einer Wunde an seinem Kopf rann Blut. Dann hörte Paisley Dax nach ihr rufen. Sie ließ Corbett los, der auf Magna zurückplumpste, und wirbelte herum.

Dax hing gefesselt über Lorenas Schultern, während sie über den Schutt kletterte und sich zwischen den hereindrängenden Rittern durch das Loch in der Mauer zwängte. Eine Flut aus Rittern in glänzenden Nachtsilberrüstungen ergoss sich ins Innere des Hofes und die Kämpfer aus dem Norden gaben ihr Bestes, sie aufzuhalten. Zwei Ritter hatten Paisley entdeckt und wandten sich mit erhobenen Schwertern in ihre Richtung.

Paisley rannte im Vollsprint auf sie zu, auf das Loch in der Mauer, und streckte die Hand aus. Augenblicklich wuchs Naess eine zweite Spitze. Paisley ließ sich auf die Knie fallen und schlitterte dank der glatten Schuppen ihrer Drachenlederhose nahezu ungebremst über den gefrorenen Boden. Sie hielt Naess waagerecht, während die Lanze immer länger und dünner wurde, und erwischte die Ritter damit an den Beinschonern ihrer Nachtsilberrüstungen. Unter lautem Schmerzgeheul stürzten die Ritter auf die Knie.

Paisley sprang auf und rannte weiter. Einem Ritter, der sich auf sie werfen wollte, hieb sie Naess auf den Kopf. Die Lanze zerteilte seinen Nachtsilberhelm und er klappte bewusstlos zusammen.

Dann verwandelte sich Naess in einen glatten Stab. Paisley stieß ihn am Fuß des Geröllhaufens vor der Mauer in den Boden. Naess bog sich unter ihrem Gewicht und katapultierte sie über die Köpfe der Ritter hinweg, die gerade durch das Loch in die Zitadelle kletterten.

Noch im Flug erblickte Paisley den Riss, der über ihr schwebte und ihr folgte, als sie auf dem Boden auf der anderen Seite der Mauer aufkam und weiterrannte.

Vor ihr hielt Lorena auf eine Erhebung draußen vor der Mauer zu, die Paisley an die königlichen Grabhügel von Albion erinnerte. Am höchsten Punkt stand die Dunkle Drachenhüterin. Ein Schwarm mechanischer Drachen umschwirrte ihre zierliche Gestalt und griff jeden an, der ihr zu nahe kam.

Auf einmal hörte Paisley neben sich ein vertrautes Quäken, und als sie sich umsah, entdeckte sie Dóm-Fyr, die links neben ihr herflog.

»Wie hast du …? Was machst du?«, rief sie der kleinen Drachendame zu, die sie quäkend umkreiste.

»Dóm, das hier ist ernst!«, rief Paisley, während sie mit Naess nach einem angreifenden Ritter schlug. Die kleine Drachendame schoss von oben herab, öffnete das Maul und spie einen Feuerstoß aus, der die Tunika des Ritters in Brand setzte.

Der Ritter ließ sich fallen und rollte auf dem Boden umher,

um die Flammen zu ersticken, während Paisley und Dóm ihren Weg zum Hügel fortsetzten. Der Riss schwebte wie eine dunkle Wolke über Paisley, ihr Drachenbaby flog neben ihr her.

Paisley griff nach ihrem Gürtel und löste die Wurfsterne, die Odelia ihr gegeben hatte. Corbett hatte sie in der Schmiede mit dem Kupferich und Nachtsilber überzogen, das vom Bau der Lanze übrig geblieben war.

Paisley wusste instinktiv, was zu tun war. Sie sah zu dem Riss über ihr hinauf und es war, als hätten der Schleier und sie ein neues Verständnis füreinander entwickelt. Sie schleuderte einen der Wurfsterne hoch in den Riss hinauf und stellte sich vor, wie der Stern davonflog und einen der mechanischen Drachen traf. Im nächsten Moment schoss der Stern wieder aus dem Riss. Er war von einem dunklen, nebelartigen Rauschen und Wabern umgeben, als hätte sich ein Teil des Risses an ihn geheftet. Er flog weiter, als Paisley ihn jemals aus eigener Kraft hätte werfen können, und pflügte durch einen der mechanischen Drachen, wobei er dessen Nachtsilberhülle absorbierte.

Der Drache stürzte ab und die Dunkle Drachenhüterin wandte sich zu Paisley um.

Dóm quäkte, als Paisley die Dunkle Drachenhüterin ins Visier nahm. Paisley schlug einen Haken nach links, um dem Schwerthieb eines Ritters auszuweichen, und erwischte ihn mit der Lanze. Dann warf sie einen weiteren Stern in den Riss hinauf. Diesmal ließ Paisley den Stern jedoch direkt wieder runterfallen. Sie schwang Naess wie einen Schläger, traf den

Stern mit voller Breitseite und schaltete den nächsten mechanischen Drachen damit aus.

In der Zwischenzeit hatte Lorena den Hügel erklommen und setzte Dax neben der Dunklen Drachenhüterin ab.

Paisley machte mit ihren Wurfsternen einem weiteren Drachen den Garaus, dann war sie am Fuß des Hügels und rannte hinauf. Dóm segelte vor ihr her.

Lorena holte tief Luft und spie einen Feuerring, mit dem sie sich selbst, Dax und die Dunkle Drachenhüterin umgab.

Paisley zögerte kurz, doch Dóm flog geradewegs durch die Flammen zu Dax. Naess verwandelte sich wieder in einen Stab, mit dem sich Paisley über das Feuer katapultierte. Sie nutzte den Schwung, um Lorena mit beiden Füßen einen kräftigen Tritt zu verpassen, der sie aus dem Ring schleuderte. Die Drachenmeisterin landete krachend am anderen Ende des Hügels und sackte in sich zusammen.

Paisley drehte Naess und die Lanze wurde zum Dreizack. Die Dunkle Drachenhüterin packte Dax, durchtrennte seine Fesseln mit ihren Nachtsilberfingern und zog ihn auf die Füße. Dóm umkreiste sie quäkend und schoss kleine Flammenzungen auf sie ab.

»Wie süß. Haben die Nordmannen dir deinen eigenen Drachen gegeben?«, fragte die Dunkle Drachenhüterin, während sie die Nachtsilberhand hob, Dóm aus der Luft pflückte und sie zu Boden warf.

Die kleine Drachendame schlug dumpf auf und blieb reglos liegen. Paisley und Dax schrien wie aus einem Mund auf.

Paisley stürzte vorwärts, doch die Dunkle Drachenhüterin ließ eine messerscharfe Klaue aus dem Zeigefinger ihrer Nachtsilberhand wachsen und hielt sie Dax an die Kehle.

Allerdings hatte sie Dax unterschätzt, der seit ihrem letzten Aufeinandertreffen viel dazugelernt hatte. Er wand sich aus ihrem Griff, wirbelte herum und versetzte ihr einen Tritt mit seinem Drachenbein. Die Dunkle Drachenhüterin taumelte auf Paisley zu, die mit ihrem Dreizack zustieß. Die Dunkle Drachenhüterin riss den Nachtsilberarm hoch und wehrte den Hieb ab, ohne auch nur einen Kratzer davonzutragen.

Sie senkte den Blick und warf Paisley ein tödliches Lächeln zu. Im nächsten Moment schossen die verbliebenen mechanischen Drachen vom Himmel herab und geradewegs auf Dax zu.

Paisley schnappte entsetzt nach Luft und warf Naess mit aller Kraft nach den Drachen. Die Lanze kreiselte wie ein Sägeblatt um die eigene Achse. Im Flug wurde sie kürzer und aus ihrem Schaft wuchsen scharfe Spitzen aus Nachtsilber. Naess fräste sich durch die verbliebenen mechanischen Drachen und hinterließ eine Spur aus Metallteilen, während sie über den Flammenkreis hinausflog und wie ein glatter Speer im Boden stecken blieb.

Die Dunkle Drachenhüterin zog ihr Schwert und ging auf Paisley los. Paisley sprang zurück und griff nach dem Schwert auf ihrem Rücken. Dabei nahm sie eine Bewegung über sich wahr. Sie rechnete damit, den Riss zu sehen, und war überrascht, als es stattdessen blaue Schuppen waren: Sterk-Natt kam angesaust, packte Dax mit ihren Klauen und trug ihn davon.

Während Paisley zusah, wie Dax mit Dóm in den Armen in Sicherheit gebracht wurde, riss ihr die Dunkle Drachenhüterin mit einem gezielten Hieb die Beine weg.

Paisley prallte schmerzhaft auf dem Boden auf. Das Schwert fiel ihr aus der Hand und sämtliche Luft wich aus ihrer Lunge. Die Dunkle Drachenhüterin stürzte sich auf sie und schloss die Finger ihres Nachtsilberarms um Paisleys Kehle. Auf ihrem zarten, kindlichen Gesicht lag das schönste Lächeln, das Paisley je gesehen hatte, während der Feuerring um sie herum langsam erlosch.

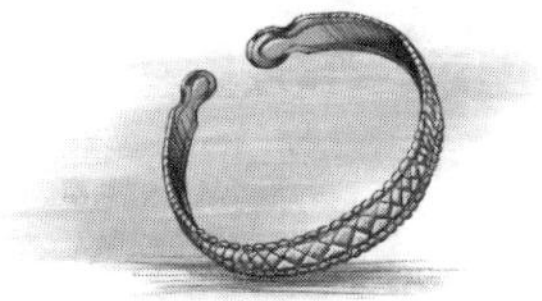

Das Geheimnis des Dräufeuers

Roach hustete. Der Rauch des brennenden Saals drang in seine Lunge. Er stützte sich auf alle viere und stand langsam auf. Kleine Trümmerteile des eingestürzten Dachs fielen von ihm ab, während er sich hustend den Staub und Schmutz vom Mantel klopfte. Der sah nun genauso abgetragen aus wie sein alter.

Er taumelte leicht, in seinem Kopf drehte sich alles. Es dauerte einen Moment, bis er wieder klar sehen konnte. Dann entdeckte er Odelia, die einen Balken gepackt hatte und mit den Flügeln schlug, um ihn von Hal zu heben, der darunter eingeklemmt war. Sie schrie vor Anstrengung, doch der Balken rührte sich kaum vom Fleck.

Während sie kurz durchschnaufte und ihre Kräfte sammelte, um es erneut zu versuchen, kam Roach dazu und stellte sich neben sie.

»Bereit?«, fragte er, ging in die Knie und krempelte seine Ärmel hoch, bevor er unter den schwelenden Balken griff.

Odelias Gesicht war schweiß- und rußverschmiert. Sie sah ihn an, als wollte sie ihm am liebsten eine deftige Kopfnuss verpassen, nickte dann aber. »Auf drei«, sagte sie. »Eins, zwei, drei.«

Mit einem Knurren richtete Roach sich auf. Odelia schlug mit den Flügeln und gemeinsam schafften sie es, den Balken weit genug anzuheben, um ihn von Hal runterzuwuchten.

Roach packte Hal unter den Achseln und zog ihn aus dem Schutthaufen, dann nahm Odelia Hals Füße und half Roach, ihn aus dem brennenden Saal zu tragen. Draußen hatte sich eine Gruppe Nordmannen versammelt, die sich bemühten, den Brand daran zu hindern, auf die umliegenden Gebäude überzugreifen. Einige von ihnen eilten sofort herbei, als sie mit Hal an die frische Luft traten und hustend zusammenbrachen.

Während Odelia sich um den Krigaren kümmerte, fiel Roachs Blick auf den Herzstein, der in Hals Tasche leuchtete.

Er zögerte kurz, dann griff er unauffällig danach und verschwand im Trubel der herbeiströmenden Helfer. Er ging hinter einer Gebäudeecke in Deckung und versuchte herauszufinden, in welche Richtung Lorena gelaufen war.

Der Geruch von Krieg hing in der Luft. Mehrere Häuserreihen trennten Roach von der Mauer, die rings um das Gelände verlief. Ein lautes Kreischen erregte seine Aufmerksamkeit, und als er hochsah, erblickte er einen Krigaren, der vom Himmel herabstieß. Dessen Drache hatte das Maul weit aufgerissen und spie einen gewaltigen Feuerstoß in die kalte Winterluft. Roach sprintete über das gefrorene Trainingsgelände hinter der Burg. Sein Atem quoll in heißen Dampfwolken aus seinem Mund, während er sich unerbittlich vorwärtskämpfte, obwohl sein schmerzender, geschundener Körper heftig protestierte.

Er stürmte durch ein Tor hinaus in die schmalen Straßen. In einem Fenster sah er das ängstliche Gesicht eines alten Mannes, der zu gebrechlich war, um zum Schwert zu greifen. Der Kampflärm gellte in Roachs Ohren. Darunter mischte sich ein rhythmisches Hämmern von der Armee draußen vor der Mauer – der Armee, die die Dunkle Drachenhüterin mit seiner Hilfe hierhergeführt hatte.

Roach wandte sich von dem alten Mann ab und lief an der Mauer entlang weiter zum Osttor. Unterwegs hielt er kurz inne. Eigentlich gab es dort nichts für ihn zu holen, aber seine Füße trugen ihn trotzdem dorthin.

Als er um die nächste Straßenecke bog, sah er auf den ersten Blick, dass das dicke Holztor nicht mehr lange standhalten würde. Es klafften bereits einige Risse darin, aus denen scharfe Holzsplitter herabfielen, als wollten sie am Boden einen neuen Befestigungswall errichten.

Über ihm ertönte ein schriller Schrei. Roach hob den Kopf und entdeckte Corbett, der an der Mauer neben dem Tor hing. Roach begriff sofort, was er vorhatte – Corbett war von der Treppe geklettert und hatte sich zu einer dicken Kette vorgehangelt. Der Hebel hätte eigentlich ein schweres Fallgitter herunterlassen sollen, doch die Kette hatte sich verhakt. Corbett klammerte sich mit einer Hand verzweifelt an der Mauer fest, während er mit der anderen versuchte, die Kette zu lösen.

»Wo ist Paisley?«, rief Roach.

Corbett warf ihm einen eisigen Blick zu. »Was geht dich das an?«

»Willst du, dass ich dir helfe, oder nicht?«

»Ich weiß nicht, wo sie ist – irgendwo im Getümmel, nehme ich an. Lorena hat mich niedergeschlagen und Dax fortgeschleppt. Paisley wird also wohl auf der Jagd nach ihr sein, um ihn zu retten. Aber wenn dieses Tor bricht, sind die Bewohner der Zitadelle in Gefahr.«

Roach seufzte kopfschüttelnd und rannte die Treppe hinauf. Als er Corbett erreichte, erkannte er, was das Problem war: Die Kette war hängen geblieben und hatte sich um sich selbst gewickelt.

»Ich drehe den Hebel in die Gegenrichtung. Das sollte dir genügend Spiel geben, um die Kette zu entwirren«, rief Roach Corbett zu, während er weiter hinauflief. Beim Hebel angekommen, warf er einen Blick über die Zinnen: Corbett hing immer noch an der Mauer.

»Jetzt!«, brüllte er Corbett zu und lockerte den Hebel. Er konnte das Rasseln der Kette hören.

»Das war's, sie ist frei!«, schrie Corbett. »Jetzt versuch's noch mal!« Roach legte den Hebel um. Die Kette glitt durch den Mechanismus, der das Gegengewicht in Bewegung setzen und das Fallgitter herablassen würde. Sie wurde schneller und schneller – und in dem Moment verlor Corbett den Halt.

Roach stieß einen Warnruf aus, konnte jedoch nicht verhindern, dass Corbett schreiend abstürzte. Er landete ungebremst auf der Seite, rollte auf den Rücken und blieb nach Luft ringend liegen.

Roach versuchte, den Hebel zurückzuziehen, doch nun hatte der sich verkeilt. Das Gegengewicht löste sich langsam vom Boden. Roach blickte sich erneut nach Corbett um, der dalag und sich die schmerzende Seite hielt. Das Gegengewicht näherte sich dem Kipppunkt – und die scharfen Zacken des Fallgitters hingen direkt über Corbett.

Sie senkten sich immer weiter und Roach rief: »Weg da!«

Corbett krümmte sich und rollte gerade noch rechtzeitig beiseite. Die Zacken bohrten sich krachend in den Boden und klemmten dabei seinen dicken Wintermantel ein.

Roach rannte die Treppe hinunter. Als er Corbett erreichte, hatte sich dieser bereits aus dem Mantel befreit. Er saß mit dem Rücken gegen das Gitter gelehnt, hielt sich die Seite und atmete kurz und stoßartig.

»Zeig mal her!« Roach kniete sich neben ihn. Ein großer Holzsplitter, dick wie Roachs Finger, steckte zwischen Corbetts Rippen. Roach nahm seinen Schal ab und wickelte ihn um die Wunde. »Hier, drück dadrauf.« Er legte Corbetts Hand wieder auf die Wunde. Hinter ihnen krachte es laut. Das Gitter versperrte den Männern des Königs einstweilen den Weg, doch sie setzten ihren Angriff unvermindert fort.

»Du brauchst einen Arzt«, sagte Roach.

Corbett schüttelte den Kopf. »Nein, ich muss da hoch.« Er

zeigte auf die Zinnen. Roach sah nach oben und dann wieder aufs Tor, während die Angreifer weiter darauf einhackten.

»Na gut. Komm, hier kannst du nicht bleiben und woanders ist es wahrscheinlich auch nicht sicherer als da oben.« Roach legte einen Arm um Corbett, half ihm auf und führte ihn zur Treppe.

»Denkst du, du schaffst das?«, fragte er.

»Ich werd's versuchen«, antwortete Corbett.

Roach hielt ihn fest und hob und zog ihn die Stufen hinauf. Corbett biss die Zähne zusammen und stöhnte bei jedem Schritt auf. Ein dünner Schweißfilm überzog seine Stirn und je höher sie kamen, desto bleicher wurde er.

Gerade als sie das Ende der Treppe erreichten, ertönte unter ihnen ein gewaltiges Krachen. Roach, der immer noch Corbett stützte, drehte den Kopf und warf einen Blick über die Mauer. Das Tor war geborsten und die Angreifer standen vor dem Fallgitter.

»Glaubst du, es hält stand?«, fragte Roach.

Corbett zuckte mit den Schultern. »Ich hoffe es. Aber die Männer des Königs könnten es noch bereuen, dass sie das Tor zerstört haben. Die Nordmannen haben genügend Fallen, um sie auf Abstand zu halten.« Er hob einen zitternden Arm und zeigte auf einen Nordmann, der hinter den Bogenschützen auf der Mauer stand und ein großes Fass mit kochendem Teer bereit machte.

Leicht schwankend lehnte sich Corbett gegen eine der Zinnen und presste die Hand auf seine verwundete Seite. »Ich hätte nie gedacht, dass ich den Tag mal erleben würde, an dem ich gegen meine eigenen Leute kämpfe.«

»Das sind nicht deine Leute. Es sind ihre!« Roach verzog das Gesicht.

»Die Dunkle Drachenhüterin ist da draußen?« Corbett legte den Kopf schief.

Roach nickte. »Und ich wette, Paisley ist auch dort und kämpft gegen sie.«

»Wir müssen ihr helfen!« Corbett schlurfte auf wackligen Beinen die Mauer entlang.

»Wir?!«

Corbett seufzte tief. Er blieb stehen und hielt sich mit der freien Hand an der Mauer fest. »Ja, wir. Du kannst es leugnen, so viel du willst, Roach: Du stehst nicht hinter dem, was die Dunkle Drachenhüterin tut, und das weißt du.« Er schlurfte langsam weiter, ohne die Schlacht, die unter ihnen tobte, aus den Augen zu lassen.

Roach stand mit geballten Fäusten und hochgezogenen Schultern da und ließ sich Corbetts Worte durch den Kopf gehen. Hatte er vielleicht sogar recht? Schließlich stapfte er zum Rand der Zinnen und ließ den Blick über den gefrorenen See vor ihnen schweifen und über die Wiese, die zu ihm hinführte.

»Ich bin vielleicht nicht mit allem eins, was sie tut«, sagte er, »aber das heißt nicht, dass ich auf eurer Seite bin. Ich bin auch nicht auf ihrer. Ich bin auf meiner eigenen Seite. Ich habe meine Gründe für das, was ich tue.«

Corbett schaute ihn an und zuckte unbeeindruckt mit den Schultern. »Wenn dir das hilft, rede es dir ruhig ein. Kannst du sie sehen? Kannst du Paisley sehen?« Er schüttelte den Kopf und rieb sich die Augen.

Roach suchte das Kampfgetümmel ab. Die Männer des Königs waren größtenteils bis dicht vor die Stadtmauer vorgedrungen. Manche kämpften zu Fuß, andere hoch zu Ross, während die Krigare auf ihren Drachen über ihnen kreisten und die Armee des Nordens sich ihnen tapfer entgegenstellte.

»Da!« Roach deutete auf einen kleinen Hügel, auf dessen Kuppe ein Ring aus Feuer loderte.

»Bleib hier«, befahl er Corbett und rannte los, um die Personen im Inneren des Feuerrings besser erkennen zu können. Geschickt wich er den Bogenschützen auf den Zinnen aus und den Jungen und Mädchen, die sie genauso schnell mit frischen Pfeilen versorgten, wie die Schützen sie abschossen.

Im Rennen nahm er einen großen schwarzen Riss wahr, der sich über der Stelle gebildet hatte, wo Paisley mit der Dunklen Drachenhüterin kämpfte, und rapide anwuchs.

Über dem Torhaus hielt Roach an. Von hier konnte er sie deutlich sehen. Die Dunkle Drachenhüterin, so klein wie tödlich, hielt Dax mit ihrem Nachtsilberarm fest, während der Riss über ihr größer und größer wurde.

»Da sind sie!«, rief er Corbett zu, der nicht auf ihn gehört hatte, sondern sich abmühte, ihm zu folgen. Sein Atem ging schwer, während er sich mit einer Hand die Seite hielt und sich mit der anderen an der Mauer abstützte. Dann gaben seine Knie unter ihm nach und er kippte vornüber. Roach konnte ihn gerade noch auffangen. Behutsam half er ihm, sich zu setzen. Corbetts Gesicht war aschfahl und seine Lippen hatten sich bläulich verfärbt. Er rang mit kurzen, angestrengten Atemzügen nach Luft. Roach legte seine Hand auf die von Corbett und drückte auf die Wunde, um die Blutung zu stillen. Corbett schrie leise auf. Der Schal war bereits völlig mit Blut durchtränkt. Es quoll zwischen Roachs Fingern hervor und rann daran herab.

»Wie kommen wir da runter? Wie kommen wir zu Paisley?«, fragte Corbett.

»Gar nicht«, antwortete Roach. »Du bist verletzt. Ich will, dass du hierbleibst und dich ausruhst, während ich versuche, einen Arzt für dich aufzutreiben.«

»Vielleicht können wir außen an der Mauer runterklettern.« Corbett deutete mit einem Kopfnicken auf eine Schießscharte in der Mauer. »Paisley braucht uns!«

Roach drehte den Kopf und sah, von der Schießscharte perfekt eingerahmt, wie Paisley inmitten des Feuerrings mit der Dunklen Drachenhüterin kämpfte.

Der Riss war auf die doppelte Größe angewachsen und reichte hoch in den Himmel hinauf. Daneben wurde Dax von einem wunderschönen tiefblauen Drachen davongetragen.

»Paisley!« Corbett wollte sich aufrappeln, doch Roach drückte ihn behutsam nach unten. Für einen zweiten Versuch war Corbett zu schwach. Er lehnte den Kopf gegen die kühle Mauer.

Paisley lag jetzt auf dem Boden. Die Dunkle Drachenhüterin saß auf ihr, hatte die Nachtsilberhand um ihre Kehle geschlossen und hielt sie fest. Paisley trat und schlug um sich, doch die Dunkle Drachenhüterin rührte sich nicht vom Fleck.

»Ich glaube nicht, dass sie noch genügend Sterne für einen dritten Anlauf hat«, sagte Roach mit seltsam hoher Stimme und einem dicken Kloß im Hals.

»Guck mal!« Corbett hob den freien Arm und zeigte auf den Riss aus dem Schleier. Er löste sich auf, franste an den Rändern aus und verblasste.

»Paisley!«, flüsterte Roach, als er begriff, dass die Dunkle Drachenhüterin dabei war, sie umzubringen.

»Das ist alles ganz falsch!«, krächzte Corbett heiser. »Paisley hat den Königsstern und nur ein König, der von einem Drachen abstammt, kann Sabra töten, richtig?«

»Richtig?«, wiederholte Roach, der nicht ganz folgen konnte.

»Und Violetta war eine Drachenmeisterin oder zumindest eine Nachfahrin der Seelenschwestern. Sie hatte ein Stück des Herzsteins und Paisley …«

»… ist die Einzige, die alldem ein Ende setzen kann!« Plötzlich verstand Roach, warum die Dunkle Drachenhüterin so auf Paisley fixiert war.

Corbett entfuhr ein leiser Aufschrei. »Ach nein! Natürlich!«

Roach drehte sich zu ihm um. Corbett sah aus, als hätte er soeben eine Offenbarung gehabt.

»Roach, weißt du, was meine Sterne besagen?« Corbett streckte seinen Arm aus und zeigte ihm die goldenen Sprenkel auf seinem Handgelenk.

Roach schüttelte den Kopf. »Keine Ahnung.«

Corbett lächelte traurig. »Sie besagen, dass ich die Geheimnisse des Himmelsmechanismus besser verstehen werde als jeder andere, und weißt du, was? Das tue ich.« Mit Tränen in den Augen blickte er Roach an.

Dann biss er die Zähne zusammen und stieß Roach weg.

»Was machst du denn?«, protestierte Roach und presste seine Hände wieder auf die Wunde, die Corbett inzwischen losgelassen hatte. Das Blut sammelte sich in einer kleinen Lache neben ihm.

Die Anstrengung hatte Corbett viel Kraft gekostet. Er brauchte einen Moment, um das letzte bisschen Energie zusammenzunehmen, das noch in ihm steckte. »Du verstehst das nicht. Als ich den Arm geschmiedet habe, habe ich das Blut der Dunklen Drachenhüterin für das Kupferich benutzt, damit sie ihn kontrollieren kann. Aber für das Nachtsilber habe ich es nicht benutzt. Tatsächlich steckt es immer noch in meiner Tasche. Für das Nachtsilber habe ich mein eigenes Blut genommen.«

»Und?«, fragte Roach frustriert. Er kapierte nicht, was das alles sollte.

»Und durch den Prozess der Vermählung entsteht ein untrennbarer Bund zwischen dem Nachtsilber und der Person, von der das Blut stammt. Solange die Person am Leben ist, nimmt das Nachtsilber etwas von ihrer Kraft und ihren Eigenschaften an. Und wenn die Person stirbt, stirbt das Nachtsilber auch.«

Voller Bestürzung erkannte Roach, worauf Corbett hinauswollte. Er erinnerte sich an die Schnittwunde an Corbetts Arm, die ihm in der Schmiede aufgefallen war, und ärgerte sich, dass er die Verbindung nicht früher hergestellt hatte. Das Nachtsilber im Arm war nicht an die Lebenskraft der Dunklen Drachenhüterin geknüpft, sondern an Corbetts.

»Warum hast du das getan?« Roach wollte Corbett schütteln. Wie hatte er nur so unvernünftig sein können?

»Ich dachte, mein Blut würde es schwächer machen, sodass sie nichts damit anfangen kann. Ich bin nun mal nicht besonders mutig oder zäh oder stark, deswegen dachte ich …«

Roach schüttelte den Kopf. »Corbett, du Esel! Du bist der Mutigste von uns allen. Sieh dir doch nur an, was du alles vollbracht hast, obwohl du die ganze Zeit Angst hattest. Ist dir eigentlich klar, wie viel Stärke es braucht, sich seinen Ängsten zu stellen und das Richtige zu tun?«

»Ich hoffe es.« Corbett ließ seinen Tränen freien Lauf. »Wir wissen beide, dass sich mein Lebensweg dem Ende neigt. Für mich gibt es keine Rettung mehr. Aber meine Freundin kann noch gerettet werden. Ihr Schicksal ist viel bedeutender als meins. Und mein Schicksal, das sehe ich jetzt, alles, was nun passiert, war Teil der *Unbekannten Entwicklung*. Wenn meine Sterne jetzt erlöschen, weiß ich, dass mein Lebensweg für etwas gut war, dass er einen Unterschied gemacht hat.«

Roach schüttelte den Kopf und Corbett griff matt nach seiner Hand.

»Sag es ihr, ja? Sag ihr das mit der Entwicklung … sag ihr, dass ich sie liebe, und meiner Mam und meinem Pa und meinem Bruder auch – bitte sag es ihnen.«

Roach nickte.

»Und Odelia auch!« Corbett lachte unter Tränen auf. »Obwohl sie es dir nicht glauben wird.«

»Doch, das wird sie«, versicherte Roach.

Corbett kniff die Augen zusammen und stöhnte auf.

Roachs Blick wanderte zu dem Riss aus dem Schleier; er war kaum mehr als ein Wogen im Wind.

»Ich will nicht allein sein. Kannst du bei mir bleiben?«, bat Corbett. Die Tränen strömten nur so über sein Gesicht. »Ich hab Angst.«

Roach nahm die Hände von Corbetts Wunde und setzte sich dicht neben ihn. Sanft legte er einen Arm um ihn und hielt ihn fest. Gemeinsam beobachteten sie die feinen Schwaden, die noch von dem Riss über Paisley in der Luft hingen. »Ich weiß, dass du Angst hast. Aber du, Corbett Grubbins, bist wahrhaftig der mutigste Mensch, dem ich in meinem ganzen Leben begegnet bin.«

»Paisley«, hauchte Corbett. Dann sackte sein lebloser Körper in Roachs Armen zusammen.

Mit einem ohrenbetäubenden Donnerschlag, der die Burg in ihren Grundfesten erschütterte und alle und jeden zu Boden warf, erschien der schwarze Riss aus dem Schleier wieder am Himmel. Roach warf sich über Corbett, um ihn zu beschützen. Dann, als der Nachhall des Donners langsam verklang, ließ er ihn los und stand auf, um nach Paisley zu sehen. Sie lag inmitten eines Kreises aus strahlenförmig um sie herum gefallenen Kämpfern.

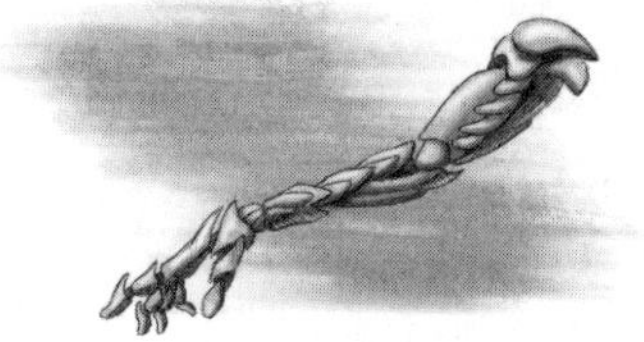

Das Geschenk der Dunklen Drachenhüterin

Paisley stand allein auf dem Hügel. In den Händen hielt sie Bruchstücke des Arms der Dunklen Drachenhüterin. Sie spürte, wie die Elektrika-Energie durch ihren Körper rauschte. Als sie zum Winterhimmel hochschaute, war er klar und blau und so still wie das Schlachtfeld um sie herum. Der Riss war verschwunden. Sie ließ die Überreste des Arms fallen und zermalmte sie unter ihrem Fuß. Das brüchige Nachtsilber zerfiel zu Staub. Bei dem Anblick fiel ihr eine Last von den Schultern. Es war vorbei, die Gefahr war überstanden und Sabra war fort.

Ihre Lunge fühlte sich an wie zum Bersten gefüllt, und als sie ausatmete, fing sie vor Erleichterung an zu weinen. Paisley blickte sich um. Alles, was sie sah, waren die Ritter und Nordmannen, die vor wenigen Momenten noch miteinander gekämpft hatten. Nun lagen sie alle am Boden. Ihr Herz setzte einen Schlag aus: Waren sie auch alle tot? Hatte sie das getan? Waren ihre Seelen alle hinter den Schleier getreten?

Paisley schloss die Augen und sah das Gesicht der Dunklen Drachenhüterin vor sich. Sie erinnerte sich an die Nachtsilberhand auf ihrer Kehle, die zugedrückt hatte, bis Paisley keine Luft mehr bekam. Paisley griff nach ihrem Hals und spürte wieder dieses Gefühl der Leere, das sich in ihr breitgemacht hatte, als das Leben langsam aus ihrem Körper gewichen war. Sie hatte Sterne gesehen und für einen Moment gedacht, dass es ihre ersten Sterne waren, die kamen, um sie zu holen. Die Dunkle Drachenhüterin hatte weiter zugedrückt und Paisley hatte ein sanftes Zupfen in ihrem Inneren gefühlt, dort, wo der Schleier saß. Sie war ihm bereitwillig gefolgt.

Paisley öffnete die Augen und genoss einen kurzen Moment das Licht, das sie umgab. Sie schüttelte den Kopf. Sie wollte nicht an die Dunkelheit denken, auf die sie zugestrebt war – und die nicht der Schleier gewesen war, wie sie jetzt begriff, sondern der Riss, der über ihr geschwebt hatte. Dann fiel ihr ein, wie sie aus dem Riss aufgetaucht und in ihren Körper zurückgekehrt war, als der Nachtsilberarm der Dunklen Drachenhüterin zerbrochen war. Der Riss über ihr war mit einem gewaltigen Donnerschlag in sich zusammengefallen, dessen Druckwelle sich ringförmig um sie ausgebreitet hatte wie das Kräuseln auf der Oberfläche eines Teichs.

Paisley drehte sich langsam im Kreis und ließ den Blick über das Schlachtfeld schweifen. Zu ihrer Erleichterung stellte sie fest, dass die Kämpfer, Freund wie Feind, anfingen, sich zu regen, und wieder zu Bewusstsein kamen. Sie hielt weiter nach der Dunklen Drachenhüterin Ausschau, konnte sie aber nirgends entdecken. Wie weit hatte die Druckwelle sie geschleudert? Hatte der Schleier sie auch verschluckt?

Während sich die Ritter und Nordmannen langsam aufrappelten, ertönte aus dem Wald vor der Burg ein lautes Horn. Paisley wandte sich in die Richtung und sah, wie sich die Männer des Königs in den Schutz der Bäume zurückzogen. Drei kleine Aerokopter landeten auf der offenen Fläche und begannen, die Verletzten aufzusammeln.

Und dann erblickte Paisley am anderen Ende der Senke die zierliche Gestalt der Dunklen Drachenhüterin, die mit Lorenas Hilfe auf einen der Aerokopter zurannte. Dahinter konnte sie gerade eben Onkel Hector ausmachen, der die beiden mit ausgestreckten Armen zu sich winkte.

»Nein!« Paisley sank auf die Knie. Das restliche Nachtsilber zerbröselte unter ihr. Der Gedanke, dass die Furcht vor der Dunklen Drachenhüterin noch immer auf ihrem Lebensweg lastete, war unerträglich.

Paisley hieb mit der Faust auf den Boden, wobei Corbetts Nachtsilberarmband über die Sterne an ihrem Handgelenk rutschte. Es fühlte sich kalt an, und als Paisley hinsah, stellte sie fest, dass es seinen Glanz verloren hatte.

Sie umklammerte es mit der anderen Hand. »Corbett.«

Sie drehte sich um und suchte das Schlachtfeld nach ihm ab. »Corbett!«, schrie sie. Plötzlich fielen ihr die Phiolen mit dem Blut wieder ein, die er ihr in der Schmiede in Ord gezeigt hatte. Sie musste an sein verschmitztes Grinsen denken, als er ihr gestanden hatte: *»Einen Teil davon habe ich durch anderes*

Blut ersetzt. Das Kupferich ist mit ihr vermählt, damit sie den Arm steuern kann, aber nicht das Nachtsilber. Ich fand, das wäre keine gute Idee.« Paisley hob eine Handvoll von dem Nachtsilber, aus dem der Arm bestanden hatte, auf. Damals hatte sie über seine Worte nicht weiter nachgedacht; sie war zu sehr auf die Lanze und ihre Sterne fokussiert gewesen. Doch jetzt? Jetzt konnte sie an nichts anderes mehr denken. Er hatte sein eigenes Blut benutzt, um den Arm der Drachenhüterin herzustellen.

Sie war auf den Beinen und rannte zurück zur Burg, bevor die erste ihrer Tränen fallen konnte. Im Laufen zog sie Naess aus dem Boden, während sie wieder und wieder Corbetts Namen schrie.

Die Ritter, die in die entgegengesetzte Richtung flohen, machten einen weiten Bogen um sie. Auf einmal schwebte Dax auf Sterk-Natt über ihr.

Paisley rief zu ihm hinauf: »Such Corbett! Ihm ist etwas Schreckliches passiert!«

Dax flog davon. Im selben Moment löste sich Dóm-Fyr von ihm und kehrte zu Paisley zurück. Die kleine Drachendame flatterte neben Paisley her, während sie weiterrannte und mit einem Auge Dax im Blick behielt. Sein Drache landete auf der Verteidigungsmauer, was für Paisley das Zeichen war, in diese Richtung zu laufen.

Als sie ankam, waren Odelia und Hal bereits da und beugten sich über Corbett.

Paisley ließ Naess fallen und ging auf ihren Freund zu. »Was hast du getan?« Sie schluchzte, als sie seinen zusammengesackten Körper sah, der leblos an den Zinnen lehnte. Seine Brille war zerbrochen und hing ihm schief im Gesicht und auf seinem Hemd erblühte ein riesiger Blutfleck, wo ein großer Holzsplitter aus seiner Brust ragte. Paisley zog den Splitter heraus und ließ ihn auf den blutgetränkten Schal fallen, der neben Corbett lag. Es war derselbe Schal, den Roach im Yorker Mechster getragen hatte, als er ihre Sterne genommen und im Gegenzug versprochen hatte, Corbett zu beschützen.

Dóm landete auf Corbetts Brust. Sie sah zu ihm hoch und stupste sein Kinn mit ihrer Schnauze an, während Paisley sich neben ihn kniete und ihn schluchzend in den Armen wiegte. »So hätte dein Weg nicht enden sollen«, sagte sie zu ihm. Sie rückte seine Brille zurecht und strich ihm die Haare glatt.

Odelia wollte zu ihr, um sie zu trösten, doch Hal hielt sie zurück.

»Ich weiß, was du getan hast«, schluchzte Paisley. »Zu Hause in eurer Schmiede hast du mir erzählt, dass du den Arm der Dunklen Drachenhüterin nicht mit ihrem Blut geschmiedet hast.« Sie umfasste sein Gesicht mit beiden Händen. »Du hast dein eigenes genommen. Ich finde es grausam vom Obersten Gestalter, dass er unsere Lebenswege so miteinander verschlungen hat, dass du sterben musstest, um mich vor dem Schleier zu retten.« Paisleys Hände zitterten. »Du hättest nicht sterben sollen, Corbett! Nicht für mich. Auf keinen Fall für mich.« Sie zog ihn an sich und schrie ihre Trauer heraus, wie sie es nicht mal für ihre Mutter getan hatte.

Sie hatte das Gefühl, dass ihr Herz wie der Herzstein in lauter Einzelteile zerbrach. Mächtige Einzelteile, randvoll mit überwältigenden Emotionen, die sie niemals vollständig würde kontrollieren können.

Es war Dax, der sie schließlich von Corbett wegzog. Er legte ihr eine kleine Hand auf die Schulter und sie drehte sich bleich und mit rot verquollenen Augen zu ihm um. Dax hatte ebenfalls geweint, doch sie merkte, dass er versuchte, für sie stark zu sein. Ihr Herz zerbrach noch etwas mehr.

Sie drückte ihn an sich und er erwiderte ihre Umarmung, richtete sich dann aber plötzlich auf.

»Roach«, sagte Dax mit leiser, harter Stimme.

Paisley folgte seinem Blick und entdeckte Roach, der mit erhobenen Händen dastand.

»Ich war bei ihm, als er …«

Paisley stürzte sich auf ihn und hämmerte auf seinen Brustkorb ein, während er weiter die Hände hochhielt und keine Anstalten machte, sich zu verteidigen. Sie schluchzte und schrie: »Du hättest ihn retten sollen! Das hast du mir versprochen! Du hast es *versprochen*!« Sie brach weinend an seiner Schulter zusammen. Er ließ die Hände sinken, legte die Arme um sie und hielt sie fest, während ihr ganzer Lebensweg erbebte.

»Ich weiß, dass ich es versprochen habe, und es tut mir ehrlich leid. Er wusste, was er tat. Am Ende wusste er, dass sein Lebensweg enden würde und dass das Erlöschen seiner Sterne dir die Chance geben würde zu überleben.«

Paisley machte sich los. Ihre Augen waren rot unterlaufen und die Tränen strömten ihr noch immer über die Wangen. »Du hättest dein Versprechen halten sollen«, fauchte sie.

Hinter ihr standen Odelia und Hal mit gezückten Schwertern und durchbohrten Roach mit ihren Blicken.

»Ich versuche, es jetzt zu halten.« Roach hielt eine kleine, mit Blut gefüllte Phiole hoch.

Paisleys Augen weiteten sich. »Ist das ihres?«, fragte sie angewidert und wollte sie ihm aus der Hand schlagen.

Roach war schneller. Er schloss die Finger um die Phiole und zog sie weg.

»Ich weiß nicht, ob es funktioniert«, sagte er, »aber da war mal diese Frau. Ihr Name war Jenika und wie ich arbeitete sie für die Dunkle Drachenhüterin – also, ich meine, ich arbeite natürlich immer noch für sie. Jedenfalls erhält jeder, der in Diensten der Dunklen Drachenhüterin steht, von ihr ein Geschenk. Und dieses Geschenk ist ihr Blut. Sie zwingt uns, es uns zu injizieren.« Roach schauderte und seine Lippe kräuselte sich angewidert. »Es hat besondere Eigenschaften: Es macht einen jünger und verleiht einem für eine gewisse Zeit zusätzliche Energie. Worin auch immer man gut ist, durch das Blut wird man noch besser.«

»Und jetzt gibst du es mir, damit ich es trinke, oder was?«

»Nein, ich gebe es dir, weil Jenika gestorben ist und das Blut der Dunklen Drachenhüterin sie zurückgeholt hat. Ich gebe es dir, weil ihr Blut nur dann wirken kann, wenn die verstorbene Person es unmittelbar nach ihrem Tod bekommt. Und auch dann nur, wenn sie bereits etwas von diesem Blut in sich trägt. Ich gebe es dir, weil Corbett in ihren Diensten stand.« Roach hielt ihr die Phiole wieder hin.

Paisley begriff. Sie streckte die Hand danach aus. »Das bringt ihn zurück?«

Roach nickte. »Ja, aber Jenika war danach nicht mehr dieselbe. Sie war nicht mehr ganz sie selbst. Es hat sie verändert.«

Unwillkürlich tastete Paisley nach der Stelle, wo die Dunkle Drachenhüterin sie erdolcht hatte. Auch sie war nicht mehr ganz sie selbst. Sie trug einen Teil des Schleiers in sich und das hatte auch sie für immer verändert.

Roach legte ihr die Phiole mit dem Blut in die ausgestreckte Hand.

»Wenn du es wirklich verwenden willst, dann solltest du es bald tun. Wenn zu viel Zeit verstreicht, funktioniert es nicht. Das habe ich bei Russell Hertzsprung, dem Alcheschmied, gesehen.«

»Ich möchte, dass du jetzt gehst, Roach. Ich möchte, dass du verschwindest und dich nie wieder blicken lässt, nicht mal, um mir zu helfen. Ist das klar?«

Roach steckte die Hand in die Tasche. Kurz hatte es den Anschein, als wollte er etwas entgegnen, doch dann wandte er sich ab und ging.

Paisley eilte zu Corbett, kniete sich neben ihn und zog den Korken aus der Phiole. Dóm flatterte erschrocken auf und ließ sich auf Paisleys Schulter nieder. Die kleine Drachendame fauchte, als sie die Phiole sah.

»Sollten wir nicht erst überlegen, ob das wirklich eine gute Idee ist? Er meinte, es wird Corbett verändern«, wandte Odelia ein.

Paisley warf ihr einen Blick zu. »Ich bin auch verändert, Odelia. Aber ich bin hier, folge meinem Lebensweg und finde eine Möglichkeit, damit umzugehen.«

»Aber du bist nicht durch das Blut der Dunklen Drachenhüterin zurückgeholt worden«, beharrte Odelia.

»Uns läuft die Zeit davon. Und ich habe lieber einen lebendigen Corbett als einen, der es nicht ist.«

Paisley flößte Corbett die dicke rote Flüssigkeit ein, bevor irgendjemand sie daran hindern konnte.

Sie setzte sich neben ihn und hielt den Atem an. Dóm kletterte an ihr hinab und rollte sich in ihrem Schoß zusammen.

Sie alle beobachteten Corbett gebannt und es war, als würden ihre Rädchen so lange stillstehen. Paisley hoffte, dass es nicht zu spät war. Wenigstens einmal in ihrem Leben konnte die Dunkle Drachenhüterin ihr doch wohl etwas Gutes tun. Sie ergriff Corbetts Hand und presste sie an ihre Wange.

Plötzlich schlug Corbett die Augen auf, fuhr kerzengerade in die Höhe und rang wie ein Ertrinkender nach Luft.

»Corbett!« Paisley legte ihm die Hand auf die Stirn und dann auf die Brust. Sie spürte seine Wärme, seinen keuchenden Atem, seinen kräftigen Herzschlag. Durch den Riss in seinem Hemd konnte Paisley sehen, dass seine Verletzung verheilt war – keine Spur von einer Wunde oder gar einer schwarzen Narbe wie bei ihr.

»Oh, Corbett.« Sie schlang die Arme um ihn und er zuckte zusammen. »Entschuldige, tut mir leid«, versicherte sie.

»Du lebst!«, sagte er und legte ihr eine Hand an die Wange.

Sie nickte. »Du auch«, erwiderte sie unter Tränen. »Wir dachten, wir hätten dich verloren!«

Er griff sich ans Herz. »Ich … ich glaube, das hattet ihr auch.«

Odelia bückte sich und hob ihn sachte hoch. »Komm, ich bringe dich auf die Krankenstation.« Sie breitete die Flügel aus.

Mit Dóm-Fyr in den Armen stand Paisley auf und blickte über die Zinnen. Es dauerte nicht lange, bis sie Roach zwischen den fliehenden Rittern gefunden hatte. Er lief mit wehendem Mantel auf die wartenden Aerokopter zu.

Als hätte er ihren Blick gespürt, blieb er stehen, drehte sich um und sah Paisley an.

Dóm spie einen kleinen Feuerstrahl, dann öffnete sie das Maul und stieß ein winziges Grollen aus – tiefer und bedrohlicher als ihr gewohntes Quäken.

* * *

Auf der Krankenstation erwachte Corbett aus einem tiefen Schlummer. Es war früher Abend und er hatte keine Ahnung, wie lange er geschlafen hatte: Stunden, Tage, Jahre? Einem Teil von ihm war es auch egal.

Er verschloss die Augen vor dem schwachen Licht im

Zimmer und versuchte, seinen Traum festzuhalten. Darin hatte die Dunkle Drachenhüterin seine Hand genommen und war mit ihm durch das Wäldchen nahe seinem Zuhause geschlendert, wo er als Kind so gern gespielt hatte. Dabei hatte sie ihm ein Lied gesungen und ihre Stimme war ganz leicht und wunderschön und voller Liebe gewesen.

Er öffnete die Augen und stellte fest, dass er sie auch jetzt noch sehen und fühlen und hören konnte. Sie war bei ihm, in seinen Adern, am Rand seines Bewusstseins, und würde es immer sein.

»Bring mir Paisley«, flüsterte sie mit ihrer wohlklingenden Stimme.

Anmerkung der Autorin

Liebe Lesende,

jeder und jede Einzelne von uns besitzt ein gewisses Maß an Macht. Diese Macht erwächst aus uns selbst und wir allein entscheiden, wofür wir sie nutzen.

Manchmal fühlt es sich so an, als würden Dinge, die außerhalb unserer Macht stehen, uns niederdrücken, unser Licht dimmen, unseren Weg verändern oder ihn gar ganz ausbremsen. Diese Zeiten sind schwer, aber es ist wichtig, dass unser Licht auch dann niemals ausgeht und unser kleines bisschen Macht nie völlig verschwindet. Wir haben die Macht, selbst zu wählen, und wir können wählen, unser Licht leuchten zu lassen und unseren eigenen Weg zu finden.

Die Verantwortung für unsere Macht, unser Handeln, unser Licht zu tragen, ist eine gewaltige Aufgabe und kann sich schon mal ein bisschen überwältigend anfühlen. Aber zugleich ist es eine kraftvolle, befreiende Erfahrung, diese Verantwortung anzunehmen und dafür einzustehen, welchen Weg wir gehen und welches Licht wir in die Welt aussenden. Wenn wir das schaffen, kann uns keine Dunkle Drachenhüterin der Welt aufhalten.

Also seid euch eurer Macht bewusst, lasst euer Licht erstrahlen, schlagt euren eigenen Weg ein und schreitet in dem Bewusstsein voran, dass dort zwar Drachen lauern mögen, aber ihr dennoch die Wahl habt, hell und strahlend durchs Leben zu gehen.

Ad astra,
Annaliese Avery

Danksagung

Es ist beinahe eine Wende vergangen, seit *Nachtsilber. Die Dunkle Drachenhüterin* die Flügel ausgebreitet hat und in die Welt hinausgeflogen ist. Was für eine grandiose Zeit ich auf meinem Lebensweg hatte! *Die Gabe der Drachen* zu schreiben, war eine Riesenfreude voll Überraschungen und unvorhergesehenen Wendungen und ich kann es kaum erwarten, all das mit meinen Lesern und Leserinnen zu teilen. Aber wie bei jedem größeren Unterfangen habe ich das nicht allein geschafft.

Meine fantastische Agentin Helen Boyle war der hellste und beständigste Stern überhaupt; sie hat mir den Weg geleuchtet und mich daran entlanggeführt. Ich danke meinen Sternen jeden Tag für sie und den Mut, die Kraft und die Freundschaft, die sie mir schenkt.

Zu Beginn von *Die Gabe der Drachen* gab es eine so glückliche und unerwartete Wendung auf meinem Weg, dass sie ganz sicher Teil der *Unbekannten Entwicklung* sein muss! Yasmin Morrissey, meine großartige Lektorin, hat mich eine Weile allein reisen lassen, während sie neues Licht auf die Welt gebracht hat. Herzlichen Glückwunsch, Yasmin und Alan – ich weiß, dass Isabella euren Weg mit dem Strahlen von tausend Königssternen erhellt, und ich freue mich unheimlich für euch.

Doch ähnlich wie die ungesehenen Bahnen hat Yasmin mich aus der Ferne weiter gelenkt und mir zwei tolle Lektorinnen an die Seite gestellt. Ruth Bennett, unsere gemeinsame Zeit war so flüchtig wie eine Sternschnuppe, aber du hast hell und kräftig gebrannt und Paisleys Geschichte um so viele brillante Einsichten ergänzt. Danke. Und Linas Alsenas, wie ein Morgenstern bist du aufgegangen, um mich auf den letzten Schritten zu begleiten. Ich bin euch beiden wirklich dankbar, dass ihr Paisley und mich unter eure Fittiche genommen habt.

Natalie Smillie hat das Cover der Originalausgabe mit so viel Liebe zum Detail und Sinn für Schönheit ausgearbeitet wie der Oberste Gestalter die verschlungenen Bahnen des Mechanismus. Sie ist ein wahres Wunder und das auch dank der Hilfe des Gestalters Jamie Gregory, dessen kreatives Genie sich bereits an seinem Berufstitel erkennen lässt! Ihr seid beide großartig und ich danke euch.

Das Team bei Scholastic ist so groß wie der Mechanismus weit. Es gibt dort so viele fantastische Menschen, deren Rädchen den Verlauf meines Weges beeinflussen. Zu manchen hatte ich direkten Kontakt, zu anderen nicht, aber ich bin euch allen von Herzen dankbar für die Energie und Begeisterung, mit der ihr bei der Sache seid. Mein besonderer Dank gilt Hanna Love (und Fergus und Pekkala auch!), Harriet Dunlea, Bec Gillies, Pete Matthews, Jessica White und Sarah Dutton. Ihr seid etwas ganz Besonderes und habt meinen Weg zu einer wahren Freude gemacht.

An alle Buchhändler*innen, Blogger*innen, Rezensent*innen, Lehrkräfte und Bibliothekar*innen, die Paisleys Geschichte so engagiert weiterverbreitet haben: Ich danke euch von hier bis ans Ende des Universums. Wir hatten in letzter Zeit einige beschwerliche Wegstrecken zu überstehen und ihr habt die Reise etwas leichter gemacht, indem ihr eure Liebe für Geschichten an andere weitergegeben habt.

Meinen Schriftstellerkolleg*innen auf Twitter und Instagram, bei SCBWI, SOA und vor allem bei Write MAGIC: Danke für eure Freundschaft und Unterstützung. Ich staune immer wieder, was für eine großartige Gemeinschaft wir sind. Vergesst nie: Ihr besitzt die Macht, Welten zu erschaffen!

Zwei fabelhafte Schriftstellerinnen möchte ich besonders hervorheben, denn ihre Geschichten haben mir nicht nur stundenlanges Lesevergnügen bereitet, sondern mir auch Selbstvertrauen und den Antrieb, mutig zu sein, gegeben. Vanessa Harbour, du bist eine ebenso hilfreiche Begleiterin wie eine Kupferich-Lanze! Und Dominique Valente, du bist so inspirierend wie ein Großer Drache!

Testlesende sind ein wichtiger Teil des Schreibprozesses; sie helfen mir zu erkennen, wo ich vom Pfad abgekommen bin. Mein tief empfundener Dank geht an Cathy Kelly, Georgee Poles, Teara Newell und Elizabeth Frattaroli. Danke für all eure sanften Schubse in die richtige Richtung, aber auch für eure Begeisterung für diese Geschichte.

Nicki Marshal (und Daisy!), du hast mich auf meinem Weg über weite Strecken begleitet und ich fühle mich gesegnet, dich zu haben. Danke für deine Freundschaft und guten Ratschläge.

Es ist ein großes Glück, dass ich Teil von The FBMs sein darf, einer wunderbaren Gruppe von Schriftsteller*innen, die mir im

Lauf der letzten Wende allesamt so viel Trost und Kraft gespendet haben. Ich liebe euch wie meine Drachenschwestern!

Den anderen Finalist*innen bei Undiscovered Voices 2020 überreiche ich meinen Stift; ihr alle seid Ritter im Orden der Schreiber und es ist mir ein Privileg, an eurer Seite dienen zu dürfen.

Meine Familie – Jason, Liberty, Krystal und Oak: Ihr seid das Licht, auf das mein Lebensweg zustrebt, und ich bin so stolz darauf, wie hell jeder und jede von euch leuchtet. Danke, dass ihr mich mit ausreichend Tee und Nahrung versorgt habt, dass ich euch alles über die Handlung und Charaktere meiner Geschichten erzählen durfte und dass ihr mich und diesen wundervollen Traum vom Schreiben nie infrage gestellt habt.

Und du, geschätzter Leser, geschätzte Leserin, danke, dass du Albion erneut besucht hast, dass du mit mir in die Nördlichen Gefilde gereist bist und neue Freunde gefunden, dich alten Feinden gestellt und Drachen entdeckt hast! Möge dein Weg leicht und lang sein. Ich fühle mich geehrt, dass Paisley und ihre Geschichte dir ein Stück weit Gesellschaft leisten konnten.

© *privat*

Annaliese Avery ist ehemalige Bibliotheksleiterin und kam beim Wettbewerb »Undiscovered Voices 2020« auf die Shortlist. Sie hat einen Master in Kreativem Schreiben und ist Absolventin der Golden Egg Academy, wo sie auch als Redakteurin und Programmleiterin arbeitet. Aufgrund ihrer Liebe zur Astronomie gründete Annaliese 2013 eine astronomische Gesellschaft, DASH Astro. Annaliese lebt mit ihrem Partner und ihren drei Kindern in Suffolk, England.